U0953336

译文纪实

THE LAST DAYS OF OLD BEIJING

Michael Meyer

[美]迈克尔·麦尔 著　何雨珈 译

再会，老北京

上海译文出版社

献给老妈老爸

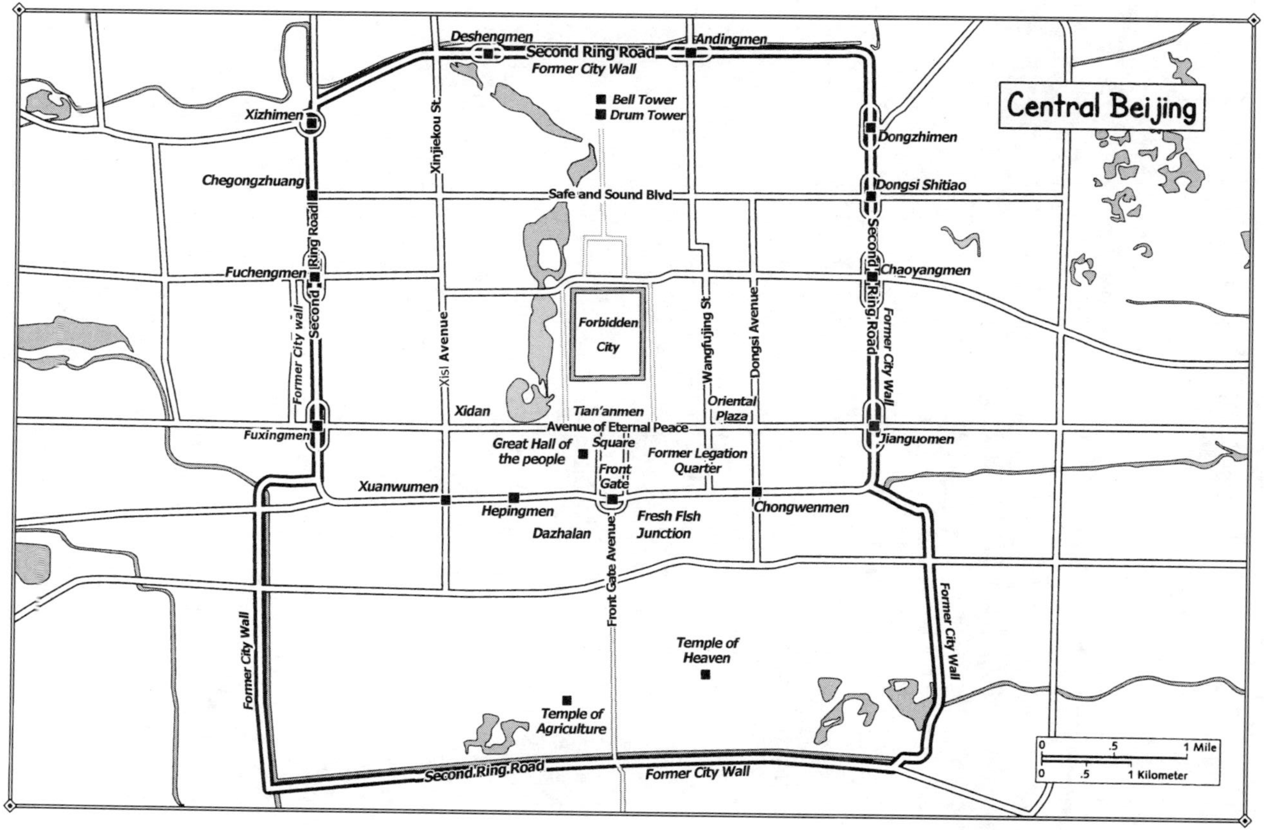
Central Beijing
Deshengmen
Second Ring Road
Andingmen
Former City Wall
Bell Tower
Drum Tower
Xizhimen
Dongzhimen
Xinjiekou St.
Chegongzhuang
Safe and Sound Blvd
Dongsi Shitiao
Fuchengmen
Second Ring Road
Chaoyangmen
Forbidden City
Wangfujing St
Dongsi Avenue
Former City wall
Xisi Avenue
Former City Wall
Xidan
Tian'anmen
Oriental Plaza
Avenue of Eternal Peace
Fuxingmen
Great Hall of the people
Square
Jianguomen
Former Legation Quarter
Front Gate
Xuanwumen
Hepingmen
Chongwenmen
Fresh Fish Junction
Dazhalan
Front Gate Avenue
Former City Wall
Temple of Heaven
Temple of Agriculture
Second Ring Road
Former City Wall
0 .5 1 Mile
0 .5 1 Kilometer

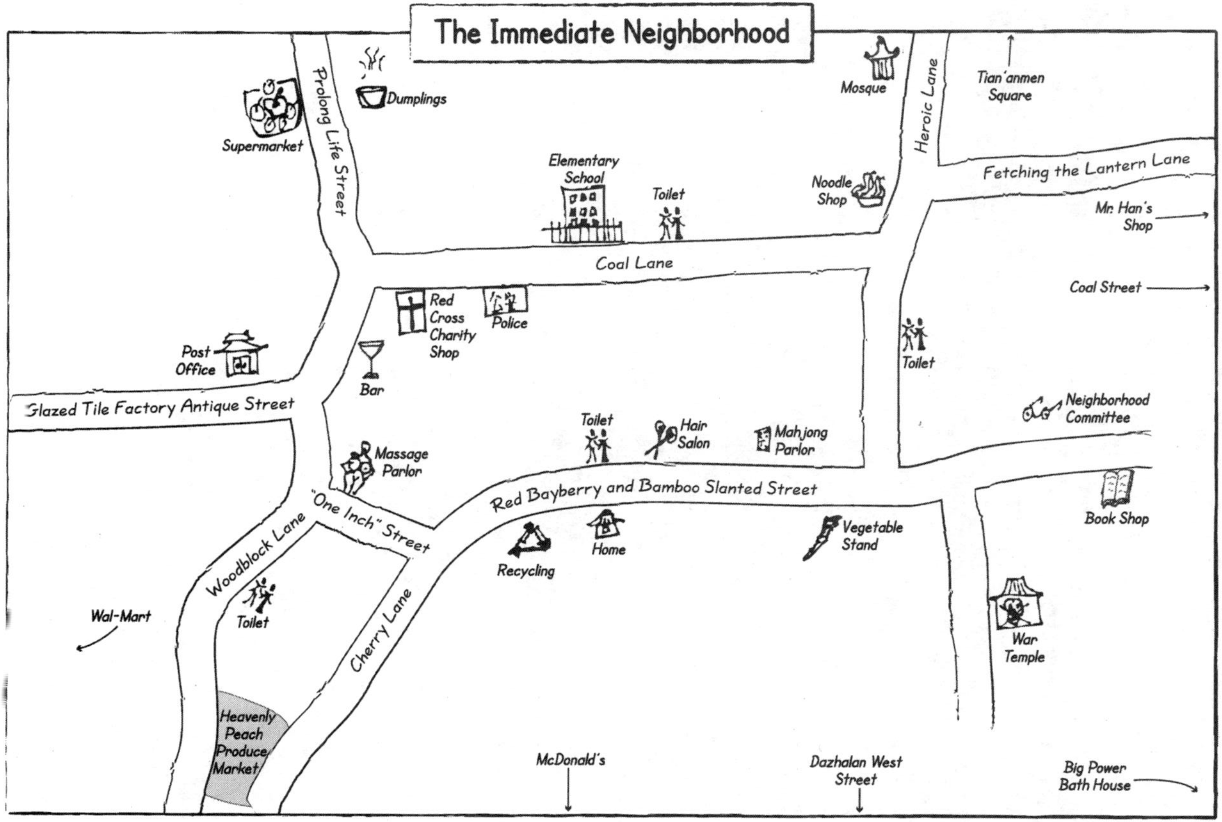

The Immediate Neighborhood
Supermarket
Dumplings
Prolong Life Street
Elementary School
Toilet
Noodle Shop
Mosque
Heroic Lane
Tian'anmen Square
Fetching the Lantern Lane
Mr. Han's Shop
Coal Lane
Coal Street
Red Cross Charity Shop
Police
Post Office
Bar
Toilet
Glazed Tile Factory Antique Street
Neighborhood Committee
Toilet
Hair Salon
Mahjong Parlor
Massage Parlor
Red Bayberry and Bamboo Slanted Street
"One Inch" Street
Woodblock Lane
Recycling
Home
Vegetable Stand
Book Shop
Toilet
Cherry Lane
Wal-Mart
War Temple
Heavenly Peach Produce Market
McDonald's
Dazhalan West Street
Big Power Bath House

目　录

我提出“新北京”这个概念，意思是要在北京建立起一种新的人文主义，让它成为一个全新的人文城市。但北京的官员和规划者将其理解成了城市建设意义上的新北京。他们认为“新北京”就是要摧毁老城，建设新城。

——李希光，新闻专业教授

2008年北京奥运会口号“新北京，新奥运”的提出者

《京前门大街将改为前门天街》

今年年底，留存在老北京人记忆中的五牌楼、有轨电车（铛铛车）、广和茶楼大戏台将重现前门大街。上午，备受瞩目的前门大街两侧修缮整治保护工程正式启动。修缮整治后的前门大街将更名为“前门天街”，并恢复清末民初的建筑风貌，成为彰显古都风貌、弘扬历史文化、传统与现代相结合、设施齐全的步行街。

——《北京晚报》，2007年5月9日

进入我所居住的四合院的走廊。

第一章　走过大前门

老寡妇门也没敲，就走进了我的房间，她身上飘着一阵“飞马牌”香烟的味道。一顶老旧的棉帽遮住了她蓬乱的花白头发，露在外面的部分则梳向脑后，仿佛为了炫耀耳朵上的那对金耳环。她穿着一件羊毛衫，围巾手套全副武装，颜色与我们这个四合院深朱砂红的木柱子很是相配。在我眼中，这位邻居老寡妇是由下面这些颜色组成的：黯淡的灰与白，亮丽的明黄，带有皇城气息的大红。当然还散发着灰烬与岁月的味道。北京城的中心地带纵横交错着无数条狭窄的胡同，而老寡妇，就是我们这条胡同的缩影与代表。她八十年的人生，大部分都是在这个地方度过的。四周怪兽一般逐渐蚕食胡同的摩天建筑，闪闪发光的玻璃外墙晃得她睁不开眼睛。她无法想象自己有一天会搬进这样的大楼里。她总是郑重其事地宣称自己永远也不会离开。然而不久的将来，老寡妇，以及大多数胡同里的居民，都将别无选择。

“小梅！听我说，上课之前你必须吃个饭。”我站在她面前，身穿T恤和四角短裤。老寡妇擦了擦一双筷子的头，递到我手上。“多吃点儿，小梅！”她亲切地喊着我中文名字的简称。而我则用对老年妇女的尊称，叫她“大娘”。

老寡妇将一碗热气腾腾的饺子捧到我面前。手里香烟冒出的烟雾沿着萎黄的脸颊蜿蜒上升，熏得她斜斜地眯起了眼睛。今天她包了我最爱吃的香葱猪肉饺子。“知道不，”她说，“做一人份实在是太难了，所以你必须把这些全吃光。”

我总是很听老寡妇的话。这个四合院有五个房间，一共住了七个人。尽管老寡妇没有产权，但所有人都知道，她是这里的女主人，她有使用权。1962年，北京市房屋管理局批准她入住朝南的房间，正对着我现在住的地方。在这间六平米的陋室之中，她拉扯大了一双儿女和一个孙女。她和家人的照片高高地挂在墙上，其中一张大幅彩照是年轻时候的她：高高的颧骨，灰色紧身连衣裙，浑身散发着青春的光彩。房间的水泥地面没有任何装饰，一个胡桃木质的五斗橱，两把铁质的折叠椅，一张轻便的牌桌和一张单人床就是全部的家当。房间里的彩色电视机永远停留在11台，北京戏曲频道。每天，从太阳东升到夜幕降临，铿锵的鸣锣和依依呀呀的忧伤唱腔都会飘满四合院的每一个角落。

老寡妇又点燃了一支“飞马”。蓝色的烟盒上画着一匹纵身跃向天际的骏马，蹄下是一排排鳞次栉比的化工厂和大烟囱。这是这里卖得最便宜的香烟，也是胡同里整日飘散着的味道。

“你应该起得早点儿，”她嗔怪道。“我都在天桃市场逛了一大圈儿了。”现在是早上七点。胡同里总是房子挨着店铺，密密麻麻的。所以永远有人在做生意，出门就能买到东西。每天一大清早，人们就会拥向附近的露天集市，从外地农民手里买到新鲜的肉食和蔬菜瓜果。“我把锅放在火上准备下饺子，然后就去了，”老寡妇说。“等买了调料回来，水都烧开了。”

她看着我喝下那碗咸咸的肉汤。我对她说谢谢。她扬起头，大声问：“你说什么？！”她有点耳背。说再见的时候，她总是简单地哼哼一声：“哈！”接着就走下四合院的木头门坎，往左转离开了。这里原本是一处官家的宅邸，现在被分成四个四合院，每一个都住了好些租户。我们的房间位于后方，挨挤在一起，离四院共享的正门最远。老寡妇蹒跚地走过走廊凹凸不平的地面和石板，双手支撑着灰色砖墙。女厕所在与正门相对的另一头，里面很窄，她放开手紧走几步，进去了。

男厕所更远。所以老寡妇一走，趁着邻居们都还在睡觉，我打开一个柜子斑驳的门，拿出一个塑料瓶，把里面昨晚“方便”出来的液体倒空在水槽里之后，又从门外的晾衣绳上摘下一条毛巾，抖落上面的灰尘，把头伸到水龙头下面，迅速抹上洗发液，用一个咖啡杯装满冷水，浇在头上。接着又用毛巾擦了把脸，清洁了腋下。要是想洗个痛快澡，得到几条巷子以外的“大力澡堂”。

在这样一条典型的北京胡同里，早晨大抵如此。但今天的天气却有些不同，不冷不热，空气还挺清新。夏秋季之间的“秋老虎”来了，清早凉爽宜人，下午仍然酷暑难当。我把毛巾挂回晾衣绳上的时候，就能看见层叠的树荫和此起彼伏的灰瓦屋顶上万里无云的高远蓝天。一阵劲风吹过，院子里扬起阵阵尘灰。

原本，四合院中间的开阔地能放下一张茶桌，还能种下一棵高大的柿子树。但几十年的光阴过去，水泥石板上的空间越来越小，加盖了一间卧室，一个带煤气罐的厨房，房间与房间的空隙之间，蜘蛛网般交错拉满了晾衣绳。下雨的时候，这里必须得打几把伞遮起来。而院子里的我则必须弓着身子，和老寡妇一样高。

在自己房间里的时候，我可以挺直腰板，对她而言简直就像个“巨人”。我这个家的北墙有几扇窗户，窗台齐腰，窗玻璃顶部与屋檐齐平，约高四米五。门闩是一块老朽的木头，只在我睡觉的时候才发挥作用。白天嘛，总有人在我屋里来来往往。虽然我租住了两个房间，但完全没有什么个人隐私，一切都清清楚楚地让大家看在眼里。每月房租六百元左右，这与北京一套带有暖气和完整管道的公寓房租金相比，毫不起眼。但老寡妇还是觉得我在挥霍浪费。毕竟，她自己只住了一个单间，旁边房间里的夫妇俩也是，他们来自中国东北，想在首都找份活干，立住脚。我们之间仅有一墙之隔，房东也是同一个人。他把这个地方分成了两个空间，一边留给自己，一边挂牌出租。和老寡妇一样，他妈妈也是在政府分配中取得了居住权。但年轻一点的房东和老寡妇不同，他喜欢住在现代的公寓楼里。母亲去世以后，他就搬了出去，只保留着这里的使用权。这种权利可以转让，同时也允许他将这处产业卖掉或者出租。

我的客厅里有一个书架，一个迷你的沙发，一把椅子和一张茶几，还有一张书桌。抛光的大理石地板总是冰凉而湿滑。稻草和泥土和成的墙面刷了一层白漆。早晨，阳光照进来，晚上，头顶孤零零悬挂着的灯泡发光发热，墙面总是蒙着淡淡的光泽。另一间屋铺着深红色的木地板，踩上去咯吱咯吱响。屋里有一个五斗橱，一个能睡四个成年人的大通铺，还有一个矿泉水加热器。我往杯子里舀了一勺雀巢速溶咖啡，关掉电脑，才敢开始接水。可不能再像某个早晨那样把院里的保险丝烧了，自从那次之后，我的冰箱就歇菜了，现在里面放着我的内衣裤。

因为所谓的“房东”们并没有房屋的所有权，老寡妇和其他人一直舍不得从微薄的收入里拿出一点钱来对这院子进行一下维护。20世纪50年代以来，这个任务就落在北京市土地资源与房屋管理局的肩上。大多数北京老屋的所有权都在这个机构手里，当然也包括各条胡同里一溜排开的平房四合院。长达数十年的租金补贴政策、资金短缺、过度拥挤以及疏于维护，让这些用木头和土砖等不耐用材料搭建的房子呈现出老朽的颓势。因此，北京政府不断地发出拆除令，将这些土地拍卖给开发商。接着，老房子就消失了，胡同也不见了，一种独特的生活方式随之悄然逝去。

“胡同”一词，一说来源于蒙古语中的“水井”（蒙语发音为“忽洞格”）或“帐篷之间通道”一词；一说来源于汉语“衖通”一词，指的是 13 世纪忽必烈时期元大都的狭窄隔火通道。马可·波罗曾经由衷地赞叹："全城地面规划有如棋盘，其美善之极，未可宣言。"

随着城市的发展，街巷的数量也逐渐增多。由于相邻的两条胡同存在东西绵延数里而毫无交集的情况，在平行的胡同之间开辟了起连结作用的斜街。1949 年的一项调查显示，整个北京城共有七千多条胡同。一排排歪脖子树撒下浓重的树荫，大多窄得开不进车。交错纵横的小巷把带着矮墙的一个个四合院连在一起，并形成了狭长的公共集市，叫卖的小贩与杂耍的艺人摩肩接踵，操心着各自的营生。在 20 世纪 90 年代末，小巷以平均每年六百条的速度消失着。2005 年，中国的官方媒体报道，北京仅剩下一千三百条左右的胡同。

北京的城市规划史变化无常，对于现存胡同的数量并没有一个准确的统计。有的统计只包括了名字中含有"胡同"二字的街巷，其他的则把所有窄街和小巷都算了进来，甚至还有那些 1949 年首都扩建之后增加的街道。然而，毫无疑问的是，从 1990 年开始，在以全市为规模开展的新城市发展规划下，北京开始系统地拆除带有四合院的胡同。政府的官方数据显示，从那时起到 2003 年，有超过五十万的居民被迁出市中心。而老北京硕果仅存的传统街巷，则时刻面临着被拆除的威胁。

八个世纪前就已经存在的大栅栏是这个城市最为脆弱的老社区。上溯到 15 世纪，这个地方的胡同两头都有柳条编织的大门，到晚上就紧紧关闭，以防小偷进入这个富庶的城市中心商业区打家劫舍。"大栅栏"因此而得名。17 世纪的中国皇帝颁布了一系列的圣旨，禁止在内城内开设旅店，餐馆，茶社，戏院等等。最终，所有的汉族人都被禁止进入内城。于是，生意人穿过前门，来到皇城根的另一边，开始在这里安营扎寨。大栅栏就聚集了都城的卖艺人，手工业者，以及古董商。北京特有的烤鸭厨师，杂耍艺人，以及京剧演员蜂拥而至。有的胡同里全是铁匠铺、丝绸绣坊和书法裱画店；其他的则搭建了戏台，妓院和鸦片铺子。

如今这些地方显然乏味和平淡多了。然而当地官员仍然把胡同看做一根眼中钉，认为它们的衰败和老朽影响了整个首都在2008年奥运会前声势浩大的美化工程。毕竟，当时一举赢得举办权时的申奥口号向全世界承诺了“新北京，新奥运”。作为北京城的市中心，大栅栏这里是游客的必经之路，也是开发商眼中的风水宝地。街区的北边就是人民大会堂和天安门广场，东边就是北京城命脉般的中轴线，连接着前门的城楼与宏伟的天坛。

大栅栏这个名字不仅仅属于一条人声鼎沸的步行街，也属于周围的一整个街区，在国外也赫赫有名。整个大栅栏地区有一百一十四条胡同，经营着将近一千五百种生意，七座庙宇承载了三千多户人家对美好生活的祈愿。多数的四合院都有着低矮的平房，在20世纪瞬息万变的浪潮下悄然地腐朽着。可以说，这是北京，乃至整个世界人口和房屋最为密集的城市区域。大栅栏地区的面积和梵蒂冈（总人口五百五十七）差不多，这块不到一平方公里的弹丸之地居住着约五万七千个居民，其中包括一个“老外”。

我搬到大栅栏的那天，老寡妇用她那双棕色的眼睛盯着我，一字一句地宣布了四合院唯一的规矩：“公是公，私是私，公私分明！”

然而，一旦我跨进院子的门槛，融入到胡同里，生活中就不存在什么隐私了。当我弓着身子站在门口时，一群老大娘别着写有“巡逻”二字的红袖章，走过我身边，亲切地打着招呼：“小梅，你吃了吗？”这些大娘正式的头衔是“街道巡逻队志愿者”。老寡妇则拒绝加入：“她们不就是整天坐在那儿东家长西家短的吗！”她表示不屑。

奶奶们推着丁零咣啷的小推车，里面装满了从天桃市场买来的蔬菜。通体黑色的“飞鸽”自行车不断响起铃声，提醒人们让路。一个五岁大的小屁孩正看着自己的宠物小鸡执着地在沥青路面凹陷处的泥潭中找虫子吃。一个小贩抱着一摞报纸四处兜售，路边鸟笼里的一只八哥立刻滑稽地模仿起他的叫卖声。一个穿着白罩衫的男人在地上铺了一块垫子，整齐地摆好各式各样的假牙，亮开嗓子喊道："补牙喽!"收破烂的老王（废品王）守着一杆铁砣秤，称着一小包空矿泉水瓶子的重量。拿瓶子来的女人对于老王的称量结果表示怀疑，把他推到一边，自己调整着准星。两人都眯起眼睛细细端详了一番，最终确认老王是对的。他给了那女人一些钱，把麻袋扔到平板车上。当我问他"生意怎么样"的时候，他深深叹了一口气。这个"废品王"每天都得锱铢必较，精打细算地过日子。

小巷的两边被挨挨挤挤的建筑围得水泄不通。除了漆过的门，只能看到四合院灰色的墙壁。最初胡同的规划者似乎认为这样的千篇一律是一种美，不像欧洲的古都，每一座建筑的外墙都不重样，充满鲜明的个性。"伟大的上帝早已安排好一切，最美的必然映入眼帘，丑陋的则隐藏起来，"意大利文艺复兴时期的著名建筑大师帕拉迪奥曾这样写道，"我们也一样，在建筑时，要把最重要和最美的一面充分展示；稍逊一筹的则要尽可能避免进入人的视线。"然而，北京四合院恰恰和这种理论背道而驰，它的"脸面"长在门后，最吸引人和最鲜活的部分都藏在四四方方的墙内。

我所居住的这处破败宅邸还依稀保留着过去主人荣华富贵的痕迹。厚重的双木门上留着斑驳的漆影，但刷上去的对联早已在岁月中模糊难辨。门前两边的长方形对石上曾经威风凛凛守护着宅院的石狮子不知被谁削下偷走了。门梁上曾经鲜亮的荷花与祥云也退却了颜色。曾经高挂过大红灯笼的铁钩子如今锈迹斑斑；屋瓦上碎片很多，几丛野草顽强地长了出来。

和所有的四合院一样，这里有几间平房。在帝都时代的北京城，所有的房子都禁止超过紫禁城的高度。某位英国公使曾经记录了1865年史坦利爵士对北京不无嘲讽的鄙夷，"北京真是个失败的城市，对不对？这么大个地方连幢两层的楼房都没有，唉。”但中国的统治阶级也同样对西方的城市嗤之以鼻。18 世纪，康熙皇帝看着绘有欧洲住宅的画作，得出以下结论：“无疑欧罗巴乃狭小可鄙之邦，盖臣民无足够地气可接，以安家重土；竟至居于半空。”

老寡妇说，住四合院最大的好处之一就是时时刻刻踩着脚下坚实的土地，比住在高层的公寓里要健康得多。这就是所谓的“接地气”，和大地母亲的精气神相连。一次，为了展示给我看，老寡妇轻轻用脚踏过门前的花岗岩石阶、木质门槛和周围的泥地，每踏一次，她都会轻轻地说出“接地气”三个字。

北京城太过平坦和方正，所以人们指路的时候，都不会说“向左向右”或者“向前向后”，而是要把东南西北明明白白地搬出来。城里的大多数胡同都刻板地交叉成一个个方正的网格。然而大栅栏的小巷因为处在前门外，不需要严格遵循皇家规矩。北京再也找不出另一个地方像这里一样，布满了各式各样，形色不一的胡同。有最短的（约九米长），有最窄的（约三十八厘米宽）。有的弯弯曲曲，有的迂回曲折，还有走不通的死胡同。

我住在杨梅竹斜街上。这条小巷斜斜地延伸了七百多米。原本这里有一条运河流过，后来被居民们填满了。胡同的宽度足够容下一辆小车，不过如果真要进车，就得把路边停得杂乱无章的自行车统统搬走。

胡同的名字常常能唤起对逝去岁月的回忆。过去这里还不叫“杨梅竹”，而是以街坊邻里一个媒婆命名的。后来这项营生被定为“封建主义遗毒”，官员们将她的姓（杨）和职业（媒）进行了组合，取其谐音“杨梅”，再加上好听些的“竹”，就有了如今的名字。胡同的名字可能代表了曾在这里开店的药师，或者是走街串巷的手艺人，他们会用竹子做出一个个哨子，拴在鸽子的羽毛上。杨梅竹斜街的旁边就是琉璃厂，那条街上曾有过一个窑炉，为皇家的宫殿和庙宇烧制盖屋顶用的琉璃瓦。旁边就是炭儿胡同，为琉璃厂里的窑炉提供必要的燃料；还有笤帚胡同，里面出产的笤帚可以扫去窑炉里的灰烬。

从我家出门到男厕所要步行几分钟，经过多次实践我找出了一个最短路线。路上我会经过一个菜摊，那个小贩喜欢把胡萝卜摆成金字塔的形状；一家发廊，发型师正为一个顾客按摩着太阳穴；还有一个大门敞开的庭院，里面传出稀里哗啦的麻将声。杨梅竹斜街的建筑仿佛北京上个世纪历史的缩影，从大红的木门，到漂亮的双层石刻，前苏联风格的混凝土门脸，再到斜屋顶的红砖房。单个看来，这些危房并无任何可取之处；但合在一起，它们就成了一幕精彩的布景，一种正在消亡的珍贵的生活方式，每天在这布景前争分夺秒地上演着。

公共厕所里有一块标牌，上书："请勿随地吐痰，请勿吸烟，请勿粗言脏语，请勿便在洞外。"地面上有四个坑位，两两相对，中间没有任何间隔或阻挡。一个蹲着的男人漫不经心的从嘴里吐出一口浓痰。另一个则穿着睡衣，点燃一根香烟。一个小伙子对着手机吼了一句"京骂"："傻×！"对方回应之后他又用同一句骂了回去。我从后面的裤袋里掏出一张卫生纸，蹲在坑位上。四个人谁也没看谁一眼。

一个小男孩跑了进来，戴着学校发的黄帽子，上面写着"安全"二字。这顶颜色鲜艳的帽子意在提醒来往车辆注意给孩子们让路。胡同里的主要交通工具是自行车，偶尔还会有骡车，仅此而已。不过规定就是规定，该戴的帽子还是得戴。眼前这孩子被背上沉重的书包压得喘不过气来。他一边尽力保持平衡，一边脱了裤子，蹲下，抬头，接着站起来，微微弯了弯腰，大声说，"早上好，梅老师！"

第二章 叫我梅老师

十年前，我作为一名“和平队”① 的志愿者，第一次来到中国。本来，我希望能被派往拉丁美洲，因为当时我在威斯康星大学主修教育学，并准备拿西班牙语和英语的执教证书。工作日的上午，我在一所中学给九年级的孩子们当老师，接着步履匆匆地走过麦迪逊② 生产奥斯卡·梅尔烟熏火腿③ 的工厂，四十二个六年级孩子正等着和我共度下午的一段上课时光。

这些实习教职都是没有收入的，所以下课之后，我又兼职做起了特殊的接线员，充当需要打电话的听力障碍人士与电话接听人之间的桥梁。工作的时候，我戴一副耳机，面前摆着一台显示器，把电话接听人的话打成文字，同时把电话那头听力障碍人士的文字回答读给接听人。这场交流中没有标点符号，“qq”代表一个问号，“ga”代表“请讲”（go ahead），代表对方可以回话了。常会出现类似下面的句子：“萨拉你好（语气愉快），今天能和我共进晚餐吗 qq ga。”接线员们不过是一条条电话线，不能和通话双方发生直接的对话。我只是重复对方的句子，然后说“请讲”。这份偷窥狂们一定会梦寐以求的工作于我却是个无可奈何的累赘，我得一边上班，一边看我给学生们布置下去阅读的小说，要比他们的进度提前一章，一边还得不时停下来，将一个女人打出的字大声读给电话那头的男人听，有些内容让人很是尴尬，比如，“宝贝儿我丈夫走了我现在就想要你——请讲。”

一个春日的早晨，九年级的学生们去参加一个名为“我们都是兄弟姐妹”的集会，而我则直挺挺地躺在教室里冰凉的地板上。我的右眼失明了。“压力大而已，”校医院的护士下了简单的结论，并且不以为意地耸耸肩。我抬眼看看那沉重得仿佛快要掉下来的天花板，发现其中一块嵌板上用铅笔工工整整地写着几个大字：“麦尔老师是个大笨蛋!”大厅的那头，响起一阵及时雨般的电话铃声。

和平队给了三个去向让我选择：中国、蒙古和海参崴[4]。我不会说中文。我用不惯筷子。但中国是我向往已久的地方。我曾经走进学校里的一家旅行社，问去那里的机票多少钱一张。对方给出个“天文数字”，瞟了我一眼，好像在说：去挖点儿金子吧你。

和平队在电话里告诉我，毕业三周以后就可以出发了。当天晚上会把各种表格快递给我。结果联邦快递不提供送货上门，我辗转去机场才拿到那封邮件。打开硕大的信封，我仔仔细细地翻看每一份文件：《志愿者任务表》、各种体检合格证明、眼镜订购套装、《隐私法声明》以及签证申请，一切都真实可触，我真的要去中国了。去吧(go ahead)，眼前的邮件仿佛在说，这两个字从未在我心里引起如此巨大的共鸣：去吧，去吧，去吧。

那是1995年，中国当局对和平队的戒心很重，认为其带有某种政治目的。因此，我们这支由十五个老师组成的队伍换了个新名字，“中美友好志愿者”。我的个人信息也被进行了一些“润色”。在中文里，我的姓Meyer读起来音同“卖儿”，很容易让人联想起贫穷父母

---

① 由美国总统肯尼迪发起，主要将受过训练的志愿人士送到发展中国家提供技术支援服务。——译者
② 麦迪逊，美国威斯康星州首府。——译者
③ 美国卡夫食品公司推出的著名肉类品牌。——译者
④ 俄罗斯滨海边疆区的首府。——译者

在集市上叫卖儿子的凄凉画面。在接受和平队培训期间，我的第一位中文老师在看见我名字之后低声轻笑，给了我一个中文名字“梅英东”。当我用这个名字向中国人介绍自己时，他们总会一阵窃笑。每当这时我就觉得，还是“卖儿”比较好。

和平队来到中国西南的四川省。我被派去的城市名叫内江，位于大河沱江的一个拐弯处。这是个不怎么发达和活泛的小城镇，以甘蔗的出产和海洛因的交易而著名。当地一个专爱揭露丑闻的作家在一本名为《天府之国魔与道》① 的著作中，对内江的毒品交易有过描述。

我在这个地方待了两年，每天的工作就是在一家职业技术学校培训英语教师。这所学校位于县城外的一座悬崖上，需要搭船前往，船上常常人满为患，乘客、蔬菜以及牲畜共同挤在一个狭小的空间里。每天早上，我的“闹钟”就是窗外刺耳的猪叫。没有手机电话，更无网可上，要和家里联系了，就用学校里提供的半透明纸，写封家书，放进信封，用鱼胶粘上邮票，再寄出去。校园窄窄的主路总是泥泞不堪，旁边有一家餐馆，地面是泥巴铺的，我就在那里解决一日三餐。最忙的时候，我一周上八小时的课，向那些二十出头，仿佛拥有无尽活力和智慧的学生们传授知识。日常生活就是打篮球、读小说和学中文。每月领八百块钱工资的我生活得不错，这里除了当地特色的辣菜和“五星”啤酒之外，也没什么好买的。我从来不需要急匆匆地去做任何事情，因为没什么压力和必要。手表从我的手腕上消失了。春夏秋冬，寒来暑往，以及学校的开学放假，就足以说明时间的变换。

1997 年，我作为一名“中美友好志愿者”的服务期已满，就来到北京，继续教英语。在“乡下”待了整整两年之后，北京于我，简直就是个国际大都市。当时，这座城市也和其他中国城市完全不同。

---

① 曾被改编为电视剧《刑警本色》。——译者

在这里，市中心并不是一条条空荡荡没有人情味的宽阔林荫大道和千篇一律的公寓与写字楼，而是一片片相连的中央湖区，周围修着各式各样看上去十分亲切的建筑，以及将它们联系起来的胡同。一条胡同的宽度一般和两边四合院院墙的高度一致。四川有着起伏的丘陵，其间穿插农田和开阔地，天空中总是飘着阴云，一年到头难见阳光。而北京则处在一望无际的平原上，头顶的天空总是清澈而高远，这里的气候总让我想起自己的故乡明尼苏达。我还在这里邂逅了未来的妻子。我对北京的感觉，一个词可以概括，那就是：一见钟情。

城市对我的吸引力，就好像高山之于登山队员。然而，从小的经历也让我对城市充满了怀疑与不信任。我母亲童年时居住的底特律，曾经繁荣辉煌，现在则成为一座工业“废城”，贫富阶层分群而居。我父亲的故乡洛杉矶，一条条高速公路无情地取代了座座橘园，并且肆无忌惮地四处延伸。在我土生土长的明尼阿波利斯，人们竟然不得不在室内观看职业棒球大赛。我在那里的家位于城外一条偏僻得好似与世隔绝的泥路上，一排排榆树和桦树伸展着枝条立在两边。后院的栅栏只为美观而设，一片片玉米地绵延好几公顷。如今，那条路被铺上了砖，树木被修剪和砍伐，只为绿化某些公司的停车场而设。玉米地也消失了，取而代之的是一栋栋别墅。一个教书匠微薄的薪水，是绝对买不起的。

中国也经历了类似的“发展”，甚至速度更快。每过几年我都会回到和平队生涯开始的内江，但最后一次去的时候，出租车司机转过头来，充满怀疑地说，“你确定在这里住过？你指的方向都让我迷路啦！”我什么都认不出来。渡口不见了，取而代之的是一座大桥；河岸的峭壁通了一条条公路；职业技术学校也升级成了一所大学。我下了车，站在一片雾霾之中。也不知过了多久，一个声音响起，“梅教授？”原来是那时的邮递员。他领着我，沿着铺饰崭新的人行道，来到我过去住的那座外墙铺有白瓷砖的楼房。那是十年前盖的楼了，状况仍然不错。但已经被指定为需要拆除，即将取而代之的是一座宾馆。过去的那个校园，那个我曾经度过生命中两年快乐时光的校园，早已经消失了。

不过，等我从震惊中恢复过来，再用理性的眼光去审视这些变化时，也意识到总体上这是一件好事。我不是个刻意怀旧的人，明白不管看上去多美，也没有人应该生活在贫穷当中。新校园有现代化的教室，宿舍里配有暖气，锻炼运动的场地宽了许多，校园中的道路也铺了沥青，更加美观和安全。学校申请到一些请外教的资金，不再单纯依靠志愿者了。

2001 年，北京申奥的响亮口号中，第一句就是“新北京”。但早在我 1997 年到那里的时候，这个城市的美化和翻新运动就已经在如火如荼地进行了。一条条胡同逐渐被大型购物超市、高层公寓楼和宽阔的道路所取代，那些代表城市历史，留在老北京们心目中的地标正在逐渐地消失。可能不久前你还去吃过的老字号美味餐馆，逛过的热闹露天市场，甚至是造访过的温馨社区，在短短几周内就能面目全非，被夷为平地。这在北京已是家常便饭。那些在这里生活和工作过的人们去了哪里呢？除了“反正不在这儿了”，没有人能给出别的答案。

对于一个美国人来说，“新北京”一点儿也不陌生。这座城里的第一家星巴克于 1998 年开张。九年后，城区大概有六十家咖啡馆，将近两百家麦当劳和规模不相上下的肯德基；数十家必胜客，还有一家猫头鹰餐厅①。每天城市的道路都在拓宽，上面行驶的私家车也以一天约一千辆的速度增长。一家北京报纸惊呼“自行车王国一去不返!”曾经荒凉的郊区，一座座鳞次栉比的高楼拔地而起，而高尔夫

① Hooters，美国快餐连锁品牌，以火辣漂亮的女服务员为经营特色之一。——译者

球场（十一座）和滑雪度假村（十二家）也如雨后春笋般冒了出来。

2003 年，我在一所知名的国际学校教书。学校位于北京正在蓬勃发展的郊区。这片区域处处是奢华贵气，独门独院的别墅，因此被大家称为“别墅之乡”。我从市内乘车去上班的时候，总会经过一段布满购物中心的地带，还能看见一家达美乐披萨店。再有就是一些在建的房地产项目，豪华的大门上写着诸如“丽高王府”、“王朝花园”、“优胜美地”等富贵洋气的名字。我总是睡意朦胧地靠着校车窗户望出去，周围的学生们则在争论谁家的乡下保姆更蠢笨，声音有一搭没一搭地飘进我耳朵里。经过“美林香槟小镇”的建筑工地时，我的心情低落到极点。工地外的大广告牌上有几个丰满高大，面带微笑的白人，手捧香槟正在开怀畅饮。旁边有一行英文：“同来喝香槟圣饮，一切烦恼远离你。”我觉得牌子上那几个人真是面目可憎。在“别墅之乡”，一切的确看起来很遥远，特别是真正的北京城和那里的一切麻烦。当时正值“非典”肆虐，市民们几乎中止了所有的户外活动，只有建筑工地还照常开工。从学校返回历史悠久的老城区时，校车会经过一座桥，桥上有个大大的电子计时牌，正为 2008 年奥运会的到来做着以“秒”为单位的倒计时。有一天我看到上面的数字是 165 456 718;第二天就变成了 165 369 211。时间正在一分一秒地流逝着。

萌生搬进胡同居住的想法是在 2003 年的春天，和杨先生见过面之后。由于市中心相互贯通、密布拥挤的传统建筑，北京的社交网络也是这样在胡同小巷、街里街坊中分布着。当时我在一家酒吧，正说着想写篇文章，讲讲这个城市正在消失的历史遗产。隔壁桌的一位女士无意中听到，就给了我她的一个朋友的电话号码。这个朋友曾经居住的四合院正在遭遇拆迁。过了几天，她的朋友杨先生就在西城区的一个地铁站和我见面了。

北京的很多立交桥和地铁站都以它们所取代的古城门命名。我们见面的地铁站，叫做阜成门，曾绰号“煤门”，是古时候运煤人和运煤驼队进京的通道。“那家肯德基过去可是武定侯[①]府啊。”杨先生说。他三十开外，圆脸平头。说话的时候有些轻微的口吃，但讲到自己被驱逐的经历时，就一下子流利起来。“我的四合院就在——曾经在广宁伯[②]府第的旁边。现在成了金融街。”

这片区域沿途都是写字楼、购物商场、高耸入云的银行大厦以及没有树荫的广场。草坪上竖着牌子，上书“请勿践踏”。一座雕塑静静立在那里，表现几面砖墙包围着一株幼苗，有些隐喻的意味，让人想起此处还未高楼林立之前，曾在这里平静生活的那个家。

“我们那个四合院是我父母1945年买下的，”杨先生说。“但1949年解放之后，他们怕被划成资本家，所以就把四合院给分成好几个房间，卖了一部分。‘文化大革命’的时候，四合院里三分之二的房间又被进行了一次分割，住进来一些干部和工人。我父母就一直住在一间房里。”

一家人就在院子里住着，直到有一天，四合院灰色的外墙上出现了一个触目惊心的“㊣拆”字。很多老房子上都有了这个㊣拆的符号，白色的笔画如幽灵一般。杨先生从未亲眼见过有人将这个符号写在墙上，我也没有。这些行动大约都是在夜里进行的。就好像帮派划定自己的地盘，或者是鬼魅来到人间游荡。这一切，都由一只“无形巨手”，在不知不觉中进行着。

“通知说我们必须搬走，没得选，”杨先生继续讲述自己的遭遇。“强制搬迁开始的时候，居民们得到的补偿就是市郊的公寓楼。但后

① 武定侯郭英，明朝开国功臣；明成祖朱棣迁都后，世袭了武定侯爵位的后人随迁定居北京。西城的“武定胡同”因而得名。——译者

② 明朝武将刘江因大败倭寇，受明成祖朱棣封赏，封为广宁伯，赐名刘荣，赏赐宅邸，北京的“广宁伯街”因此而得名。——译者

外墙上用刺眼的白漆写上了“拆”。

来很多人都起来反抗啊，不想搬出自己住了这么久的家，和老街坊们分开，跑到离市中心那么远的地方去住高楼。所以就开始赔现金了。赔得还行，每平米给八千零二十元。但拿不拿得到手又是另外一回事了。”

杨先生拿出一支笔，在一张纸巾上写写画画起来。“实际操作起来很难的，因为贪污腐败。理论上，需要有个评估员，来评估一下财产价值，然后在居民和开发商之间报告协调。”他画出一个三角。“但评估员和开发商是一伙的，他们和我们对着干，只想快点儿把楼盖好。”

纸巾上乱糟糟地布满了线条、数字和布满墨点的潦草字迹，遮盖了杨先生之前描绘自己家老房子的图画。

虽然胡同里居住条件不怎么好，也能拿到一定的赔偿金，杨先生还是不想搬。他在那个院子里长大，熟知这片区域的历史。他说自己就是这里的一部分。他接着这里的地气。将来，他也希望自己的孩子和自己有着同样的经历。

“但反抗是没有用的。街坊邻居的都散了。”他说。“老胡同里住着三大类人：一开始就住这儿的老北京，‘文化大革命’时搬进来的人，还有那时候因为工作关系调过来的。人多口杂，要大家统一意见太难了。中产阶级还没成气候，怕失去打拼得来的一切，所以不敢站出来。拆迁队那些工人都是乡下来的，对城里没什么概念，只是让干什么就干什么。还有就是那些搞城市规划的人和开发商，他们体会不到北京的精气神，觉得这个城市应该改变，而不是去保护。”

杨先生说工人们拆掉自己房子的场面真是惨不忍睹。“他们可不是你这样儿的文人，”他说，“他们太野蛮了。”说到这里，他那天生的笑脸上面色一沉。“那不仅仅是一个建筑，那是我，是我的家庭。我们的精气神。我奶奶是得癌症去世的。去年她去世之后的某一天，我突然感到巨大的悲痛，总觉得哪里不对劲儿。我就去了老屋，发现他们已经把厨房给拆了。我一下子就想起奶奶最后一次给我们做的饭。”他的眼眶湿润了。“我们都是她拉扯大的。她最拿手的菜就是肉丸子。我一直想着她最后给我们做的那顿肉丸子。一家人都在，她笑得很开心，说了很多话。我们都特别希望她能熬过这一劫，不跟阎王爷走，像那时那么硬朗。可是她走了，我们的家也没了。”

两行清泪沿着他苍白的面颊滑落。“对不起，之前有一次我也这么失态过，是在我女朋友面前。她觉得我很莫名其妙。”

我们缓缓走过工地高高的石堆，走过名叫“投资广场”和“国际企业大厦”的写字楼。我闭上双眼，又睁开，对杨先生说，要是我初来乍到这片区域，应该很难猜测自己是在哪座城市吧。杨先生笑了起来，“不，你环顾四周，会发现光鲜外表下丑陋的角落。你就会知道，这里只能是北京。”

现在，开发商正计划在杨先生那条胡同的位置兴建一座丽嘉酒店。“有一家人还住在那里，老屋还剩一间房没拆。”他说。“我朋友有个GPS，他来这里把老屋的坐标记下来了。这样将来我就可以带孩子回来，站在酒店的大厅里，告诉他们，‘我就在这里长大’。”

他随手在工地周围的蓝色锡板上撕下一块干掉的油漆。我们又晃晃悠悠地来到一片布满断砖残瓦的地方，残留的墙面上还能看见那句简洁的命令：㊣拆。杨先生房间的窗户碎得七零八落。他小心地擦了擦碎木头，那本是他家的窗台。

隔壁的一户人家拒绝搬迁，于是被停了水。但没人知道究竟是谁下的命令。应该还是那只“无形巨手”。原来的菜市场也搬出了这片区域，生活更为不便和艰难。这家的父亲自我介绍说是满族人。他的祖上曾经是八旗子弟，做过中国最后几个皇帝的御前侍卫，从那时起就一直住在这里。

“现在他们居然让我搬到郊区一室一厅的房子里窝着?”他说。不过在父亲高声批评政府的时候，儿子则在一旁撇嘴。他想接受赔偿金，住进新公寓，开始新生活。“你干吗跟他们说这些?”到最后儿子实在忍不住了，大声制止父亲的高谈阔论。“你觉得这样很光荣吗?”

他们的争吵传到了墙根的那一头。拆迁队员们就蹲在那里，等着开工的命令。走到小街上，你还能听见父子俩的争吵声，那里刚走过一群穿深色西装的男人。他们手中卷起的图纸就是这片区域未来的蓝图；他们指指点点，比比划划，眼前有一座座只有他们才看得见的高楼。

“城镇就是工具”，柯布西耶曾下过这样的定义。在其1929年的著作《都市主义》[①] 中，这位法国建筑师鼓励大家去开拓欧洲城镇中央狭窄曲折的小路，修建更宽阔的大道，以增加交通流量。“住家就是机器。”

---

① 法语原名*Urbanisme*，英译名*The City of Tomorrow and Its Planning*。——译者

我是因为偶然的机会开始读这本书，但很快就手不释卷了。很多反对他观点的争论听来十分熟悉，和我之前的很多想法一致。但柯布西耶觉得所有将中世纪居住条件当做文化遗产的观点都是胡扯。“老巴黎保护委员会很尽职尽责，”他在书中写道。“只要大家讨论要拆掉一座充满结核病菌、让人泄气的破烂老房子时，你就能听见他们跑出来哭哭啼啼，‘那些铁艺装饰怎么办？那些美丽古老的手工铁艺装饰怎么办？’可能这些先生们的太太没事做去走访了一下贫民窟，为了显示自己的宅心仁厚，装模作样地爬上摇摇欲坠，吱吱呀呀的楼梯，在如今贫民聚集的某座老房子里看到一件心仪的铁艺装饰，就忘不掉啦，得掺和进来。”

柯布西耶继续写道，“当然，如果你问问这些整日忙于写论文和指导公共意见的恋旧人，他们住在哪里，答案肯定是某某小区，电梯公寓什么的，要么就是位于花园深处，舒服豪华的小别墅。”

我见过的最坚定和尖锐的胡同保护者们都是历史学家和游客。他们未曾亲身在胡同里生活过，都是被那看得见摸得着的古老建筑和其细节吸引，其中当然包括古老美丽的手工铁艺装饰。尽管我也为北京历史古迹的消逝而伤神忧心，但我也是个一直住在公寓楼里的“假把式”。柯布西耶的批评和讽刺听起来像一个挑战。我对胡同真正的了解有多少？胡同值得去保护吗？再不去探究一番，就没时间了。

我用了一年的时间，在清华大学学习中文阅读，教材就是记录北京城市规划史的图书。在一家同城网站上，我看到一个四合院的招租广告。但在我搬进去之前，那个院子的外墙上就有了㊃拆的符咒。热心的老北京房东按照东方人的办事方法，把我介绍给了一个熟人。

2005 年 8 月 8 日，我搬进了杨梅竹斜街。凑巧的是，六十八年前的这天，日本军队的铁骑踏过大栅栏，穿越前门，攻占了北京。而三年后的这天，北京奥运会就要正式开幕。日本军队很快就被赶出了中国，在这片区域没留下什么。但奥运会可能带来的影响，没人说得清。老寡妇建议我签个短期租约。那只“无形巨手”可能随时降临，将一切化为瓦砾场。

我希望胡同里的生活就像我十年前在乡下一样，优哉游哉，闲适自在，而我可以成为社区的一分子。大栅栏一共有三所小学，其中一所离我的家门步行只需五分钟，就在和杨梅竹斜街平行的那条胡同里。和平队的经历让我明白，在学校工作会让社区的人们认识并接受我，让我在他们眼里从陌生的老外变成“梅老师”。人们会去了解我做过些什么，去过什么地方，并且明白我打算在这里待一段时间，而不是一个匆匆过客。

北京的学校四周都有围墙，闲人免进，让学生的安全有保障。我第一次来到炭儿胡同小学的时候，保安拒绝打开学校高高的雕花铁门。后来我带着一份中文简历又去了，保安不情不愿地接过了那张纸。又过了一周，小学的校长回复了我打电话留的口信，邀请我进学校找她。

这所小学从没有过外教，她告诉我。事实上，她根本就没有聘请外教的许可。就算可以，资金也不允许。国际学校外教一天的工资，跟炭儿胡同小学的老师们一个月的薪水差不多。

我解释说，我是来做志愿工作的。我的花销很少，也不希望像那些拿工资的老师一样，需要应付这样那样的杂事，比如参加每天放学后的教职工大会什么的。

校长笑了。她从没听说过学校还有志愿者老师这回事。如果炭儿胡同小学真有个志愿者老师，而且还是老外，那可真是开了先河了。校长们不会冒风险，他们只会把握风险，化为机遇。他们维持现状，又寻求改变，才能在这个小小“官位”上坐得稳。“我们得先取得许可才行，”她说。

我给了她一堆复印件，包括我的护照、签证、教师执照、学位证书、推荐信，以及这些文件的中文版。

一个月后，2005年的秋天，我成了炭儿胡同小学的一名英语老师。四年级的学生们被分成三个班。每个班的黑板上都用粉笔画着福娃，五环，以及奥运口号“同一个世界，同一个梦想”，同时还有一首歌的歌词：

> 2008，奥运就要来啦，
> 我们的公德与环境都最棒……

在每天晨会升完国旗唱完国歌之后，每个班都应该把黑板上奥运倒计时的天数改一改，一直持续到奥运开幕的那一天。但只有一班黑板上的数字一直是对的。三班一开始提前了一两天，接着又推迟了一两天。而在二班的黑板上，时间完全是停滞的，班上没有一个人在费心修改这个倒计时。所以，在二班，距离奥运永远都还有九百九十六天。

这种时光停滞的错觉让人心中十分舒畅。教室里没有时钟，而窗外的景色就好像时间不会流逝一样。一片青砖碧瓦的斜屋顶静谧安详，而学校四层楼的教学楼就成了这一带最高的建筑。从教室看出去，学生们能一眼看到我住的四合院，书店，派出所，还有附近清真寺铺着碧绿瓷砖的塔状尖顶。我们能看到前门城楼上的飞角檐梁，以及人民大会堂顶上一排迎风招展的红旗。有一天，我让孩子们数数所有能看到的树，没有一个学生顺利完成任务。纵横交错的斜街和胡同两边种满了白杨、三角叶杨和松树；四合院里则常见柿子树、枣树、李子树、樱桃树、山楂树和胡桃树。即使是在微凉的早秋，俯身望去，也是一片灰色屋顶与绿色树叶交织成的海洋。

但看得更远一些，就会发现，我们所居住的地方成了一座不断缩小的孤岛。现代化的写字楼和公寓楼正逐渐取代胡同的位置，从各个

二班窗外的风景。

方向蚕食这个老社区。我指向远处那对闪着金色光芒的拱形图案，孩子们都兴奋地叫起来，“麦当劳！”到这个学年结束的时候，不远处还会出现一家沃尔玛。

第三章　Mocky 与我

Mocky 是一只调皮的小猴。他有两个人类的好朋友：肯和安。他们总是去拜访一只被称为布吉叔叔的大猩猩，这位叔叔会在黑板上解释英文语法。这四个人物一起教北京的小学生学英语。我的学生们都很喜欢 Mocky。他和他的朋友们比旧版英语教材中的人物好玩儿多了。原来书里的主要人物是学生马楠和张老师，每一节的标题都可以叫做“虚张声势的英语”。课里典型的对话如下：

“You're late again, Ma Nan.”（你又迟到了，马楠。）[①]

“I'm sorry, Miss Zhang.”（我很抱歉，张老师。）

“When do you get up every morning?”（你每天早上几点起床?）

“At seven.”（七点。）

“Get up earlier. Don't be late next time.”（早点起床。下次别再迟到了。）

北京的学生从小学一年级起就学英语。每周都有三节四十五分钟的英语课，一直到小学六年级毕业。Mocky 的很多解释说明都是自动的，这样老师的作用就大大减少了，不用带领学生们去背诵英语对话。书中的对话也被做成生动的动画，刻成光盘，随书赠送。虽然 Mocky 说话很慢，但听起来尖声尖气，好像吸进了氦气[②]。所以我和学生们都倾向于看字幕。

朱老师完全受不了 Mocky 的声音，所以她放弃了动画，采用自己备课的方式。和炭儿胡同小学其他的英语老师不同，朱老师的口语不错，而且上课采用了全英语教学。但是下课后，她还是喜欢和我说中文。英语不过是她用来工作糊口的工具。

朱老师十五岁的时候，中考失利，让她无缘上高中，也就断了通向大学校园的路。她的父亲建议她去做个女警察。

“我路过一个派出所，往里面看了看，”她说，“看见好多脑满肠肥的人无所事事地坐着，办公桌上摆着一罐罐茶叶和一摞摞报纸。我那时并不知道自己想要什么，但我很清楚自己不想要什么。”

于是她进了一家技校，接受教师职业技术培训。“我那时候很懒，只是完成布置的任务而已。我的英语相比起来还算不错，所以他们就培训我做英语老师。十八岁毕业的时候，他们把我分配到这所学校。那是七年前的事儿了。”

朱老师是炭儿胡同小学最年轻的老师。在学生和教职员工眼里，她也是学校里最漂亮的老师。她总是用中国人特有的谦虚拒绝接受这种夸奖。土生土长在北京的她没有一般北方人那样的大骨架子和红润肤色，而是细腰，小个，奶油色的皮肤。她有悉心修剪过的眉毛，但总是素面朝天，染成棕色的长发总是束在脑后。很多老师都穿千篇一律皱巴巴的运动服来学校，朱老师则总穿着充满活力的牛仔搭配上衣，而且每天都换。

她由爷爷奶奶带大，就住在附近一条胡同里。那个离学校很近的社区最近刚被一条八车道的大街与大栅栏分割开来。几座人行天桥飞架于大街之上，上面布置着醒目的红黄色塑料装饰，组成两个公式：$F=GM_1M_2/R^2$ 和 $E=MC^2$。和我住的地方一样，她那里也是个俗称

---

① 书中涉及一些中国教材中英文课文的状况以及其他“中式英语”，作者展现在作品中有一定的目的，因此这些地方会出现英文原文的内容，括号中是译者的翻译，并用与正文不同字体表示。以下同。——译者

② 人吸入氦气之后声音会变得奇怪。——译者

的“大杂院儿”。过去的富商宅邸经过多次划分之后，现在住了四十三口人，朱老师觉得这么多人没有一个能当朋友，还有些则纯粹就是惹人烦，特别是有的还养了整天狂吠不止的京巴。她那间单人房还是在几十年前，政府认为住房是一种基本权利而不是资产的时候，分给她一个亲戚的。后来亲戚搬进了公寓房，她就搬了进来，每月交三十元的房租。朱老师一个月的工资是八百元，低于北京的人均工资，和“废品王”挣得差不多。不过，好在学校还会提供基本的医疗保险，工作也比较稳定。

都市里人们的道德约束越来越宽松，不断发展的经济也给人们提供了前所未有的享受机会，但朱老师还是坚持着一个地道北京人的宿命论，觉得一只看不见的手在操纵着她的人生。我说，她很幸运，分配的工作和分配的房子离得这么近。“这又不是我自己的决定，”她无奈地耸耸肩，“刚巧这么安排了。”

朱老师教一、二、四、五这四个年级。校长让我们俩人“互相学习”。在接下来的两年，我们将合作教学。

如果去造访一个学校，并且和它只得一面之缘，可能会感觉那里全是表现良好，听话乖巧的神童。在和平队的时候，我常常去观摩受训教员的课堂。宽敞明亮的教室里，整整齐齐地坐着一排排干净听话的孩子，他们给出的答案都是……哇！都是对的。

然而，我亲身执教的炭儿胡同小学却完完全全是个反例，没有丝毫修饰，孩子们尽情展现着天性。他们会大声喊出错得离谱的答案，随便和彼此讲话，并发出孩子特有的，无忧无虑的大笑。他们都住在学校附近的胡同里，每天都低着头进入教室，头发很久才洗一次。大多数小男孩都剪着平头，女孩子们则用发圈把头发束起来。教室前面齐腰高的地方都漆成了灰绿色，而上半部分的白色墙面上，则单调地装饰着一面塑料的中国国旗和一张打印出来的单子，标题是“奥运文明礼貌准则”。第一条，就是热爱祖国。

老师们的名字带着过去时代影子：红军、东强、建国。而孩子们的名字则反映了新一代的愿望和理想：鑫龙、文启、萌萌。一个父母离异的女孩，母亲是个服装设计师，她的名字取佛家的禅意，叫做“尘一”。她也是班上唯一有英文名字的学生，她叫自己“Cher”（雪儿）。

墙上的一张表格列出了孩子们的名字，还有对他们各项身体指标的评估：

身高（上等、中等、下等）
体重（上等、中等、下等）
肺活量（上等、中等、下等）
视力（近视、正常、远视）
沙眼（有、无、可疑）
龋齿（有、无）
牙周病（无、牙龈炎、牙结石）
贫血（有、无）
营养评价（肥胖、超重、较低体重、正常体重、营养不良）
综合体质（较好、一般、较差）

一班二十四个学生当中，有四个的综合体质是“较好”，其他的孩子要么“肥胖”，要么“营养不良”，要么“较差”。身体素质和英语学习能力之间好像有某种联系。一个孩子的身体素质越糟糕，英语成绩就越好。

我们班最优秀的学生是毛毛，一个胖胖的女孩，有一头蓬乱的长发。她的特长是吹长笛，平时总是问东问西：“绿头鸭英语怎么说？叉车怎么说？河马怎么说？长颈鹿怎么说？”这些在中文里由几个意思独立的字组成的词语在英语里都只是一个单词（Mallard，forklift， hippopotamus，giraffe)，毛毛觉得英语没什么逻辑。

每当朱老师问谁愿意起来读课文的时候，小刘总是第一个举手。她希望自己在进高中的时候，英语已经没有中国口音了。进入四年级的时候，小刘才九岁。她眼镜的镜片很厚，有些歪斜地架在鼻梁上，因为她的左眼上有一块蓝色的罩子。这是为了训练她右眼的视力。而她也总是把露在外面的那只眼睛眯成一条线才能看清。四根皮筋把她的黑发向后竖起来。小刘看上去活像一个惊叹号。

每天，她都会带领大家一起背当天的课文。今天是 Mocky 在思考自己将要从事的职业。他面临着农夫、医生、护士、飞行员和舞蹈家等一系列选择。在尝试杂耍受伤之后，Mocky 发现自己对兽医这一行肃然起敬，这就成了他未来的职业理想。

孩子们看起来都比实际年龄要成熟，仿佛他们长大后要穿的衣服就挂在衣橱里，等着他们随时穿上。我让他们造个英语句子，谈谈自己未来的职业。小刘郑重其事地念道，“长大后，我想成为一名医生，因为那样就能救死扶伤。尽管我的眼睛很痛，但还是希望继续为集体做贡献。”

她的一个同学大声说出自己的句子，“等我长大了，我想做个老外！”

其他的学生有想当护士的，有想当兽医的，还有想当老师的。大家开始争论什么职业才是最好的。宇航员！消防员！导游！士兵！司机！没人想进政府去当官。

朱老师让学生们谈谈自己父母的职业。Mocky 的词汇表上没有这些职业的英文，于是各种问题层出不穷：

“帮工英语怎么说?”

“修手机的怎么说?”

“理发师怎么说?”

“失业的怎么说?”

我在黑板上写下 fried-food cook（卖油炸食品的），road repairman（修路工），clothing saleswoman（衣饰店老板娘），accountant（会计），bookseller（卖书的），还有雪儿妈妈的职业——fashion designer（服装设计师）。小刘指着一个同学，用中文说道，“他爸爸是个犯人！”

朱老师对我耳语道，“他想抢银行。”

那个小男孩胆怯地瑟缩在座位里。他的同桌名叫吴昊，是个有着玫瑰色面颊的小女孩。当我问到她父母职业的时候，她无动于衷，因为没听懂我的问题。另一个孩子用一种“我是老师小帮手”的语气得意地说，“别跟她费事儿，梅老师，她特别笨！”

学校总是灌输对权威绝对尊重和服从的思想，所以学生们都对老师有着超乎寻常的尊敬。进入教室前要先大声喊“报告”，还得敬个礼。不过，说到同学与同学之间的关系，那就是各管各的了。计划生育政策让多数家庭都是独生子女，孩子们结成了规矩严格，关系紧密的小团体，以此替代计划生育政策让他们缺失的兄弟姐妹。班主任鼓励孩子们互相打“小报告”，并指定了一些学生干部，形成了一套“班级管理系统”。班干部们有不同的职责，一个专门负责收作业，并写下迟到旷课的名单；另一个则带领大家排好队参加晨练，警告那些不好好下蹲和弯腰的同学；一个负责组织和监管班级大扫除；一个把说脏话的同学名字记下来；一个每天带领全班做保护视力的“眼保健操”，只要看到有人没使劲卖力地“轮刮眼眶”，他就把那孩子的名字写在黑板上。

我停止上课，换说中文，告诉孩子们，每个人的情况不同，但都要学同一本教材，所以成绩好的同学应该帮助那些学不懂的同学，不应该嘲笑和责骂他们。而我为之说好话的吴昊，这个脸颊绯红的沉默女孩抬起头，用轻松欢快的语调对我说，“不，是真的，梅老师。我就是特别笨。”

吴吴的家也在一条胡同里，不过是一栋四四方方的两层水泥楼，旁边则是摇摇欲坠的危房，有着斜斜的瓦屋顶。如果四合院过分老旧，甚至倒塌，代替它们的总是用最原始的建材搭起来的简易棚户。如此一来，胡同整齐划一的建筑面貌便不复存在。虽然无形的邻里社区联系仍然存在，但在外人看来，这块地方已经是支离破碎、破旧荒芜了。

吴吴的父母以装裱字画为生。两层小楼的第一层就是裱画的作坊，第二层则用作卧室厨房等生活场所。这条胡同里有很多字画装裱店，同种的营生集中在一起，这也是大栅栏的一个传统。“每个人我都认识，”她父亲指着面前的小街。“我们都是浙江来的，一个村儿的。”

他请我留下来吃晚饭，我答应了。可吴吴却有些尴尬地扭了扭身子。我说起英语课上发生的事情，她突然打了一下我的胳膊。我就吴吴的学习能力问过其他老师，他们异口同声地告诉我，“吴吴很笨。”不过学生档案中唯一的文件只不过记录了他们的身体健康状况，上面只是写着吴吴有龋齿。

“我向学校反映过老师们对我女儿不好，但没人理我，”她父亲说，“所以我索性不打电话了。她能去学学写字和算术已经不错了。我知道她是没那么聪明。但这不代表她就没用。我也没那么聪明呀。”

他展开一张画有精美中国画的宣纸，小心地把它放在一块刷了胶的绢本上。吴吴一动不动地坐着，观察着爸爸的举手投足。他一边做事一边对我说，“我挣的钱不算少。在这里过得比以前在家好。”他的目标很简单：在北京能待一天是一天。如果“无形巨手”将㊟漆在了这条胡同的墙上，那么他就到另一条胡同去另起炉灶。他非常固执地说，回乡下去简直不可想象。“我们搬到这里来了。这里是中国的首都。她当然得在这里上学，”他往吴吴那里抬抬下巴，“她的机会会多得多。谁知道她将来会不会干大事呢？”

我问吴吴长大想干什么。

她表情严肃，用中文回答道，“我不想当英语老师。”

校长不知道是谁在申请书上敲下了大红印章，准许我来炭儿胡同小学教书的。一切的决定都是老百姓看不见的“上头”做出的。

一天清晨，电锯的轰隆声叨扰了我的美梦。一名伐木工戴着不太结实的面具，正要挥刀结束一棵杨树的性命。这是杨梅竹斜街上两棵枝叶繁茂的大树之一，每天都为这条胡同撒下绿色的浓荫和斑驳的树影。胡同太窄，没有足够的空间，不能采取整体砍伐的方法，所以这个伐木工就从树干下端开始，一点一点地把这棵老树“凌迟”。

我问他，“你为什么要砍这棵树啊?”

“因为这是我的工作，”他回答。

老寡妇站在四合院的门前看着眼前的一切，一言不发。

“废品王”看到我脸上的疑惑不解，好心地解释说，“这人要把这树砍了。”说着转过身去称一摞废纸。时候不早，都该专心工作了。

这是五十年来北京最暖和的 11 月，但全城的中央供暖系统还是一如往年地早早开启了。教室里闷热难耐，一直到 12 月初，室外温度从摄氏七度骤降到零下九度，这种状况才有所缓解。不过，教室里有二十五个活泼好动的“加热器”，窗户上依然蒙上了一层朦胧的白气。朱老师和全北京城的很多人一样，打开窗户给教室透气，让那无法忍受的热气稍稍散去一些。

这可太浪费了。我真希望能接根管子，把这些热气输送进我屋里。夏天的时候这里凉爽宜人，到了冬天简直就成了个冰窖，要把人活活冻死。于是，即使没课的时候，我也往学校里钻。本来屋里有个电热器，我满心以为可以靠它熬过严冬，结果，一打开就烧了全院的保险丝。一片黑暗中，老寡妇大骂了一声“傻子!”接着没敲门就摸索着进了我的房间，唠唠叨叨地抱怨自己看不成京剧节目了。但短短一瞬间，她的注意力就转移到电热器的包装上，那是一摞厚厚的纸板。“那个还值点钱嘞，”她认真地对我说。“废品王”给了我一块五的回收费，够买一瓶燕京啤酒了。对于冻得发抖的我来说，这瓶冷冷的啤酒好像一杯热巧克力，将温暖的液体灌注到我的五脏六腑。

相比之下，老寡妇过得暖和而舒适，因为她房间里的铁炉子里随时都烧着“蜂窝煤”，就是一种不大不小的圆柱体煤球，中间有十六个洞。我从不烧煤，味道闻起来不舒服，而且还让这片儿笼罩着一层带有硫磺气息的薄雾。另外，对这玩意儿的安全性我也持强烈的怀疑态度。胡同里的大红横幅上，起政治宣传作用的标语已经被撤下来，换成几个显眼的黄色大字：“创建和谐社区，登记狗只，防止煤气中毒。”一天早上，我像冻僵的木乃伊一样裹在三层毛毯中瑟瑟发抖，一阵狂乱的敲门声将迷迷糊糊的我唤醒。

“你没来上课！”朱老师惊叫道。“校长叫我来看看你怎么回事。我们还以为你被闷死了呢！”去年冬天，学校里一个学生就在睡梦中遭遇了危险。“她妈妈是学校的舞蹈老师，很受学生们喜爱。家里的煤气炉漏气了，屋子里通风又不好。那个学生第二天早上醒过来了，但她父母却没醒过来。任凭她使劲摇使劲喊，他们就那样去了。”

说着朱老师环视了一下我的房间，“连煤都不烧！你不冷吗？”

地图对 Mocky 来说就像天书，孩子们也和他一样。学校里一个地球仪都没有，墙上也没贴一张地图。翻开中文课本，这两样东西也不见影踪。那天的课上，Mocky 盯着一张地图寻找附近的超市、电影院和公共厕所。这些我们这片儿都有，但他接下来找的游泳池和公园就没有了。他的朋友肯和安要去动物园。“我不喜欢动物园，”Mocky 害怕地大叫起来，“我想回家！”

孩子们和大约五万七千个人住在一起，再加上偶尔来访的中外游客，他们喜欢大栅栏便宜的民间旅社，以及清闲安静、有益健康的夜生活。这种状况孩子们毫不担心，但他们对鬼魂的惧怕有增无减。

“他们只有晚上才出来，”小刘睁圆了那只露在外面的眼睛。“他们的身子白白的，能看到那头去。要是他们来抓你，你可没辙了。反抗是没用的。他们会把你带走的。”

“他们把你带到哪儿去？”

“带到他们住的地方去。”

“然后呢？”

“你永远也没法回来了。永远也不行。你再也见不到朋友、爸爸妈妈和家人了。他们死了之后也见不到。”她像演戏似的打了个夸张的寒颤。

我放下手里的英语书。“你们知道吗，北京还有皇帝的时候，菜市口就是个刑场，用来给犯人砍头的。”

小刘和其他的孩子都惊奇地瞪大了双眼。“那个地儿很近啊！就在我们这片儿！”

“一天晚上，一个药师听见有人敲店铺的门，一个男人的声音响起，央求他给点止痛药。药师开了门，看见……一个男人站在门口，手里拿着自己被割下来的头！”

教室里尖叫声此起彼伏。我赶紧关上门。孩子们强烈要求再讲个故事，比如前门那个狐妖，每到半夜城门关闭的时候，就会变成人形。她会等着一个醉醺醺的男人游荡过来，邀请他坐下一起喝一杯。接着，她就会变回轻飘飘的圆形，然后……把这个男人掳走！

更多的孩子尖叫起来，“哎呀，那她把人都带去哪里啊？”

我自然是不知道的。孩子们会觉得被带去了哪里呢？

“也许是带到郊区去了，”小刘煞有介事地说。

毕竟，从胡同里被迫搬出去的人们，几乎都把那里当成了最后的去处。

我把一张北京地图展开在学生们眼前，问他们北京动物园在哪里。教室里一片沉默。我们这片儿呢？还是没人回答。那城中心那一串湖呢？七十五个孩子中，只有三个去过那里。雪儿答对了，说那块地方离大栅栏有三公里左右，另外两个孩子一个蒙了个五十公里，一个甚至说有三百多公里。

这些九岁孩子的数学能力和记忆力能把我打得落花流水，但他们对区域和空间的感知却被限制在四四方方的胡同街巷里。朱老师也和他们一样懵懵懂懂地长大。活了二十多年，她还从没去过附近的湖区。那些地方是游客们热衷的，也是为游客而建的。在我眼里，这片区域是地球上最特别的城市空间之一，并且正在我们的眼前渐渐消逝。而对于他们来说，这里不过就是“家”；精神上灵魂上的家，而不是硬邦邦的“房子”。孩子们用画画表现自己住的地方时，从来不会诚实地画上大红双开门的灰墙，门口两边相对的石雕，以及需要修缮的斜屋顶。他们会按照卡通动画里的样子，在天空画上一个笑咪咪的“太阳公公”，阳光下是绿草地，瘦瘦的小人儿们住在两层楼房里，一楼有扇小门，墙上开着两扇窗户，房子有个三角形的屋顶。那些瘦瘦的小人儿们，眼睛都由圆圈简化成线。画上的所有内容都充满了西方的气息。

即使拿厚厚的黑布蒙上眼睛，我的学生们也能够游刃有余地穿梭在这片迷宫般的胡同里。他们知道哪里能买到鲜牛奶，哪个店里有最好玩的溜溜球。他们也知道那些所谓的理发店里实际上全是“小姐”——“那些坏女人就在这里干活儿，”一个小男孩边说边指给我看。而一个小女孩在路过彩票售卖处时，摇了摇头长叹一声，“男人可真会乱花钱啊!”

比起看地图，要让孩子们抽象地来表现这里是个更大的挑战。我和朱老师本来准备进行一个星期的计划最后花了整整三个星期。班上没有一个孩子画过地图。原来教室里剑拔弩张、各管各家的气氛有所放松，因为那些英语好的孩子都得求助画画不错的孩子，甚至还需要去请教那些对胡同里标志性建筑以及它们之间的联系一清二楚的孩子，比如吴吴。孩子们各自标画了超市、书店、理发店、肉店、宠物店、邮局、清真寺、麻将馆、博物馆、银行、酒吧、美发店、旅馆、天桃市场、餐馆、公厕和九棵大树。没有哪两张地图看起来有相似之处，而每一幅毫无疑问都是孩子的笔触，没有家长因为怕孩子落后而代笔。

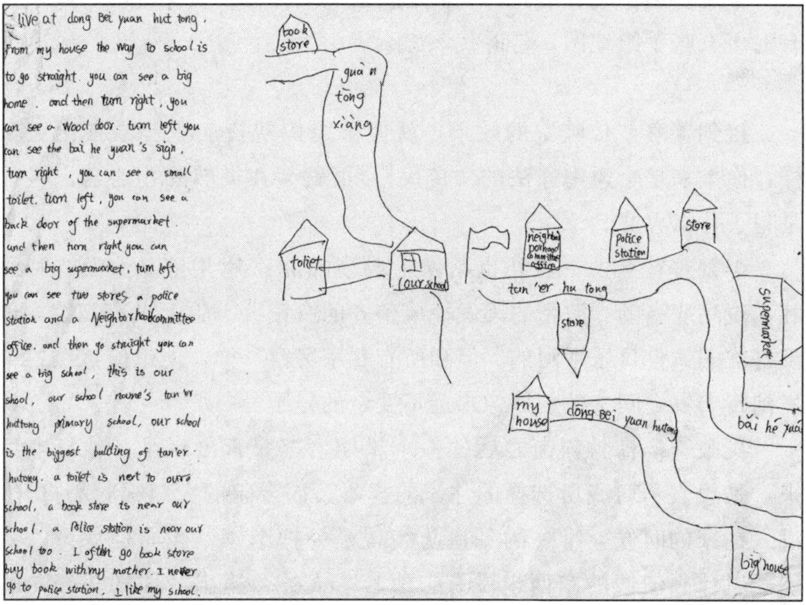

一个四年级小学生笔下的我们这片儿。中间旗子的旁边，就是炭儿胡同小学。

校长第一次“大驾光临”我们的教室，她表扬了朱老师把孩子们的作品挂在墙上展示的做法，说这给学校开了个好头。她坐下来听学生们解释自己的画。

毛毛照着自己画上的文字读道：“I go to school at half past seven

every day. If you are at Three Wells hutong, go straight, then turn right at the toilet, and then go past the shop and the restaurant, and then turn left again. You can find our school. Our school is between the police station and toilet. I never go to the police station."(我每天七点半去上学。如果你在三井胡同，直走，在厕所那里右转，然后经过商店和餐馆，再左拐。你就可以看到我们的学校了。我们的学校在派出所和厕所之间。我从来没去过派出所。)

于是，当李警官给我打电话让我立刻去他办公室见他时，我手里有七十五张手绘地图，告诉我该怎么走。

接到警察“传唤”的效果，就像被妈妈从夜店里当众拽出去一样，你本来是个遵纪守法的“良民”，可就会在突然间担心自己是不是犯了什么大罪。

李警官看上去一点儿也不像个典型的北京片儿警。他没有啤酒肚，瘦高瘦高的，浓密的黑发梳成整齐的右偏分。脸上没有皱纹，也没有忧虑，整日乐呵呵的。但和所有北京警察一样，他也应该在二十岁到四十岁之间。他们好像永远不变老的样子。

我搬进杨梅竹斜街之后的一个星期，李警官出现了。他打电话来，是想表示对我所选择的住家的担心。四合院的大门很容易打开，没人在家的时候，唯一的一道防线就是一把小锁。我向他保证，我屋子里什么值钱的东西也没有。他哈哈大笑，露出“你知我知”的表情。毕竟，我怎么说也是个“老外”啊。不过接着他又猛然想起我只是个教书匠，这意味着我不仅仅囊中羞涩，而且还有点可怜兮兮。不过，他还是告诫我，住在胡同里不是什么好主意。没有哪个外国人会在大栅栏长住的。我也应该搬走。“这都是为了你的安全，”他说。这不过是一句托辞，潜台词是他可不想负起我这么个责任。

最终我们俩达成一致，我的四合院不过是个“书房”，而不是需要登记在案的住房。不过，我还是需要他在我那张巴掌大的住房登记证明上盖个大红公章。北京要求所有常住的外国人必须持有这张单据。以前的我，就因为少了这么张纸，曾经被多次“扫地出门”；有一次，我甚至只有两个小时的时间打包卷铺盖滚蛋，不然就要缴纳很重的罚款，甚至差点被遣送回美利坚。

李警官算是比较通情达理的。但北京的整个官僚管理并不符合这个城市的现状。对于那些体制外的人们，生活在此仍是障碍重重。要是没有“工会”或者接纳你的机构，比如一个大学之类的，那么办理各类手续文件的时间就会十分漫长。如果有了组织，你就算有了一个可以登记在册，划入不同范围的身份。李警官非常欣赏和崇拜“志愿者精神”，听说我还在研究当地的历史，就更对我刮目相看。但令他稍有点心烦的是，我居然在一个破败的片区选了那样一个不起眼的小学校。他可不住在这儿，他的家在北京的另一个区。

北京人不会因为同属于一个团队就把自己和别人划分为“一类人”，也不受社会因素比如学区之类的影响。互相介绍的时候，没人会问你读的是哪个高中，这可显不出你的阶层和背景；因为孩子们升高中通常是通过考试，也许会到离家很远的地方去上学。人们会问你是在哪个区长大的。大栅栏位于宣武区，北京市中心的西南角。熟悉北京的人一听这个名字就会想起悠久的历史和长期的贫穷，这两者都体现在破旧衰败的胡同之中。宣武区还有个尽人皆知的特点，外来务工人员几乎都住在这里。

他们被称为“外地人”，这个词通常带着贬义。比如，外地人让北京挤死了；外地人说方言，普通话不标准；外地人爱说脏话，没有礼貌。“本地人”带着一种天生的优越感，觉得自己高人一等。在北京，有不为人知的另一个世界，而外来打工者们把这里称之为“家”。

李警官建议我去另一个学校教书，那里没有外地人的孩子，英语老师也都有大学文凭。这所学校就位于大栅栏片区外，隐没在一栋栋千篇一律的公寓楼中。我们驱车前往，八车道的马路被汽车堵得水泄不通。李警官违反了交规，来了个非法左转，带我逃离了堵车的命运。如果你手中握有权力，北京就是另一座截然不同的城市。那所学校有电动折叠大门，打开的时候不会像铁艺雕花门那样吱吱呀呀地响，奥运倒计时是用一个电子钟，每天自动准确地计算着。篮网也崭新崭新的，不像炭儿胡同小学里，篮球架老朽破旧，篮筐隐藏在柿子树的枝条之间。这所学校每间教室的墙上都挂着一盏钟。

校长慷慨地表示，可以给我办工作护照，发工资，并在那条一棵树都没有的路上找间公寓让我栖身。路的两旁没有任何商店或餐馆。只有闭路安全摄像头细细的光线扫过喇叭震天的车流。公寓楼周围有高高的围墙，门口守着个十几岁的保安，进进出出都需要他来操作那扇摆臂门。从公寓小小的窗户看出去，可以看到一条环城公路。正是诸如此类的新建住宅区将我推向了胡同的怀抱。回去的路上我们堵车被困，就连李警官也没辙了，于是他和我聊起来，说理解我的决定，也知道我是铁了心了。不过他的语气却在说，“你应该还会改变主意的。”我怀疑李警官不会放弃，还会再次试图将我从大栅栏“引开”。

但奥运会的临近让他暂时无暇顾及我了。北京宣布在08年奥运开幕之时，全城要有百分之三十五的人口掌握基本的日常英语，其中包括六千个警官。

警察们的教材叫做 Olympic Security English（《奥运安保服务英语》）。里面的对话包含了“Dissuading Foreigners from Excessive Drinking”（劝阻外国人过量饮酒）和“How to Stop Illegal News Coverage”（如何制止非法新闻报道）。句型练习里有诸如“I'm afraid we'll have to detain you temporarily”（恐怕我们需要对您进行暂时拘留）之类的字眼。

课本里非常强调礼貌用语：

come to my office（来我的办公室）

Would you be able to ________?（请问您能________吗?）

Excuse me，would you ________?（不好意思，请问您能________吗?）

Sorry to trouble you，could you ________?（麻烦您了，能________吗?）

Do me a favor and ________?（帮个忙，________一趟，好吗?）

同时也教了如何保护当地女性的名誉：

Please don't ________.（请不要________。）

be too familiar with the girl（和女孩子过于亲密）

be so rude to that lady（对那位女士太粗鲁）

take too many liberties with the waitress（对服务员太随便）

take pictures（照相）

take photographs（拍照）

do that（那样做）

但也有些直截了当的：

Don't ________.（别________。）

Pretend to be innocent（假装无辜）

try to fool us（想骗我们）

play any tricks（耍花招）

《奥运安保服务英语》一共两百页，教警官们如何用英语应付各种突发状况，比如在宵禁后将游荡的少年遣送回家，审问吸食海洛因的瘾君子，以及击溃文物走私的团伙。

教科书对话里会有外国人出现，他们说的话都不堪入耳，“So what if I'm drunk! Waitress! I want a girl to drink with me!”（我就是醉了怎么着！服务员！找个女孩陪我喝酒！）还有“You will not convict me!”（你没法给我定罪！）（此话出自一个足球流氓之口，他用体育馆的座椅把一个球迷打得脑浆迸裂。）其他的“坏人”还包括一个叫“穆罕默德·阿里”的穆斯林。第十五课中，一个窃贼在北京饭店一名美国住客的房间中被逮捕。书里的中国警官问他为什么在那里。

Foreigner：Because my family was killed when the U. S. bombed Afghanistan. I became homeless and I hate Americans.（外国人：因为美国轰炸阿富汗的时候我的家人遇难了，我无家可归，我恨美国人。）

Police：We feel sympathy for your misfortune. But your behavior to deliberately hurt an innocent American is against our law，and you disrupted our social order，especially during the Olympic Games. You caused a disturbance and damaged the reputation of our country，so you should shoulder the criminal responsibilities.（警察：我们对你的遭遇感到同情。但你蓄意伤害一个无辜美国人的行为违反了我们的法律，扰乱了我们的社会秩序，尤其是在奥运会期间。你引起了骚乱，破坏了我国的声誉，所以你必须负起刑事责任。）

Foreigner：I didn't consider that much. And I didn't intend to make trouble for China.（外国人：我没想到那么多，也没想给中国惹麻烦。）

Police：You must tell all that you did. Don't make any trouble for yourself.（警察：你必须把一切所作所为老实交代。不要给你自己找麻烦。）

Foreigner：Yes，ma'am.（外国人：是，长官。）

李警官是个求知若渴的学生。他请我去吃饺子然后让我把英语里所有的脏话都教给他，因为“要是有老外骂我，我可不想没事儿人似的”。我们喝了一轮又一轮的啤酒，其他桌的客人都对我们侧目而视。我把李警官比作身体器官，让他跟自己“那个”一下，还“评价”了他老妈。他高兴地点点头，让我再多说一些。

后来，李警官又往炭儿胡同小学打电话找我，声音听起来很严肃庄重，我就把 Mocky 交给了正往优秀作业上贴红旗图案的朱老师。李警官在他的办公室等我，看起来有点忧心忡忡。他挥手示意我坐在他办公桌旁，接着离开了那个小小的房间。这个狭窄的空间里没有任何装饰，水泥墙上一片白晃晃的油漆。我的幽闭恐惧症犯了。李警官这次找我是真有事。

他回来了，两边各站着一个女警察。“谢谢你来，”他用硬邦邦的英语说，一边关上了门，把他的椅子转向我。然后用中文开始解释，“是贺卡的事。”

中间那个词我一点儿也没听懂。谁是贺卡？她说了什么吗？我心里升起不祥的预感，这应该不是什么好事。

李警官接着说道，“贺卡让我们很伤脑筋。”他指指自己的鼻子，又指了指那两个女警察。她们撇着嘴，发出赞同的声音。我想这个“贺卡”可真是个大麻烦。

李警官从办公桌抽屉里拿出一张笔记本用纸，发出脆脆的“哗哗”声。他双手递给我。“我们需要把这个故事翻译出来，写在我们的圣诞贺卡上。”

啊，原来如此！问候卡啊。我顿时放松下来。纸上打印着一段中文，标题是“圣诞袜传奇”。

“我们想把这个故事的英文版印在我们的圣诞贺卡上，”李警官解释说。

童年时代，我会在平安夜挂一只袜子在壁炉上，因为第二天里面就会装满巧克力。我不知道这项传统的起源。而根据警察们（从互联网上下载）的“调查结果”，这项传统起源于一个鳏夫，他有三个漂亮女儿，但却给不起嫁妆。一家人洗过袜子之后，就会挂在壁炉上。圣·尼古拉斯路过此地，在袜子里装满了黄金。女儿们终于顺利出嫁了，父亲也终于欣慰地永久长眠。完。

我打完之后，三个警官凑到我背后。“这是什么意思？这儿，‘once upon a time’（很久很久以前）。”

在国外生活总能让人用全新的目光去审视熟悉的事物。我们一起不断重复这个短语，听起来竟有点儿咒语的味道。茶杯一次又一次地填满，香烟一支接一支地点燃，红色的印泥盒也从一个抽屉里现了身。“你真的应该待在大栅栏，”李警官说，脸上露出微笑。他说可以给住房登记证明盖章，允许我合法地住在四合院里。“你对这片儿感兴趣是件好事。这一带可全是历史。”李警官说他一辈子都看着这里，却还是看不完。

第四章 “告别危房”

20 世纪以来，经济起飞与政治变革让这座城市旧貌换新颜，生活方式也起了翻天覆地的变化，老北京那些古老的踪迹逐渐消失。这个过程的见证者们记录了城市魅力一点一滴的流逝与消退。

古老国度的首都“正对一切新生之物投降，这场保卫先祖传统的战争必输无疑”。1928 年，当地一位作家在自己的作品中感伤概叹。“几乎可以确定无疑地说，再经过一两代人，数百上千年积累沉淀下来的社会传统就将面目全非。”

“对文物的毁坏和彻底的熟视无睹甚嚣尘上，以至于在很多时候，作者们笔下还鲜活存在的建筑物与历史遗迹实际上已经消失了，”在 1935 年问世的著作《探寻老北京》当中，作者们做出了这样的报道。他们还预测，过去作为帝王每年祭天祈求风调雨顺，粮食丰收的天坛，“将会被夷为平地，改造成一个游泳馆、澡堂或是体育馆，要么就是其他的实用性建筑。”

在阔别北京十五年之后，一名比利时记者于 1962 年故地重游，想看看“变天”之后的中国首都。他写道，“到达北京之后，我做的第一件事情就是寻找北京。这完全不是我离开时的那个城市。帝国时代古老北京的美已经消逝大半，其魅力也几乎荡然无存。这只是一个机械呆板的村庄，没有微笑的表情，没有曼妙的身姿。眼前的城市好似一场现代‘穷街陋巷’规划实验的可怕成果。她就像所有村庄初始之时那样冰冷可怖，完全没有了岁月赋予的沉静与美好，只是一味追求刻板与实用。而这村庄，是宇宙之最巨。”

古老城墙被大肆拆毁直至轰然崩塌，社会风俗也变得面目全非；对老建筑的忽视与冷漠迅速蔓延。这个所谓的“村庄”进入了工业化时代，成为一个比康涅狄格州更大的城市。

然而，旧时光的蛛丝马迹仍然有踪可寻。天坛并未被夷为平地改建成游泳池，而是成为了一个公园和历史博物馆兼具的空间。条条胡同贯穿连通的地方，人们的生活仍然接着地气，大栅栏就是其中之一。

为李警官完成贺卡的翻译之后，我从派出所返家，走在初冬黄昏的薄暮之中。一路上，我从未与之有言语交流的成年人喊着“梅老师”向我点头致意；三个学生跑上来，炫耀新到手的风筝。他们刚在取灯胡同和樱桃胡同都试飞过，不过总被纵横交错的电线挡了去路。一个商店小老板听着我们的谈话，插嘴问道，“五点钟啦，你们还不回家吃晚饭啊?”孩子们嘟哝着抱怨了几句，各自回家。“梅老师，您现在也该吃饭啦。”小老板又说道，“还有，脖子上围个围脖啊，别感冒喽!”

走出杨梅竹斜街，再过几条胡同，我就成了个陌生人。周围的胡同看起来很是眼生。我听闻和见证着自己居住的那条小街上的种种变化，比如砍倒了一棵树，拆除了一家餐馆；与此同时，也发掘了去其他胡同的新路线。一把大锤沉闷的敲击声就从不远处，一声一声地缓缓传来。

胡同地区地处北京市中心，这里就是往昔皇家都城的所在，也就是所谓的老城区。总面积大概在六十多平方公里，稍大于曼哈顿。其布局如同无数个星罗棋布，内部紧密连通的盒子，中间最大最华丽的盒子就是紫禁城。皇帝的宫殿外围，一圈城墙标出了皇城的地界，皇室成员就住在这城墙之内。再往外一圈的防护性城墙之中则是纵横交错的胡同，老百姓们就在其中安居。16世纪，这里曾经大兴土木，要再修建一圈防护性的城墙，但最后由于国库空虚而作罢，只完成了南面的工程，使整个城市的平面看上去好像汉字“凸”。“凸”字上面的四方地区被称为“内城”，而下面就相应地被称为“外城”。

20世纪，这座古老都城的所有城墙全被拆毁，老城区的特色荡然无存。唯一幸存的一对城楼和箭楼就位于曾经的内城和外城接壤之地。前门的双楼之间曾有一座茶壶形的城廓，但这座砖石结构的建筑也被拆毁，被一条东西向的大街所取代。前门的飞角檐梁与大红漆木成为天安门广场南角最夺目的风景。而灰砖结构的箭楼上，一个个炮口正对着前门大街的牌楼。牌楼是一种装饰性的拱形建筑，过去屹立在北京很多条街的路口。和城墙一样，为了“让交通便利”，这些牌楼没有逃过被拆毁的命运。在过去成百上千的牌楼中，仅有四座幸存了下来。

12月一个寒冷的夜晚，我从住所出发，向东十五分钟，走过前门大街。这条双车道的大街从天安门广场南端一直延伸到不到两公里以外的天坛。并将“凸”字下面这个老城的长方形区域分割成两个行政区。大街西边是宣武区，大栅栏的所在地。东边则是崇文区，这里有古老都城硕果仅存的未受破坏的胡同社区，沿着一条叫做“鲜鱼口”的胡同排布开来。我喜欢在那里信步走走，因为这一片的胡同稍稍有点弯曲，让你总是怀着探寻之心走上前去，看看下一个拐弯处到底有些什么。尽管与大栅栏不过隔着前门大街，仅数步之遥，鲜鱼口的命运却掌握在其他人的手里。

相信党和政府，不要听信谣言。四合院的灰色砖墙旁递进来一张彩色的传单。雕木的门廊上贴了一张通知，劝告大家“**立刻签署搬迁合同；立刻选择新房；选择一套窗户朝南的好单元房。**”通知上用最粗的黑体字承诺了“**公开，公正，公平**”。

“今晚警察把她从那间房子里拉出来了，”站在黄色警戒线后面的一个老人缓缓说道。我们眼前的四合院已经没有了外墙，一屋子的家具好像博物馆的展厅。“她看起来挺年轻，二十多岁的样子，应该上周就搬的，但一直不愿意走。她当时还尖叫来着，乱抓乱打。”老人扇动手臂模仿着，“他们给她带了塑料手铐，拉着她的头发就给提溜出来了。”他沉默地看了一眼地上的断壁残垣，又加了一句，“我们好多人都站在这里看来着，但什么也没做。”

这个老人就是老张。一头白发剪成短短的板寸，一张脸出奇的瘦削，眼睑与嘴唇永远沉重地耷拉着，让他时时刻刻有种昏昏欲睡的表情。右眼因为白内障的缘故，好像蒙着一层云雾。沙哑的声音揭露了几十年的烟龄。他穿着一件那个时代很流行的海军蓝哔叽呢外套。尽管已经退休在家，这位七十三岁高龄的老人还在积极地自学外语。

“警察打她踢她来着，”他磕磕巴巴地用英语说道。“你听懂了吗?”我们换成中文，边走边聊了起来。鲜鱼口通常是车水马龙，总有居民和游客在霓虹灯闪烁的餐馆前排着队，想尝尝烤鸭，或者来一碗饺子。然而，今晚唯一的光亮来自于头顶上的月亮，好似老张的白内障一般，发着雾蒙蒙的白光。

老张是50年代搬到这块儿来的，当时他工作的变压器厂给他分配了一个四合院里的房间。他沉默地见证了一个四合院的强制拆迁，而自己就住在几条街以外。接下来这周的某一天，老张走出大门，发现在自己酣睡无梦的一夜之间，无形巨手已经在墙上画上了触目惊心的㊣拆。

尽管老张那条街张贴的海报上写着**“建设新北京，迎接新奥运”**，但鲜鱼口等胡同的命运在北京赢得奥运会主办权之前就已经被决定了。

1956年之后，北京的住房供给基本都合并到政府名下统一管理，租金下调，不过几盒烟钱。80年代，中国开始向市场经济转型，住房也从福利制度变成一种商品。1983年，北京将十年城市规划的条款进行了修改，指出首都将不再是一个工业基地，而要致力于建设“政治和文化中心”，吸引商业投资和各地游客。

同时，城市规划中也是第一次提到了“旧房翻新”和“危房改造”（危房改造这样的字眼如今还在中国无处不在，简称“危改”。）二十九个翻新和改造的目标社区中，有百分之九十五的社区位于老城区。然而，由于花费巨大，这个项目被搁置起来。

90年代初，北京市宣布要竞标2000年夏季奥运会的举办权；对1983年的城市规划进行了修正，制定了新的目标：到2010年，北京将有一座新机场，一座新火车站，市区有五条环路，十三条地铁线路，更多的绿化空间，以及和历史遗迹“保持和谐”的新建筑。规划中同时还提到，要“加快推进危房改造”。

1990年4月，北京市政府提出了对老城的改造方案，波及二十二个胡同片区，十万居民的家。根据规划中提到的“旧房危房翻新改造工程”，这些片区将会得到分阶段的修补和改建。根据“先易后难”的策略，工程将首先在老城区外围人口较少的地区开始，逐渐向中心地区推进。位于前门外的大栅栏和鲜鱼口社区被规划入工程的第四和最后阶段，计划在2000年完成，届时北京将有可能作为奥运会的东道主。

20世纪70年代末期的财政困难迫使中央政府停止了对城市建设发展的资源分配和拨款。如此一来，地方政府就承担起负担本地开销的责任，并且在制定和实施经济政策与刺激经济方面开始拥有越来越多的自主权。

1988年，国家政策修改之后，地方政府得到允许，可以通过房地产市场筹集资源。这是自1949年共产党执政以来，土地首次被商品化。国家仍然是土地的所有者，但使用权可以转让。比如，市政当局或其代理机构将一块土地放诸市场；土地开发公司对其使用权进行竞标；赢得竞标的公司出钱，得到一张通常为期七十年的租约。开发商可以在这块土地上修建大楼，或对其进行自由分配，卖给其他的开发商。

房地产成为一个城市经济增长的关键产业。20 世纪 90 年代后期，北京市政府将近百分之二十的财政收入都来源于土地权的转让，平均每年的金额达到三亿六千一百万元之巨。1993 年，北京市将旧房危房翻新改造工程扩展到二百二十一个地区，受其影响的人数多达九十八万六千三百。到 1995 年，几乎所有在该工程改造范围内的老城片区都被出售给了开发商。其中很多开发商要么附属于某个区政府，要么就是与区政府有着千丝万缕的联系。

旧房危房改造工程开始之初，北京市市长就承诺说居民们的生活水平会得到提高，但并没有具体说明是哪里的居民。在开发商购买了一个旧房危房片区的使用权之后，只要居民都搬迁出去，他们就可以随心所欲对其进行自由的“翻新”了。有条例规定，如果原社区至少有百分之三十的房子在当地进行重建，土地转让费用就会减少，但没有任何条例明确指出要让居民们在翻新之后回到原来居住的地方。

随着旧房危房改造工程的实行，房地产价格也一路飙升，房产市场的根基渐渐稳固。1990 年到 1995 年间，北京的房地产公司从二十家激增到六百家。尽管北京市中心的楼高限制并没有增加多少，城市规划还是进行了反复修改，宣布要建立一个“中心商业区”和一条“金融街”。

仅仅对平房四合院进行改建或在北京市中心已有房产的基础上进行公寓增建，远不如开发商业空间来得有利。根据法律规定，如果一个搬迁户在离过去住房约二十公里的范围内得到安置，开发商就不用额外对其进行住房补贴。在利字当头的标准之下，旧房危房改造工程的开发商们在离市中心尽可能远的地方购买最廉价的土地，修建质量

延寿街，我们那片儿的“商业中心”。

低劣的高层公寓。北京城周边的房地产项目如雨后春笋般纷纷耸立起来，那些地区通常都缺乏最基础的机构与设施，比如医院、学校、市场和公共交通等等。

尽管大多数居民都热切期盼能搬出岌岌可危，拥挤不堪的大杂院，搬进属于自己的现代公寓中，还是有数量可观的人们不愿意被“放逐”到城市的远郊，离开土生土长的老城。在胡同的街头巷尾流传着一句话，“盼拆，怕拆”。

这个工程的初衷本是美化北京城，为居民提供符合标准，质量过关的居住条件；到头来却助长了政府认可的土地投机买卖。不愿意搬迁的居民得不到什么帮助，可谓“上天无路，入地无门”。在这个不透明的“片区翻新”过程中，政府官员与商业公司之间的联盟是神不知鬼不觉的，更别提要去揭发和打破了。在他们手中，各个社区不过是一串串数字罢了。“无形巨手”在深夜画上拆字标志，再贴上一张

天通苑，位于北京市郊，是一个典型的胡同居民搬迁地。
这片区域居住着将近两百万人。

告示，宣布将在九天之内开始一个社区的“再开发”。速度是至关重要的，这样一来，人们就没有时间组织反对拆迁的抗议活动了。

如果一个国有企业将房屋产权转让给了区政府或者开发商，那么对拆迁稍有微词的职工就有可能遭遇“被下岗”的命运。最底层的政府机构——社区居委会接到上级命令，要和开发商站在一边，不要对拆迁中产生的居民争议进行调解。尽管中国允许进行集体诉讼，但政府官员败诉的先例寥寥无几。很多起诉都以法律程序上的理由被驳回了，一次由多达一万零三百六十五名四合院拆迁户发起的诉讼也没能逃过这样的命运。这其中有很多的回扣可赚：到 1999 年，官员和开发商们通过旧房危房改造工程而收入囊中的金额高达一百五十亿美元。

“房地产市场现在已经成为对老北京未来面貌影响最大的因素，”

1997 年，一名清华大学建筑系的教授发出如此警告。“尽管这个市场还远不成熟……现在北京的城市规划与发展从业人员对翻新和改造对城市面貌潜在的社会与文化影响的认识与了解还十分有限。”

胡同开始一条一条地消失。在“旧房危房改造工程”的许可下，清拆的狂潮一浪高过一浪；而负责历史遗产保护的机构根本无力阻止这种破坏与毁灭。开发商一旦“买下”整个片区，那么所有人，甚至是那些对自己的房屋不仅仅拥有使用权，还有其他所有权利的人们，都不得不仓皇离家。北京官员宣称，从 1991 年到 2003 年，从市中心搬迁出去的人数是五十万；然而很多非官方的估计都超过了这个数字。一个勇敢的新闻记者列出详细的表格，显示仅仅在 1998 年到 2001 年之间，就有五十七万二千人次遭到强制拆迁——这个数字与美国华盛顿特区的总人口相当。

北京并未赢得 2000 年夏季奥运会的主办权，旧房危房改造工程也并未按原计划那样如期在新世纪伊始完全清除掉老城区的危房。各个区政府独立行事，速度不一，但都争先恐后地要吸引投资。拆迁工程都是一阵一阵地进行。到 20 世纪 90 年代末，东城区原有的四十一个破败的胡同片区中，有二十二个还顽强地存在着。西城区已出售使用权的五十四片土地中，只有十片被成功夷为平地，完成拆迁。而宣武区所在的大栅栏，只有牛街清真寺周围的穆斯林社区完成了清拆和重建。

2001 年，北京取得了 2008 年奥运会的主办权。同年，旧房危房改造工程中拆迁户的补偿制度也起了变化，居民不再被分配到一套新的公寓，而是根据原有的居住空间，每平方米获得至少八千零二十元的赔偿。他们可以随意支配这笔补偿金：租住另一间四合院，买一套二手房，或者搬到新的公寓去。这笔钱能买得起的新房都位于市郊，比如大兴区，乘坐公共交通工具到城里需要三到五个小时。2007 年，位于四环路以内的一套新公寓的均价达到了每平米一万三千元。然而，从 2001 年开始，搬迁补偿费就维持在八千零二十元不变。

尽管鲜鱼口和大栅栏这样的社区占据了市中心的“黄金宝地”，要将其中庞大的人口搬迁出去，开发商还是需要支付巨额的搬迁费。过度拥挤本是这些地区的弊病，现在却成了救命稻草，让它们暂时免于拆迁。

然而，周围的胡同还是在锤打斧凿中灰飞烟灭。2004 年，我亲眼见证了花市胡同周边地区的清拆，就在鲜鱼口以东约两公里。拿着一天四十块钱工资的六个工人，手持锄头与大锤，在短短一小时之内，就将一个四合院拆解得七零八落。裸露的白色内墙上，一名已经搬迁的访客用黑色墨水留下了一首诗：

身在恶城，苦为贫户；
无家可归，无处居住；
财无踪迹，富在何处？
眺望远山，关爱无路。

一年后，那里被形形色色的购物中心和一座万豪四合院酒店占据了。清拆工程如同逐渐推进的波峰，从古城区的外围逐渐长驱直入到人口更为密集的中心地区。鲜鱼口便是下一个目标，接着，就该轮到大栅栏了。

“我可不想离开这片儿，”老张一边说着，一边和我沿胡同信步走下去。他就住在这条胡同里，男女老少都相知相熟。他不时停下来，和路边拉着板车兜售蜜橘的女人聊两句，再和卖烟的小贩打个招呼。“能便宜几毛钱吗？”老张问道。小贩喊着他的名字，递过来一包“熊猫”，爽快地少收了几毛钱。

这条胡同叫草厂胡同，因为以前位于这里的一间间草垫子仓库而得名。这些草垫子在旧时酷寒飘雪的冬日，让北京的土城墙免受湿气的侵袭。直到 15 世纪大兴土木，土墙变砖墙，才退出历史的舞台。一座四合院外墙上贴着一张通知，老张驻足停留，细细读下去：

> “经过上百年的风雨侵蚀，房屋质量一年不如一年，危险房屋数量更是逐年增加，各种隐患长年威胁着老街坊们的生命，财产安全……其实这些，也一直是市、区领导关心和关注的问题……”

不知是谁用一支黑色马克笔龙飞凤舞地写了一个醒目的“反”字，覆盖了整个通知。旁边一张通知上则印着市政第 87 号规定，写明市政府拥有土地征用权，这张通知上有刀片留下的划痕，又长又直。最后的几张通知列了一串胡同的名字，还有即将拆迁的门牌号，比如，“西打磨厂胡同：95，97，99，101，103，104，106，108，110，114，141，145，159，165，169，175，181，197，201，205，211，219，231，237，239，241。”

一群老百姓围在那几张通知前，像大考后的学子看成绩放榜一样，仔仔细细地看着那张名单，他们的手指摩挲着胡同名与门牌号，一个也不放过。老张缓缓地走进专注的人群。名单上甚至还包括了一些私人住宅，那些住宅的门上还镶嵌着一块小小的蓝色金属牌，上面写着“保护院落”。当然，也有旅馆、杂货店一类的水泥建筑，以及老张的家。

拆迁通知周围贴满了诸如“专业搬钢琴”之类搬家服务和房地产代理的广告。最便宜的新建公寓都位于北京远郊，每平米大概三千元。按规定，以老张现在的住房，能得到每平米八千零二十元的赔偿金。但他居住的空间实在窄小。广告上的公寓面积基本都是他现在所

鲜鱼口里围观拆迁通知的人们。

住的三倍。他买不起。

老张说鲜鱼口的居民们可以购买地产开发公司修建的“福利房”，但这样一来，拆迁补偿费就成了“从哪里来，回哪里去”。老张离开市中心的家，拿到开发公司的赔偿，接着又为了买远郊一套自己并不中意的公寓，将这些钱拱手放回开发商囊中。

“我不知道该何去何从，”老张用英语说道，“也许以后会有答案。”他在拆迁名单上找到了自己的门牌号。打印的表格上有他家人的名字、居住的房间数量、那座四合院的总面积，以及他们实际的居住面积。他得到的赔付是根据最后一个数字决定的，还要减去储藏所占的空间。“这个算错了，”他伸出食指把那个数字戳得“啪啪”响。

一张落款日期为“2005 年 11 月 1 日”的布告命令居民停止家居装修、增建和对外出租。落款为“11 月 20 日”的布告则下了最后通牒，要求居民“在1月21日前完成搬迁”。两个月似乎太过短暂，完全不够妥善完成搬家。但我却亲眼见证过其他几个区域在两周之内就搬迁一空。

开发商希望居民能迅速但又分期分批地搬迁出去。一条口号这样说道，**“住前门大杂院已是老黄历，搬现代新公寓做个好邻居”**。另一张布告则不无威胁地警告说，**“每个家庭都要认清自己的利益，听信谣言只能自挖陷阱”**。

如果一户人家在12月30日之前完成搬迁，能在应得补偿金的基础上，额外获得五万五千元的“提前搬家奖”。对于在12月31日和1月9日期间搬迁的家庭，额外奖励金额下降至两千五百元。在之后完成搬迁的居民则拿不到一分钱的额外奖励。

冬日的冷风中有猎猎作响的红旗，上面镶了白色的大字：**市政工程，修路为民。保护古都特色风貌。为百姓创造财富。**

老张摇摇头，拿过我的笔和笔记本，写下一句俗语：

> 天有不测风云，
> 人有旦夕祸福。

2002年，鲜鱼口和大栅栏都被列入“北京旧城二十五片历史文化保护区”的名单。这是一个保护规划，拟定方案的权威委员会由教授、建筑师、工程师和某些相关领导部门的负责人组成，并且得到了北京市规划委员会的认可。北京旧城二十五片历史文化保护区（总面积超过十平方公里）覆盖了老城区百分之十七的面积，再加上古时的帝国花园与宫殿等原本就在保护对象之列的地区，老北京城共有百分之三十八（总面积超过二十三平方公里）的区域被列入保护范围。除此之外的其他地方，则逃不过被拆迁和开发的命运。

被保护的区域中，居民住宅只占了不到五平方公里，这其中又有三分之二被划为危房。二十五片历史文化保护区中共有一万五千一百七十八个四合院，住了九万五千户家庭，二十八万五千人。其中三分之一的人居住的不过是方寸之地，每人的居住面积不到九平米。远低于北京规定的十五平米的最低人均居住面积水平。

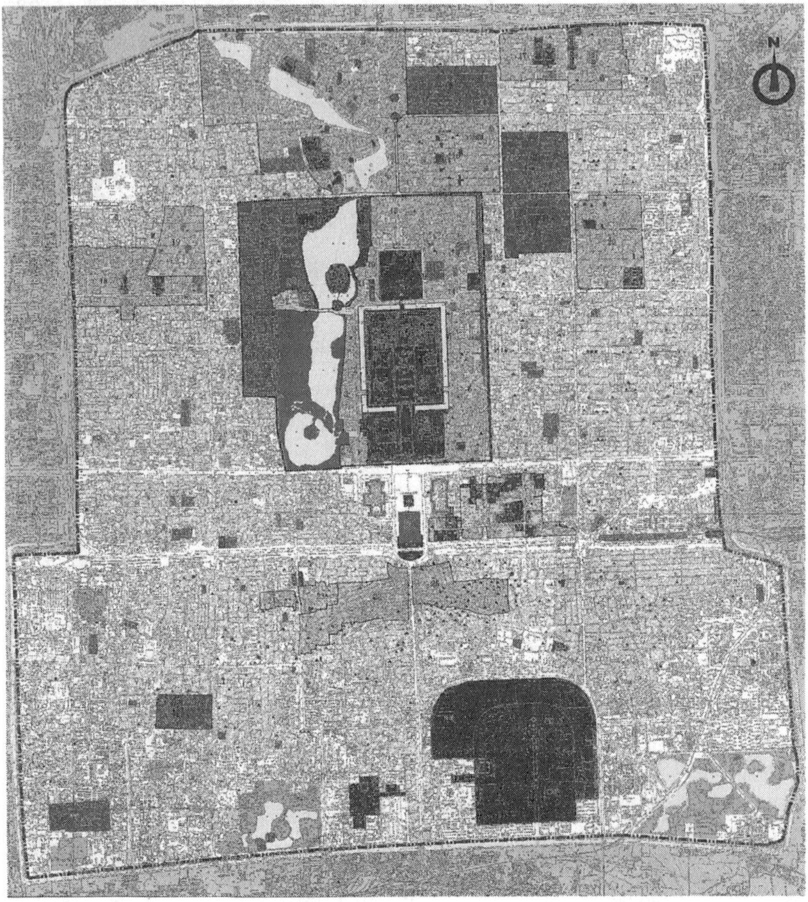

北京旧城地图，阴影地区就是“北京旧城二十五片历史文化保护区”。

“改善历史文化保护区的居住条件，首先要降低居住人口密度，”保护规划中建议道。“因此，疏散人口是保护规划的目标之一，也是保护规划实施的关键。”规划中的“二十五片历史文化保护区”总人口是十六万七千人，这意味着，在这些北京城最脆弱的地区，当时总人口的百分之四十，也就是十一万八千人需要进行搬迁。

尽管很多居民迫切想要搬出摇摇欲坠，破败不堪的四合院，强制搬迁依然成为中国首都最敏感的话题之一。即使是在旧房危房改造工程将赔偿方式改为现金之后，整个过程依然漏洞百出，风波不断；以至于在2003年，北京市政府很罕见地对自己制定的政策提出了批评。“北京市政府要求所有相关部门正确处理首都的建设和发展，保护人民的具体利益，承担起相应的社会责任，”中国最大的新闻机构新华社如此报道。“拆迁工作有时处理得太过简单，态度太过粗暴，某些工程过于急进，有时（住房的）清拆和（居民的）搬迁在手续完全齐备之前就开始了。”在一些拆迁户企图在天安门广场进行示威之后，有关部门做了如上批示。

最令居民们怨声载道的一点是开发过程缺乏透明性，改造计划并未公之于众。离老张鲜鱼口附近的住家不过几分钟步行距离的北京市规划展览中心里张贴着连篇累牍的公告，明示已经修建的工程，并持续放映一部3D影片，将观众带入未来的北京：没有了交通拥堵的烦恼，居民们可以在草地上行走，地铁月台上还有供休息等待的长椅。然而，接下来要对哪片区域进行拆迁的信息却不在“展览”之列。在收到很多参观者的意见之后，中心在售票窗口贴出一张通知：“展览不包括有关拆迁的内容，请谨慎购票。一经售出，概不退票。”

在展览中心礼品店紧锁的玻璃柜中，我看到一本泛着光泽的昂贵图书，书中列出了“北京旧城二十五片历史文化保护区”保护规划中重点保护区的保护规划原则：

(1) 要根据其性质与特点，保护该街区的整体风貌。

(2) 要保护街区的历史真实性，保存历史遗存和原貌。历史遗存包括文物建筑、传统四合院和其他有价值的历史建筑及建筑构件。

(3) 其建设要采取“微循环式”的改造模式，循序渐进、逐步改善。

(4) 要积极改善环境质量及基础设施条件，提高居民生活质量。

(5) 保护工作要积极鼓励公众参与。

2002年，在“二十五片历史文化保护区”保护规划出台后不久，有通知提到了规划中的地区之一，位于北京老城“心脏”紫禁城东护城河沿岸的南池子。该区区政府宣布，要保护南池子，就必须先对其进行拆迁。

附属于区政府的开发公司在“致居民的一封信”中写道，“除了拆除临时房屋之外，还要在南池子部分地区建设楼高为两层的商用建筑，为历史遗迹区域的保护工作筹款。”整个南池子约有九百座四合院，其中只有九座能安然无恙，其他的都难逃烟消云散的命运。

“这都是房地产商使的诈，”一位居民告诉前来采访的记者。“他们说我们的房子太老了，要塌了，又不许我们自己修补，因为他们想要土地。最让人不能忍的是我们几百年的老房子没了，却要修新的仿古的两层楼，真是历史保护区的羞耻。”

由于土地的转让价格和危旧老房的实际价格之间存在差异，开发商出售位于南池子这样的市中心地区的一栋仿古住宅，所赚的钱将是赔付给拆迁户的很多很多倍。

2002年6月，在居民、保护主义人士和当地媒体一起发表群众呼声，表达了拆迁户对不公平补偿金政策的不满之后，南池子的拆迁暂停了。负责对历史文化遗迹授予世界遗产称号的联合国教科文组织对该处的开发工程提出了反对意见，认为南池子位于世界文化遗产紫禁城附近，属于间接保护范围。“一个世界文化遗产最重要的意义，就在于将居民和当地的建筑与文化紧密联系起来，”联合国教科文组织的一位官员指出。该组织驻北京的代表宣布，“我们已经向北京市政府表达了对此情况的忧虑，并要求停止南池子地区的拆迁活动。”教科文组织从未接到官方的回复。南池子地区的拆迁暂停六个月后又热热闹闹地开工了。

2003 年 8 月，南池子居民完成搬迁之后，东城区政府带一群记者进行了“新南池子导游”。一名官员宣称该地区的翻新是一个“先锋工程”，代表了一种“保护北京历史和文化区域，美化老城区”的好办法。

重建后的南池子有三百座两层公寓，搬迁出去的家庭可以用每平方米四千五百元的优惠价购买。根据那位官员的介绍，这个地区的人均居住面积翻了一番，每套公寓都拥有中央供暖系统和齐备的室内管道。过去，五个公共厕所要供约一千人使用。接下来会修建三十一座新的四合院，外观和风格都仿照它们取代的那些老四合院。完工之后，将以每座一百万美元的价格上市出售，是开发商付给搬迁户赔偿金的五倍还多。

想想被取代的各色老建筑，“新北京”的开发工程看起来就略显枯燥无味。有些地区，比如重建后仍然拥有众多通宵餐馆的簋街，迅速恢复了旧时熙来攘往的人气。其他很多区域则变得面目全非。

2005 年完成改建的南池子则介于两者之间。批评者称其为“假古董”并认为这里已经完全丧失了过去的人气。然而，退一步想想，要是没有区域改造的限制规定（比如建筑限高等）和媒体报道施加的压力，改建的结果可能更糟。至少，这里还没有高层的公寓，改建后的道路入口处也没有不伦不类的摆臂门。安静狭窄的街道上密密麻麻地停着私家车，重建后的普渡寺就在这之间拔地而起。过去各式各样的民居无影无踪，富有胡同特色的市井生活也彻底消失了。南池子变成了北京心脏地区一个平常的高级住宅区，静悄悄的没有声息。

2005 年冬天，前门大街两旁的商店都关门大吉，外墙罩上了三米高的金属外罩。上面是电脑喷绘的即将实地修建的两层灰砖楼房。一条大字口号十分醒目：**保护古城风貌。**图中，在未来的前门步行大街上悠闲漫步的并非中国人，而是白皮肤的“老外”。唯一明确出现在绘图中的店名是“必胜客”和“星巴克”。

另一条口号则做出承诺，前门大街和鲜鱼口的再开发能够“**寻回历史的文化脉搏**”，但并没有说明是哪段历史。要找寻北京古时候的城市风貌，需要在长达八个世纪的漫漫历史中做出选择；比如，去罗马，看到的基本都是教宗文化遗迹和文艺复兴时期的城市风貌，再加上一些罗马帝国时期的蛛丝马迹。根据前门大街未来蓝图上那辆在中心大道上行驶的老式有轨电车，这一地区将会按照其 19 世纪 20 年代的外观进行重建。原本在无形中存在的社区构造将会被一个露天的购物中心所取代。

“如果前门大街成为一个购物中心，而不是进行拓宽和正确的建设，”颇具影响力的清华大学城市规划和设计学院在提交给上级的一份规划中警醒道，“就会隔断交通与空间的延续性，导致中轴线的阻塞。”

这种情况会影响首都的风水，而好风水正是古中国所有帝都在建设中遵循的第一原则。根据风水学上的说法，由于南方是阳气的来源，所以一个城市中轴线的南边必须畅通无阻，而北边由于阴气汇集，则需要有所隔断和遮蔽，来阻止阴气的蔓延。

然而，北京城中轴线上类似的关键环节早就遭遇了很多破坏。天安门广场东西两翼的大门早已被拆毁，而广场上本来古色古香的大门现在被毛主席纪念堂取代。前门大街如果阻止车辆通行，那么就不得不在周围的胡同片区开辟辅路以便交通顺畅。

“修建更多的道路只能吸引更多的车辆，引起更严重的交通拥堵，”世界银行在一份呼吁保护大栅栏的报告中警告道。一位城市规划师提出了在鲜鱼口地下修建隧道的计划，但由于费用高昂遭到了拒绝。她说，“道路越宽，人气越稀。”她提到该地区边缘新建的八车道大道。“大道完全破坏了那里的气氛和生意。那实际上是一条高速公路。怎么能在市中心修高速公路呢?”除此之外，包括前门大街在内的新街道也会破坏社区环境和历史建筑遗产。

然而，“无形巨手”仍然将大大小小的街道画上未来北京城的蓝图。

即将贯穿鲜鱼口的道路不仅仅影响着老张这样的长住居民，也影响到了在这个地区做生意的外来人员。

大刘一家来自山西省中部的农村，在这里开了一家小面馆，店里只有四张桌子。孩子的母亲叫得出每一个回头客的名字，也记得他们常点的面，还常常坐下来和食客们攀谈。孩子的父亲则在厨房忙里忙外，儿子也是做面的一把好手。小刘刚从新疆当兵回来，今年二十二岁。要是妈妈一提山西农村里找人给他做的媒，年轻的小刘就会着急上火。

刘家面馆的刀削面做得特别好，厚厚的面片浸在热气腾腾的碎肉汤里，味道好极了。要制作刀削面，师傅得在手臂上稳稳地水平放置一块案板，案板上摆着一块两个拳头大小的面团。师傅的另一只手拿一把刀，在面团上手起刀落，将厚薄一致的面片削进滚开的水中。这活儿辛苦而紧张，还总让人热得满头大汗。但退伍的老兵小刘军人风采丝毫未减。他不抽烟，不喝酒，我也从未听过他爆什么粗口。而面店的常客几乎都三样俱全，并乐在其中，好像吃面之前的开胃小菜。

“刘老兵”总是在工作闲暇坐下来，大声读出我学生英语课本上Mocky最新的遭遇。早晨他日出而作，一直工作到晚上十点，和父母一起住在面馆附近的大杂院里。“我热爱学习，非常想学英语，”他说，“但我永远没有时间。”

对于鲜鱼口清拆之后一家人的去处，他感到很茫然。“我们会继续待在北京，这是肯定的。”他妹妹回了老家，正在接受培训，立志成为一名数学老师。三个人得负担她的学费，还要有所节蓄。“我们那个村很贫穷落后，在那儿什么也做不了。”

“除了找老婆，”我说。

“没错！”他笑起来。“我不喜欢北京女孩。她们太肤浅了。”他低头看着Mocky踢足球打破窗玻璃的英语课文，说道，“而且她们永远不可能看上一个做刀削面的男人。”

如果面馆被清拆，刘家拿不到一分钱的赔偿金。的确，他们将失去生计，他们只是租客而已。只有房东才有“享受”拆迁安置的资格。在全国经济繁荣的大背景下，北京这些白手起家的创业者却生活在水深火热之中，这种情况实在自相矛盾，让人匪夷所思。这片区域所有的个体商户现在都将被迫另谋出路。“我们现在的位置真的很棒，”刘老兵说。“整天都人来人往的，这条胡同上只有我们这一家面馆。”

刘老兵总是穿过前门大街，在大栅栏的胡同之间进行“侦查”，但数百家店铺的门前都没有贴出“店面出租”的字样。刘家必须在回老家过2006年春节之前找个新去处。

鲜鱼口拆迁工作实施之初，区政府采取的政策并非强制，而是说服。其目的是为了避免矛盾冲突，就像老张亲眼见到的那个被从自己家拉出来的女人，诸如此类。12 月初，刘家面馆外面的灰色砖墙上出现一张黄色布告，上面是来自政府的号召：

珍惜机会　抓住机遇

早日告别危险房

……您一定也知道，咱们前门地区平房多，大杂院多，人口密度大，危险房屋多，苦熬了几十年的老街坊们多么盼望能够早日脱离危险房。但是由于前门地区建筑限高等因素，很多开发商来了一看，感觉无利可图，扭头就走了。前门老街坊们的居住困难始终得不到解决，这不仅是大伙儿的窝心事，也是区委、区政府始终牵挂的揪心事。

近些年，通过多次和老街坊们座谈，征求意见，我们了解到，前门地区百分之九十五以上的居民都渴望并且强烈要求改善居住环境，告别危险房屋。为了能够早日圆大伙儿一个安居梦，区委、区政府可真没少为咱们想办法。

…… 过几年，您再回来瞧瞧，一定会自豪地说：“我家曾经就住在这里，我们全家都为这里的修缮整治和古都风貌的保护作出了贡献，为‘新北京，新奥运’出了力!”

……您看，政府偿还巨资贷款，为大伙儿圆了一个盼了五十六年的安居梦。区委区政府把能为咱们想到的、做到的都替咱们想好，做好了，有这么好的党和政府帮助咱们，咱们怎能不珍惜这次难得的大好机会呢？……

拆迁流程如下：首先贴出一张拆迁通知。接着，对于那些接受了拆迁补偿金的人家，他们的老房会被拆除一部分，让人无法继续居住。然后，墙上又会贴出通知，劝说还没妥协的人们尽快签署搬迁协议，尽早完成搬迁。最后，大片的蓝色“锡墙”树立起来，把整个区域变成一个大工地。

在老张家附近一座被拆房屋的残垣断壁中，我发现了一封信，邮戳上的日期是两天前。那是来自“新世界”商场的传单，这座商场就在东边，取代了过去交错纵横的胡同。而这条还没拆毁的胡同里，几个男人正将一个年轻女人团团围住。“你必须要报道他们赔我们这么低的补偿金！”一个男人朝她大吼大叫。“你们这些记者从来不说实话！多关注一下老百姓吧！”

这位记者来自一份每日出版的北京小报《竞报》。她这次的任务是来探访过去供旅居学者或名流商贾等来京居住的会馆。这些建筑由于其历史文化意义免于清拆，将作为未来“露天集市”的装饰和摆设。与居民们的偶遇让她震惊而又矛盾。“上头不准我们报道关于拆

鲜鱼口被拆毁的房屋，“无形巨手”暂时放过了屋宇间的树木。

迁赔偿金的争议。”我们一起离开的时候，她告诉我。

与她同行的摄影师用镜头记录了四合院外的情景，一个女人使劲将手洗的床单拧干，一只脏兮兮的白猫慵懒地躺着，墙上有孩子用粉笔画下的奥运福娃涂鸦。报纸后来刊登的报道占据了四版，其中有这些照片，还有一张鲜鱼口的地图，但地图上并没有显示规划修建的道路。脱离了红尘市井的背景，这些照片看起来不过就展现了一条普普通通的胡同，这里的建筑与居民看上去似乎隔绝于外面的花花世界，和其他简陋破烂的胡同别无二致。

2002年二十五片历史文化保护区划定的同时，北京也开始斥资四百亿美元，进行奥运前的美化工程。中国是世界上经济增长最迅速的国家，北京作为这个国家的首都，为世界所瞩目，而美化工程将为泱泱大国的首都锦上添花。大多数奥运会赛事都将在老城外举行，因此不必拆毁任何一条胡同以修建赛事场地。这些颇具后现代风格的建筑有类似“鸟巢”、“水立方”这样的绰号，修建的地址选在北四环之外。

然而，五花八门的奥运规划并未因此放过老城区。2005年，一个权威的政府智囊机构发布了一份《北京城区角落调查报告》，其中提到，“为了‘新北京，新奥运’战略构想的全面实施，我们不能忽视‘城区角落’，必须着手解决这个问题。”“城区角落”不过是贫民窟的委婉说法。报告的标题页有一张照片，上面不是四合院，也并非胡同，而是纽约城的克莱斯勒大厦①。

调查报告对城区角落（亦称“城中村”）进行了定义，指出这些地区住房密度高，道路狭窄，绿化少，并且“环境混乱”。比如，一条无名的胡同中有一百六十七家美容美发店，不过其中只有七家有相

① 世界上第一座摩天大厦。——译者

应的美发设备。其他的则懒得进行这样的伪装，公开用“按摩沙龙”这样暧昧的名头招揽生意，每次收费不超过两百元。

调查报告列出了三百四十三个城区角落，认为需要在奥运会之前完成对这些地区的清除和整治。其中一些地区，比如鲜鱼口和大栅栏，也同时在“二十五片历史文化保护区”的保护之列。

调查报告在提到这些地区时，采用的都是冷冰冰的措辞。在2000年到2003年之间，鲜鱼口的木结构房屋共发生火灾四十八起；胡同宽度不够，消防车进不去。各类住房过于拥挤，比如西打磨厂胡同275号的民居，就挨挨挤挤地住了二十二口人。“下雨后地上全是水洼泥坑，”调查报告中提到。“由于担心屋墙倒塌，居民还安装了额外的支柱结构。更为严重的是，室内室外蚊蝇猖獗，细菌滋生。”翻新民居和安装下水管道的花费将是天文数字，调查得出这样的警告。该地区有一百零八座两层楼的木结构房屋和二千四百四十座四合院，其中有百分之九十三低于最低基本标准，而有百分之四十七点五的房屋则存在巨大的安全隐患。

调查报告列举了一串串硬邦邦的数据，并没有提到任何具体名称，也没有叙事性的语句。将近四万两千人住在鲜鱼口，其中很多人都是从外地迁到北京的，报告写道，这样就降低了这片区域的“文化水平”。三分之二的人口只具有初中或以下的文化水平。犯罪事件频发且数量逐年上升；该地区居民拨打110求救的次数以平均每月四百次的速度递增。该地区人均月收入为一千元，是北京全市人均月收入的一半。

和大栅栏一样，鲜鱼口也距天安门广场以南仅咫尺之遥，步行可至。“外国友人当然是都通过首都看中国，”调查报告这样提醒读者。“首都的面貌影响中国的面貌，城区角落代表了首都的阴暗面。”

等全世界友人来北京看奥运时，可不能在市中心看到这样一个脏、乱、差的贫民窟啊。㊣拆！

一天晚上，在刘老兵的面馆，老张拿过我的笔，扯下一张纸巾，在上面画了一个眉头紧皱的火柴人，双臂被另外两个火柴人拉扯着。“这个是拆迁公司，”他解释道，“这个是建筑公司”，他还给漫画加了一句文字说明：“我只能忍耐！”他又刷刷几笔画了另一幅，“火柴人老张”正在向其中一个火柴人卑躬屈膝。“你要是被拆迁了，那必须得三叩九拜，让他给你赔多点儿。”他脸上露出一个诡秘的笑，画这漫画让他乐在其中，暂时忘却诸多烦恼。他又扯下一张纸巾。这次画了他那颗面目严肃的头颅，被两个火柴人放在地上当球踢。“我被政府和开发商踢来踢去，他们是一队的。我只不过是颗皮球。”

刘家面馆的外墙上又出现了第二封给片区居民的公开信。老张觉得信上的口吻好像一个大人哄小孩儿好好吃饭似的。公开信中提到，“很多人说不想搬的原因是舍不得街坊邻居。但现在，您只要到前门指挥部，签订搬迁协议，就可以选择合适的经济适用房了。您仔细想想，您和您家人住了一辈子小窝棚、旧平房，现在终于有机会可以改善居住环境了，这是多么难得的好机会呀！”

与区政府关系密切的开发公司正在修建高耸入云的公寓楼。“还要告诉您的是，”公开信中继续说道，“这一批经济适用房主要是为咱们前门地区市政道路建设工程的老街坊们准备的。”而北京的其他公寓楼当时正面临售楼压力，很难以市价将空房出售给公众。“现在回龙观等地区的经济适用房还面向其他城区危改拆迁地区居民销售，现在咱们区就已经有危改拆迁地区居民向指挥部反映，强烈要求参与挑选房源，早日脱离危险房屋。所以您看，如果您不抓紧时机，别的居民就要走到您前面了，到时候好房源没有了，对您和您全家可真是得不偿失。”

公开信中所说的经济适用房位置相对来说还不错，在东南二环和三环之间。我打了一辆的士，按照上面说的地址，来到一片空空如也的工地。所谓专门为鲜鱼口拆迁户准备的经济适用房至少还需要一年的时间才能完工。马上就要无家可归的居民必须买别处的房子，或者在过渡时期靠租房度日，以便存款筹钱来买那套目前还只存在于蓝图上的公寓。在北京，一套房子还没开工之前就掏钱买下不过是司空见惯的平常事。但更为普遍的是居民入住之后对建筑质量，物业管理，甚至是之后所有权转让过程的不满与怨声载道。

刘家面馆外墙上总是一夜之间贴出某张布告，随着拆迁期限的逼近，布告上的语气越来越急切。其中一张桃红色的醒目通知上这样劝说道：

冬天来了，因为生火取暖，大家时时刻刻都担心引起火灾；夏天到了，听到雷雨声，大家又时时刻刻害怕房屋漏雨、坍塌。家里人生病了，需要急救时，狭窄的胡同连救护车和担架车都难以通行……有的居民家里老少三代挤住在一间破旧的老房子里，一住就是几十年，眼看别的新建小区都通了天然气，家家户户用上了冷热水，咱们大杂院里还只能烧蜂窝煤，几户人共用一只水表，再加上外地流动人口的增加，各类入室盗窃、抢劫时有发生，老街坊们的生命财产安全受到严重威胁……老街坊们无时无刻不在祈盼着能够早日走出困境，改善居住条件，过上居住安全，舒适无忧的生活。

布告同时还补充道，早日搬迁是崇文区居民“为 2008 年北京奥运会做出的最大贡献”。

老张说，“我才不搬呢。”

2005 年 12 月 10 日，距离领取五万五千元提前搬家奖的最后期限还剩二十天，刘家面馆的外墙上出现一张绿色的布告。

前门地区市政道路工程自 11 月 21 日拆迁公告贴出后，获得了广大群众的拥护和支持，很多居民都抓紧办理搬迁手续，按政策收取了搬迁补偿款和提前搬家奖，购买了满意的房子，搬进了温暖的新居。目前，已有百分之七十六点八的居民达成签约意向，签定了搬迁协议，选好了搬迁房。但是，也有个别居民仍在等待观望，幻想拖延到最后政策发生变化能多得些补偿，这种想法既是错误的，又是有害的。政府为民修路，居民依法搬迁。为了保障工程的顺利实施，维护广大人民群众的根本利益，我们必须坚持政策的一致性和公平性，严格依法办事，取信于民，决不会也决不可能在政策上“开口子”。还是那句话：“早搬迁受益，晚搬迁吃亏。”

12 月 30 日是市政道路搬迁第一奖励期的最后一天，现在仅剩二十天了。在此，我们真诚善意地给您提个醒，机不可失，时不再来，不要听信谣言，不要听信个别人的煽动，您吃亏受损失，别人会给您负责吗？时间已经不多了，要抓紧签约，抓紧搬迁，争取在第一奖励期内享受到五万五千元提前搬家奖的好政策，这才是正确明智的选择。

老张说，“我才不搬呢。”

他成了拆迁安置办公室进进出出的常客。这个办公室位于早已腾空的原北京市 223 中学校园内。径直走进去，你就能听到职员们几乎是逐字逐句地平静重复着贴满整个片区的布告内容。老张说那里的人对他还算客气，但他还是觉得他们给出的价码太低了。如果加上提前搬家奖，老张将得到二十四万元的赔偿。“根本不够在城里买套房子；而且我要是现在搬了，还得出钱租房子呢。我得留下，就待在这儿。”

距离第一奖励期的最后期限还有十五天，布告上说已经有百分之八十三点九的居民接受了搬迁条件，同意搬迁。这个数字中包括了和老张同住一个四合院，当了几十年老街坊的另外两户人家。“他们没告诉我要搬走，”老张说。“现在的人不像过去那样团结了。”

距离最后期限还有十天，有百分之八十七点八的居民同意搬迁，其中包括老张四合院的另一户老街坊。现在老张真成了孤家寡人。

圣诞节那天，刘家的面馆关门大吉。“我们要回老家乡下去过年，”刘老兵说，“过完了年怎么办，谁知道呢？”一家三口既没有悲伤，也没有愤怒。这里是北京，世道本就如此。小刘妈妈给我端上最后一碗肉汤面。“多加点儿黑醋，”她对我说，“咱们村儿里做的，是最好的。”那的确是世界上最美味的香醋。我大快朵颐，吃得不亦乐乎的时候，她写了山西乡下的地址给我。肉汤见底，我们也互道再见。

距离最后期限还有六天，百分之九十二点九的居民同意搬迁。三天之后，布告上的数字上升到百分之九十五。老张依然不为所动。

天气太冷，我在屋里的电暖器前抖抖索索地蜷成一团，老张则坐在我的桌前，看上去丝毫不受酷寒的影响，十分强壮抗冻。“我觉得我那屋子应该要到 2006 年 4 月才被拆，”他说。那是四个月以后的事。“我一个月只付十七块钱的租金，因为这房子是单位分给我的。我要坚持到最后一分钟，缠着他们，多要点儿钱。反正也损失不了什么。”

像往常一样，老寡妇门也没敲，就走了进来。她让我多加几件衣服，把胳膊盖住，免得得肺炎。我把老张介绍给她，说他的家也要被拆了。“小梅，”老寡妇说，“我告诉你，我绝对不搬走。绝对不！这个四合院就是我的家。”

如今鲜鱼口的夜晚，没有了闪烁的霓虹灯与街灯，漆黑一片；没有了熙来攘往的人群，寂静无声。空荡荡的街道气氛诡秘，似乎随时有鬼魂出没。我想去看看老张的家。我们俩从我家出发，骑着自行车经过大栅栏那些街灯明亮的街道，穿过餐馆后厨飘出的如云如雾的炊烟。一堆建材石块挡住了我们的去路。这条正在修建中的道路，正是用来分流前门大街交通的辅路之一。

老张侧身指了指我住的那片儿。“这些人啊，”他感叹道，“根本就不知道，生活就要大变样了。”

第五章　寒冬降临

在四年级二班的黑板上，距离北京奥运会仍然还有九百九十六天。校园里的执教生活让我忘记了时间，尤为可心的是还有中央供暖。2006 年 1 月，朱老师和我已经教完了课本上的所有内容，但根据规定，我们只有等到下学期才能开始教下一册。于是我们回到这册课本的开头，重新温习 Mocky 的故事：Mocky 想变戏法，Mocky 去买帽子，Mocky 弄丢了坚果（最后一只好心的松鼠拾金不昧，物归原主）。

不上课的时候，我就在办公室的暖气旁，从窗口凝视下面的胡同。其他的老师都觉得没什么可看的。只有朱老师住在四合院里，其他人都从公寓楼来上班，有的单程就要花上一个多小时。目前他们所担心的，不是这片地区，而是自己的饭碗。如果一条胡同遭到清拆，胡同里的学校也保不住。不过老师们对原单位的职责不变。他们中有的会被分派到离家比较近的新岗位工作，有的则去到比现在离家更远的地方；有的再被分配之后可能遇到素质较差的校长，有的则能遇到更好的领导。在被分配之前，老师们对自己未来的命运都一无所知，只有等待教育局的通知。无论如何，他们在原单位所积累起来的资历都将不复存在；再怎么说，去一个陌生的新单位也不是什么美差。很多老师总是问我，“你知道咱们学校什么时候拆吗?”

冬天一到，孩子们就在室内吃午饭。西方教育界认为，观察孩子们在玩耍和游戏时的表现，能很大程度上判断出他们的性格与能力。

我问朱老师从学生们玩耍时的表现观察出了什么。“我只看见一团糟，”她说，“他们的喊声都快把房子震塌了。”

炭儿胡同小学没有任何供孩子们玩耍摆弄的拼图游戏或者积木。他们一般都在走廊上打沙包，或者踢毽子——圆底硬壳上固定几根羽毛，用脚踢着玩。毽子是在北京一个胡同里的学校诞生的，那所学校至今还有一块牌匾，写着这件光荣事迹。踢毽子的规则很简单：边踢边数，直到毽子落地。

朱老师可是踢毽子的“无敌手”。她会在课间休息的时候玩一玩，之后小刘和毛毛这些女生喜欢给她编个辫子。男生则会向我挑战掰手劲。孩子们没有掌上游戏，八卦杂志，MP3 和手机这样的娱乐设备，连走迷宫之类的玩具书也没有。最受欢迎的卡通漫画人物是日本英雄奥特曼，一本关于他英雄事迹的漫画在教室里传来传去，已经被翻得破破烂烂了。朱老师无法理解我对这种天真与自由的欣赏。当然，她没待过那种连捉迷藏游戏也被视为洪水猛兽的学校，也不知道在有的学校，孩子们等公车的地方，有殡仪馆和库尔香烟①的大幅广告。

学校没有室内体育场，所以教室就成了学生们每日玩耍的室内场地。住在我隔壁的韩先生和他老婆，两夫妻有一个七岁的儿子。但由于两人租住的小屋不到七平米，就没法把孩子从东北老家接到北京来。“这儿一点儿空间都没有，”韩先生说。“教育质量是挺高，但在老家他能满地跑，而且有很多朋友。”负责带孩子的是韩先生的母亲。韩太太每周给儿子打一次电话，要去胡同里的“话吧”，那里有一溜小隔间，长途电话有话费优惠。这就比用手机打要便宜些，但完全没有隐私。

韩先生的侄女在炭儿胡同小学上学。放学后，她一般都会来我这里，苦恼地趴在地上，周围是做不完的家庭作业。她的年龄够上三年

① Kool，香烟品牌。——译者

级了，但因为上学晚，被塞进了一年级某个班。她让我教她打中文字，因为写字太难太累了。

孩子们学写汉字，要从罗马字式的拼音学起。我随意打出一行中文，“我喜欢吃大熊猫。”小侄女认识一半的汉字。她盯着键盘，伸出手指戳着按键，打出“我”字。接着她又全神贯注地打出四个字的拼音，从弹出的窗口中选择了自己想要的汉字，组成一句话，“我住在北京。”

已经快上完整整一个学期了，她还是对上学这件事和学校的概念感到懵懵懂懂。做作业的时候，她花在读题目要求上的时间比解题本身还多。我大声读出题目要求，她进行重复。“所以我需要分别划线标出球体，圆柱体，立方体和正方形，数清每种几何体的数量，把总数填在这页的括号内。接着再圈出不规则的几何体……”我告诉她自己记忆中的小学一年级数学不过就是一页又一页的简单加减法。“那是给小屁孩儿做的。”她边笑边说，“能再读一遍题吗？”

秋天的时候，她用五颜六色的图画纸剪出好看的树叶贴在我的窗户上。现在它们又被同样一双小手剪出的各种样式的雪花所替代。这个小女孩很喜欢四季变化，因为胡同里的小吃会随之变出各种花样，从烤红薯到糖炒栗子，再到糖葫芦，圆鼓鼓的红山楂串在尖细的竹签上，外面包裹着糖衣。有时候山楂会有核，糖衣会把你的牙齿黏在一起，竹签子刺得牙龈疼。除了这些小小的烦恼，小侄女觉得糖葫芦非常美味。

尽管在室内呼吸都有可能凝结成冰，冬日的北京仍然是我的最爱。夏天大家喜欢吃韩国冷面，现在最受欢迎的舒服吃食则是热腾腾的涮锅。涮锅起源于蒙古，却在北京发扬光大。相传几百年前，蒙古一群士兵被紧急征召上战场。随队的厨师明白要马上做一顿饭来鼓舞士气，让大家吃饱再上战场。时间紧迫，他没有像往常一样大费周章地生火烤肉，而是将羊肉放进大锅滚开的水里煮熟。厨师将这道菜呈给将军，祝福他平安无恙，凯旋归来。将军喜欢这道菜，认为与众不同，又美味新鲜。“不就是开水涮羊肉吗，”军队中有些士兵嘟囔着说。不管怎样，战争轰轰烈烈地开始了，蒙古人胜利还朝。开水“涮羊肉”就成了当地菜单上的必备菜品。

吃涮锅需要食客们积极参与，用筷子夹起生羊肉或者蔬菜，放进餐桌中央铜盆里滚开的水中。肉菜煮好以后，在装有芝麻酱和糖蒜的碗里蘸一蘸，就着啤酒大快朵颐。冬天，涮锅升腾的烟雾蒙上餐馆的窗户，将食客们围绕在一片温暖的云雾中，简直让人不亦乐乎，忘记今夕何夕。

12月中旬，北京的湖面就结冰了，这是十年来结冰最早的一年。冬泳爱好者们在前海南沿的湖面上凿出冰洞。喜欢滑冰的人们就没那么幸运了，因为强劲的北风带来灰尘与沙粒，落在湖面上，不甚平滑。清理冰场需要好些人手拿笤帚慢慢地扫，还得注意别碰到那些在爬犁上玩得特别尽兴的人们。爬犁是一种可以坐人的小冰车，车底下有金属轱辘，玩的时候双手拿着小棍子，撑着地推动冰车前进。

我喜欢在前海滑冰，那样可以将钟楼和鼓楼尽收眼底，那是古都北京司掌时间的处所。湖岸上，一个自称“磨冰刀之王”的人吹嘘着自己当年的光辉事迹，说从1937年日本鬼子攻陷北京开始，到此后兵荒马乱的八年间，每个冬天，他都一直有办法开门营业。然而，连这样的能人都斗不过开发商。2005年的冬天，他的店面被蓝色锡板围了起来，变成一个高端酒店建筑工地的一部分。从某种程度上来说，老城区的中心正在回归其旧有的作用，变成权贵和精英阶层寻欢作乐的场所。

在这里的每个冬天，我都和同一群北京本地人打冰球。我们只在圣诞节与标志农历年开始的春节之间那个月见面，在冰上一场鏖战。

这是另一种北京式友谊，没有人情世故的压力，也不用讲究什么礼尚往来。

后来前海的冰场进行了一番装饰，票价上涨，凭票可在西岸边新开的星巴克享用一杯免费咖啡。从那以后，我们的冰球比赛场地就转移到紫禁城外围的护城河上。冰场的三面都围起了胶合板，漆成朱红色，以和附近的宫殿角楼相配。另一面则是一排石栏，作为护城河与中山公园的分界线。每天清晨，公园里到处都是锻炼的老人。粗糙凸起的老柏树前，大妈们摩挲着背部。大爷们则踱着步子，双臂在胸前剧烈地交叉伸展，呼吸吐纳，引颈高喊，有的声音清越堪比京剧演员，有的则略为沙哑，好像喉咙里含着浓痰。“啊——啊——啊——”的声音响彻整个公园。周围的环境越是安静，老北京们就越是吵闹。

一块板子上用粉笔写着当天的冰场条件：气温，风向，以及阳光下与阴凉处的冰层厚度。我在附近楼阁庭院的长凳上穿好冰鞋。顺着冰场边一个陡峭的木质斜道滑进冰上。冰场围板上唯一的“广告”是一个绿色横幅，上面的文字提醒路过的众人：**人口过多是我国最亟待解决的问题。**

冰上可不存在这个问题。除了我们没有旁人。冬日时分，北京不见了喧嚣拥挤的大批旅游团，天空也总是清澈而晴朗，公共空间可以供个人闲适地享用。我喜欢沿着香山冰雪覆盖的山路拾级而上；也喜欢去潭柘寺的算命师那里求一两只命运签。这两个地方此时都人迹罕至。

锻炼的老人们一走，紫禁城护城河上唯一的声响就是我的冰刀割过冰面发出的嚓嚓声。太阳在宫墙之上缓缓升起，每到整点的时候，不到两公里以外的通讯部钟楼上就飘来“东方红”的旋律。我把围巾挂在一侧球门的中央作为靶子，放下冰球，开始一次又一次地向球门进攻。这是我每天能够独处的最长时光，一切都很惬意，很享受。

球友们来了，全副武装地穿戴着冰球手套，护腿以及头盔。他们把灌满茶水的暖壶放在河边的长凳上，点燃香烟。我们的比赛迅速干脆，不讲究什么规则，充满随意的乐趣。失误之后，球友们总是哈哈大笑，并不在意。和规则严格的篮球不同，冰球很大程度上取决于打球人的自制。每人都有一根球杆，你要向别人进攻，就得做好迎接“打击报复”的心理准备。比赛暂停的原因一般都是冰球飞过了围板，或者有人想抽烟了。

在紫禁城护城河西南角打冰球。

中国人发明了很多东西，球友们声称冰球也在此列。从北方的满洲人统治中国的17世纪开始，朝廷每年12月都会在皇城中心的湖上组织冰上比赛。皇城之内的八旗将士生龙活虎地参与到一系列的项目中来。他们脚上穿的冰鞋有一个凹槽，冰刀滑进凹槽中，稳稳地固定在一起。

湖面上的宝座铺着尊贵的貂皮，皇上端坐帐中坐山观虎斗。比赛开始之时，一声炮响，表示冰面坚硬。接着两百名旗手从冰面上滑过，再次确认没有安全问题。八旗战士分为两队，分别穿着黄色与红色的队服。各项赛事包括追打一只羽毛做成的球（这就是大家声称起源于中国的冰球），或者一边全速滑冰，一边瞄准一个悬挂的球挽弓射箭。杂技演员们会在冰上表演舞龙舞狮助兴。庆祝赛事结束的盛会上，士兵们会穿上猪皮鞋，从三四层楼高的冰台上滑下，身板还得尽量挺直。

对于冰球之国加拿大的人们来说，这些记载也许并不能作为冰球起源于中国的有力证据。但在末世王朝政权被推翻之后，滑冰仍然是北京人喜闻乐见的业余消遣活动。“在自然结冰的水面上滑冰是中国北方历史悠久的娱乐活动，并且大人小孩都积极参与进来，老少咸宜。”《吴氏历险记》[①] 的作者这样写道。这本书的篇章作为专栏的形式，于1939年到1940年间，刊登在英文报纸《北京时报》上。后来集结成书，可谓共产党执政之前的中国北京“地方志”。在书后的索引中，我随意地翻到北京拼音的首字母B。发现如下字眼：

> badger hunting；（猎獾）
> balancers，flagpole；（踩高跷的）
> bamboo，clappers；（竹快板）
> banner men，Manchu；（满族八旗）
> bath，baby's third-day；（“三朝洗儿”[②]）

---

① 英文著作，英文全名为 *The Adventures of Wu: The Life Cycle of a Peking Man*；《吴氏历险记：一个北京人的生活周期》。——译者

② 又称为“洗三”，是中国古代新生儿诞生礼中的一项仪式，婴儿出生后第三日，要举行沐浴仪式，会集亲友为婴儿祝福。“洗三”的用意，一是洗涤污秽，消灾免祸；二是祈祥求福，图个吉利。——译者

bean curds,. almond; stinky;（杏仁豆腐）

bear show;（角抵戏）

Beating the Blind Tiger (game);（"打虎瞎子"游戏）

bed, brick-stove (k'ang); God and Godess of;（床、炕、灶王爷和灶王奶奶）

beetle-cart man;（拉粪车的）

Beginning of Winter;（立冬）

Bell, dragon god of;（龙王的铃铛）

Bill-collecting devil;（催债鬼）

birds,（鸟）

boat, service on city moats;（护城河摆渡）

bread, steamed;（馒头）

bricks, for Peking city wall;（北京城墙砖石）

bridge, for the dead; and dragon legend;（奈何桥；龙的传说）

brotherhood, sworn;（义结金兰）

brush, writing;（毛笔书法）

buckwheat, cakes; husk pillows;（窝窝头；糠壳枕头）

Buddha;（佛）

burials;（入土为安）

butterflies.（蝴蝶）

书中描述了一个绰号"小光头"的中下阶层胡同居民从呱呱坠地到洞房花烛的前半生。每一年，他都在天气"酷寒难耐，连猫狗都冻死街头"的时候出去滑冰。他的冰鞋很独特，是在一块块木头上叠加刀片，再用皮带和鞋子绑在一起做成的。那时候，一个滑冰手的名气响不响，并不是看冰球什么的打得好不好，而是要看滑冰的速度快不快。男人们会在护城河上比赛速滑，目的地是四十二公里之外的大运河边，如今名为通州的北京郊区；一边保持滑冰的速度，一边还要灵活地闪避冰块贩子与钓鱼人挖出来的冰洞。到了目的地，滑冰的人们会各自买个纪念品，证明“到此一滑”，然后再花一个半小时回到北京城区。

然而，即使是在1939年，老北京的某些传统都似乎走到了穷途末路。《吴氏历险记》的作者在书中写道，皇上鼓励大家参加冰上运动。不过，“北京封冻的冰面上玩滑冰和冰车的人正在迅速减少，而最后还在坚持的人有可能也将很快消失”。

尽管猎獾、角抵戏、催债鬼甚至连“磨冰刀之王”都从北京销声匿迹了，滑冰这个传统却长长久久地流传了下来。

同样得以保留的还有公共澡堂。我踩着单车往胡同方向行进，冰球棍放在把手上摇摇晃晃，好似一柄长矛。骑着骑着，我不得不停下来，眼前是长长的黑色奥迪车队，正载着高官显贵们，经过人民大会堂和天安门广场。

冰场上挥洒的汗水在我到家之前就和衣服冻在了一起。我扯下毛巾，拿过洗发水，抖抖索索地走过杨梅竹斜街，接着来到一条窄窄的小巷，沿途的墙上有手绘的公德宣传漫画。一座木屋举着一把斧子，面目狰狞地追逐着长满茂密森林“头发”的地球；一个女人将离婚协议书递给不忠的丈夫；还有一幅画的文字说明显示画里的男人不重视私处的清洁，于是画中的女人耳提面命道，“赶紧吃你的药！”

北京的某些浴场看上去与拉斯维加斯高级酒店中的别无二致。但大力澡堂不在此列。澡票一张十元，如果一次买够二十张的话，就优惠到每张八元。澡堂服务员在我预付卡上的小格子里画了个叉，接过我的鞋袜，递来一双塑料拖板鞋。我把衣物锁在换衣间的木柜子里。

杨梅竹斜街附近的手绘宣传画。在后来为奥运做准备的一次全市清洁活动中，类似的宣传画因为“不得体”而遭到取缔和清除。

淋浴间男女分开。两旁贴着白瓷砖的墙上，各有四个淋浴头一字排开。和公共厕所一样，这里也没有隔断。规矩也大同小异：用品自带；先到先得；不要越界。

洗澡水是滚烫的，但水柱的力量却撑不起“大力”这个招牌。多交了几块钱之后，身穿浅蓝色制服，精神矍铄的老年搓澡工会拿一条粗糙的毛巾帮我使劲搓身。等起身离开他那垫得厚厚的搓澡台，我发现躺过的地方覆盖了一团团剥落的死皮。“你身上可真脏!”老头嫌弃地说道。“你比中国人高啊，我该多收点钱的!”搓完澡，我就等着进小小的桑拿房。又来了一个老大爷，手里攥着一罐打开的燕京啤酒，净含量五百五十毫升。他来到一个淋浴头下面。凉凉的洗澡水在他花白的平头上溅开，顺着身体流淌下来。他咕咚咕咚地将手里的啤酒喝了个底朝天。

大力澡堂不提供吹风机，所以在走回家的路上，我的头发与毛巾通常都冻得硬邦邦的。半路上我走进胡同里的网吧，把毛巾放在室内的暖气上，顺便查查电子邮件。这个所谓的“吧”没有任何间隔空间，只有一排排的电脑，共一百台。上网一小时收费两元，低廉的价格使得这家网吧天天爆满。

根据我目测，大力澡堂“澡客”的平均年龄在六十五岁左右，而光顾网吧的客人则要年轻个四十岁。女顾客通常都是外地人，戴着耳机，对着网络摄像头，与遥远家乡的朋友亲戚们聊聊家常，说说烦恼。男人们就爱打网络游戏，比如“魔兽世界”和“反恐精英”。烟民们吞云吐雾，网吧里烟雾缭绕，还不时有“咯咯笑”的女声，“哒哒哒”的模拟机关枪开火声，以及电脑宣称的“terrorists win!”（恐怖分子赢了!）和游戏输家们此起彼伏的“我×!”

我在浏览器地址栏输入区政府公共论坛的网址，居民们可以在这个论坛提交问题或建议。2006年初，网站首页显示了二千一百五十一封来信选登。我往下拉，发现很多信的主题都跟“拆”有关。信里的问题有：“我们会不会被拆迁?”（会）“56号是不是历史遗产?”（不是）以及“我是不是被骗了?”（不是）

在一封题为“请问杨梅竹斜街什么时候能拆”的来信中，一位自称江先生的人写道：

“请问杨梅竹斜街什么时候能拆，现在有很多传言，尽管我们也知道政府不能不管我们这些穷人，但是大家还是非常想知道到底什么时候能拆。谢谢！请回复!”

三天后，网站上出现了没有具体人员署名，只落款“宣武区政府办公室”的回复：

“江先生：

您好！您给区政府发来的电子邮件收悉。关于您在信中提到的杨梅竹斜街什么时候能拆的问题，杨梅竹斜街属于大栅栏风貌区，这一地区目前正在拆迁的是月亮湾和煤市街，估计杨梅竹斜街拆迁还要等一两年。”

煤市街是片区分界两头的南北向街道之一。由于前门大街禁止车辆通行，煤市街要拓宽到二十多米。建筑工地离我们那个四合院的正门不过三百米。但待在家里听不到任何修建的声音。老寡妇也从来没见过。她每天去天桃市场买菜走的是相反的方向。

煤市街是韩家两夫妻每天去店里的必经之路，他们以修手机和卖香烟为生。一路上的住家与店面都面临着被拆毁的命运。有的门前还写着拆迁户们抗议的话。其中一条如下："法院对拆迁安置问题坐视不管。拆迁公司篡改协议，暗箱操作。弱势群体难以生存。"

对于我的街坊邻居来说，街道拓宽的工程给生活带来了诸多不便，根本不会带来任何好的转机。

一天早上我去公共厕所方便，路上发现一群人围在外墙边，墙上在一夜之间贴上了一溜白纸黑字的布告。"拆迁通知吗?"我问道。

"废品王"摇摇头，"鞭炮的事儿。"

布告上的文件宣布，北京将结束十二年来春节期间禁止在市区内燃放烟花爆竹的规定。废除这项禁令意味着一群居民的请愿奏了效，政府同意将烟花爆竹纳入文化遗产的范畴。古代的中国人认为，春节期间燃放烟花爆竹，可以吓走恶灵与魔鬼。布告里宣布，市民可以通过正规渠道购买和出售烟花爆竹，但在下列场所禁止燃放："十字路口、历史建筑、公交车站、军事重地、政府机构、医院、幼儿园、树林绿地和加油站。"

不管有什么样的限制，除夕之夜，整座北京城爆竹声响彻天际，好似大规模爆炸的现场。在胡同里走上一走，就可以经历一次躲避"火力进攻"的训练。我的学生们站在各自的爸爸身后，充满期待地看他们用香烟点燃各色烟花爆竹的引线。它们有着五花八门的名字："快乐胖兄弟"、"钻石花"、"火树银花"和"万花齐放"等等。闪亮的火花雨点般从天而降，“罗马焰火筒”向天空发射，“旋风雷”的响声把四合院的外墙都震得摇摇欲坠。一个“蝴蝶王”旋转而过，在我耳畔留下“嗡嗡”的余响。一发“牛魔王”带着炫目的火光从我自行车的刹车上弹开。学生们大声叫喊着，好像永远放不够。在他们年少的生命中，春节第一次有了浓烈的节日气息，而不再只是单纯地吃饺子吃到走不动和在电视机前看春节联欢晚会了。

我骑车去探访老张。这将是他在自己老屋里过的最后一个年。鲜鱼口昏暗寂静，只从遥远的地方传来隐隐约约爆竹的脆响。老张的家门上了锁，内部好像也上了门闩。门上有他留下的粉笔字：**此地有人居住。如果你试图强行进入，我将报警。你将负有全责！**

“是防贼的，”开门让我进去的时候，他解释说。“收破烂儿的骑着平板车到处找值钱的东西。”这片儿的有些房子被围上了围板，还安上了绿色的铁门。“那些是受保护的建筑。可能会开辟成博物馆吧。也有可能变成百万富翁的院子。谁说得清呢？”

屋里，老张的儿子和儿媳妇儿正忙活着年夜饭。煤气炉上架着一口炒锅，里面的菜肴“滋滋”地冒着热气。老张上小学三年级的孙子对电视里热热闹闹的春晚充耳不闻，而是对着一本词汇练习册皱眉头。这条街上别说放炮的小孩，压根儿一个人也没有。小孙子问我，“羽毛球拍英语怎么说？”

老张的客厅里有一张床，一张沙发，一张桌子和一个五斗橱，上面平放着一个布袋子。屋里烧着蜂窝煤，暖烘烘的。老张拿出特别为今晚准备的竹酒，喝完一轮之后，大家脸上都浮起了红晕。一年一度的春晚在唱歌跳舞，魔术杂技，相声小品之后，宣布大陆将赠送两只熊猫给台湾，以示两岸和谐友好。春晚的五亿观众可以从一张名单上选择熊猫的名字，通过发送短信的方式进行投票。

“看，谁说我们没有投票权？”老张哈哈大笑。

搬迁的最后期限已经过了。拆迁办公室宣称只有百分之五的居民还没搬。老张承认他现在属于“少数人”，也许会被批评过于固执。“但我有什么好怕的?”他问道。“我马上就七十四了。也不是什么犯罪分子。我不后悔。要是我想要钱，早就搬走了。这跟钱没关系，是要争个公平。我就是想住在三环路里边儿。”

他又倒了一杯竹酒。“一切很快就会有个定论。过年啦。干杯，小梅。”

桌上摆着一碗碗丰盛的菜肴。电视被关掉了，只有鞭炮的响声不时从远处传来。老张打开五斗橱上的布袋，小心翼翼地拿出一个镶有黑白照片的相框，相片里有个老太太。他仔细地将布袋折好，双手支起相框，让照片面朝着热气腾腾的年夜饭。“这是我老婆。”

“她特别喜欢过春节。一整天都包饺子也不嫌累，真的。”老张在相片旁点起细细的香。我们举筷子之前，他举起一个空碗，儿子在里面放满各种菜肴。“夹块大点儿的豆腐，”老张说。“她特别喜欢媳妇儿做的炖豆腐。”儿子又夹了血肠、豆荚、花椰菜和肉丁。“然后再给她吃点儿饺子。”

老张把碗放在相片面前。照片上的脸没有笑容，沟壑纵横，黑黑的头发一丝不苟地梳在脑后。他默默地站着，双目紧闭。接着坐下来，又一扫恍惚的神思，显得精神抖擞，好像忘记刚才那片刻间的事情。

“她是去年走的，”他说。“他们宣布要修路之后，她一直都特别担心。我们的孙子在这附近一个特别好的小学上学，和我们住在一起。她一直担心房子会怎么样，孙子上学怎么办。人都魔怔了。”

过了一会儿，老张的儿子对我说，“你必须搞清楚一件事情。问题不在于城市的发展，这是件好事。也不在于政府坏。实际上政府是非常好的政府。我们都很爱国。真正的问题在于，整个过程完全不公开不透明。看得明白的只有区政府和他们的开发商。”

老张转向妻子，她正从相框里默默地看着我们。“我只是想让她再在这里过个年。”

媳妇儿和小孙子看着眼前的饭碗。“多吃点儿!”她突然劝道。老张把酒杯倒满，给我和儿子一人一支“熊猫”牌香烟。他用手摸了摸花白的平头，默默地呼出一口气，抹去那只白内障的眼中流出的一滴泪，接着站起来，在妻子满满的碗里又加了几个饺子。

我们打开电视，边吃边看，一直到给熊猫命名的投票有了结果，“团团”和“圆圆”胜出。（台湾方面一开始会拒绝接受这个礼物。）午夜钟声敲响之时，全城爆竹声声响彻云霄，北京迎来了狗年。

“这一年能吉利吗?”老张一边打开一瓶瓶啤酒，一边大声问道。“我不管，只要能不搬到郊区就行。”我们举杯祝福，希望他如愿以偿。

爆竹声一直到凌晨三点才渐渐稀疏；我的手机一整晚忙个不停，塞满了亲朋好友各种类型的祝福短信，有的还十分押韵；此时也渐渐停息了下来。我们四合院里通宵亮着灯。老寡妇和儿子、媳妇儿还有孙女玩着麻将，吃着饺子。老寡妇打开我的门，递过来一个热气腾腾的大碗。

早上八点，爆竹声又密集地响了起来。这时的胡同看上去好像刚走过一个大型的游行表演队伍。四合院的墙角边，鞭炮放完后留下的红纸屑堆得老高。有些人家在门上挂起了大红灯笼。我们的门前则挂着一面鲜红的中国国旗。出发回东北看儿子之前，韩家两夫妻在院子里进门的地方倒贴了红色硬纸壳做的“福”字，还在各个房间进门的两边都贴了门神和对联，祈愿未来一年上天保佑，顺利安康，恭喜发财。

除了这些，各家的门上还贴着居委会的通知，提醒“大量在京从事体力劳动，商业交易和服务工作的外来务工人员朋友们”放完春节假返京时别忘了登记办理暂住证。“让我们共同努力，”通知的最后说道，“携手同行，万众一心，为北京的全面发展和2008年奥运会建设一个美好家园。”

春节期间，火车站人潮汹涌，飞机票供不应求；胡同里却冷冷清清，人烟稀少。外地人都回家了，他们对这片儿经济所做的贡献却因为缺席而愈见明显。大多数商店和餐馆都店门紧闭，天桃市场照常开张的货摊也寥寥无几。延寿街上只有一家小卖部还开着，店主是我一个学生的父母。他们炸火腿肠，也摊煎饼——铁板上摊开面粉糊，撒上葱，打个鸡蛋，放张薄脆饼，再刷上酱汁。煎饼就是北京街头小吃中的“烟肉蛋麦满分”。两周的春节假期，我每天都胡吃海塞，过得很不健康。

我的学生们也体重见长，一个个胖乎乎的，吃着一串串糖葫芦、大白兔奶糖、甘蔗，以及用甜糯米做成的传统小吃元宵。他们路过我家时，总会停下来，炫耀一下亲戚们给的红包里有多少压岁钱。无论多少都是一笔财富，但收入颇丰的时候能够超过一百元。2006年初，孩子们人手必有一个溜溜球。煤市街的玩具店里，一个红色的火焰溜溜球卖两块钱；而一个蝶形“战神”溜溜球要卖到五块。

除此之外，孩子们的压岁钱还花在庙会上，这是北京春节的冬日“嘉年华”。北京的第一个庙会就是约四百年前，在这片儿开展的。根据区政府发行的一本小册子，庙会的传统持续了两个封建朝代，在军阀混战、民国时期、日本侵华和新中国成立以后也没有间断。但在1963年却“因为历史原因”而遭到取缔。街道上原本用于举行庙会的那家道观不复存在，但在2001年，政府重新组织恢复了这项节日传统。庙会被列入该地区“非物质文化遗产”的名单。保护本土小吃、皮影戏、歌唱与绘画艺术等民间传统艺术的运动，是在北京取得奥运会主办权之后才逐渐开展起来的。庙会得到了重生，被誉为“‘新北京，新奥运’的闪亮化身，并能很好地为2008年奥运会服务”。这口号也可以用来号召保护其他传统。

庙会在片区西端的南新华大街举行。庙会时，相关区域的交通都改了道，道路两旁的货摊一字排开。对于我的学生来说，持续一周的庙会就是他们这段时间生活的全部内容。他们观看传统的舞龙舞狮表演；在踩高跷的人们脚下穿行；为变戏法的喝彩；对翻筋斗易如反掌的杂技演员表示惊叹；画上京剧演员的花脸；一串接一串地吃着烤鸡心；在宣纸上将自己的名字用艺术写法画出来；拿装了豆子的小袋子瞄准一罐罐的杏仁奶，打中有奖；买空心竹子做的层层叠叠的风车。

庙会再次风靡整个北京城，重现了过去男女老少喜闻乐见的辉煌。胡同里，寺庙里，过去的皇家宫阙，处处锣鼓喧天，熙来攘往。郊区的高层公寓没有庙会生存的空间。有的庙会堪称包罗万象，项目繁多的嘉年华会。规模最大的庙会在地坛公园举行，有滑冰表演、蝴蝶舞、鬼屋历险、惊险滑板表演，还有个引人注目的“蛇女”，懒洋洋地屈身站在台上，身上缠绕着巨蛇。

我的房东来家里看我，从附近庙会上买了一个小礼物。“是本黄历!”我还没打开袋子，他就迫不及待地宣称。

这礼物类似一本活页的农事年鉴，每页有明信片大小，写明每天适宜做什么，忌讳做什么。每天按每两小时分为十二个方格，每个都有标记：“五点到七点吉；七点到九点凶。”日历上还会解读各种征兆。梦见喝酒是吉兆；当天属马的人诸事皆宜，但属鼠的人应该大门不出。送子观音需要面床，朝东。

房东读着各种各样的征兆，他的声音与很多北京男人一般无二，含含糊糊，好像嘴里含着什么东西似的。他的两道浓眉乌黑茂密，握起手来双手好似老虎钳紧紧夹住对方。过去，我从没什么好运气遇到不错的北京房东。关系的主动权掌握在房东一人手里，而且对方通常都斤斤计较。但这个房东却大方地借给我好些历史书，还揣测我的兴趣，剪报给我看。看着我对手里的黄历饶有兴趣，他有些欲言又止。

“小梅，你知道这是迷信的说法吧？这都是解放前旧社会留下的。

皇帝倒台的时候，北京就开始用公历了。我们现在也用公历。”

这话并不完全正确。尽管气温仍是零下，北京城的滑冰场还是在立春那天统一停业了，因为按照农历，这一天是春天的开始。老寡妇这样的年长人士和“废品王”这样的乡下人能背出另外二十三个“节气”，每个节气之间相隔大概半个月，根据太阳照射经纬度引起的气候变化来描述天象。传统农历的起始并不像现在这样是隆冬时节任意的一天，而是严格按照万物的周而复始来决定的。立春过后的节气是雨水，之后是惊蛰，再然后是春分——我最为期待的时节。时间是3月底，离现在还有漫长的一个月。

街坊们还会看另一个计时器——奥运倒计时。附近煤市街的拓宽工程带来很多尘土碎石，我的房东清扫了一下。“他们不会拆这条胡同的，也不会拆这房子，”他说。“他们不能拆。这是受保护的。”他重复了一遍关键词，确保我听得清楚明白，“受保护的。”

我问他谁来保护。

“他们，保护东西的那些人。”他耸起两道浓眉，拍拍我的肩膀，大声说道，“嘿！今天宜沐浴、伐木和打猎！忌婚丧嫁娶。看，看哪，黄历上说的，就在这儿。”

他撕掉今天的那一页，非常笃定地读起明天的命理运程。

第六章　㊟拆之简史一：燕都旧迹

天地初开之时，这里是孽龙的领地。人类将其称之为“苦海幽州”，在孽龙部落统领的咸水沼泽地周围，人们生活得贫瘠困苦，举步维艰。一天，一位叫做哪吒的将门之后穿上红袄短裤，向龙王宣战。一连九天，人龙每日鏖战九场。最终，哪吒大胜，制服龙王，将它与龙后封印在一个大湖中，旁有一座白塔镇守。汹涌的海水退却，露出丰饶肥沃的土地。人类迁居到平原地区，修建房屋，开放集市。龙宫土崩瓦解。为了不让父亲受到孽龙的报复，哪吒自断肉身，表示与家庭一刀两断。小英雄去世之后，得天神垂怜，赐他成仙，莲花化身，身有八臂。

在哪吒的护佑之下，这里渐渐繁荣昌盛。但孽龙们仍怀恨在心，蠢蠢欲动，暗自谋划复仇。皇帝准备在此建立北方都城之时，官员们都纷纷请辞，不敢领下这道圣旨。“孽龙正潜藏于苦海幽州之下，”他们满怀恐惧地说。皇上看着自己的两个军师，问道，“二位爱卿，谁能担此重任?”

两位重臣来到当地，四处走访，察看地形，住驿站公馆，彼此相轻相鄙，争风吃醋。他们达成协议，各自为阵，分头行动。约定十天之内再聚首，背对背绘出都城设计图，一较高下。

尽管二人分道扬镳，但都听到一男童在耳边呼唤，“依我之样貌绘图即可。”两人都邂逅一红袄短裤小儿。两人加快速度，小儿也加快速度；两人放慢速度，小儿也放慢速度；就是无法与之同行。小儿并无八条臂膀，但再见时二人都注意到，小儿身穿荷叶边披风，肩膀两旁浮镶八条软绸边，风吹起正如臂膀甩动。他们再次听到他的声音："依我之样貌绘图即可。"

第十日正午，二军师来到一空地，背对背分坐两桌。这场"决斗"以笔墨纸砚做武器。二人开始将胸中的都城蓝图付诸纸上。在即将日落之前完成。二人互看对手纸样，竟无二致。

如此一来，都城将状如其守护者哪吒身形。前门如其大脑，其余大城门乃其八臂与双腿，均匀对称排布于四方皇城四周。小城门乃哪吒头颅，双耳与口鼻。皇城便是其内脏。大小街道胡同根据长宽不同，分别为哪吒之动脉、静脉与毛细血管。胡同，承载着北京的生命之血，乃融会贯通之地。①

目前北京城的开发建设，实在好像其创建之初传说的翻版。都有对土地的争夺，强制的拆迁与建筑的拆毁；都有一场计划好的竞争，设计师互相抄袭，作品大同小异，并且都渴望荣耀。由于两人都无法夺得头功，其中一位军师拂袖而去，出家为僧。另一位留下保卫京城，以防孽龙作乱。但孽龙仍前来兴风作浪，盗走城里许多甘甜的水。古老的故事里说，这就是北京大多数水井至今都微带咸味的缘由。

这是北京城起源的诸多传说之一。其中没有古猿人"北京人"的踪影。1923 年，直立古猿人的骨化石出土，它们是人类最早的祖先之一，生活在距今五十万年以前的洪荒天地之间。但在 1941 年 12 月

---

① 这是北京城建城的诸多传说之一，文中的皇帝是明成祖朱棣，两位军师是刘伯温和姚广孝。——译者

7日，这珍贵的考古研究材料丢失了。为确保万无一失，主持中国国家地理研究工作的负责人将所剩无几的发黄碎骨转到北京联合医院的美国院长手里，这家医院是由洛克菲勒财团投资赞助的。院长又将化石转交给美国驻华大使馆海军分队的指挥官。指挥官将其装好，包装上没有任何标记，放在沿海路线的火车上，以便与其他物资一起从海上疏散撤离。日本军队半路劫获这辆火车，用于军火弹药的运输。“也许他们发现了残余的化石，就像对待吃完的罐头一样，随手扔了。”那位指挥官后来这样推测道。

有传闻说，日本兵用那些骨头煮了汤。另一个故事里说，遗骨最终上了美国舰船。舰船人员故意搁浅以防被俘获的命运。日本人将舰船修补后纳为己有。但这艘舰船在第一次为日本出海作战时，被一架美国潜水艇击沉。第二次世界大战以后，一个澳洲商人声称他将化石掩埋在塔斯马尼亚群岛上的一片热带雨林中，并索要两百万美元的“赎金”。后来他的谎言被拆穿；而北京人的遗骸到底去了哪里，至今还是未解之谜。

北京最豪华的购物广场地下，一个标志言之凿凿地说，这是“全世界首个在国家首都中心街区发现的旧石器时代遗址”。这家名为“东方广场”的大型购物中心，面积相当于半个紫禁城，有五个半橄榄球场那么长，坐落于长安街上。这条街是北京城最重要的交通枢纽，贯穿天安门广场与王府井商业步行街。我去东方广场地下的古人类文化遗址博物馆参观，年轻的讲解员领我进入一间小展厅，展厅中间有一小块土地。讲解员指着一个身穿狮皮，倚靠木棍，外形相当粗犷的古人类模型，“即使是在二万五千年以前，”她的声音中带着训练有素的热情，“人们都喜欢来这里购物哦！”

博物馆的诞生经历了一番斗争，其中的细节在其发掘剪报中只字未提。东方广场的修建计划是由香港亿万身价的地产开发商李嘉诚提出的，并在20世纪90年代初得到了有关部门的批准。东方广场的选址处原本有着全世界最大的麦当劳，还有居住在胡同里的两千五百户寻常百姓家。

当时计划中的购物广场将会成为亚洲最大，其高度还可以超出北京历史中心建筑三十米限高的两倍多。（实际上，这条规定早已被数次违反过，包括在东方广场选址旁边的北京饭店配楼。）由于众多杰出卓越的建筑师和历史学家对这个计划进行抗议，认为将会对北京城的历史遗产产生负面影响，1994 年，负责掌管土地的中国国务院将这个工程暂时搁置了起来。

缩减规模之后的新规划再次得到了批准，接着，1995 年的 4 月，媒体曝光了北京市市委书记和与其关系密切的人威逼包括解放战争老兵在内的居民从东方广场选址上拆迁。传言他们还从中获得了三千七百万元回扣。工程再次被搁置起来。与此同时，猝然落马的市委书记锒铛入狱，被判十六年有期徒刑。

1996 年，降低东方广场写字楼高度的计划获得了通过。“那仍然是个怪物，”古建筑委员会的一个成员说。“如果李（嘉诚）先生不想成为整个中华民族的头号敌人，他应当立即叫停，自我拯救。”

工程继续进行。居民被拆迁清理，胡同被夷为平地。1996 年 12 月，考古挖掘的工作人员在现场出土了诸如骨制工具，烧焦物体残骸，石制工艺品，以及动物化石等新石器时代群落的痕迹。广场建设中止了，关于保护过去与发展未来哪个更重要的辩论愈演愈烈。反对修建东方广场的人握着这次考古发现的筹码，号召在该地修建一座博物馆，而不是一个购物中心。

1997 年秋天，有关方面承诺将在购物中心内安置一个博物馆之后，建设工程又重新开始了。中华人民共和国将在短短两年之内迎来五十周年的国庆。广场建筑群的外部工程动用了大概两万工人，总算如期完工，可以作为 1999 年国庆大型庆祝游行的背景之一。

东方广场包含有一座君悦酒店、蒂凡尼这样的高端珠宝店、大众和兰博基尼等汽车品牌的展示店等等。购物区内通常拥挤不堪，但手里提着购物袋的人却寥寥无几。

古人类文化遗址博物馆位于广场地下一间小展厅内，被夹在地铁入口和美食广场的 Orange Julius 之间。我和讲解员站在一幅画前，画上的原始人正在河边敲着石头。讲解员说，那时候有四十多条径流流经这个地区，带来山地的泥土，让本来贫瘠的土地变得肥沃丰饶。画中的天空是深邃的蔚蓝色。“很久很久以前的过去，”讲解员补充说，“还没有空气污染。”

混沌初开的头两千年，也完全没有“北京”这个概念。书面记载本地区最早形成在西南部的聚落是在西周时期，公元前 11 世纪到公元前 8 世纪。这段漫长的岁月中，在世界的另一边，大卫王统治了耶路撒冷，奥林匹克运动会开始举行，荷马写下了《奥德赛》和《伊利亚特》，接着，罗马帝国诞生了。北京的雏形也开始形成，但那时只是一个四周有围墙的村落小国，名叫“蓟”。

战国时期（公元前 5 世纪到公元前 7 世纪），蓟国出产稻米、小米、水果和盐，百姓丰衣足食，安居乐业。被邻国吞并之后，蓟国变成了燕京。公元前 221 年，中国第一个皇帝秦始皇打败了燕国等其他诸侯国，建立了一个统一的帝国。他的都城在中国中部的西安附近。燕京则一直是一个北方辖区的首府，形成汉族和北方少数民族之间的一道战略屏障。秦始皇驾崩以后，其墓地由上千个真人大小的兵马俑把守。燕京也随之灰飞烟灭。

这个城市在汉朝获得重生（公元前 206 年到公元 220 年），并发展得比过去的燕京更大。帝国的京城仍在别处，但幽州成为边境上的贸易中心和军事要塞，以防御北方少数民族部落的进犯。

在北京这样历史悠久的城市，过去的岁月常常以出其不意的方式打破现代生活的节奏。1998 年，我还住在北京西北边的公寓里，周围的麦田正在一片片消失，变成一个高科技研究园区。村落的农田都被犁平，于是去当时执教学校的路途就变成一片布满尘灰的空地。一天早晨，我发现三个坑，周围有斑杂的黏土。其中两个坑是长方形的，另一个则形如一把钥匙。我想它们过去要么是储藏空间，要么是防空洞，无论如何，都已经被拆毁了，只剩下这些土坑。

那天晚些时候，我再次路过那块空地时，一个身形瘦弱的男人站在其中一个土坑边。他头上戴着一顶黄色的网状棒球帽，上面写着“文物保护局”的字样。四个穿着布鞋的女人正在土坑边的黏土上不停刮擦着，他则站在一边耐心地抽着烟。“没多少时间了，”他边说边指了指停在不远处的推土机。“下周这些就都要被埋了。”

他是文物保护局的一名考古学家。保护局一直在周围的土壤中挖掘文物。“我觉得这些土坑可能是汉朝一个聚落的坟墓，”他说。“我们已经在这片搜集了一千多件文物了。两千年的历史。有陶器啊，工具什么的。”

很快这些历史就将被镇压于混凝土的地基之下。“无形巨手”没有耐心等下去。“没办法，”考古学家说。他什么也做不了。

第二天，我带着自己六年级的学生们去参观考古团队的工作。孩子们听到“坟墓”这个词，就旋风一般跑下楼，跑到考古现场，一路聊着宝藏、木乃伊和诅咒的传说。

考古学家允许他们跳进文物挖掘工作已经结束的坟墓里。整个团队的挖掘设备就是五金店里都有出售的铁铲。他自己还有一个岩芯取样器，一块纸夹笔记板，上面有潦草凌乱的笔记和图样；包里还有一包山寨万宝路香烟。考古团队是乘坐一辆破破烂烂的“面的”来到挖掘现场的，司机手里的发票用完了。所以考古学家连这趟车钱也没法报销。

他把取样器插进土里，带出一些土壤，“这里面什么也没有。”他往左边挪了一点，又把取样器插进去。他说，这里没有发生任何针对开发行为的反对活动，因为从这片土地上清拆出去的农民都想住进楼房公寓，对保护文物没什么概念和兴趣。文物都见鬼去吧！我们要向前看！

我的学生们抓起一捧捧的土，在笔记本上揉搓着，想象拣出来的小石头实际上是古人牙齿的化石。喜鹊在他们头顶的天空中唧唧喳喳地叫着。

“也许中国历史太长了，所以这没什么大不了的。”一个女孩说道。

“哇!”一个男孩惊叹着，“我都不知道历史就在我们身边呢!”

“历史就是我们，笨蛋，”他的朋友漫不经心地回答。

我们沿路返回学校，这片土地上有着过去岁月的回响，又即将被未来掩埋。考古学家说开发商承诺会修建一个博物馆，展示这里的考古发现。这个承诺并未兑现。这片土地建满了一排排千篇一律的无电梯公寓楼。钢筋混凝土的结构，如骨头一般白森森的外墙——这就是下一代将会挖掘出的东西。

第七章 《北京晚报》

北京随处可见的报刊亭，在胡同里却连影都没有。销售报纸的任务就落到个体小贩的身上。如果听见他们在街头巷尾大喊“晚报”，住户们就知道时间到了下午三点左右。我通常都是从延寿街一家超市门口的一个女人那里买晚报。延寿街就是学校附近那条繁忙的小商业街。这个卖报的女人半边脸都瘫了，很久没洗的浓密黑发垂在她窄窄的双肩上，让她看上去好似来自另一个世界，有种先知般的神秘感。尽管她身后卖烤鸭和粮食的摊主每天都打招呼叫我“梅老师”，卖报的女人还是坚持当面叫我“老外”。她的招呼雷打不动：“嘿，老外，我这儿有你的报纸。”

她卖报的“家伙”是一辆小轮拖车。一开始是满满一筐报纸，从大约两公里外的东边开始，每分钟喊两次“晚报”，缓缓走过鲜鱼口，经过老张住的胡同，穿过前门大街，来到我们这片儿，最后停在这家超市门口，在大概四点左右卖掉剩下的报纸。

北京一共有八份日报，但《北京晚报》是其中当之无愧的销量冠军。这份小报每天的版面都不少于五十页。最多的一次甚至达到了两百零八页。但这项旨在增加销量的策略却事与愿违，当时报贩子们都在盘算，这么多的版面，也许把它当废纸卖比当报纸卖能挣更多的钱。

一份《北京晚报》售价五毛，低于其竞争者的价格。其发行量高达一百二十万份，控制了当地日报市场的一多半，广告费也居全中国所有日报之冠。从晚报上出镜率最高的广告来看，读者们普遍没有和协的性生活，但又能买得起手机和汽车。报纸厚度的增加还得归功于夹在其中的那些活页广告，上面发出诘问："为什么我没有高潮？百分之七十五的男人无法满足他们的女人。"还有那些购买了广告中"健康粉"的女人们，对其惊人药效所做的详尽描述。"他按摩我的身体时，我心想，'天哪，这是我的丈夫吗？'接着他进入了我身体的最深处……"诸如此类，不一而足，还有很多很多。每天我把晚报递给老寡妇时，都会逗逗她，让她好好看看那些广告。"字太小啦！"她非常无辜地抱怨道。

中国是一个日益崛起的世界经济体，而北京是这样一个国家的首都，《北京晚报》则是这个首都中首屈一指的报纸。它让我想起自己在故乡明尼苏达从小看到大的一份社区周报，上面通常会刊登钓鱼天气预报、高中体育比赛结果以及某人酒后或嗑药后驾车被捕的新闻。《北京晚报》的监管机构当然是政府，但和其他政府所掌控的媒体不同，这完全不是一份"好消息日报"。头版通常都是根据政府相关通知写成的报道（《为狗只上牌，否则将处以严重罚款》；《发送垃圾短信可被罚款三万元》；《迎奥运，讲文明，树新风》），但其他的版面则充满了谋杀犯罪等斑斑劣迹。在《北京晚报》的版面上，这个城市看上去是如此的不同。

拿到一份晚报时，我一般都会先翻到"警法"版，这一版的报道标题有诸如《女孩在熟睡男友身上点燃汽油》，《四十名妓女在卡拉OK厅被抓获》，《十六岁无照夜店青年驾驶奔驰杀死民工》，《对价格不满，老外砸碎出租车玻璃》等等。

和任何大城市一样，北京也有车祸惨剧、吸毒过量以及自杀轻生。《北京晚报》为了和竞争者一较高下，也会刊登夺人眼球的照片：道路上大滩的血泊中，躺着被覆盖的尸体。北京的高楼大厦创造出新的难题——轻生的年轻女性可以纵身跃下，而在高层作业，擦玻璃的工人也随时面临生命危险。那些支持保护胡同的人们从来没把这一点作为有力的辩护，但这是显而易见的事实：从四合院平房的房顶上跳下来，可没人死得了。

枪支是被严格禁止的，但从各种犯罪事实来看，这个城市亟需控制的，是西瓜刀的买卖。烤鸭店里，一个顾客和售货员吵架，认为自己没有得到优惠，争执不下，他拿起一把刀，刺伤了六个职员。一个农民工在向老板讨薪的过程中，用刀杀死了老板，大卸八块，想把尸体碎块运回家，避免案发坐牢的命运。洗脚房老板在遭遇性侵犯之后，用刀刺死了动手动脚的客人。由于拒绝多付一元钱给顾客的废旧布袋，一名废品回收人腹部挨了致命的一刀。在一场关于搬迁安置的争执中，一个女人把婆婆的脑袋切开了花。一名妓女在自己租住的地下室中，被一个民工送上西天——她死前尖叫求助时，没人应声前来相助；此后民工使用妓女的银行卡，在同一个自动柜员机多次提款，第三天提款时被警察抓个现行。

北京内城的居民们都惧怕混乱空旷的郊区，各种各样的犯罪都在那里上演。而胡同是绝对安全的，多少双眼睛盯着窄窄的街道，街坊邻居也相互认识。这是不想搬进高层公寓的又一个原因。然而，事实上，胡同里也有争执带起的歹心，也有长刀闪过的寒光。《北京晚报》报道，两名共用一个电表的小商贩多年来为如何付电费争执不下，最终拳脚相见，造成一人死亡，三人受伤。这件事并未发生在我们片区，而是在东城。“那边不一样，”老寡妇固执地说，但又说不出怎么个不一样法。

《北京晚报》的报道中，外来民工通常都是坏人，是造成多起暴力犯罪事件的主谋。比如一个三十一岁的河南人，劫持了一辆出租车，在王府井商业步行街飞速狂飙，造成三人死亡，六人受伤。“我想报复社会，报复那些富人，”他对法官说。“我觉得十个城里人有九个都黑心。”他后悔杀掉了出租车司机。“他并不是我的报复对象。我只想抢他的车，但他反抗了，还朝我吼，所以本来我想拿来自杀的刀却刺向了他。”他想发财，他说，但走投无路。法官判了他死刑。几天以后，如期执行，他后脑勺挨了一枚枪子。

晚报上最悲伤的部分，也是我每天都会细细研读但从来也毫无头绪的部分，就是“寻人启事”。失踪人员的照片往往都是身份证标准照，照片上的人睁大眼睛，表情严肃。启事中写明了此人走失时身穿的衣物、发型、口音以及精神状态。很多走失的老人都有诸如耳聋、痴呆或“酗酒过量”等毛病。走失的孩子则一般是在上学路上或在外省游玩。一天，晚报的“寻人”版刊登了十七个孩子的照片，年龄在六岁到十七岁之间。另外一些启事则要寻找一个父母卧病在家的民工；一对私奔的智障男女；一名患有精神疾病的五十四岁妇女；一名患有周期性抑郁症的四十九岁市民；还有一名走失时穿着运动鞋和运动服，头扎马尾辫的十四岁少女。他们都到哪里去了呢？

胡同里从没走失过什么人。这些人都是在宽阔的道路、高层的公寓和公交车站走失的。将一个城市的“城区角落”去除之后，只剩下宽阔笔直的道路，令人茫然的空间，人们无处藏身。

> 王琳，女，三十三岁，皮肤较黑，白衬衫，蓝色牛仔裤，黑白运动鞋，绿色钱包。于15日中午在北苑路走失。知情者请联系邓先生。

朱老师觉得王琳和寻人版上其她走失的女人都是自己跑掉的。“也许她们的老板很坏，丈夫很坏，也许工作环境很糟糕。”朱老师说，男人都管着钱呢。而走失的孩子们都是想要逃避破碎的家庭。看，她说，寻人启事上很少提到酬谢奖金，只说对提供消息的人“必有重谢”。两年来，我见过的最高酬金是一万元，为了寻找一个患有老年痴呆症的八十二岁女性。与此形成鲜明对比的是，寻狗启事一般都会明确承诺，如果宠物安然返还，则提供三千元到五千元不等的酬谢。这也是北京特有的为人处世之道：宁可怀疑，不愿相信；宁信人之恶，不信人之善。也许朱老师说的都是对的。但一两周看同样的一批照片真是让人心情颓败。她也给我提供了北京人特有的解决方法："别去在意，别去看，翻到别的版面去。"

《北京晚报》上并非只有血腥、暴力、犯罪和寻人这样的坏消息。关于犯罪的报道不过占了区区一到两版而已。其他的版面则呈现出北京多元的方方面面：既是国际化的大都市，又是怯生生的小城镇。每日的交通高峰期要持续十六个小时。一名妇女将手卡在公共厕所坑洞里长达一小时。北京的 GDP 创下历史新高。市中心湖区的十只鸭子死于不明病毒。建筑农民工下班时蜂拥乘坐公共汽车。奥运会时，全世界将给我们十六天，而我们将呈献给全世界上下五千年的历史。一只猫吃掉一只价值一千美元的鸟，鸟的主人将猫勒死。小猫八岁的主人看着空空的猫碗，放声大哭。勒死猫犯法吗？一名男子脱掉鞋袜，伸出公共汽车车窗，气味难闻令乘客侧目。三环某排水沟路段塌陷。人行道不平坦，七十四岁老妇走路摔跤。不法分子在煤市街施工现场打碎四辆警车车窗。汽油价格创下新高，约合每加仑二点七五美元。邻居大楼工程将遮挡公寓楼阳光，居民上街抗议，包围施工人员。四合院居民何处洗澡？请看我们的调查。2006 年，北京全市将拆毁总面积达四百五十万平米的建筑。

天气预报栏会对读者进行穿衣和饮食方面的提示，并写明第二天天气是否适合晨练、洗车、爬山、去海滩玩耍，以及给房屋通风。在头版的报名之下，会给出当天的农历与阳历日期。

《北京晚报》曾经将美国一份政治恶搞报纸《洋葱报》的一则虚构报道当做真实的硬新闻进行过刊载。报道中说，美国国会议员要求在华盛顿修建一座新的国会大厦，要有可伸缩折叠的房顶，更多的商品售卖点，更好的风景视线和更大的停车空间。否则国会将搬离华盛顿，去到孟菲斯这样的城市。在“更正通知”中，《北京晚报》写道，“一些美国小报为达到赚钱的目的，总是标新立异，创造离奇新闻，以吸引眼球。”

晚报还有国际新闻版，内容从欧洲和美国的通讯社新闻编译而来，但通常不会标明出处。读者会从中得知本周的《纽约客》和其他杂志刊载了哪些内容。每天的“学英语”版面会解释一个英国的酒吧与北京酒吧的不同，申请美国护照中的种种误区，“eggnog”（蛋奶酒）这种生僻词的意思和“her clock is ticking”（她时间不多了）这样的俗语。

我本身就是个“纸质新闻发烧友”。当地人总是笑我把他们眼中的“破烂”当宝贝来读。但他们也很惊奇地从我这里得知，美国的报纸上没有一丁点儿介绍外国文化的内容。在这样一个电视、广播、电影、游戏以及广告风格都拼命模仿美国的城市，《北京晚报》是硕果仅存的还按照自己的风格来行事的媒体之一，不管这行为显得多么过时老旧，多么不合时宜。

掀起读者参与高潮的部分是周日发行的《四合院》活页特刊。很多人发表文章，回忆他们已经惨遭拆迁的胡同和老房子。特刊还刊载了历史研究文章，披露毛主席拒绝在自己北京的四合院宅邸安装室内厕所；北京城最著名的胡同生活记录者，小说家老舍用一百匹白棉布买下了自己的四合院。拆迁安置的纠纷或对高层公寓生活的不满永远也无法出现在国家监管的《北京晚报》上。然而，由于北京没有胡同文化博物馆，《四合院》特刊就显得尤为难能可贵，即使称不上一座记忆的丰碑，也能算一个回忆的仓库了。

老寡妇向我展示了晚报的另一个用途。“用肥皂水浸湿棉布，擦一遍窗户，”她说，“然后用折起来的报纸弄干，像这样。”窗玻璃干净得发亮。“现在把这些乱七八糟的东西卷起来，拿到‘废品王’那儿去，他会给你一两毛钱。”

像往常一样，她又问起我知不知道这个房子什么时候会被画上㊣字。“有一件事情是确定的，”她说，“明天，后天，大后天，还会有《北京晚报》。”

第八章　幸福城中好时光

我的客厅有一扇窗，好像一个屏幕，每天就看着老寡妇、韩先生和韩太太来来去去。房间内部则十分安静。我没有任何钟表，时光的流逝显现在逐渐增加的一摞摞已读书籍和日益减少的雀巢咖啡上。从屋里来到室外的感觉，就和从晦暗的剧场出来，突然置身于户外的阳光下一样，既错乱又美好，好似进入了另一片截然不同的奇妙天地。

学生们来到我房间的感觉也与此类似。“你的家真的有种西方的味道!”他们总是惊讶得倒抽一口凉气。“你的围巾真的和我们不一样！美国的孩子吃冰淇淋吗？吃巧克力吗？吃草莓吗？现在旧金山几点钟啦？等等，我们自己算。哇，那里现在是凌晨三点三十四分耶！你不困吗?”

奥运倒计时牌上说还有八百九十二天，但真正对我有意义的时间来自朱老师的短信。“我都不太清楚咱们什么时候开学，”她在短信中写道，“他们刚刚发给我个通知说明天开会，我才知道的。”学校办公桌上的日历只显示当月的日期，没有前一个月，也没有后一个月。时间只在当下，只在这一段。

收到这条短信之后，我就去学校报到，开始春季学期了。除了把 Mocky 的种种“丰功伟绩”介绍给学生之外，我还多了一项职责，为四年级的老师们带早餐。他们喜欢延寿街上的四川水饺和烧饼，小麦粉做的饼身夹着一块煎蛋。一种形似披萨，表面撒着烤牛肉丁，名为

“土家烧饼”的街头小吃正风靡一时，掀起一股短暂的“土饼热”。但老师们不大感冒，觉得太油了。尽管大多数老师看上去都弱不禁风，节食和控制体重仍然是办公室里永不过时的热议话题。教音乐的老师问我美国的学校是不是真的会为教职员工配备心理咨询师。她觉得这个主意很棒。我回答说心理咨询师是为学生而不是老师服务的，她的表情黯淡下来。“老师才会有心理问题吧。学生们还都是小孩儿呢！”

老师们也有家庭作业。校长规定每人写一篇题为《道德错误改正计划》的文章，不少于七百五十字。音乐老师打出来一篇，引用了教育局《教师法》和《小学教师道德指南》中的内容。“爱是一名教师师德的核心，”她写道，“尊重教师，热爱学生。”她的同事们照抄了这篇文章，复制粘贴到自己空白的 Word 文档里，做了少量的修改，然后交了上去。这些文章再也没收到任何反馈或评论。

校长告诉我，由于煤市街的扩建工程，我们这片的另一所小学将面临清拆的命运。教职员工和学生将会被重新分配到这座城市的不同地方。炭儿胡同小学将接收两名教师和两个班的学生。其中一个教师会说英语。“她长什么样？”校长重复着我的问题。“她很漂亮。”

她眯起眼睛，补充说，“梅老师，你知道我们学校什么时候被拆吗？”

教室和我们三周前放假过春节时的样子别无二致。教学楼唯一的变化是走廊的墙上挂了一些新的伟人肖像：阿基米德、哥白尼、伽利略、牛顿、达尔文、诺贝尔、爱迪生以及居里夫人。还有来自“胡锦涛总书记”的“八荣八耻”详细内容，列出了中国人民的荣誉与耻辱。以热爱祖国为荣，以危害祖国为耻；以服务人民为荣，以背离人民为耻。

新学期伊始都会开展一项新的活动。上学期的主题是禁烟和环境保护。这学期学生们每人拿到一个小册子，上书标题“八荣八耻歌”，还有个支票簿大小的本子，名叫“红领巾存折”。红领巾是中国少年先锋队队员在校服之外系在脖子上的标志，而少年先锋队则是一个“爱国俱乐部”，全中国的孩子争相参加。

红领巾存折相当于一个记分册，每做一件好事，比如帮助父母干家务，吃光盘中餐，参观抗日战争纪念博物馆等，就能获得加分；每做一件不好的事，比如为学校和社区抹黑或者违反校规等等，就会被减分。最重要的一点就是千万不要做不好的事，哪怕一次也不行。干家务能加两分，帮助他人加五分，写作关于道德的文章可以加八分。可是每犯一次错误至少要扣掉二十分；要是没能为社区出力的话，扣掉的分数高达五十分。“以背离人民为耻”嘛。

老师们也有新的活动要参与。办公室里，女老师们拆开包裹，拿出一件件藏蓝色西装外套和白色翻领衬衫，这是教育局规定的新教师制服。每周一早上，老师们都要穿上这身行头，参加每星期例行的“升国旗，唱国歌”仪式。“存折”上，服从规定也值重要的一分。等进入教学楼的时候，很多老师都已经换上了日常的服装。学生们暂时留在户外进行晨练。他们站在各自的位置上，踢踢双腿，做下蹲、扩胸运动，扭扭脖子，转转脑袋，双手交握，旋转手腕。

学校里的男老师一般都是体育老师。新学期，新的学生健康指南也交到了他们手中，于是他们开始组织大家进行一系列强度更大，让人心跳加快的运动。从窗口望出去，我看到有的孩子成群结队地玩着拔河，憋足了劲，脸上的表情快乐地扭曲着；还有的翻筋斗，跑圈圈，从一堆垫子上奋力跃过。班上英语最好的学生们在运动场上却并不在行。他们笨拙地向前跳着，大口大口地喘着气，接着就像阳光下的肥猫一般，四肢摊开慵懒地瘫坐在地。

一个春日的清晨，早课都被取消了，改为全校集会。“麦当劳叔叔”跳到户外的主席台上，学生们爆发出一阵欢呼。他鼓励孩子们用实际行动体现奥运精神，伴随着麦当劳的“我就喜欢!”广告歌跳了一段舞，接着开始发放塑料玩具和麦当劳的优惠券。

操场的后面，两个体育老师交叉双臂看着眼前的一切，“嘿，梅，”其中一个问道，“在美国，麦当劳也进学校吗?”

麦当劳餐厅的中国菜单上没有沙拉或是健康苏打水。“我×!”另一个老师啐了一口，“我拼了老命想让这些孩子健康点儿，现在可好了，他们只想吃更多的垃圾食品!”

晨练中的学生和老师们迈着整齐的步子。学校的小操场是这个片区最大的开阔空间。

在孩子们持续的欢呼声中，麦当劳叔叔跳下主席台。他需要在一个小时之内赶到另一所小学。

天气逐渐转暖，也就是说，我不用那么频繁地去造访胡同里的美发师了。她有一台热水器。天气酷寒得让大力澡堂都显得无限遥远的那两个月里，我就去她那里洗澡。针对这个问题，韩先生建设了一个小小的“热水工程”。在我们共享的厨房屋顶上，他放置了一个橡皮袋，里面装满了水，再接上一条水管，悬挂在水槽上方。阳光明媚的时候，水受热变得温温的，人体可以忍受。我说这样的淋浴可真环保，韩先生点点头，“更重要的是，这是免费的。”

春回大地之时，户外生活又暖融融地开始了。老人们在树枝上挂了一圈的竹鸟笼，展开低矮的折叠木凳子，坐下，开始那永远也下不完的象棋残局。吃掉别人的棋子时，他们总爱将圆圆的木头棋子敲出“啪！”的一声脆响。李警官跟我说过，冬天的家庭犯罪率是最高的，根据他的总结，原因是天气寒冷，男人们为了保暖，整日喝米酒。那周胡同里贴出一张打印的“片警通知”，“三起入室行窃案原因都是户主未锁好门”。

官方的报告中没有提到另一起“破坏事件”。前门大街一栋老楼拆迁现场外用于遮蔽的广告板上，有一条口号如此承诺道：

再现古都

再次过街去探访鲜鱼口的老张时，我注意到这条宣传标语变了样，不知是谁将第二个字的一部分干干净净地去掉了，所以口号变成了：

再见古都

到下午的时候，这句被改掉的标语就被撤了，不仅如此，这条街上的所有标语都被撤了。

“无形巨手”继续翻云覆雨，抽丝剥茧，层层推进。它拆掉了“刘老兵”家的刀削面馆，并将鲜鱼口的道路扩宽工地用蓝色锡板围了起来。老张待在家里不出门，至少有一条消息是令人欢欣鼓舞的，区政府的建设委员会同意对他的拆迁赔偿金争议进行仲裁。

2006 年 2 月底，建设委员会办公室举行了一次一小时的听证会，老张和有政府背景的天街置业发展有限公司分别阐述了自己的要求。公司的一位代表逐条解释了他们提供的二十一万一千三百零二元拆迁赔偿金的构成，其中包括十八万六千零十六元的老张现有居住面积补偿费，二万五千二百八十六元的搬迁安置费（包含四百六十四元的搬家费和二百三十五元的电话服务转签费，三百五十元的有线电视服务转签费和四百元的空调运输费。）

“我什么都吃不起，只能吃白菜萝卜，”老张对仲裁员说，“这笔钱太少了，根本没法在三环内买一套房子。我知道，要是在规定期限之前搬走，就能拿到五万五千元的提前搬家奖，但就算拿了这笔钱，也不够啊。”

老张自己对会议的每分每秒做了记录。会上引用的征用权法案是无可辩驳，不可侵犯的，但老张认为开发商对他居住面积的计算有误。他们计算出的数字是二十三点一九四平方米，老张在这个数字下面划了个线，在上面写上“31.7”。会议记录上说老张要求六十万元的赔偿金，在他自己的记录上，写着，“我从没说过这句话。”

一周后，他又去参加了第二场听证会。这次他面对的是三个人：一个来自开发公司，两个来自公司附属的拆迁公司。一名居委会干部对整个听证会进行了录像。一名警官全程站立旁听。其他的居民坐在会场后方，等着阐述自己的案例。老张身着一件蓝哔叽料的“毛氏制服”，脚穿一双黑色布鞋——这是一个七十三岁老人那一代的标准行头。而他面对的那些人，穿着白色翻领衬衫和西装外套。

开发商重新阐述了原有的二十一万一千三百零二元补偿金，老张则要求提高到八十万元。他说这是二环内一套面积适中的两居室二手房的价格。开发商反驳说，老张并未在通知规定的期限内完成搬迁，因此构成了违法。

“我不是一个坏人，”老张说道，“我是退休了，但我并不懒。我每天都坚持学习英语，所以外国友人经过这一片的时候，我可以向他们打招呼。这让他们对北京有个好印象。这对我们的城市非常重要，因为我们即将举办2008年奥运会!”

仲裁员露出一个微笑。

老张继续侃侃而谈。他说自己是土生土长的北京人，“文化大革命”期间，由于家里在远郊有一所房子而被定性为“地主”，在城里进行了九年的劳动改造。“这跟钱没关系，”他说。“我有个孙子，在附近上学。我是个鳏夫，我希望能找到可心的房子，和孙子，和儿子儿媳一起住，好好养老。”他再次重复了一遍关于“只能吃白菜萝卜”的说辞。

会后他重复这个故事时，我评价说他的表现能得“A”。他的发言中包含了所有可以唤起同情的关键词：奥运会、市民自豪感、英语、孙子、大家庭。老张不屑一顾地摆了摆手，“告诉你，面对‘刽子手’，我讲话也没什么感情了。”

仲裁员问老张，“您能接受的最低赔偿金数额是多少?”

“我觉得八十万是公平的，”他回答道，“但七十万也可以谈。”

仲裁员说，如果双方不能在六十天之内达成协议，那么任意一方都可以在三个月内提起上诉，提交区法院审理。他递给老张一张单子，上面列举了他可以做出的种种选择，以及在北京《城市房屋拆迁管理条例》下所能得到的各项权益保护。

两周以后，老张和家人被召集到另一个地方，另一个仲裁员宣布了调解协议的内容。双方同意，如果老张在4月15日之前搬走，就能够拿到五十八万元的赔偿金。这当然比不上他所要求的八十万元，但已经接近开发商原始开价的三倍了。也远远超过如果他在12月底搬迁出去能拿到的提前搬家奖。

“我不想离开，”老张说。“但至少过去这三个月，我们没有额外交什么房租。”他停顿了一下，擦去那只白内障眼中的一滴泪水。“我家在另一个区找到一个出租的大杂院，离这儿不远。我还是可以骑车去接孙子放学。我还是能享受那种‘双脚接地气’的生活方式。”

除此之外，整个北京城则在往天上飞。“住得更大，住得更高，高过你曾经的梦想!”“大西洋新城”的售楼人员这样吆喝道。“升高，升高，高过一切!”北京世界贸易中心举行的“四季春”房地产展示交易会人头攒动，商品房开发模型前围了个里三层外三层。这场为期四天的交易会吸引了二十万参观者，每人需要花五元购买一张入场券。展厅内，各路地产商使尽浑身解数吸引眼球。一个展位前，一名身着全套行头，画着精致脸谱的京剧演员开嗓大唱；另一个展位前，一个魔术师则从袖口里源源不断地拉出五彩的丝巾。在“牛仔城”的展位前，售楼人员头戴牛仔帽，手拿套索；他们面前的地产模型是一栋“遗世独立”的独门独院红砖房，门廊前有个秋千，周围有尖尖的白色篱笆。

每个售楼人员都会递给你厚厚的宣传册，这让前来的老太太们热情高涨。她们把这些宣传册一摞摞放进大口袋里，准备当做废纸卖掉。逛了将近一个小时，我的手臂已经又累又酸，赶紧在靠墙处找了个地方坐下，看看手头拿到的广告。地产项目的名字让人眼花缭乱：苹果派公寓、BoBo 自由城、拿铁镇、火柴盒、奥临花园、星河城三期、以及景跃 YOYO 水岸等等。今年没见到“美林香槟小镇”的宣传广告，但有个楼盘叫“玛格丽塔岛”。

这些新楼盘的宣传册上没有胡同，所有的项目都将在新兴的北京郊区拔地而起。这个趋势让北京居民的平均通勤路线成为中国第二长：十四点五公里，仅次于上海。有大概四百个政府办公室驻地仍然在市中心，这就加大了旧城的交通压力。

新的城市规划号召建立更多的郊县和卫星城。而为了购得更便宜的住所，北京市民们也搬得越来越远。2006 年初，北京一栋公寓的最高均价是每平米六千元，而现在三环内的新楼盘均价则是这个数字的六倍还多。远郊地区的每平米均价则下降到两千元。在那里，一个家庭离紫禁城很远，却可能离万里长城很近。

在 2006 年的头五个月里，有六十亿美元的投资流向了北京的房地产市场。《北京晚报》报道说，百分之五十九的公寓购房者是北京本地人，而百分之三十七的购房者则来自外省市。报道的字里行间暗示说，是外地人（当然，这次不同，是富有的外地人）抬高了房价，让其他人无法在这个城市安居。在别墅购房者中，百分之三十八是本地人，百分之三十九来自中国其他地区，百分之十三是境外人士，其中包括香港人和台湾人。为了控制投机活动，新的法律法规纷纷出台，规定了资本收益税的缴纳，限制多处房产的购买（每人不能超过四套）。针对北京的低收入阶级和中产阶级都面临房产紧缩，无房可住的局面，政府颁布了一项法规，命令每个开发项目中百分之七十的房产必须是“可以负担的单位”，也就是说，不超过九十平方米。

尽管如此，在这个现金满天飘，好像无处消费的城市里，开发商仍然用购房者们的投资梦作为卖点。有的房子买下不住，一直空空如也静待升值；或者租住给那些没有购房能力的人。“世界公民”工作室楼盘的广告说道，“做老外的房东！”在“四季春”房地产展示交易会上，人们眼中唯一的泡沫，来自“幸福城”展台前那个小丑嘴里的吸管。

“购房热”和北京许许多多的巨变一样，源于对一个旧政策的修订。这个政策最初不过是中国现代最伟大领导人说出的一个简单句子。1980 年，邓小平说，“建筑业是可以赚钱的……城镇居民可以自己购买房屋，也可以自己盖房……不但新房可以出售，老房子也可以出售。”四分之一个世纪以后，北京正式登记注册的房产开发公司达到了三千五百家。2006 年，人均住房面积上升到了三十二平方米，少于一个室内网球场面积的四分之一，但已经比 1978 年翻了四番。那时，北京住房短缺拥挤，很多家庭都不得不与人合住，要么挤在一间筒子楼公寓里，要么挤在像我现在住的这种大杂院里。

1949 年中华人民共和国成立时，北京的一百二十万套房产中，有百分之七十七属于私人所有。在接下来的十年里，政府接管住宅，使其成为国有财产，渐渐成为举国上下的规范。住房并非一种商品，而是一个工作者的基本权利，房屋租金只占一个人工资的很少一部分。朱老师家分配到的那几间四合院房间每月租金是三十元；老张每月的租金是十七元。在如今的北京，这点钱甚至都不够一次短途打车，也不够在麦当劳买好一点的汉堡、薯条或汽水。

到 1978 年，中国百分之九十的住宅都归国家管理。管理机构要么是为老张这样的职工提供补贴住房的单位，要么是为老寡妇这样的市民分配居住空间的当地房屋管理局。尽管非官方的估计认为旧城大概有三分之一的四合院住房都属于私人所有，但绝大部分北京居民都是国家的“房客”。由于这位“大房东”缺乏相关方面的预算，基础的房屋维护工作也长期遭到忽视。然而，由于低廉的租金、中心地带的位置和邻里之间紧密的关系，很多居民仍然不愿意离开衰败破旧的老房子。

“旧房危房改造工程”的相关文件中说道，胡同就像一片病入膏肓的森林，唯一的解救之道就是将原有树木完全砍伐，重新撒种。“二十五片历史文化保护区”也执行着这样的策略。前有南池子，现在又轮到了鲜鱼口。“旧房危房改造工程”对一部分地区进行了清拆之后，区政府将土地的各项权益出售，再加上摆脱了给成千上万该区居民分配住房的负担，区政府的财政收入显著增加。流离失所的居民们拿到现金赔偿款之后，又会将这笔款子用于房屋的购买，这样的政策最终造福于市场经济。而且，土地的所有权仍然属于政府，买房子只是买下那套单元房，再加上楼房所占土地七十年的租约。

在“四季春”房地产展示交易会所散发的宣传册中，只能看到平静的流水、碧绿的草地和阳光灿烂的天空。开发工程所贩卖的，是一种生活方式，有室内车库、高尔夫球、瑜伽运动、双语幼儿园以及“近在咫尺的购物中心”。照片里没有米酒和烤鸡爪，只有红酒与奶酪。样板房的书架上，摆的不是《论语》，而是《达芬奇密码》。

很多楼盘都有意无意地掺进了一些美国元素，比如项目名称就有：波特兰花园、纳帕溪谷、加州小镇（与阳光明媚的加州有约）和威尔夏大道。另外，还有曼哈顿花园、MoMA①、上东区和中央公园。名为“纽约客”的楼盘吹嘘自己具有将“历史与高尔夫”融为一体的优势；而“赛洛城”则将《独立宣言》的开篇语作为自己的宣传口号：“生命、自由和对幸福的追求。”

然而，买下一栋房子并不意味着就能独立于外在的监管。过去的国家管控现在变成了私人管理。物业服务公司会提供电梯操作员和保安；即使独门独户的别墅也是“开发项目”的一部分，而并非宣传中遗世独立、不受干扰的私人财产。街道清扫等服务也由私人提供，而并非政府收了纳税人的钱而履行的义务。根据《北京晚报》的一项调查，只有百分之六的新近购房者对房子的建筑质量和管理感到满意。有将近一半的受访者希望政府加强对开发商的监督和规范。

不管名字多么花哨，这些新的开发项目看上去都大同小异。好些楼房都是围绕一个露天的中心建造，那里没有大片的草地供住户玩耍，只有毫无遮蔽的水泥台子，甚至连歇脚的长椅都没有。商业空间也被缩减到最小，声称是出于“安全”的考虑。毕竟，做小生意的都是外地人。这一切都十分具有“新北京”特色，甚至包括自行车停车棚的缺乏。在一个烟雾弥漫的尘灰天，我踩着单车来到楼盘“公园大

① MoMA是纽约现代艺术博物馆的简称。——译者

道”的样品间，进门的时候，保安把我的自行车扛走了，放在人行道旁一溜小树苗的旁边。售楼小姐问我要不要去他们的“氧吧”里呼吸点新鲜空气。

“四季春”房地产展示交易会上，有一个展厅专门公示二手房的价格，其中包括了四合院。2004 年通过的一项法规豁免了购买老四合院的各项起始财产税，旨在鼓励古老四合院的买卖和新主人对其进行修葺和翻新。广告中，市中心环湖的一座三百多平米的老房子价格为五十二万五千美元，但看样子需要彻底的修缮。如果房子本身的情况好些，则售价至少在一百万美元。

你再挪挪步子，来到下一个展厅，就能看到“观唐别墅”(Cathay View) 的展台，号称“北京首个中式四合院住宅区”。观唐的宣传册给购房者如下承诺：

四合院的私密，四合院的生活

在院中闲庭信步，在亭台楼阁中听雨，在树荫下歇脚，在四合院中寻找宁静，做回自己，获得自由。

观唐的三百二十座独门别墅修建在郊区，距离机场和几所国际学校不远。每户人家都有三米高的围墙，墙上安装有红外线运动探测器。想进入任意一所住宅，都得在传感器上扫描身份证。小道上安装着闭路监控器。主卧室里有“紧急按钮”，需要时可以召集小区的安保小组。

开发商雇用了修复故宫的团队来给别墅的门楣作画并烧制屋顶的瓦片。最便宜的样板房面积约两百七十平米，售价六十万美元。“在这儿工作以后，”一个售楼小姐告诉我，“我才知道北京有多少有钱人。”

她打开一个样板房的门。“中国人不愿意住得太安静独立，但他们也希望有隐私。”她抬手指指高高的院墙。“在这里，你能有良好的空间感，享受花园的美丽。日落之后，一家人可以到外面来烤肉!”

房间之内的书架上，既有《汽车趋势》这样的杂志和比尔·克林顿的自传，又有一些中国式的书法帖子。酒窖里摆着一瓶瓶长城干红。楼盘的茶馆旁边，是一座棒球场。

“如果首付三成，那么利率就是百分之五点五，”售楼小姐开始滔滔不绝，“我们的合作银行为您提供各种货币的按揭，人民币、港币、台币和美元均可。但如果这是您的第二套按揭，那么利率就是百分之六点一一。”观唐别墅头戴红色贝雷帽的门卫在前面向我敬礼致意，过了一会儿，我乘坐的出租车经过一块巨大的广告板，上面写着：**用智慧创造财富。**

观唐别墅的部分设计是由一个跨国公司完成的，我的一个朋友刚好在那里工作。他叫西奥多·莱特，我们都叫他杜克。杜克在旧金山波特雷罗山上一座19世纪的维多利亚式住宅中长大。他在哥伦比亚大学完成的硕士论文探讨了纽约城在高层房屋拆迁之外的城市发展选择。完成学业之后，他留在纽约，为市长布隆博格工作，负责组织社区居民参与到城市规划设计的过程中来。一天，他浏览网络论坛上的招聘信息，抱着试一试的心情，申请了一个中国的工作。那时他一句中文也不会，但这并未成为一个求职障碍。他怀疑该公司是故意让在华生意的某些方面暧昧不明的。

杜克留着浓密的红棕色头发，身材魁梧，喜欢哈哈大笑。他脸上总是挂着微微困惑的表情，特别受小孩子的欢迎。他在首都北京最大的两间建筑公司已经工作了三年，但这座城市还是不断让他感到震惊不已。

“不可能有楼盘的名字叫‘巧克力城’吧，”一次，他固执地对我说，“那可是‘百乐门’乐队的一张专辑名字啊。”我展开手里的《北京晚报》，把楼盘的广告指给他看。

杜克大笑起来，“真是天才。我应该想得到的。”

他可谓是冲杀在北京建筑热潮的第一线。本来接受的是城市规划师的教育与培训，但现在的他却要处理源源不断涌进来的新建筑工程。在北京，一个高不成低不就的中层建筑师要面临什么样的生活呢？那就是接受上级指令，为一个二线城市设计一座所谓“零公害”的玻璃制造厂，诸如此类。“我就画一个大盒子呗，”当我问杜克这座工厂将是什么样的时候，他这样回答道。

后来的某一天，他发给我一条短信，“我在卖中国的楼盘，广告语是托马斯·霍布斯①的名人名言!”

我猜了猜，“是‘好奇心是心灵的情欲’吗?”

“‘闲暇为哲学之母’，”他回复道。

在一个项目勘察的途中，他写道，“现场有下面这些东西：监狱、原油加工厂、港口、高速公路、几个水泥原料开采场、煤炭加工厂、汽车专卖行、食品加工厂……还有些词我也不会翻译，只能说是毒药。哦对了，和我一起的规划师们连地图也看不懂。”

在一个建筑现场，他发现了一个巨大的坑洞。“过去他们在这里开采过什么东西，”他说，“我手头的参考资料里没有任何关于这个大坑的只言片语。我建议他们在坑底修建一个一级方程式赛车的跑道。希望他们明白我是在开玩笑。”

在去见一个潜在客户的途中，老板问杜克可不可以在会见时全程用英式口音。客户认为要见面的“外国专家”是来自英国的。

杜克初来北京时，我就与他相识了。“我觉得自己就像一个揽客的‘虚招子’。”有一次他对我说，“开发商正在用最最简单直接的方法照抄美国。规划的最中心思想是要以人为本。人们别无选择，只能

---

① Thomas Hobbes，16—17世纪英国政治哲学家，文中下面两句话都出自他之口。——译者

住在你所设计的城市当中。你需要将社会需求、建筑和经济条件结合在一起，并做出最符合人们需要的方案。这是我的信仰。但北京政府不信这个。批准工程的时候，政府需要寻找的是一个创造性的解决方法，而不是一个创造性的观点。”

他说，开发商都希望设计者拿出一个西式的规划，看上去必须是最具现代感的。“开发商说，‘给我们一个概念。’这个概念可以是‘口袋里的公园’（Pocket Parks），用英语说起来简直棒极了，也让他们脸上有光。开发商就想要这个，别无他求。他们只想要最新的，最热的。”

“2005 年我第一次来到中国，”他继续说，“当时心想，‘哦，一切都太棒了！我可以抓住机会到处走走，每个地方待上一周，和现在的住客们聊聊他们的需求。’过了不久，这些建筑现场看上去就都差不多了。就是大平地，人和建筑都被清除了。”

建筑师在工程的初始阶段与完成阶段之间都显得无足轻重。“开发商从政府租得一块土地，”他解释说，“这一切都是关起门来暗箱操作的。我们什么都不知道，也看不到。然后开发商就来找我们了，手里的土地一般都很大，比如六十平方英里①。他们希望我们对这块土地做一个整体的建筑规划，不过他们真正在意的不过是两平方英里的部分。那就是他们将出售的住房或者写字楼。其他的他们就转给别的开发商来做。这个市场炙手可热，一旦你得到了某块土地，你就能转卖增值。外国的地产对冲基金会来分一杯羹；从没来过北京的纽约巨富也有可能出钱。谁在乎在上面修什么建筑?”

在中国的沿海城市青岛，他曾经展示过一个设计，参加一个度假区的工程竞标。他的设计参照了加利福尼亚北部海岸牧场的低密度乡村风味别墅社区。“评委会成员基本上都八十多岁了，就是那种拿城市养老金福利的人。”他说。他们并没有询问任何关于供水、能源消

---

① 约合一百五十五平方公里。——译者

新建小区的典型标牌。

耗、废物处理和对海岸线影响的问题。“中标的设计是从水上升起的一座巨大水晶宫。”杜克说。“这就是他们想要的概念。一座‘水晶宫’。宫殿和海岸之间由一架浮桥连接。”他停顿了一下，接着笑出声来。“宫殿用电脑动画放出来可真好看。”

和这座城市大多数白领阶层的外籍人员不同，杜克住在旧城一座无电梯老公寓的六层，阳台正对着钟楼。这座城里还是有足够多的好设计，让他可以留下来，去思考，去参与。他也很喜欢自己团队的同事，还在努力学习中文。和大多数北京建筑师一样，他没能参与到整体的城市规划中，只能去参加一个又一个的设计比赛。“我为自己的很多想法感到自豪，”他说，“它们只是没中标而已。”

杜克有一个规划中了标，是在临近长城的北京郊区开发五百所住房。“我把社区和混合住宅的概念结合起来，把开发商们迷惑了一番。我可不要独头巷道。”独头巷道，又称“封闭街道”，这个概念来源于美国，在北京新兴片区仿照美国的设计中十分常见，这种设计减少了交通循环和社区间的相互交流。“我那没有独头巷道的设计也被通过了，”杜克说，“各条街道会在中心地区有块共享的绿地。”

这个工程正在建设中。但杜克和这里的大多数建筑师一样，得不到前往现场监工的允许。只要觉得能增加销售量，开发商尽可以随心所欲做任何改变。杜克深深叹了口气，“建成之后估计还是会有独头巷道。”

杜克认为自己既不是行动者，也不是幻想家。他说自己的工作是个活生生的、长久的例子，证明明智的规划与设计在实际开发的过程中往往会遭到改变。这座城市建筑的另一面在其一座座拔地而起的地标性建筑身上显现出来，比如在建的奥运场馆，以及旧城中心地区，长安街边上，人民大会堂旁边正在收尾的国家大剧院（绰号“鸟蛋”）。

北京建筑师张永和将这些外部造型特殊，与周围环境不协调甚至是对立，具有雕塑感的建筑物解读为“物体建筑”。这些建筑像某种纪念碑一样，与周围环境对比鲜明，格格不入。在文章《物体城市》中，张永和写道，“我是在一个水平城市中长大的。从空中看，这座城市像是一个向天际展开的坡屋顶的海洋。打破这灰色瓦浪的只是院落中飘出的葱茏的绿色以及城中辉煌的金色。”

20 世纪 50 年代，北京开始在城中增加物体建筑。张永和在文中写道，第一个物体，就是人民英雄纪念碑，在开阔的天安门广场出现的独立的巨石。第一座物体建筑是长安街西边的民族文化宫。这也是首都北京的“十大建筑”之一。“十大建筑”工程在1959年完工，为了庆祝中华人民共和国十周年华诞修建的十座带有纪念意义的建筑。“十大建筑”中的另一座，中国革命历史博物馆，是由张永和的父亲张开济设计的，位于天安门广场的东端。

“十大建筑”和所有地标性建筑一样，外观看上去并非经典永恒，而是带有强烈的时代色彩。沙石或米色瓷砖的外墙让新兴的政府完成了自己对结合中国、西方与苏联建筑美学的苛求。比如，人民大会堂就有着宽大的底座（传统的中国建筑特色），一排排的大理石柱（经典西式建筑特色）以及朴素和几乎没有装饰的主体和平坦的房顶（社会主义强调的实用特色）。

即使是在今天市场经济占主导的北京，市中心的外貌仍然和那个年代如影随形。二环内的建筑大多遵循一个强制的高度限制，让旧城仍然能依稀保持被清拆之前城墙形成的“凸”字结构。这样一来，首都的天际线就和别的城市背道而驰，呈马鞍状分布，离天安门广场越远，就越高。根据张永和的观点，日照间距、容积率、建筑覆盖率和绿地率，以及至少五米的退红线，“其结果也只可能是物体城市而不是其他城市的出现。物体城市不是偶然的，是有计划的、有预谋的。”

因此，物体城市中的生活状态就是交通堵塞、社区破碎或封闭、缺乏真正为低收入居民设计的公共住宅计划。胡同消失了，只有“奇形怪状和垂直的建筑”。在北京城游走，我常常看到建筑工地前的广告牌上信誓旦旦地写着各种各样的奇迹，比如“世界上第一座移动电缆玻璃幕墙”，但从未见过谁将“买得轻松，住得舒心的工作生活好地方”作为卖点。

1993年，张永和开设了中国第一家私人建筑公司。我很想见见他，因为，他的坦率和直白显得难能可贵，尤其是在个体但求默默无闻，一切仿佛都匿名进行的北京建筑界。城市规划不会进行公示，片区拆迁对公众也是先斩后奏，市政规划的官员们也是唯“无形巨手”马首是瞻。然而张永和在一次接受记者采访时，却坦率地承认自己在美国的第一份实习十分令人沮丧。他当时为一家旧金山的建筑公司工作，参与到北京的第一个中外合资酒店“建国饭店”的设计中。张永和回忆说，首席建筑师是中国人，“非常实际。建国饭店就是直接照抄帕洛阿尔托假日酒店的。”

张永和的建筑公司名叫“非常建筑”（Atelier FCJZ），公司小小的门面偏安于圆明园东门，离市中心以及那些位于高层写字楼的跨国公司十分遥远。木质的单层平房有白色的墙壁，原木的横梁暴露在外面，室内摆着一张“双鱼”牌乒乓球台。至于景观美化，人行道上松松地铺着碎石，屋后有个菜园，还有个小小的咖啡座。

张永和小小的办公室里只有两张椅子。他将其中一张上一摞厚厚的设计类图书搬走。厚厚的刘海在他的眉毛正上方形成一道直线。圆圆的脸上架着一副塑料眼镜，镜框窄窄的，似乎是个设计师都好这口。

“让人们住上更好的地方，为他们提供方便、舒适和其他享受——这是我成为建筑师的原因。”他用流利的英语说道。“新北京并没有在做这件事情，这就是问题所在。”

张永和出生于1956年，在奶子胡同长大。这条胡同离紫禁城很近，是从前皇亲国戚的奶妈们居住的地方。他曾经生活玩耍的那座四合院早已被推土机夷为平地。现在有种越来越甚嚣尘上的观点认为，要拯救胡同，唯一的办法就是进行旅游开发，让旧城的居民成为“城市中的阿米什人”。[①] 然而，张永和并不欣赏这种解决之道。“我完全

① 美国宾夕法尼亚州的阿米什人（Amish）是传统主义的极端之例，这些祖先来自德国的清教徒至今仍拒绝使用19世纪以来的任何现代科技产品，维持着自给自足的小农生活。——译者

不想眼睁睁看着胡同变成精致的旅馆和商店。那样就成了一座死气沉沉的博物馆。”他说，已经消逝的是“一种社区的感觉。很多基础的片区功能在开发过程中成为了牺牲品”。

指望政府拿出解决方案也并不可行。“在伯克利，信仰马克思主义的人比北京都多，”他微笑着说。“政府输掉了这场战斗。现在他们完全把政策之类的东西抛诸脑后。只要政府发展经济，其他的都好说。他们用这个当借口，什么问题都不是问题了。”

1981年，张永和首次前往美国深造。他从旧金山搭乘巴士来到印第安纳州曼西城的波尔州。“那是一次很有意思的经历，”他回忆说。“曼西是美国中西部城镇的典型。市中心死气沉沉，被新兴的郊区包围。”

那时的中国建筑师还局限于六层楼，长方形的“火柴盒”式住宅中。等到张永和从加州伯克利大学毕业时，他说，“我做的东西都十分诗意，很有艺术家的气派。但在做了八年概念化的设计之后，我成熟多了，意识到自己并没有在做什么实事。我感到一种修建实实在在建筑的冲动。”

1993年，他回到中国。在中国，即便要经过很多的妥协和让步，至少你能修大楼。“这是个建筑师工作的好地方。这里甚至有空间让我追逐自己的理想。”

然而，美国的求学生涯仍然让他显得过于直爽坦白。“我得罪了很多人。我觉得没什么进展。”他接到的第一份委托书是按照“北京式”的方法口头传达的。

张永和最著名的设计是2002年在“长城脚下公社”修建的“分成两半的房子”。长城脚下公社有十一座独立的住宅建筑，每一座都是不同建筑师的作品。“分成两半的房子”由夯实的泥土和胶合木板建成，反映了当地的生态情况。

张永和设计了数量可观的住宅、教学楼、小型博物馆以及某个市政厅，在建筑界闯出一条路。2005年，他成为麻省理工学院建筑系第一位担任系主任的中国人。他的中国客户几乎都和他是同辈，有着相似的遭遇，在十年“文革”中丧失了受教育的机会。在那段远离学校的漫长时光里，张永和如饥似渴地阅读从特殊渠道得来的书籍，并且画了大量的图。“我们在那种不确定中学到很多，并且能够做出自己的判断。新财富的源源涌入意味着人们会在自己认为最好的东西上豪掷千金。这是一种消费者心理，其中有无限的可能性。”

管理“长城脚下公社”的凯宾斯基酒店集团将这里经营成一个奢侈的度假去处。在张永和“分成两半的房子”中住一晚，起价便是一千五百美元，还必须提前预约。

我离开张永和的办公室，在圆明园中漫步。这个庞大的建筑群由西方人设计，又遭到西方军队的毁灭。耶稣会的传道士为清朝的乾隆皇帝画好巴洛克式的设计图，那时美国还在为从英国独立出来而身陷战火。1860年第一次鸦片战争[①]期间，英法联军洗劫了圆明园。“你完全想象不到我们烧毁的那些地方有多么美丽，多么宏伟。”年轻的英军上校查尔斯·戈登在一封家书中写道。“烧毁它们令人心痛；事实上，这里是那么的大，而我们的时间是那么的紧，连仔仔细细地掠夺都做不到。大量的金器装饰因为被错认做黄铜而惨遭烧毁。即使对于一个军队来说，这样的行为也是卑鄙可耻，令人泄气的。每个人都像疯子一样，只会烧杀抢掠。”军队“凯旋”回国之后，献给维多利亚女王据说是大不列颠的第一只京巴狗，她给新宠物取了个恰当的名字，“Looty”（抢来的）。

戈登后来战死于苏丹首都喀土穆，立下不朽功勋。在接下来的一

① 实际上应该是第二次鸦片战争，此处应为作者笔误。——译者

个世纪中，圆明园的废墟就那样悄悄存在着。1890年，断壁残垣中的琉璃瓦被用于修复天坛。现在这里成了爱国主义教育基地。总有成群结队的学生和参观者站在碎石堆上，摸摸这里残留的石柱，看看那里衰颓的底座，想想中华民族在外国侵略者手中遭到的不公平待遇，以及中国共产党拯救全中国于水深火热之中的不朽功勋。20世纪80年代末期，一个由历史学家和建筑师组成的法国团队帮助重建了圆明园的迷宫“万花阵”，迷宫由齐肩高的围墙组成，对外向公众开放。在圆明园内，看不到任何关于这个法国团队贡献的记载。但参观者们对法国军队破坏的那些宫殿名称耳熟能详，比如“蓬岛瑶台”、“大水法”和“谐奇趣”等等。这些名称都有可能被今天北京的开发工程所采纳。

我叫了一辆“水上的士”回城。有外罩的小艇马达“突突”响，在河上飞速行驶。这样的水路过去只有皇亲国戚能走，从紫禁城通往外围的殿宇。导游最终成功地让游客们提起了兴趣，让我们猜猜小艇经过的河边那些房子卖多少钱。大家的“叫价”不断升高，直到猜到正确的数字：每平米一万美金。

小艇经过北京动物园，在北京展览中心后面入港。这座建筑是20世纪50年代来自莫斯科的礼物，尖顶上有一颗红星，在现代的北京看上去是那样不合时宜。附近是一个典型的北京新小区，我沿着小区新挖出的小河往前走，搬进胡同里居住之前，我曾在这里落脚。

这一片看上去那样规划严整，井然有序。宽阔的街道纵横交错成网格，每半公里就有一个岔路口。监控摄像头在开阔的视线中睁着警觉的眼睛。景观都是直截了当的：长长的、空荡荡的人行道；一排排整齐划一的树苗；一模一样的二十层公寓楼。在中心地区铺有瓷砖的空地上，三个男人敲出有节奏的鼓点，一群中年妇女挥舞着手里的丝巾，扭着秧歌，进行每日例行的锻炼。

我从未在胡同里看见扭秧歌，并非因为这只是上世纪60年代的遗留，而是因为胡同里永远没有扭秧歌的空间。胡同里也从来没有新小区那些嗡嗡叫的电动三轮车，供行动不便的老人们来来去去。这些新小区所有的出入口都离公共汽车站和地铁站很远。公寓楼的周围有两米半高的围栏，只有一个出口，有个门卫把守。所有的公寓窗户，即使是高层的那些，都安有“双保险”的防盗栏。进入大楼需要输入密码，要打开一家住户厚厚的金属防盗门，需要至少两把钥匙。

单元楼的走廊内安装有声控灯。除了秧歌那破碎的鼓点，三轮车“嗡嗡”叫的喇叭，北京的新社区中回荡的唯一声音，便是人们重重跺脚，驱散黑暗的声音。刚搬进胡同的那些日子，走在天黑后的路上，我总是条件反射般的跺跺脚，然而胡同里仍然黑咕隆咚，静默地毫无回应。

第九章　把感觉留住

2006年2月，紫禁城的寒风刺骨地呼啸而过。一个上了年纪的美国人紧了紧毛皮大衣的领子，用略带印度口音的英语说道，“简直比慈善机构还冷啊！”

我们站在一座殿宇的角落。这座殿宇的重建还得归功于这位美国人名下基金的捐款。皇帝退位以后居住的“倦勤斋”将于2008年对公众开放。其他二十三座建筑和四个花园的修复工作将会在2016年完成。花园以前是不对外的，直到1925年紫禁城将其作为博物馆对公众开放。

在乔治·凯兹的北京回忆录《丰腴年华》[①]中，他写道，20世纪30年代，他花了好几个星期贿赂和讨好守卫，才得以进入殿宇。“我们被告知这里颓败得着实厉害，根本无法对外展示。”进入之后，映入他眼帘的是一捆捆橙色布料，上面积着厚厚的尘灰；雕花门上无影无踪的糊窗纸；斑驳的墙壁和表面剥落的彩漆装饰。在书中回想这巨大的损失时，他写道，自己变得“非常疲惫，好像内脏都被掏空了一般”。

目睹胡同社区因为疏于维护和锤打斧凿慢慢分崩离析时，我也有同样的感觉。它们也和皇家宫殿与花园一样，是北京历史遗产不可分割的一部分。

在宣布故宫博物院与纽约世界文化遗产基金会继续合作的新闻发

布会上，故宫博物院的负责人说，“在历史古迹维护的领域，我们面临着很多挑战。要分清孰轻孰重是很难的。我们很少能有机会做出对未来勇敢的规划，并且去实现。此时此地，我们有了这样一个机会。”

闪光灯“咔嚓”闪烁，双方签订了协议。一块小牌匾上的遮布被揭开，上面写着这项斥资一千五百万美元工程的担保人，其中包括英美烟草集团、蒂凡尼基金会以及由美国国际集团保险公司创办人开设的弗里曼基金会。宣传资料袋里有一本花花绿绿的宣传册和一盘表面上贴满图片的 CD。台上的发言人继续长篇大论，我则将颇有些重量的宣传资料拿在手里掂量，心想“废品王”能给多少钱。应该够给邻居杨阿姨买她需要的一小袋钉子了。她当时正颤巍巍地坐在四合院屋子倾斜的房顶上，用焦油纸和木工的边角料修补各处的破洞。杨阿姨已经七十高龄了。

她那座四合院可谓“原封不动”。在过去的一个世纪中，没有增建任何吊顶或门窗。将房间分割开来的木格子尽管已显出破败之相，却是我见过最美的。但经过积年累月的蜂窝煤取暖，木梁内部已经变得黑黑的，有浓重的烟熏火燎的痕迹。杨阿姨和北京其他的普通四合院房主没那么幸运，他们的老房子和紫禁城的花园天差地别，并没有建着亭台楼阁的精致假山，也没有中国硕果仅存的四幅立体丝绸壁画。

在紫禁城的另一个角落，来自香港的中国文物保护基金会正在进行建福宫花园的修复工程。“这是历史上最大的中国宫殿修复工程，”来自该组织的艾利克斯·布里尔说。1923 年，这座宫殿被付之一炬，原因已不可考。要么是因为末代皇帝在此看电影时放映机着了火；要么就是贪赃枉法的太监因为惧怕盘点宫殿财物时偷鸡摸狗的事情败露

---

① 全名为 *The Years That Were Fat: The Last of Old China*（《丰腴年华：传统中国的最后时光》）。——译者

而蓄意纵火。

“工程开始之初，这里只剩下一些底座，”布里尔说。“紫禁城的建筑是活的，自从1407年始建以来，就一直处在持续的重建和规划当中。”

整个修复场地浸淫在各种各样的颜色与建材当中：用传统的黏土、稻草与猪血等粗糙混合物一层层糊上的墙面；赭色的横梁；蓝色琉璃屋瓦；以及玉色、橙色与金色混合着的雕梁画栋。然而，修复后的成品不会对公众开放。先前的规划里已经定下了其未来的用途，是VIP的私人接待处。

中国文物保护基金会不仅仅资助皇家宫殿的修复工程。其文物守护计划上，有二十个地方，分散于全中国的广阔国土。名单上包括了由传统建筑组成的小古镇。我去过其中一个名叫“团山”的村庄，位于偏僻的中国西南部山区。那里有着雄伟壮观的石桥，石桥上有别致的古亭，飞角檐梁，煞是好看。这座城镇是独一无二的，反映了一个世纪前该地兴旺发达的采锡业。共产党执政之后，这里的私家作坊被充作公用。如今，这里的对外宣传完全以旅游业为重点。

团山实际上是一个有人气的社区，九百个人的家。像团山这样整个镇子都被划入保护范围的例子可谓凤毛麟角。在中国，维护过去往往意味着要让早已消逝的东西借尸还魂，比如修复早已无人居住的皇家宫殿，或者将其重新修建成理想中的形式，让人们付钱参观。本是“老”东西，看上去却是簇新的。因为木质的屋梁刚刚上过新漆，没有一片残破的屋瓦，屋角的画也因为一尘不染而有一种新时代的勃勃生气。长久以来，亚洲的古建筑修复走的一直是这样的形式，所以修复好之后并没像欧洲那些石质古建筑一样，散发着颓败老朽的浪漫味道。比起直接修复，将建筑完全拆掉，再用易腐坏的材料重新修建要来得更多快好省。其结果就是像四合院这样的一件件古旧建筑工艺品非但没能保留过去时代的辉煌，反而更提醒人们旧时代的衰朽和破败。毕竟，大家有目共睹，重要的老建筑都被重新粉饰甚至推倒重建过了。

将工作室选址在圆明园的建筑师张永和说，“这里的人们不像欧洲人那样理解文物保护行动”的原因之一，是西方的建筑分属于不同的时代和政权，而中国的建筑材料与设计在两千年的漫长岁月中几乎一成不变。像一座大教堂那样引人注目而又值得一游的地方能够打开一扇窗口，让身临其境的人们来到一个特定的时间，有着可追忆的政治、艺术、伦理与经济情况。然而，在北京，人们看着这些老建筑，只能想起解放前的一个时期：封建时代。“人们不清楚旧与新之间究竟有何区别。”张永和说。

即便如此，北京在忙于拆迁胡同社区的同时，也在加速修复一些老建筑，而这些老建筑在不久前还被嘲笑为一个落后时代的化石。修复之后的建筑成为学校、办公室甚至军队的营房。现在，它们能够代表中国文化了，还能带来不菲的收入。2000 年到 2003 年间，首都豪掷三十亿元巨资，用于广受旅游者欢迎的古迹维护。这个花费已经接近同一时期举国上下的其他花费之和。与此同时，还制定了一直到 2008 年在文化遗产保护方面花费六亿元的财政预算。根据《中国日报》的报道，整个投资约等于北京在“2000 年之前的几十年中”在文物保护方面支出的总和。

钟楼和鼓楼都进行了修复，中轴线最南端的塔楼也缩减规模进行了重建。工人们将旧城已经被填平为街道的菖蒲河重新开挖，把储藏全国游行庆祝装饰品的仓库清空，沿河修建起了菖蒲河公园。旧城后海边的古老商业胡同烟袋斜街上，简陋衰朽的刺眼危房被拆除了。西鼓楼大街进行了修缮，但并未进行拓宽，这也使得大街上历史悠久的洋槐树可以继续洒下浓荫。

什么东西值得进行保护，这其中的关键问题一是分清孰轻孰重，二是从什么角度来看待。不管一座单个的建筑看起来有多么脆弱，仅围绕这个建筑来说事还是比维护一整个片区要容易得多，也更容易为其维护和翻新进行筹款、招揽基金。更为举步维艰的是说服局外人来保护一种无形的社会结构。他们并未有过任何的亲身体验，也没有见证过即使是一条新的道路或者几户人家的拆迁这样最最微小的“裂缝”，会给这样的社会结构带来什么样无可修复的破坏。“无形巨手”绝不会去修复古老的社区，它只会将它们分散撕裂，让它们灰飞烟灭。

午饭时间，朱老师与我总是出了校门往东走，经过煤市街拓宽工程的工地，在廊坊二条上找家馆子饱餐一顿。这条胡同里有四十个小餐馆，形成北京城密度最大的“老字号”聚集地。有的老店在 19 世纪众多歌颂北京特色的诗歌中声名远播。

最近，《北京晚报》刊发文章，不无惋惜地哀悼首都原来的六百多种本地小吃中，只有一百种左右还有人制作。文章中说，年轻人更喜欢披萨和肯德基的味道。在这里得为年轻人说句公道话：北京的小吃很多都是油炸食品，要么就干巴巴的，并非所有都能馋得人流口水。朱老师扎起头发，斜着身子，“吸溜吸溜”地吃着面前那盘羊脑。但在我大口喝豆汁的时候，她反而抱怨了两句。豆汁是用豆渣做的一种饮料，绿绿的颜色看上去好似发霉了一般，喝起来味道酸酸的。

廊坊二条位于前门大街和煤市街之间，这片儿有好几条小街，街上全是独特的廊坊建筑，二层灰砖小楼，走廊用木条围起来。15 世纪初期，明朝的开国皇帝召集各路生意人，在大栅栏的这片区域开店营业。接着又颁布诏书，要求做同种生意的商人和手艺人要在同一条街上营业。与同行们住得近，大家可以彼此照应，互保平安。建满廊坊的各条胡同就以在那条胡同上的营生命名。20 世纪伊始时，西方的旅游地图将这些胡同标注为“灯笼街”、“玉街”、“珠宝街”、“黄铜街”和“丝绸街”等等。私人钱庄也借此兴旺发达起来，将这些胡同变成帝都的珍品贸易和金融中心。

这个地区给人的感觉好似一个露天博物馆。胡同太窄，汽车进不来。过去有很多私人钱庄的一条小巷只有不到十二寸宽，劫匪跑到此处往往走投无路，就地投降。另一条的中间有一块水泥板，每个人走到此处都必须低头弯腰才可通过。几条胡同中的建筑有着和谐共融的木头与砖石，雕花的屋檐与门窗，铺着见顶瓦的房顶，是这一片最美最吸引人的。然而，很多都是摇摇欲坠的样子。衰朽的木头与古老的招牌能够在相机镜头下展现浪漫的姿态，然而这是实实在在的生活，不是风景明信片。很多建筑都被贩卖盗版光碟、廉价卷轴画和性爱玩具的“美发沙龙”给占据了。多数小餐馆只剩下一个窄小的铺位，全靠老主顾们才得以支撑下去。他们将菜品价格手写在板子上，比如，一碗小肠五块五。要吃饭，先付钱，然后接过一张权充“收据”的方形餐巾纸，在店外面排队，等排到了，就可以端着那从热气腾腾的大铁锅里捞出来的卤煮，大快朵颐。

我是这条小吃胡同的常客，因为在北京很难再找到其他地方有这样的简易小食店，店员懒洋洋的不会刻意讨好你，而同时又有那么多回头客，彼此都认识。和廊坊二条一样，拥有众多餐馆的大栅栏西街也离我家只有一条胡同的距离，但我从未在饭点踏足那里去“觅食”。那里全是陌生的游客，每家店对你的态度也就是对待游客的态度。店里的食客还会问我一连串同样的问题：来自什么国家，今年多大，每月挣多少钱，还有筷子用得怎么样。

而在廊坊二条，我就是个老街坊。我最爱光顾的餐馆专做褡裢火烧，那是一种油炸的饺子，形似过去装硬币的长方形零钱袋，两端“缝”紧方便装馅儿。这家餐馆从1876年便开门营业。2006年一个3月的早晨，餐馆的外墙上贴了一张布告：**维护北京古都风貌，张开双臂迎接奥运！**

等到廊坊二条的家家户户墙上都出现了㊟拆的符咒，公众并未因为古老建筑将被拆除而群起声讨，而是开始哀悼即将关门大吉的“老字号”餐馆。

一大锅热气腾腾的卤煮。

于是，每天老餐馆开门时，店外就排起了一眼望不到头的长队。各个店铺门前的队伍互相混杂在一起，食客们必须得大声喊出自己到底要吃什么。排在我身后的一位老人带着自己的几个孙辈前来，好让他们第一次也是最后一次尝尝廊坊二条的爆肚冯与小肠陈，体会一下属于这个特别地方的独一无二的风味。来这里路途上的爷孙留下的脚步，周围大大小小的建筑，街上嘈杂喧闹的声音和熙来攘往的人群，一切的一切都融合进了散发着食物香味的碗里。是得过段时间才能习惯那味道，老人点头承认，而他的孙子们正张大懵懂的眼睛，盯着那口咕嘟咕嘟冒泡的大铁锅。

正当北京全民动员，为奥运做准备时，韩国首尔的保护主义者们正努力要拯救本国的传统住宅“韩屋”。一名拥有一座韩屋的前“和平队”志愿者，彼得·巴塞洛缪告诉《南华早报》的记者，“韩国和整个亚洲的问题在于，除了宫殿和庙宇等纪念性的大型建筑之外，人们看不到其他老建筑的价值。事实上，他们认为，只要是新的，就要好过旧的和传统的。一直以来存在一种偏见，那就是古旧的住宅一定很不舒服，衰朽过时。现在社会上有越来越多的人开始忧心传统建筑遗产的消失，但已经有点太晚了。”

在俄罗斯首都莫斯科，基督救世主大教堂周围的社区，那些上了年纪的老住户被强行搬迁，以在此修建看得见克里姆林宫的湖景房，售价每平米三万三千美元。在圣彼得堡，即便有人强烈反对，认为高楼会破坏这座古城市中心美丽的天际线景观，一座比全市最高建筑彼得保罗大教堂还高三倍的摩天大楼工程还是获得了批准。“如果没有大公司的涌入，”市长告诉《纽约时报》的记者，“没有这座城市向金融和经济中心的转变，我们将永远不会有资源来建设这样的高楼。而城市中心那些独一无二的建筑遗产将会在我们眼前悄无声息地分崩离析。”

在北京，我请一位民间保护主义活动家描述一下城市规划中缺少公众参与的情况。“就像大家还生活在皇帝的统治下，”华新民对我说。她是北京一位著名建筑师的女儿，曾经努力抗争，想要挽救自己与家人从 1914 年起就居住和生活的老四合院。现如今，她只能拿出一张张照片给我看，再有就是从一个塑料文件夹里取出一沓厚厚的产权文件，摞在我们之间的桌子上。她过去居住的片区现在全是林立的写字楼，宽阔的大道上还有一家装修豪华的路虎车行。

和其他的北京“名二代”知识分子一样，华新民总是用不合时宜的坦率与直白在媒体上频频发声。某种意义上的特权给他们提供了保护。我翻看着手里的相册，里面的相片记录了多年来那些被拆毁的四合院。华新民用谈论亡魂的悲恸语气将这些四合院的具体信息一个个告诉我。“那个院子在米市胡同，”她说着，表情肃穆。“它被谋杀了。它本来是有生命的啊。”

华新民说自己做的是“救火队员”的工作。她满北京跑，大吼大叫，一边让拆迁队从受保护的建筑上走开，一边提醒警方。“就好像我们自己的国土上出了恐怖分子，要袭击我们自己的家!”

在过去这一个世纪里，随着各种古城迈开现代化的脚步，这种“袭击”在全世界屡见不鲜。“1900 年到 2000 年，阿姆斯特丹有将近四分之一的地标性老建筑都被阿姆斯特丹人亲手夷为平地，”安东尼·董在其著作《保卫世界伟大城市》[①] 中写道。“在拥有许多伊斯兰建筑遗产的开罗，这个世界上硕果仅存的几个在世纪初还未受破坏的中世纪伊斯兰城市之一，有将近一半被提上保护议程的建筑都被开罗人自己毁掉了。”

新加坡人也亲手拆掉了自己的城市。雅典人将自己城市里 19 世纪的设计艺术品破坏到“只剩一丁点儿”。纽约城有成千上万的老建筑毁于“纽约客”之手。莫斯科拆掉了自己教堂上的洋葱形圆顶和古老的钟楼。尽管在二战中由于历史悠久而免于燃烧弹的轰炸，京都的居民们之后还是拆毁了大部分的木质建筑。“罗马人拆毁了三分之一的罗马历史建筑”。[②] 土耳其人眼睁睁看着伊斯坦布尔的奥斯曼建筑衰败老朽却无动于衷。从 1949 年开始，北京就像对待身体的疥癣一般以担忧厌恶的心情对待旧城，削去了城墙，拆除了胡同。中国其他

---

① 完整书名为 *Preserving the World's Great Cities: The Destruction and Renewal of the Historic Metropolis*。（《保卫世界伟大城市——历史大都市的破坏与复兴》）——译者

② 此句出自《保卫世界伟大城市》，故原作者加引号。——译者

城市的行动也如出一辙：中华民国成立之初，全中国有三百个城市拥有自己的城墙，现在只有四个城市的城墙未遭到拆除。

巴黎拆毁了自己的“雷阿勒”中央市场。19 世纪中叶，土木工程师乔治·欧仁·奥斯曼男爵[①]在巴黎中世纪风格的城市中心进行了改天换地的“大手术”。他将弯弯曲曲的小路打通，变得笔直；将道路拓宽三倍到一百四十码。每条新的街道都占据了原来六条小巷的地盘。小说家保罗·拉法基想象这位工程师的内心活动，“啊，老城区，你这个老婊子。我将像掰开一个舞女的双腿般拓宽你的道路，将奥斯曼公爵的种子播撒在你所有的古老院落和树荫小巷中。你那些阴暗的角落将不再阴暗，永沐光明之中。”

北京的媒体总是用积极的语气叙述奥斯曼男爵对巴黎市中心的改建。男爵先生和“无形巨手”一样，两者的规划都不用面对选举出来的官员、手握选举权的公众以及擅长揭发丑闻的媒体。1929 年，柯布西耶在他的书中写到，“要想像奥斯曼时代那样，将整个区域的人们蒙在鼓里，把居民赶出家园，在巴黎拥挤的心脏地区开辟出一片荒漠，一修就是三到五年，如今已是不可能的了。”

当代对奥斯曼男爵的批评中，有一条“罪状”提到，他开辟出来的宽阔街道为拿破仑三世的军队提供了发射炮火时的照准线。（奥斯曼所建造的宽阔大道并未有效防止市民叛乱与暴动。道路建成后一年的 1871 年，巴黎公社攻占巴黎长达两个月，直到两万公社成员在一个星期内被迅速处死，叛乱才宣告结束。）

然而，用推土机推平危房社区，再修建至少六车道的大道，并不意味着一个城市就会和巴黎大同小异。奥斯曼男爵设计道路之时，汽车时代还非常遥远。他那些洒满树荫的宽阔人行道为人们提供了一个

---

① Baron George Eugene Haussmann，当时的塞纳大省省长、巴黎警察局局长，受拿破仑三世的任命，负责大规模的巴黎城市改造。——译者

机会，可以享受“用双脚丈量城市”的古老意趣。这些道路成为公共空间的一部分，而并非供汽车呼啸横行的场所。北京的一些新建道路太过宽阔，经常能看到一些老年人过马路，走到半路红绿灯就变了，只好手足无措地被困在车来车往的路中央。在人行道旁边，奥斯曼还设计了露天咖啡座、公共浴室、有着独特标志性生铁浇铸装饰的地铁入口以及形形色色的招牌支架。

巴黎新大街边的建筑也是相互联系，成为一个和谐整体。和北京方方正正、风格迥异、互不相连的大楼不同，奥斯曼男爵设计的大楼有着统一的高度，建材也比较一致，形成一道独特的“街壁”，墙壁中镶嵌着相连相通的商店和住家，都有双重斜坡的屋顶。它们决定了今日巴黎的面貌。一次，我在巴黎拉丁区一栋奥斯曼设计的公寓里暂住，公寓的巴黎房东来到楼下窄窄的巷道里，对我说，“过去的面貌依旧停留在此地。之所以设计这栋大楼，就是为了经济状况不同的人们可以生活在一起。对于我来说，奥斯曼的设计铸就了巴黎的心脏，而且到今天还在鲜活地跳动。”

然而，巴黎改造工程接近尾声之时，社会舆论对工程不断增加的巨大花费颇有微词，并且极力认为过程中存在贪污腐败的现象，奥斯曼男爵被拿破仑三世解职。巴黎市区改造工程开了利用政府财政支援城市开发的先河。

北京和中国的所有城市一样，不会通过发行市政债券或者增加税收来进行融资，而是通过收取土地转让金的方式来筹款。在这个过程中，各种交易在层层官僚机构暗中进行，大量现金莫名其妙地流失。2006 年，首都负责奥运场馆建设工程和给城里的拆迁工作最后拍板的副市长因为贪污腐败猝然落马，被解除一切职务，并开除党籍。中国国家媒体报道说，他“过着腐化堕落的生活，滥用职权，批复对其情妇有利的合同，非法攫取了巨款”。

很多研究城区发展的历史学家都指出，很少有人称赞奥斯曼男爵在巴黎市中心修建了很多大型公园的创举。有的则为奥斯曼正名，认为他其实是无罪的，没有证据证明他在巴黎重建的过程中有中饱私囊的行为。

传说他在弥留之际，曾希望自己并未对巴黎进行过任何改建，这是真的吗？唯一可以确定的是，奥斯曼男爵，这个扩张者，这个拓宽者，这个号召在巴黎老区加速流通循环的人，这个“拆”字最初的“守护神”，最终死于肺部栓塞。

在一些古老城市如火如荼进行自我拆除时，另有一些古城则坚决地保卫着自己的特质，维护着独特的“地域感觉”。历史学家安东尼[1]经过长期观察得出如下结论，“任何大城市的保护，从根本上来说，都是相应的都市社会创造有非凡意义的都市环境的过程。在这个过程中，通过长达几百上千年的人类居住形成都市风光，这风光深深影响着这个社会，并使人们意识到，毁掉老建筑带来的损失，不仅仅是肉眼所看见的拆毁古老砖石那么简单。”

这些城市同时还采取行动，拨款支持大片区域的保护。1957 年，阿姆斯特丹成立了“城市修复公司”。这个公司在一些被再开发行为所威胁的边缘地带，修复历史悠久的建筑，接着以较为低廉的价格，将其还租给过去的居民。这个公司的首要目标就是那些非常引人注目的街角建筑，这样一来，就相当于给整个街区的美化工程都做了广告。同时，他们还给相邻建筑的所有者们拨款，让他们给建筑的外墙美化上漆，还可以进行一些小型的修复。

在维也纳和巴黎的马莱区，也进行了类似的工程。由城市拨款，对历史悠久的建筑进行修补。安东尼将 1900 年以后巴黎与北京的不同命运进行对比，指出在 1900 年，两个城市是“全世界最宏大的两

---

① 即前文《保卫世界伟大城市》一书作者。——译者

件和谐统一的城市艺术品”。今日的巴黎，基本还保留着当年的历史韵味；然而北京却已经支离破碎。原因何在？“是不是因为巴黎那些美丽的建筑很多都是做公共用途，所以更多的当代巴黎人对这些建筑更有种主人翁意识？是不是因为巴黎的美更多地影响到广大巴黎市民的日常生活？是不是也因为这样，所以当他们美丽可爱的城市被侵蚀之时，才有更多的巴黎人感到深深受伤，并为之振臂鼓与呼？”

答案是肯定的。而更重要的是，城市的负责人认真倾听了民众的呼声。

然而，每个城市的状况都是独一无二的。说到其他方面，巴黎与北京有着不同的历史、经济和功能。北京旧城并非一系列的纪念性建筑，而只是一座帝制的纪念碑与标志。其设计与修建的目的，就是彰显皇帝的天子尊严，使其能够代表凡尘万众上达天听，传达神的旨意。这项功能在帝制崩塌之时就已经完全丧失。而比起巴黎的老建筑，北京老建筑的材质也更为脆弱，更易腐坏。

两座城市的政府管理形式也不尽相同，且市民与权力阶层的关系大相径庭。组织发起保护运动的通常都是居民而非官员，市民们在政策制定与规划过程中的参与会对保护作用起到推进作用，再辅以媒体舆论支持，民众请愿和游行等等支持。然而，在北京，组织反对政府的活动是不允许的，因为土地的所有权属于政府。

如此一来，这座城市的很多保护主义活动家，只能做做街头调查，拍拍胡同的照片，根本无力去修复或重建。私人慈善福特基金会驻京的一位项目官员从未见过任何一份旨在重建胡同的经费申请书。“我们并不为翻新行为本身提供基金，但我们可以找到一些门路，让有相关利益的人为此做点贡献，”他告诉我。“不仅仅是记录，而是进行有实际意义的干预。有的私人住宅拥有者可以对自己的房子进行修复，而我们可以在这个过程中对他们进行拨款，并据此总结如何正确进行古建筑修复，再将这样的实践行为散播出去。”

我曾在中国西南的古镇丽江见过类似的行动。古时候，丽江是纳西族所统领王国的首府。现如今，纳西人也占丽江人口的大多数。丽江老城在1996年的一场地震中化为瓦砾场。对老城中的木制房屋与青石板路进行重建的同时，丽江获得了世界遗产的称号。联合国教科文组织颁发的“世界遗产”证书是一把双刃剑。游客从四面八方涌来，原本与世隔绝的小镇忽然热闹兴旺，收入不断增加，于是受保护的遗产就“变了味”。我第一次造访丽江是在那场大地震之前；等故地重游时，那里已经经历了重建，而当地政府对外宣传说丽江附近就是香格里拉，《消失的地平线》一书中人类最后的处女地，为发展旅游经济推波助澜。

“老城共有两万居民，而每年前来旅游的人数达到了五十万，”丽江古城保护管理委员会的主任告诉我。我们在古城中心的四方街广场驻足停留，看众多汉族旅游者与上了年纪的本地人一同跳起欢快的民族舞蹈，不时抬抬腿，跳一跳。“游客们带着现代的东西前来，就为了看看不那么现代的文化。”她边说边指指游客们手中的相机、DV与手机。

“我们在保护的同时，还必须发展现代化，”主任接着说。“如果我们无法提高古城人民的生活水平，他们要么就会搬到新城去居住，要么就会盲目进行廉价和错误的翻新。”

丽江古城的房地产价格已经跃升到新建郊区的十倍，很多古城居民借此将自己的房产出售。丽江蓝月谷客栈的纳西族店主说，他估计丽江所谓的“民族特色”客栈中，有百分之九十五都是城外的汉族人来开的。

为了防止古城的特色与风貌渐渐被外来元素侵蚀，当地政府与加利福尼亚全球遗产基金会帕罗·奥托结成合作伙伴关系，对当地人的民居进行修复，条件是这些民居不会被改建成客栈或商店。

工程开始之后，有四十座当地民居得到修复，还有两百座的修复工作被纳入规划。工程雇用了来自上海一所大学的建筑师，列出了丽江的第一个《主要保护计划》。计划中没有倡导拆掉老建筑，修建仿古的新房子；而是号召拆掉超过整个古城建筑高度的手机信号塔以及现代化的钢筋水泥建筑，并且对新的建设工程实施严格的限制和监督。

全球遗产基金会的首席执行官说，一个保护工程的关键就在于，在实际工作开始之前，通过一个占主导地位的计划。一个随时在场的领导者是至关重要的，到位的资金也不容忽视。“在很多方面，我们都像是风险投资人，”他对我说，“找到对的人，敲定合适的场地，把握正确的时间，确保所有的投资者不断投资，保持工程的进度，将其向前推进。”

在中国东南部的城市泉州，一名华盛顿大学的教授带领自己的团队，与泉州市政府合作，致力于保护该城市古运河贯穿的地区。在保护工作开始之前，这里已经有一半以上的地方因为再开发而毁于一旦。该工程的独特之处在于，在整个计划过程中，保护团队都努力将社区居民的参与写进书面法规。

在北京，社区的参与仅限于遵守拆迁命令。老张等众多胡同居民总是抱怨说他们只有义务，没有权利。丽江和泉州的老城区都和大栅栏的面积差不多。不同之处在于，在这两个城市的文化遗产区域，大概有百分之九十的居民拥有住宅的所有权。他们所在的地方是小城镇，不是中国首都，不是奥运会的东道主，不是各大公司的所在地，不是中国的门面，没有“无形巨手”砍倒一棵棵柿子树，拓宽一条条道路，塞进一排排“物体建筑”。至于这条胡同？拆掉呗。多建一座购物中心，几个快餐店，几间 7－11。让这座城市的每个角落都充分发挥其功能，让这里和美国如出一辙。自行车是旧事物，所以要给汽车让道。至于那些脾气急躁的“刁民”？也可以抹去嘛。

贫穷落后也可以成为保护古城的办法之一。我在古巴的哈瓦那就亲眼见过满城破败老旧的建筑，没有被拆掉以修建购物中心。停滞不前、濒临绝境的经济没有丝毫的吸引力，文化遗产摆在那儿，没有人愿意出钱进行什么开发。从20世纪90年代开始，北京则面临着文化遗产变“快钱”的诱惑；由于经济腾飞，无数资金涌入，很多工程让万里长城都有些相形见绌。世界海拔最高的铁路飞架到西藏拉萨，世界最大的水坝在长江上矗立，堵住的江水淹没了一百二十七座城镇，有的甚至拥有长达十七个世纪的历史。上海开通了首列磁悬浮列车，正在修建全世界最高的摩天大楼。世界最大的运输河道建成，将黄河水引向中国北部。堪与美国一决高下的高速公路体系也正在修建当中。中国还将第一个宇航员送入了太空。

对于中国那些共产主义邻国如何在计划经济向市场经济转型的过程中进行文化遗产保护的问题，我感到十分好奇。在越南于2007年加入世界贸易组织之前，我曾两次前往其首都河内。

“市政府面临着一个选择，”黎文朗用英语对我说，“要么选择为自己的人民保护古城区，要么选择为游客保护古城区。”这位古稀之年的历史学家指了指挤在民居、露天面馆和传统商店之间的背包客旅店、网吧和旅行社。“保护河内的目标制定到了2010年，那是这座城市诞生一千年的纪念日。但如果老城区保护不好，我们到时候参加的，就不是河内的生日派对，而是告别派对了。”

河内老城区不足一点五平方公里，比大栅栏面积小，总人口六万六千人。河内老城区与大栅栏都是根据商业集聚效应建立起来的。河内老城原有三十六条街（今天已经有七十六条），每条街有一项主要的营生，都是由13世纪首次在皇家宫殿周围驻扎的行会决定的，每条街也根据那条街的生意而命名。我和黎文朗走在狭窄的街道上，他好像一个店主念着货品名单那样给我翻译每条街的名字：“竹竿铺街！篮铺街！帆铺街！”——接下去还有刷铺街、瓶铺街、木筏铺街、盐铺街、墓葬铺街、棉铺街等等。

沿着小街信步走去，河内传统的狭窄管式建筑之上加盖了五层楼房，日光就悄然隐没在这些楼层之间。历史上，对一户住家的收税是根据其第一层外墙的宽度来决定的。老城区的很多建筑都从一个窄窄的店面增建到含有住家的房屋，从街道两旁延伸十八到一百四十米。而现在，民居开始向高层增建。土地交易的付款用金条进行，老城区一平米的土地值五百克金条。黎先生告诉我，“要是人们想增建房屋，不会多想，直接就往高层加盖。”

相关法规规定，建筑不得超过三层，但无人理会。黎先生说，政府想要减少老城区的人口密度，试图将一些居民转移到郊区去，这项行动也被大家置之不理。

我告诉他，在北京，没人能逃出“无形巨手”的掌心。“我们总是开玩笑说，在河内，有三种行政模式，”黎先生说，“第一种像美国，政府害怕人民。第二种像中国，人民害怕政府。第三种就是河内模式，政府和人民相互害怕，所以各行其是，井水不犯河水。”

在银铺街上，一个居民展现了另一种政府与居民相互合作的模式。他的管式住宅被选中，成为河内、布鲁塞尔和图卢兹政府共同出资的一项工程现场，该工程致力于将河内老城区的住宅修复回原来的样子。工程规定，这些被修复的住宅都不能改装为精品客栈或咖啡馆，要让整个社区维持原来的样子。

“修复老城区建筑的关键就是要让原来的老住户们继续住在这里，”负责该工程的法国建筑师说。“四年前，当地政府觉得这些住宅并不值得去保护。并不是因为这里的人们不知道如何去保护，而是东西方对于什么东西值得保护的认识有差异。我们西方人并不只是想修复旅游名胜。现在则有了一个模式让人们去参照。再加上，河内的老城区是旅游业的胜地，政府和居民也因此对该地区的文化遗产建筑非常上心。这个过程需要时间，但假以时日，人们会理解的。”

工程的花费是非常可观的。对一座住宅长达一年的修复工程花掉了七万欧元。另一座管式住宅经过翻修，变成一座博物馆，向人们解释其维修和保护过程。在那里，人们可以买到一系列指示明确的解释性地图，题为“河内建筑漫步”。这些地图是加拿大驻越南大使馆与河内建筑研究学院合作出版的，较为厚重，但比较窄，可以放进裤兜里。地图上阐释了一个地区的历史、建筑艺术、宗教建筑、市场以及曾经的战斗场地；其中提到了好几十座典型住宅，人们可以按图索骥，去到现场观看和欣赏。

北京没有这样的博物馆，而最受欢迎的老城指南是一张盗版印刷的1936年“猎奇地图”。地图带领旅游者们走过的，并非如今活生生的首都，而是一系列已经被拆掉的地标，充满了忧伤的怀旧意味。图片里有骆驼，庙宇，留着辫子、拿着烟枪抽鸦片的男人。地图的绘制者是弗兰克·多恩，他毕业于西点军校，曾在1934年到1938年之间担任翻译官和驻北京陆军武官。他住在东总布胡同一个四合院里，拥有司机、厨师和园丁。在园丁的第一个妻子死去之后，多恩又为他买了一个新老婆。日军轰炸珍珠港之后，多恩成为约瑟夫·史迪威上将的高级副官，在中国和缅甸之间游走。和其他“中国通”一样，在20世纪50年代美国的“反共狂潮”中，他的军人生涯停滞不前。最后，他成为电影人吉米·斯图尔特一部关于缅甸战争前线的电影的顾问。绘制者的以上生平在地图中未有只言片语提及。

在河内老城的一个英文课堂上，我请一群已经到升大学年龄的学生讲讲自己居住的片区。黑板上充满了古怪、拥挤、繁忙、不适、吵闹、原始、脆弱、崩溃等字眼。有一半的学生写了“贫民窟”一词，还有人写下了越南人对贫民窟的称呼，“鼠屋”。然而，每个人都表达了对老城的自豪。“她是古老与现代的和谐统一，”一个女生说道。另一个补充说，“老城是我童年记忆的一部分，这就是我爱她的原因。”一个男生承认说，“我不喜欢住在老城，但住在这里又让我感到自豪。

如果你住在一座现代化住宅里，你的房子永远上不了电视。”

如果一个城市陷入集体怀旧，就会形成阻挡现代化步伐的屏障，但同时也能够保护体现城市身份的标志，比如旧金山的电缆车。在河内，这个标志就是人力三轮车。乘客坐在低矮开阔的后座里，车夫拉着手把到处跑。这种交通工具之所以能在河内再次兴起，得归功于一名老城居民，他四处游说，反对政府禁止人力三轮的计划。“他们说人力三轮阻塞了交通，”这位五十六岁的居民说，他同时还是“无忧”三轮车公司的建立者。“我反驳说，人力三轮在保护河内古城精神的过程中扮演着举足轻重的角色。人力三轮对老城颇有裨益；它们不像轻便摩托那样噪声太大，对环境不好。”

老城的传统食物也得以传承。河内的第一家肯德基于 2006 年开业，但老城的每一条小街看上去似乎都可以被命名为“河粉街”。河粉之于河内人，就像披萨之于那不勒斯人。一碗浸在牛肉汤里的河粉热气腾腾，再辅以马郁兰、苋红菜和罗勒等当地出产的蔬菜与香料，更是香气扑鼻。

老城区的美好也在音乐中得到传颂。在自己的管式住宅当中，一名当地作曲家说，“要将老城区阐释清楚并非易事。这是某种涌动在我心中的东西。”他一边向沙发走去，一边举起双手在空中挥舞。我请求他唱出心中的旋律。

清越的钢琴声响起，作曲家陶醉地点着头，长长的灰色头发在背后飘扬，双腿打着节拍，手指在琴键上灵活地移动。“这是我写的一首歌，歌名叫‘我的河内，我的童年’。”

童年的小街，童年的道路，这是河内，我的心之所属。
花铺街，盐铺街，有没有一个家，等我踏上归途？
我的歌，我的风，红河的棕色风帆，扬起回家的路。

又唱了几段之后，他回到沙发上，看上去有些晕眩茫然。“每一种文化都有通向自己精神与传统的通道。”他略有些激动。“老城是一种感觉，只是一种感觉而已，你必须亲眼去见证，你必须亲身去体验。那是一种有机的联系。”

崔健，在北京的公寓楼里成长起来的中国摇滚音乐教父。他不明白为何西方媒体总将他比作有“堕落工业城市吟游诗人”之称的布鲁斯·斯普林斯汀[①]。“我听他的歌一点都没有共鸣，”他告诉我。我心想，为什么北京没有出现大量描写胡同毁灭的歌曲呢？“这里的人们将之看做一场房地产交易，”崔健说。谁会想写什么关于房地产的破歌呢？

我曾两次探访老挝北部的琅勃拉邦。在我眼中，威胁这个古都的并非推土机，而是旅游者。老挝往南迁都到万象之后的几十年间，琅勃拉邦就成了“没娘的孩子”，一味萧条沉滞下去，这种有意无意的疏忽在该地十分明显。

琅勃拉邦的宫殿之内，没有任何老挝参观者。当然也没有掌管宫殿的国王。我脱掉鞋子，只穿着袜子，在柚木地板上静悄悄地行走，经过国王陛下的大象鞍以及各式各样的古董摆设与他国赠礼，其中包括尼克松总统赠送的月球岩石。宫殿的年表也在这里停止。没有任何说明告诉参观者，1975 年，国王和王后与成千上万在共产主义革命中败下阵来的人一样，被赶上轮船，送往老挝腹地的穷乡僻壤接受“再教育”。有传闻说他们死于疟疾。

旅游业是个以帮助游客“逃离现实生活”为卖点的产业，因此这

① Bruce Springsteen，流行乐手，是美国 20 世纪 70 年代以来大红大紫的摇滚乐巨星之一。到了 90 年代，他依然很受欢迎。——译者

些令人略感不适的传闻就像一个诅咒。但在琅勃拉邦，“逃离现实生活”这个卖点非常受欢迎。古老的宫殿，法属殖民地时期的建筑，身穿藏红色长袍的和尚，这一切在老挝，就如同哈瓦那在艾森豪威尔时代之后满街跑的美国汽车。琅勃拉邦城中的主路两旁，全是一排排两层砖石小楼，有着高高的落地窗，安装着木制百叶窗，还有奶油色的外墙。几十年来，老挝一直致力于抹去不符合“人民民主专政”思想的各种标志，而现在，旧皇权的遗迹又悄悄回到琅勃拉邦。城里精致奢华的客栈与小饭馆有着非常浪漫的名字：桑蒂别墅酒店、大象餐馆等等。身穿整齐制服的学龄儿童用法语问候着“您好”。和尚们曾被驱逐出一座座宫殿，现在又亲自进行宫殿的修补。咖啡馆在人行道上摆好露天餐桌，提供特浓咖啡与羊角面包。在这座城里，英语是通用语言，美元是流通货币。转转杂货店门口的明信片架子，你就能轻易闻到热带花卉赤素馨花的芬芳。

“旅游业正在毁掉旅游业!”弗朗西斯·恩吉尔曼的话掷地有声。这个法国男人的英语带着浓重的口音，元音总是拖长，总是有种恼怒的语气。“如果琅勃拉邦的历史建筑继续被改建成客栈，就会引来越来越多的污物垃圾、交通堵塞和所有与旅游业相关的东西。传统的生活方式将会改变。琅勃拉邦将变成一个‘迪士尼文化乐园’。”

恩吉尔曼是“遗产之家”的项目经理。从1995年琅勃拉邦被联合国教科文组织列入世界遗产名录以来，这个组织就一直监管着琅勃拉邦古迹的保护。恩吉尔曼有着剪得整整齐齐的灰白头发，两团“太阳红”的双颊，肥胖松软的身上穿着一件宽松的亚麻衬衫，他看上去十分热爱自己的工作。我俩在他斯巴达式的办公室见面，屋里有一扇单开门的窗户，周围是原生的石头墙壁，潮湿的微风从缝隙中吹进来。

他的工作地点在中南半岛的边缘，能够俯瞰到湄公河与南康河的交汇处。这座建筑本是海关所在地，后被改建成“遗产之家”在当地的办公地点。这其中有着奇妙的轮回。19 世纪中期，法国开始对老挝实行殖民统治，一点点地蚕食了当地的民俗，现如今，又是一个法国机构，开始复兴和保护这里的传统民俗。

“我们没有宫殿原貌的照片或图纸，”恩吉尔曼不无忧伤地说道。“一张也没有。法国殖民者来到这里之后，写的是‘国王住在一座破烂房子里。’”

和琅勃拉邦所有的建筑一样，宫殿也是由木材修建而成的。印度支那的文职人员们三下五除二地拆掉了这座宫殿。法国人则用从外国进口的水泥重新修建了一个宫殿建筑群。（这个大工程也未能引起来访者的赞赏和敬畏：“一座气势平平的小小皇家宫殿，”1954 年，作家格雷厄姆·格林到访此地之后，如此评价道。“国王就和这个国家一样贫穷。”）

“法国人觉得任何木制的房屋都是贫民窟，”恩吉尔曼说。“直到今天，这里的人们也同意这种说法。琅勃拉邦非常贫穷，你也必须了解，伴随贫穷而来的，往往是严重的‘低人一等’情结。他们唯一的愿望，就是希望有个现代化的‘门面’。”

转变居民的思想是恩吉尔曼的工作职责之一。在联合国教科文组织的拨款赞助下，“遗产之家”与老挝文化部合作，起草建筑法规，帮助当地人在翻新住宅与其他建筑的同时保持当地的风物人情。机构的十五个干事建筑师都是老挝人，他们带领业主们翻阅有当地风味设计的建筑手册，并免费提供设计草图，事无巨细，详尽彻底：门、窗、花园、篱笆、大门等等。如果这些设计真实存在于某一座建筑中，“遗产之家”就会提供一张照片或是样本。在当地的油漆店找不到“漂白淡黄绿色”？机构会使用来自百年老墙的碎片，重现充满整个古城的标志性斑驳色彩。

然而，返修的费用需要业主自己承担，所以很多人都偏向于较为廉价的选择。其他人则没有耐心和机构工作人员平等协商，在漫长的建筑保护过程中耗费时间。如果他们选择用大量的钢筋混凝土重建住家，“遗产之家”没有任何权力去阻止或干涉。

琅勃拉邦选择走上保护之路的业主通常都志在吸引外国游客，希望重建之后能把原来的家改成客栈或食肆。恩吉尔曼说这是一个不可持续的循环：资金有限的联合国教科文组织志在维持与保护，并不想修个古迹来供游客吃喝拉撒。他说，这座城市“陷入了两重尴尬局面：要么因为人们的疏忽而消亡，要么因为过分的溺爱而毁灭”。

迄今为止，当地政府还未批准任何大型度假中心或高楼大厦的修建。“但每个月都会有跨国公司代表来到此地，游说政府网开一面，因为这个城市需要他们的工程，他们的工程将会创造大量的就业机会。”

旅游者们眼中的数据通常只有货币汇率。然而老挝的六百万居民则在以下数据中生活：日人均收入四美元；每五个孩子中，就有一个在五岁之前夭折；全国人口中只有一半能接触到安全卫生的饮用水；一半以上的人口是文盲；超过五分之四的村庄受痢疾或疟疾所困。老挝人的平均寿命是五十四岁。

除了芳香理疗与套餐菜单之外，琅勃拉邦的其他服务乏善可陈。整个国家百分之二十的GDP来自于外国援助。在琅勃拉邦的街道上漫步，好像是在英文字母的海洋中畅游，一座座建筑的门牌上都是缩写的机构名称，比如CARE[①]，UNICEF[②]和WHO[③]等等。与邻国越南与中国不同，老挝的共产主义政权并非通过民众起义建立。更有甚者，即使是在长期持续的开放与改革之后，执政党仍然无法全心全意发展经济。1997年亚洲金融危机以来，除了缅甸元之外，没有任何

---

① Cooperative for American Relief Everywhere，美国援外合作署。——译者

② United Nations International Children's Emergency Fund，联合国儿童基金会。——译者

③ World Health Organization，世界卫生组织。——译者

货币比老挝"基普"贬值更为剧烈的了。就连国有的老挝航空公司，也要求购票者支付美元。

琅勃拉邦是一系列独特片区的集合。这些片区被称之为"邦"。每个邦都以皇城时代该地区的主要贸易命名。很多邦内都有至少一座佛教庙宇，中心都有一个池塘。过去，池塘里的水担负着养鱼、阻止外来侵蚀、冲刷污物等多种用途。很多小路旁边都有条条通道，让池水与湄公河连通，成为活水。

"众多旅游者来到琅勃拉邦，离开时的印象都是一个闲适美丽的殖民城市，"恩吉尔曼说。"他们错过了这座城市的另一半。而这正是琅勃拉邦无可替代的价值之所在。在这里，一个城市中实际上存在着双城。这个城市最珍贵的遗迹是水泥时代之前的那些建筑。这就好像《爱丽丝梦游仙境》：你必须跨过那面镜子，才能够进入另一番宇宙天地。"

琅勃拉邦的"那面镜子"是有着红砖围墙的小巷。"遗产之家"以每条四千美元的花费，给这些通道重新铺设了路面。对于旅游者来说，一条小路就像一次邀请，让他们走下主路，来到这座小城传统的纹理之中。对于当地人来说，这些纵横交错的小巷形成了一个紧密的网络，那里有他们的住宅，花园，以及唤起旧时琅勃拉邦风貌的活水。而原原本本的琅勃拉邦自 14 世纪起就与"城市化"牵扯不清了。在这样的小巷中漫步，远离那些重建后的店铺，我踏进了一个活生生的世界，想起遥远北京的胡同。

下班后，恩吉尔曼留在办公室，花了很多时间与我长谈。然而，夕阳已然西下，办公室里又断了电，我们的谈话趁着天光尚存匆匆收了尾。他在一摞活页夹里翻翻找找，那些文件中记载着琅勃拉邦城保护区域中每座建筑和每块湿地的详细资料。保护工程已经进行了五年，并且还在继续。文件中已经有了六百座建筑和两百个湿地，而绕这个地区一圈只需要一个小时。恩吉尔曼翻阅着那些照片，脸上的表情仿佛在告诉我，琅勃拉邦的历史内核虽小却难以捉摸和把握，就如同在他耳畔嗡嗡响的那只蚊子。

也许河内和琅勃拉邦更易接受外来人士的保护工作，因为两者都曾经是殖民城市，而其独特的市区中心建筑结合了本地味道与异国风情。那些文化遗产大部分都是水泥而非木结构建筑，所以修补的费用也没那么昂贵。也许，让各个城市张开双臂欢迎外来援助的原因是外来力量所导致的贫穷。丽江在一场地震后进行了重建，琅勃拉邦因为老挝迁都而被忽略，河内经历了半个世纪的战乱。而北京是世界下一个超级大国的首都；不断崛起的经济让这座城市能够掌握自己的命运，对外来的意见和建议也可以加以挑剔和选择。

2004年，在北京为获得奥运会主办权开始准备工作时，联合国教科文组织驻北京办事处邀请美国城市规划师大卫·威斯特恩多夫起草一个方案，将北京改造过程中对各个片区社会架构的破坏减到最小。他所写的内部备忘录强烈要求联合国教科文组织向国际奥委会施加压力，要其给予支援。

> 国际奥委会已经成为中国所有“国际组织”当中最具影响力的机构。国际奥委会授予北京2008年奥运会的主办权，是近几年北京有规划的重建工程与扩张的心理奠基石……2003年，联合国教科文组织与国际奥委会进行磋商，想全面讨论一下2008年夏季奥运会将带来的影响，但并没引起特别强烈的反响，甚至未得到国际奥委会对该事项加以注意的承诺。北京市中心的清拆与搬迁还在继续，国际奥委会需要听到更为强烈和团结的声音。

奥运会的主办城市通常都会大张旗鼓进行一些美化工程，而国际奥委会本身也因为裁判腐败和兴奋剂阴影等问题焦头烂额。所以，当威斯特恩多夫说他的建议没有回音时，我毫不吃惊。

“事实上，我相信联合国教科文组织真的曾努力将我的建议提上议事日程，”他说。“我能推断的是，政府应该从头到尾没出过什么力。”

2005年，联合国教科文组织举行了一次为期六天的环城开放式会议，题为“北京与北京：批判性的对话”。与会的发言者包括了中外保护主义者、教授、艺术家和房地产经纪人，但却没有任何制定政策的领导。

“无形巨手”从不会耐心坐下来，接受采访或与大家讨论磋商。北京没有奥斯曼男爵，没有任何一个或一群有名字有面孔有声音的真实的人，大胆站出来说，“我们要对这个城市做这做那，原因是……而你们将感谢我们这样做，原因是……即使现在不感谢，以后也会。”

于是，这些会议座无虚席，但出席者都只是提出问题、重提问题，或者达成共识，认为这其中确确实实存在问题。丁艾，这位住在南池子的保护主义活动家发言说，“如果我们继续偏居在象牙塔中空想城市保护，这不过就是纸上谈兵而已。房地产市场产业链是个恶性循环，最终会将老北京引向穷途末路。如果现有的产业链无法打破，任何空泛的理论和假说都无法将其从消亡的命运中拯救出来。”

我的邻居韩先生和妻子经营着一家小杂货店，店址就在廊坊一条，离那条全是待拆“老字号”的胡同不过一街之隔。韩太太在窄窄的店面前贩卖香烟、胶卷和电池，而韩先生就在背后一个小桌子上干着手机维修的营生。“在东北的时候，我在一个农场上开卡车，”当我问他怎么学会这门手艺的时候，他开口道。“跑车的路上没什么事做，所以有一天我就把手机给拆了，一直很紧张，怕装不回去，花了很多时间变回原样。之后我又把它拆开了。一直这样练啊练，现在什么手机都能修了。”

有时我顺道去小店看看，韩太太总是拿着一把稻草小笤帚清扫着店门前的台阶。她说保持门口的清洁是非常重要的。每天那么多人走过店门前，整洁干净的样子能获得他们的信任。两人的个人卫生非常到位，头发与脸都干净体面，身上的衣服也从来都很整洁。两人每天一起在店里工作十二个小时，然后回到四合院中更狭小的一个房间里。我们的房间只有薄薄的一墙之隔，但我从未听过他们吵架，甚至从来没跟对方大声争辩过什么。老寡妇很喜欢他们。

一年前，韩先生和妻子将六岁的儿子托付给父母，然后从中国东北来到北京。他们花光了毕生的积蓄，开了这样一爿位置不错的小店。从早到晚，外来游客、本地居民，来来往往，络绎不绝。韩家夫妇渐渐又有了节蓄，还定期寄钱回家。

2006年春天，“无形巨手”在店外的墙上画上了㊀拆。他们只有两星期的时间来搬家。

有的“老字号”餐馆门口挂出了牌子，写上了他们的新店址。小肠陈即将越过煤市街道路拓宽工程的工地，搬去几百米以外的取灯胡同。爆肚冯则更近，暂时入驻离原址不过几米远的一座大楼，这座大楼不在廊坊二条一期拆迁工程之列。

而到夏天的时候，其新店就会和煎饺餐馆以及另外十家著名的食肆一起，在一个仿古的美食广场开张。这个美食广场在后海附近，那是一个远离大栅栏的旅游胜地。

北京将原有的建筑遗产一座座拆毁，再用外形相似的建筑取而代之。若精髓未能传承，至少样子还在。北京成功获得奥运会举办权，开始掀起“面子工程”的狂潮后，一名官员对《华尔街日报》的记者说，“我们觉得拉斯维加斯有着独一无二的特色。百分之五十是办公楼，百分之二十五是宾馆和娱乐场所；这是生活与休闲的良好结合。”

首都北京根本不用照抄或是引进拉斯维加斯主题赌场这样的“遗

产”，胡同与“老字号”的餐馆就是其自身独一无二的特色。然而重建的费用无比昂贵，“无形巨手”还辩驳说，吸引国内外游客的，是东方广场这样内部温控适宜的购物广场；他们并不想踏足破烂的小街，在户外排着长队等着吃小吃，看眼前鲜活地上演老北京日常生活的一幕幕，他们并不在意是否能体悟这个地方的独特所在。

韩先生的房东说，过了拆迁期限，他就不能出租店面了，连宽限一两天都不行。韩先生卖掉了玻璃展示柜，关掉了小店。韩太太拿着笤帚回到了家。因为韩先生两夫妇不过是租客，他们的搬迁拿不到一分钱补偿金。

他们双双失业的那天，我回到四合院，听到的是笑声与歌声。十几个男人挤在韩先生房间的一张桌子周围，身旁摆着一圈空空如也的啤酒瓶。一个已然喝得面颊绯红的男人用牙齿咬开一瓶新啤酒的瓶盖，灌进嘴里。

韩先生说，“我在庆祝，因为至少今天我还能说我有一份工作。”

我们举起酒瓶碰了碰杯，“那明天呢？”

“如果你是个穷人，”韩先生说，“那你就没有明天。”

第十章　春天

2006年春天，邮递员骑着绿色的自行车，在杨梅竹斜街里穿梭。他走进我们的四合院，大声喊道，“有您的信！”拿到手的传单散发着淡淡的光泽，上面是两个年轻的中国小夫妻，提着满手的杂货，头上顶着大大的标志，上书“沃尔玛购物广场”。

这家美国零售巨头在北京的第二家分店在大栅栏西端的胡同外锣鼓喧天地开张了。新的购物中心就正对着朱老师土生土长的小街。“我奶奶喜欢在沃尔玛买东西，”她说。“每层之间都有自动坡道，而不是电梯。好多老年人从来没坐过电梯，都有点害怕。”她奶奶也喜欢沃尔玛的明码标价，在那里买东西和在胡同里很多小商店买东西不同，她不用再费尽唇舌讨价还价了。

我问她，沃尔玛的开张是不是意味着她童年时代的家即将面临所谓的“截止日期”了。

“谁说得清呢?”朱老师一边说，一边和我走进沃尔玛的玻璃门。“你知道这条胡同什么时候被拆吗?”

购物中心的门口有雇员微笑的照片，还写着“**当好邻居，做好事情，做出改变，从我做起**”。两层的超市空间共有三个自动坡道，老太太们站在上面，就好像冲浪运动员般，能够维持良好的平衡。地下广场售卖电子产品、衣物以及家居用品。顶层则是这个片区最大的“杂货铺”。居民们要吃菠萝，不用再等到当季，看着它们出现在胡同里穿行的平板三轮车上。现在一年四季都可以吃到菠萝，还有来自华盛顿州的“史密斯奶奶”苹果，以及来自马来西亚的榴莲。商店里还有速冻饺子、新鲜海产、即食寿司和冷冻百威啤酒等等。

沃尔玛里还有一家美发沙龙，一家验光配镜中心以及一家出售《北京晚报》的书店。一个大楼里，就包含了整个胡同的营生，还提供中央空调与地下停车场。我们在拥挤的人群中努力往出口走去，那里贴着一张海报，还是一群满面微笑的雇员，提醒大家，**“这里也是我们的家！”**

不过，沃尔玛可不卖胡同地摊上摆着的“纸金元宝”和“冥府银行”的纸钱。一个女性流动小商贩在那里席地铺开一张毯子，把货物悉数摆出。老人们提着沃尔玛的塑料购物袋走过来，围在地摊前，在那些用纸做成的传统衣物、水果甚至火锅盆之间挑挑拣拣。这些东西是在清明节那天派上用场的。人们会去给死去的亲友扫墓，在熊熊火焰中将这些必需品烧给天上的他们。

朱老师不信这些。“迷信而已，”她说。“迷信”这个词意味着落后，只有“乡巴佬”和没文化的人才信这个。清明节的学校里，老师们会教学生折好一朵朵小白花，带着他们去一个陵园，把花挂在某个石碑上，纪念某个牺牲的共产主义烈士。

一场早春的冷雨将孩子们手折的纸花淋得稀巴烂，但紧接着另一个学校又来了一群学生，带着同样的纪念品。那天晚上，阴云散去，天气晴朗，胡同里一小堆一小堆全是烧纸钱的火光，中年人与老年人们围在一起，寄托对逝者的哀思。老寡妇却不是其中的一分子。

“你觉得是迷信？”我问道。

“我没什么好哀悼的，”她说。

“你的丈夫呢？”

“哈！”她吐了口唾沫，“我都不知道他死了没有。”

她走出我的房间，关上了门，留下一个烟圈，缓缓上升，然后破灭。

2006年的春天，共有十场沙尘暴席卷了北京。最厉害的一场在整座城里降下了三十三万吨沙子。我房间的门窗都有屋檐遮挡，因此受害最小。但正午的天空看上去好似傍晚，去室外走走，就能在从戈壁滩席卷而来的沙尘中留下脚印。这种沙尘肆虐的天气曾经给了伍迪·格斯里①无限灵感，他在自己的得克萨斯老家沿街边走边唱，“别了，很高兴认识你。”这古老的尘灰就要覆盖我的家乡，我必须去漂游去异乡……

《北京晚报》上刊登了一些照片，行人被狂风吹得东摇西晃，一辆火车的车窗被吹破。天气预报版建议读者“不要出门，多喝水”。在“今日适宜活动”那一栏里，编者写着，“今日不宜洗车”。

北京市政府承诺过，奥运会期间不会出现沙尘暴，并声称北京空气质量的恶化是因为鲜鱼口这样的建筑工地扬起的尘土。最严重的一场沙尘暴过去之后，中国国家环境保护署测试了二氧化硫、二氧化氮和悬浮物含量水平，发现北京的空气污染指数已经达到了五百。这个指数如果超过一百五，就已经很危险了，所有人都得闭门不出。五百说明空气变成了毒气，已经是这个指数的最高极限了。北京的空气总给人有害的感觉。平均每日的悬浮物含量是洛杉矶的两倍，相当于抽掉七十根香烟。

2006年，全北京城的目标是拥有二百三十八个蓝天，向着这个目标的努力一直持续着。北京向天空中发射了含有碘化银的“火箭弹”和“烟条”进行人工洗天。这些方法的有效性引起了激烈讨论。但很快，这一季最大的一场雨就倾盆而下，在我衣服上留下从天而降

① Woody Guthrie，美国民谣歌手。下文提到的《别了，很高兴认识你》是他的经典创作之一。——译者

的大泥点。

除了初夏与初秋的短短几个星期，北京的天气可谓残酷无情。沙尘暴前脚刚走，满城的柳絮与杨絮又“暴风雪”般降临。整个城市覆盖了一层厚毯般的白絮，各类恶性过敏事件时有发生。《北京晚报》报道说，自从 2001 年以来，北京就只种植这类飘絮植物的雄树了，但之前的一百万棵雌树还是保留了下来。相关人员将往其树干中注射生长抑制剂，以控制其繁殖。

这边政府想要控制自然规律，那边学校的医务人员来到办公室，更新老师们的生殖健康服务卡。那是一本红色的小册子，列出了老师及其配偶的出生年月日、民族以及家庭住址。在对各位老师进行口头询问之后，同时兼任学校会计的医务人员会在“**怀孕**”或“**未孕**”中的一栏上盖章。

医疗卡上有清楚的说明，如果怀疑意外怀孕或者不希望怀孕，可以去一家药店拿避孕药。同时还详细列出了一项新法规，如果夫妻双方都是独生子女，则可以生育两个，但二胎要在头胎出生的四年之后，并且父母年龄都达到了二十八岁以上，才能进行生育。

朱老师符合这个条件。她和丈夫想要一个孩子，而她的祖父母盼重孙子已经是望穿秋水了。但她与人合住在一个大杂院里，居住条件不甚理想。他们在北京南郊有一套公寓，但离上班的地方太远，她和学校又有聘任合同。由于该区教育局对她进行了教师培训，如果提早跳槽，则需要付给区教育局八千元。她丈夫也一样身陷类似困境。医务人员拿过朱老师的卡，在“**未孕**”那一栏盖上了红印章。

由于煤市街的道路拓宽工程，一座学校被拆除了，从那里分配来了一位新的英语老师。见到她的时候，我对她的学校表示遗憾。

“为什么？”她有些轻蔑地用中文说道。“修路不是好事吗？”

朱老师向我耳语道，“她是个党员。”

她的英语说得也不是很好。Mocky也帮不了她。英语教材着重于单个的词汇，不太重视完整的句子。书上的说明要求孩子们看着一幅图，说出那幅图所表示的单词。课上并未向学生提出任何启发性的问题，也没有什么寓教于乐的活动。每一章有个部分叫“一起唱!”（Let's Chant!）新老师打开她的书，指着一幅图，图上Mocky正端着一个装满绿色蔬菜的盘子。歌词是这样的：

> We'll go and visit uncle,（我们要去看叔叔，）
> It's very very far.（他住在很远很远的地方。）
> We'll take some salad with us,（我们会带上一些沙拉，）
> And go there in a car.（开着车去探访。）

英语课本的设计与学生们的中文初级课本差不多。阅读一段文字之前没有提出问题，也没有提供任何阅读方法或是提炼信息的建议。和大多数中文课文一样，英文课本也没有任何索引或歧义解释。

美国课本与美国教师所受的训练，都遵循教育心理学家本杰明·布鲁姆提出的“布鲁姆认知领域”，会对学生提出六个认知层面的问题，难度逐渐增加。先是“知悉”（比如“讲述、指出、列出”），再到“理解”（“对比、延伸、预测”），然后是“应用”（“分类、解决、示范”），第四层是“分析”（“分析、联系、推断”），第五层是“综合”（“改写、替代、创造”），最后一层是“评鉴”（“说服、评估、测试”）。

学生们的历史书中写道，唐朝与清朝，中国历史上的少数民族领导人和平管辖西藏，驱逐蒙古入侵者，加强了祖国的统一。课文后面只有一个问题，不是让学生们分析，而是复述从文中得到的信息：“请说出你所知道的古代与现代优秀的少数民族人物，以及你对他们的了解。”

阅读课本中的一章是关于文化遗产的，里面写道中国有三十一个被联合国教科文组织纳入“世界遗产名录”的地方。关于万里长城的一段文字之后只提了一个问题，“为什么我们说万里长城是世界历史上一个了不起的奇迹?”关于兵马俑的文字后面没有任何问题，这一章就这样结束了。

我带着英语老师们去观摩北京国际学校的小学英语课堂。每个学校各有所长，各有所短，这次观摩也只是为了表现不同的教学手法，而不是做任何提倡或褒贬。然而，就在我们观摩的第一个班，英语为第二语言的五年级班，学生们翻译一段关于橙子的文字时，老师们开始忙不迭地记下潦草的笔记。

如果课文中碰到学生们不懂的单词，老师会指着一张招贴，上面写着先不查字典，运用其他方法来理解这个单词，比如，寻找单词中自己认识的部分；指出前缀或者后缀；阅读整个句子，然后根据上下文来猜测单词的意思。教室墙上贴着一串串已经学过的单词，以及一段段的英文故事，难度逐渐增大，表现了学生们水平的进步。

观摩之后，朱老师说，“老师问了他们好多问题——这段话主要表现了什么？你同意作者的说法吗？下一段可能会写什么？她还让学生们用完整的句子表达，要是一个孩子说不对，别的学生也会参与进来帮助他。”

朱老师接受的培训与此天差地别。“这里的孩子真自觉，”她说，眼前的学生们正将当天的家庭作业记到日程表上，而他们的家长必须每晚在这张表上签字。为了不让她误认为这“金玉其外”的教室里坐的全是小小爱因斯坦，我带她去了学校高中部的一间教室，那里好似一个拘留室，关押着几十个被判青春期狂躁症的“罪犯”。那里面坐着我过去的学生，其中一个曾经交给我一篇文章，用相当严肃的语气提出历史上从未有过“加州淘金热”这回事。（我说这篇文章写得很好，并且得了“A”，朱老师皱起了眉头。）

她观摩到了很多自己赞同并喜欢的方法。回到炭儿胡同小学之后，她也布置了一堵“单词墙”，上面有需要记住的词汇，以及她希望孩子们日常运用的简单课堂表达，比如“How do you say ________ in English?”（________用英语怎么说？）她要求学生们将学过的单词用句子和语法结构的方式卸下来。“从现在开始，我上课时只说英语了，”她对孩子们说。“你们需要用完整的句子来回答我的问题。不要怕犯错误。你们必须通过错误来学习。”

教室里没有书架，也没有任何同学们可以用作趣味阅读的课本。我们来到胡同里张先生的书店，但这个巴掌大的书店里除了画有Mocky的英语教科书，没有任何其他英语书籍。我喜欢在这里买东西，把钱交给我认识，也认识我的人。但现在我们别无选择了，只好骑着自行车来到北京图书大厦。

图书大厦里的大屏幕上跳跃着一只名叫“Gogo”的红色卡通恐龙，他唱着一首英文歌，“你喜欢甜甜圈吗？喜欢汉堡包吗？喜欢三明治吗？”

“喜欢！”跳出的字幕欢快地回答。但观众们丝毫没有注意，甚至连活蹦乱跳的Gogo都吸引不了他们。书店里的孩子们有的穿着手织的绿色毛衣，有的梳着黑油油的马尾，弯着腰，聚精会神地看着各种漫画译本，有《凯文的幻虎世界》，各种各样的日本漫画，以及《加菲猫英译中字典》等等，字典里没有“千层面”这个词条，但是有“豆腐”。

北京图书大厦有种令人窒息的感觉。这座中国最大的书店占地五万平方米，售卖二十三万种图书。最畅销的中国书籍包括《我在美国当警察》、《我只养你到十八岁》、《中国式离婚》以及《哈佛女孩》等等。《哈佛女孩》是一个优秀学生的回忆录，回忆她的父母如何用自己独特的教育方式，使她在中国同学中脱颖而出，成功拿到哈佛大学门票。这本书已经加印了六十三次。

楼下，《我的爱情》[1] 横亘在比尔与希拉里·克林顿伉俪的自传之间。一套剖析纳粹德国元帅赫尔曼·戈林的精装丛书旁边，就是《犹太人为什么优秀?》。有的美国畅销书有中译本是我意料之中的，比如《达芬奇密码》和《阿特金斯健康饮食法》；有的则让我大吃一惊，比如朋克摇滚传奇人物亨利·罗林斯的《上车走人：与黑旗摇滚在路上》，以及一套伍迪·艾伦的丛书，其中有一本叫《门莎的娼妓》。有一层摆的全是英语学习资料。《爱英语》教给大家一些搭讪的话和枕边悄悄话，其中包括一些英语文化中的暗示性语句，比如“我好无聊啊”，言下之意是，“你想和我做爱吗?”

图书大厦门外，是完完全全的“新北京”：更大、更平、更宽、更多。汽车与公交刺耳的喇叭声在拥挤的交通中此起彼伏；邻近的广场上，保安不停地命令行人不要践踏草坪；想去隔壁商店，就得穿过拥挤的人流，这些人朝手机里“喊话”，抽烟，并且呆呆地站在人行道中间，来往人群往往叫骂一声，从他们身边绕开。离图书大厦不远的地方，曾经有过一堵“民主墙”，20 世纪 70 年代末，北京居民们曾在那上面张贴过渴望改革开放的呼声。现在的北京居民则是蜂拥去那里购物。

朱老师和我在购物篮里装满了英语图文字典以及故事书，好放在教室里。接着我们去找各自需要的书籍。在“诗歌”架上的一本书里，我看到了文楚安的一张相片，他是艾伦·金斯堡《嚎叫》一书的中文版译者。照片上的他五十出头，脸色苍白，用侧面的长发缕盖住头皮以遮掩中央的秃头。文楚安在四川大学进行关于“垮掉的一代”的研究和教学。一次，我打电话给他，问为什么在这个消费主义猖狂

① 英文原名为“Monica’s Story”，是比尔·克林顿绯闻事件女主角莫妮卡·莱温斯基与别人合著的自传。——译者

肆虐的年代，他还要翻译凯鲁亚克与金斯堡等“垮掉的一代”的作品。

“因为这些描写‘垮掉的一代’的著作给读者带来很大的影响，”他回答说。“从‘垮掉的一代’这种生活方式中，中国的年轻人能得到一些启发和鼓励：他们的行动与言语中包含对自由的热爱，对任何非人道的东西都有坚定的反对立场，将精神生活看得高于一切，反对金钱至上与拜金主义。”

他翻译的两本金斯堡的著作最初印数都在两万册左右。在网上能下载到免费版本的《在路上》销量达到了约三万册。比起诸如《西点军校领导魂》这种管理指导类书籍的销量，以上数字实在是少得可怜。

“我觉得应该有些私人出版组织出了盗版，”文先生在电话里说，“所以实际上的销量应该比这个数字多得多。”

他听起来一点也没有失望和沮丧。

学校校长给英语老师们划拨了一间专门的办公室。清洁工人扫去荣誉室的尘灰，搬了四张办公桌进去。奖杯还是摆在里面，上面的小牌子上有金字刻下的荣誉，有“绿色单位”、“文明单位”以及“优秀家长会示范校”等等。

全校家长会这一天，学生们拿起自己的课桌椅，搬到楼下操场上，然后回家了。

他们的家长陆续来到，按照老师的指示坐到自己孩子的座位上。一排排人高马大的成年人坐在小小的椅子上，面对着水泥主席台。一个教育局官员正对着麦克风发言。

“根据一项调查显示，”她张口说道，“百分之七十的中国家长将孩子的问题归咎于学校教育。在美国，百分之九十的家长都认为孩子的问题是家庭造成的，而并非学校。”

老师们都转头看着我，我小声说这些数据听起来比较像编造的。他们带着心照不宣的神情点了点头。时值“沙尘暴”季节的尾声。官员背后旗杆上的中国国旗被风吹得猎猎作响。她的话则变得含糊不清，被卷进风中，吹进那弯了腰的杉树中。有的老师开始拿出练习册批改作业。有的老师则闭眼小憩，直到下午操的音乐从大喇叭里响起才猛地醒转。秘书慌忙冲进广播室关掉音乐。那位官员丝毫没有停顿，继续唾沫横飞地讲着。在一片嘈杂之中，她用近似于喊话的音量，说着养育独生子女的挑战和尊重老师的重要性。她说，家长永远永远永远都不能将自己孩子的缺点归咎于老师，不能让老师们做“替罪羊”。

朱老师斜过身子，对我说，“很多家长今天是请了假来开会的。”台下的成年人们一个个低着头。四十五分钟后“演说”终于结束了，每个人都抬起孩子的课桌椅，搬进教室里。

家长们又在教室里坐成好几排，我好似看到二十五年后那些学生们的样子。朱老师和我一起说明了孩子们学习的内容和进度，表扬了他们刻苦学习的精神，并鼓励家长们有问题就给老师打电话。家长们问需不需要买一些昂贵的电子学习机，比如加拿大艺人大山代言的那款掌上英语学习机。他们都想速战速决，不管用什么方法，赶紧让他们孩子的英语好起来。学好了英语，考试就考得好，就能上个更好的中学，进更好的大学，找到更好的工作，他们说。孩子们都只有九到十岁，但承担的压力已经重于泰山了。

一位有着乱糟糟的头发和一口龅牙的父亲在走廊里等着我，脸上挂着关心的表情。“我儿子跟我说，您的胳膊肘有点儿酸痛，”他说。“所以没法在黑板上写字。您知道，我是个针灸师。我们住在一条胡同里。到我那儿去，我给您扎几针。”

谢先生大半辈子都与别人合住在大杂院里。他的诊所在一个很偏远的地方，但家里总是有一套针，免费给左邻右舍的街坊扎针治疗。

"有新挑战总是很有趣的，"他一边检查我的手肘，一边说。"我以前没碰见过这样的病例。"他把细细的银针一根根快速扎进我的手臂，他的儿子就从靠墙的大书架上取下一些书，给我看他最喜欢的金庸武侠小说。学校没有图书馆，但谢先生为儿子积累了丰富的藏书。"他喜欢读书，喜欢画画，"谢先生说。"我能找到的历史书和中国古典文学，都给他找来了。"

我的手臂感到微微发麻。等着拔针的时间里，谢先生说大家都有偏见，觉得住在胡同里的都是傻子和蠢蛋。"不住在胡同里的北京人把我们叫做'串子'。"这句老北京方言专指那些不务正业，成天在胡同里逛来逛去，游手好闲的人。"我们不笨。我们只是穷。这两者是不同的。"

他打开一本写北京法源寺的书。法源寺就在我们区。"这是老城区历史最悠久的寺庙了，"他说。书里的叙述东拉西扯，比较散漫，结尾处说，"然而现在去那里的真正原因，不过是丁香盛开罢了。"寺庙里的丁香的确开得正盛。我坐在法源寺阳光明媚的院子里读着手里的书。用那只手臂拿书的时候，已经不痛了。

和儿子一样，谢先生的母校也是炭儿胡同小学。这所小学创办于1950年，名为私立穆荣小学。1956年改为公立学校，由于当时位于"礼拜寺胡同"，所以改名为礼拜寺小学。现在这座寺庙是座清真寺，胡同的名字也早已改成"扬威胡同"。1957年学校再次迁址到皇城根外的河岸边，改名为"运河西小学"。1974年，学校变成"前门西街中小学"。1981年，小学部分离出来，迁到了炭儿胡同。

搜集这些信息花了我好几个月，走街串巷和谢先生之类的人长谈。校长对学校的历史一无所知，她是被教育局指派来的，自己住在北京另一个区。学校的官方文件里没有任何关于校史的记载。描写历史的书籍记下了那些曾在我们这片儿生活过的名人，但普通的住家、学校，以及其中人们的故事却未有只言片语提及。

和美国的学校不同，炭儿胡同小学没有自己的吉祥物，所谓的“自豪感”都是自上而下灌输的。随着教育局的一声令下，校长与音乐老师开始合作。全校家长会之后，每个学生都拿着一张新印好的单子，上面写着一首钢琴曲的歌词：

炭儿胡同小学校歌

鲜花开放，绿树成长，
炭儿胡同小学沐浴着阳光。
同学们书声琅琅，歌声飘扬，
师生共同成长。
勤奋文明，健康向上，
我们张开理想的翅膀！
诚实守纪，活泼团结，
我们是雏鹰展翅，自由在风中翱翔。
（齐唱：母校啊母校，母校的教诲永远在我们心中回荡。）
清风吹拂，国旗飘扬，
炭儿胡同小学沐浴着阳光。
园丁们用爱浇灌，
心儿紧紧相连，
师生共同成长。
祖国未来的建设者，人民的希望与梦想，
我们张开理想的翅膀！
星星会为我们指路，火把会引导航向，
我们是雏鹰展翅，自由在风中翱翔。
（重复齐唱）

孩子们有滋有味地唱着校歌，第二次操场集会时，他们也带着同样浓厚的兴趣，引吭高歌《爱我中华》。歌词是这样的：

五十六个民族五十六枝花
五十六族兄弟姐妹是一家
五十六种语言汇成一句话：爱我中华！
齐唱：爱我中华，爱我中华，爱我中华，嘿！

一个剧团来到学校，教孩子们如何“有表情地朗读”。领头的演员是个高大魁梧的男人，有着和毛主席一样微秃的发际线。他伸出下巴，背诵着一首诗歌，高潮是，“祖国啊！祖国啊！我亲爱的祖国！”

我与朱老师打赌，五分钟之内，我们将听到有人有力地吟诵出下面的句子：“中国有五千年的悠久历史。”结果我赢了。

演员们背诵古诗词，演奏琵琶和古筝等传统乐器。孩子们全神贯注地听着，丝毫没注意天空已经下起毛毛雨。体育老师说，“我还怕同学们会觉得麦当劳叔叔比较有趣呢。”

那天下午轮到小刘通过学校的大喇叭讲每日的“午间故事”。这个单眼带着眼罩，头发梳成一个惊叹号的女孩子故意放粗声音，听起来好似那些职业的演员。为什么这里的警察从不变老？为什么官员们讲话时总是有着相似的节奏韵律与抑扬顿挫？因为一直有人在接受培训以便后继有人，从小学开始。

在教室里，小刘也非常戏剧化地读出 Mocky 的对话，让全班乐不可支。“I can only play in the morning.”（我只能上午出去玩。）她面露痛苦之色地读道。“I am going”——此处她停了下来，伸出手臂，指向远方，——“to visit Uncle Booky this afternoon.”（我下午要去看布吉叔叔。）孩子们鼓掌欢呼起来。

4 月末，学校为我庆祝生日，送了我一个黄色海绵蛋糕。孩子们用中文和英文各唱了一遍《生日歌》。蛋糕送来的时候，还有一个黄色的纸壳王冠，他们不由分说扣在我头上。朱老师送给我一罐雀巢黄金速溶咖啡，孩子们则献上一大堆手绘的生日贺卡。吹灭蜡烛的时候，我觉得没什么许愿的必要。我三十四岁了，在这里待得很开心，只要这一切依然如故。

第十一章　㊗之简史二：皇城兴衰

胡同之外，京城最初的模样早已面目全非。现存最古老的建筑屹立在旧城的西南角。这座高十三层的白塔修建于1083年，现如今，旁边有一根高高的工厂烟囱在塔身上投下浓重的阴影。这一对风牛马不相及的建筑从视觉上概括了这个城市的过去，随着其风云变幻，建筑形式也从为皇家宫廷服务，转向为无产阶级服务。不过，北京城的建立，完完全全是为着一位皇帝。

这座白塔是在这座城市成为帝国都城的初期建成的。公元938年，北方少数民族契丹占领了幽州，将其作为军事要塞的驻地。他们将此地作为契丹族“辽”国政权南边的都城。高九米，四边各绵延五公里的城墙拔地而起，中间修建了一座宫殿。幽州改名为燕京。

1153年，北方的另一个少数民族部落女真占领了这座城市，改名为中都，变成女真族“金”政权的统治中心。新的统治者将三千户住家迁往城墙之外，很多人向东迁移，在今天的大栅栏一带住下来。城墙进行了扩建，长度达到了五十公里，每隔一定的距离就有一座城门，一共十二座。新皇将一群犯上作乱之徒囚禁在延寿寺，这座寺庙也是今天我那个片区“延寿街”得名的由来。一名囚徒说他被关押的情况好似“坐井观天”。中国很多的建筑文化遗产只存在于人们的脑海中，再加上一些绘画作品和诗句的描述。延寿寺早已在岁月的风霜之中毁于一旦，然而“坐井观天”这个词仍然沿用下来，形容目光狭小，见识有限。

后来的事情证明女真也是个没有远见的民族。他们请了蒙古的游牧民族帮助他们向中国南部进军。打败这些对手之后，蒙古人对“主子”下手了。在成吉思汗的带领下，他们于1215年占领中都，进行了所谓“光荣屠城”。城里四处是燃烧着火光的弓箭，每个老百姓都难逃蒙古人的屠刀。大屠杀过后，城里四处是滑溜溜的死尸，唯一的活物是飞来大快朵颐的秃鹰，唯一的残留是狂风卷起的灰烬。

1264年，成吉思汗的孙子忽必烈回到这里，开始修建自己的都城。蒙古族建立的元朝后来成为历史上国土疆域最辽阔的王朝。其版图自北往南，从今天的莫斯科一直延伸到河内；自东向西，从今天的首尔一直到维也纳之外。今天北京的区域第一次成为全中国的首都。忽必烈的“元大都”成为今日北京旧城的雏形。

为了各个属国能够完完全全承认自己的统治，蒙古人（比很多汉族皇帝更甚）在城市规划方面，严格遵循着《周礼·考工记》中定下的准则。这本书严格规定了都城的布局、面积、排列和功能。每一样东西都有其特殊的意义。欧洲城市遵循生态上的标准，是随着食物出产、道路交通以及治理结构的发展而发展的。而中国城市则是根据统治中心的迁移，从零开始，一砖一瓦建立起来的。一座大城市，一定要有居于高位的官员。都城的主要职责并非为经济功能服务，而是可以举行一系列的仪式，作为皇帝上达天听，与上天诸神交流的媒介，好达到天人合一的境界。所以都城的建造必须精确校准，确保万无一失，让北极星——也就是皇帝——端坐皇位，阴阳相合。

城市的布局要遵守地球五元素显示的征兆，在中国统称“风水”。理想的城市选址必须在近水的平地，那片水域最好水流平缓，弯道较多。城北边应该有连绵起伏的群山，挡住罡风与阴气来袭。城南需要畅通无阻，让来自那里的阳气源源不断涌入城中。城中心的宫殿需要坐北朝南，周围有城墙保护，城墙外还应有一圈城墙，中间的区域需修建单层平房，房与房之间相连相通。对称的城墙每边需有三座城门，通向九条南北向和九条东西向干道，称为“九经九纬”，其中又以南北向干道最宽，可容纳九辆战车并排通行。其他的道路也遵循干道的空间方向。与欧洲那些大宫殿与大教堂不同，皇城之内没有任何开阔的空间与众人聚集的场所。市场要开设在城墙之外，朝着被视作不祥的北边。

这些建城的准则体现了孔子思想中的“尊卑有序”和道家思想中的“万物平衡”。道家思想认为，“天地相合，四季轮转，风雨集汇，阴阳调和”。

忽必烈的汉族规划师将他的都城选址于原先女真废弃都城的东北边，因为这里离开挖疏浚的湖区很近，风水较好。土城墙四边各长约四十公里，但与建城准则中的十二座城门不同，实际规划中只有十一座，北边少修一座城门，让皇宫少受北方酷寒之风的侵袭。城墙越往高处越窄，颜色刷成粉白，以符合蒙古包、蒙古长袍以及神骏白马的颜色。工匠们则将城门漆成喜庆吉祥的大红色。

任何欧洲都城都比不上可汗的元大都。马可·波罗来到此地，对皇宫的雄伟壮丽惊叹不已，赞其为“有史以来之最宏伟”。他的笔记中写道，室内的墙壁与天花板上，处处是表现神龙与骑士的鎏金彩绘。“目光所及，别无它物，唯有黄金与绘画。”房顶有朱红、鲜绿、宝蓝与明黄等色彩，“装饰极为精巧，闪亮如水晶，其晶光闪烁，纵远处亦可观。”宴会厅可容纳六千人。皇帝的后宫藏着他的稀世珍宝，住着他的三千佳丽。

宫殿的内墙与外墙之间，是大片的林地，其中圈养着成群的牧鹿、麋与麝。挖地造湖产生的泥土被天青宝石所覆盖；大象从异国拖来奇花异树，要种在深宫之中。春节大庆期间，五千头宝象身披丝绸彩带，从城中招摇过市；一万匹骏马作为外邦贡品，进京面圣。

城中住家众多，数不胜数；外围人口密集，娼妓也居于其中。

“她们都住在郊区，”马可·波罗写道，“娼妓数量之多，令人难以置信。我可打包票，至少有两万名妓女，都为男性服务，卖身换钱。”

京城的街道“极之宽阔平直，乃至攀上一座城门，即可将对面城门及沿路风物一览无余”。马可·波罗形容整个城市布局如棋盘，可能会让读者误认为所有道路长宽都是统一的。事实上，它们在面积大小上有所不同。有的街道只容六马同行（胡同），有的可容十二马（火巷），有的则可容纳二十四匹马（大街）。胡同之于北京，就如河道之于威尼斯，然而马可·波罗这位来自威尼斯的旅人，却没有记下“胡同”一词。

今日的北京，仍随处可见可汗的大都留下的遗迹。孔庙、国子监、白塔寺、地坛都对公众开放，而鼓楼与地安门十字路口间运河之上的万宁桥仍承载着川流不息的人潮。市中心的东四与西四大街还是交通要道。湖区的周围，开满了餐馆与酒吧；蒙古人的北城垣，土筑的防御工事之上，如今是一个公园的一部分，公园里有行人小径，令人身心愉悦舒畅。

大栅栏区域一条布满古董店，名为“琉璃厂”的老街，过去是为宫殿与寺庙烧制琉璃瓦的窑场所在。这条街与杨梅竹斜街和炭儿胡同相连，是京城四百条修筑于13世纪的胡同之一。胡同一词最早出现于元曲中的唱词，“杀出一条血胡同”。“胡同”的出现比“北京”早，要到一个世纪以后，这座城市才得名“北京”。

1368年，一个和尚带领汉族的军队，占领了都城，赶走了蒙古人。胜利者将他的王朝命名为“明”，都城选在中国南部长江边的南京。为了防止蒙古人反攻，他指派了一位将军，在过去的都城建立防御工事，一座新的城墙拔地而起，将元大都的布局往南挪移了八公里，中心位于湖区。由于这座城市不再是帝国都城，新皇将其命名为

“北平”，寓意北方和平，不起战乱。

他驾崩之后，驻守北平的庶子篡夺了皇位。由于皇位来得名不正言不顺，他选择在自己根基牢靠的北方坐镇。1403 年，他为自己选定年号“永乐”，将北平改名为北京。一直到 1420 年，才正式从南京迁都。在这期间的十几年内，永乐大帝秘密派人设计，要建造世界上最为宏伟宽阔的都城。当时，英国的汉普顿宫还未开始规划，俄国的克里姆林宫前不过是一圈木栅栏，而法国的凡尔赛宫还只是狩猎小屋而已。

蒙古都城的建造遵循了古中国的规划准则，而明朝对北京的规划则建立在元大都的基础之上。大运河将北京与长江相连，加速了材料与人工的运输。新的城墙高约十米，墙基宽约十七米，从低到高逐渐变窄，并非用泥土夯实，而是采用石材修建。城墙并未严格遵循风水准则，不是一个完美的四方形，而是在西北角上开了个狗耳形的豁口，建了个小小的湖。城中有九门，每道门有城楼与箭楼，再加半圆形的围墙。

规划者们将原来的九区四百街扩建到三十六区一千一百七十街。其中有四百五十九条胡同。为了抑制蒙古败军之将留下的“皇气”，忽必烈原来的宫殿被夷为平地，埋葬在挖湖通渠产生的泥土之下。由这些材料堆起来的山丘（今天的景山）高约七十米，山顶将成为整个老北京城的制高点。根据风水学上的说法，这座山同时也为皇宫挡住了不祥的北风。

相传新宫殿的房屋数量为九百九十九间半①，比天庭的一千间略逊一筹，而在世间人工建造的建筑群中则无人能出其右。皇宫的墙并非蒙古人的白色，而是红紫色。北京建筑的颜色变幻多端，皇家宫殿的琉璃瓦漆成明黄色，而寺庙则是墨绿色。中国的宇宙论认为，紫色象征着北极星，而皇帝则是北极星的化身，降临于世，平衡天与地的

---

① 说是九千九百九十九间半。——译者

力量。这皇城宫阙就被命名为紫禁城，皇位于九级台阶之上，象征着高高在上的九天。皇帝坐北朝南，面向从那里汇集来的阳气。

除了规划严整，方方正正的内城，北京还在前门外有一个商业区域。这里是永乐大帝于1403年一手建立起来的，里面有商店、钱庄、旅舍、茶馆、戏院与男娼妓女齐全的“窑子”。这座外城的街道并未按照内城的风水准则进行严格规划，因此宽度不一，有的还歪斜不正，十分独特。1422年，城中的卫兵认为城中通路众多，窃贼在夜晚很容易逃窜。于是永乐颁布圣旨，在胡同区域的入口围起了栅栏，在天黑之后上锁。廊坊四条胡同的栅栏最大，“大栅栏”由此得名。

1603年，意大利传教士利玛窦来到北京，希望面见中国皇帝。他在城中苦等了八年也未能如愿。溘然长逝于北京之前，利玛窦完成了一项创举，成为用罗马字母表为汉字注音的第一人。利玛窦将“北京”的拉丁文写作“Pequim”，英语则称之为“Peking”。

明朝这座都城是篡位夺权的产物，而最终也因为叛臣贼子而轰然崩塌。1644年，皇上派一位将军去平息中国东北满族的叛乱。时值李自成叛军攻陷京城，皇帝自缢于紫禁城外一棵杉树上。而皇帝派出的平叛将军听闻一个同僚掳走了自己最喜爱的小妾，便“冲冠一怒为红颜”，在长城上大开通道，放满军入关。满洲人占领了北京，进驻皇宫。

清朝的开国皇帝并未按照几千年的先例，将前朝的一切毁灭殆尽，而是保留了北京城的名字、布局与建筑。新朝廷扩建了紫禁城，将北京城的街道增建到二千零七十七条，其中有九百七十八条被命名为“××胡同”。为了达到满汉修好的目的，皇帝命令建筑上的标示都要用汉语和满语书写；仪式中的祷文与经文也要用满汉两种语言朗诵，城中大门的名字也刻意多用“和”、“平”、“安”等字眼，比如天安门。

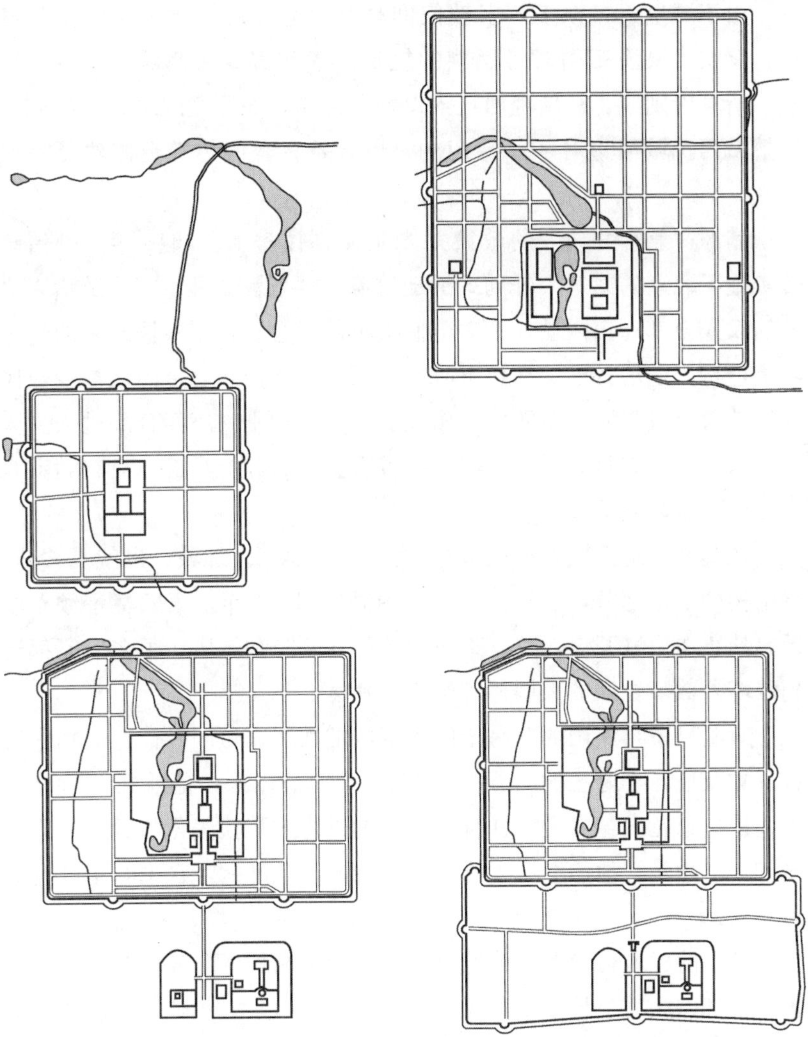

皇城北京形制的变迁。金朝都城（左上）位于湖区的西南边，而元朝都城（右上）则根据风水，将湖区变为皇城中心，两图中湖区的经纬不变。明朝的都城（左下）往南迁移，在外部界限上新建了天坛与先农坛。到清朝都城（右下）建立时，由于明朝的一项工程修建起来另一圈城墙，但由于缺乏资金，城墙只修建了一半，老北京城形成了其独特的布局。

由于城里人口众多，宗教信仰林林总总，还修建了很多宗教建筑，反映了泱泱帝国对各民族的统治。雍和宫专为西藏、蒙古人而建，清真寺则成了从新疆西迁人口的礼拜堂，而西藏的班禅喇嘛则在紫禁城西护城河边有一座专门的宫殿。基督教的传教士修建了一座教堂。

满洲“兼容并包”的政策并未延伸到住房上。1648 年，顺治皇帝实施了北京的第一个补助式拆迁政策。他下旨命令除官员及僧人之外的汉人全都迁出内城，针对他们损失的四合院，则根据原来的房屋数量进行一定的补贴。在接下来的二百五十年内，北京内城被少数民族把控着，只限满洲军队的八旗成员居住。辨别一座四合院过去主人的方法之一，就是看看大门附近有没有上马石和拴马桩。只有满洲官员才能在城内骑马。

在英文的地图上，内城被标注为“鞑靼城”。外城，也就是“凸”字结构的下面部分，被标注为“中国城”。1671 年，康熙皇帝颁布圣旨，禁止在内城开设戏院、茶馆、食肆、妓院和旅店。很多店家都迁到城墙外数步之遥的大栅栏和鲜鱼口片区。

康熙皇帝与法国的路易十四和俄国的彼得大帝同时代。他胸中有着万丈豪情，喜好去野外游玩。1654 年即位以来，他就在北京修建了大量皇家花园与宫殿，并且对已有的进行大规模美化与翻新，为后继者开了先例。他的继承人修建了圆明园和颐和园，在中心湖区也大兴土木。

满洲的建筑也参照汉族的风格，采用木结构，十分脆弱，经不起恶劣天气、火灾与地震的影响。1679 年，一场大地震令北京废墟遍地，处处断瓦残垣，四十万人丧生。第二年，紫禁城又惨遭火险肆虐。今天所见到的紫禁城，很大一部分都是根据火灾前的设计进行的重建。

清朝与其都城在乾隆皇帝统治的 1736 年到 1795 年之间达到鼎

盛。这段时期内，大不列颠帝国无奈承认了美国的独立，拿破仑即将统治法兰西。乾隆对北京的建筑进行了一定的增建与翻新，并派人绘制北京城的第一张完整地图，这张地图详细标注了每条街上的每一座建筑。

今天这幅地图的重印本也有销售，不过被装在一个厚重的盒子里，盒子外面还包裹了一层蓝色哔叽呢。地图印在五百张纸上，要将它们一点点完整拼凑起来，需要比我的两间房，甚至比整个四合院都要大的空间。当我客厅里的大栅栏地区逐渐成形，展现在眼前的是一个由胡同组成的网格地区，与“谷歌地球”软件所拍摄的卫星图像几乎一模一样。18 世纪中期，就在形状与今日如出一辙的杨梅竹斜街，我所居住的这个四合院的位置上，也是一座四合院。

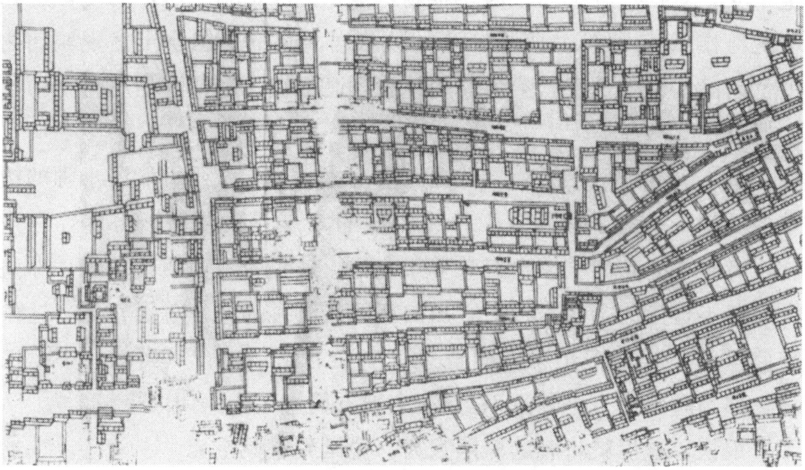

这是一幅 18 世纪中期北京地图的局部，杨梅竹斜街是最底层的那一条。

19 世纪，西方大国强逼中国的各个城市开埠通商。北京不像天津和上海那样成为开放的港口，但即便如此，在 1860 年第二次鸦片战争期间，还是难逃英法联军的魔爪。尽管军队并未长期在都城中驻守，他们的入侵以及清朝的衰退为皇城进一步的毁灭埋下了伏笔。

距离乾隆皇帝在北京城内大兴土木，修建和修缮皇家建筑还不到一个世纪，帝国都城就已经呈现出年久失修的颓败模样。“就连在阿拉伯的村庄或（爱尔兰）利莫瑞克的老城，也找不到如此肮脏简陋的建筑群。”1861 年，一个西方记者如此记录。他继续描述着城中未加铺设的道路，“干燥晴朗的日子，路上软软的泥土会卷起如云如雾的尘土，遮住你的面庞与胡须，让你最亲密的朋友也难以辨认。一到下雨天，地上的泥泞可淹没膝盖。”挑高的车行道如同丑陋的冠冕，周围点缀着污水沟，里面是空空的便盆与黑黢黢的废水。这恶臭的“黑汤”可以淹死人。

阔别北京三十年之后，一名海军上将于 1898 年评论道，北京丝毫未变，只是“脏了三十倍，难闻三十倍的味道更为不可忍受，道路状况糟糕了三十倍”。1900 年，一位旅居北京的美国女士发现城墙之上“高高的荒草丛生，尖尖的刺让我漂亮的裙子和最好的皮靴经历了一场浩劫”。

清朝皇族的奢侈糜烂导致国库空虚，本来指定用于发展水师的拨款最后用来修建了颐和园中一座船型的大理石殿阁。1895 年，一个旅行者听说北京的城楼上有数千架大炮，实地考察以后，发现“那些大炮口不过是涂画在木板上，黑白相间的圆圈而已。总而言之，这种被欺骗的感觉，将充满你的整个‘空壳北京’之行（当然，幸运的是，你当时不会有这种意识）。这个地方简直让人失望之极。”

很快，这里就将燃起熊熊大火，蔓延到整具空壳。

1900 年 6 月，自称“义和拳”的团体叛乱起义，他们的目标并非紫禁城，而是城里的洋人。一年前，义和团的起义曾经被清廷成功镇压下去。对于朝廷中的“改革派”，皇太后慈禧也早已进行了革职或行刑的处理。如今，她开始拉拢义和团，要将洋人从中国赶出去，因为在她眼里，这些“洋鬼子”是中国贫穷落后，厄运连连的罪魁祸首。适得其反的是，义和团将加速皇权统治的灭亡和老北京的毁灭。

义和团成员们认为子弹无法穿透自己的身体，自备的武器都是刀剑与长矛。媒体报道说，他们手拿火把冲进北京，大喊，“杀尽洋鬼子!”成千上万的本地基督教民与“洋鬼子”一起，被困在教区与使馆区的高墙背后。由于犯了“与洋人勾结”的罪名，他们死伤最多。《伦敦泰晤士报》报道说，在南（教）堂外的街道上，“可怕的场景历历在目。妇女与儿童被碎尸万段，男人如同飞禽般被紧紧捆绑起来，鼻子耳朵被悉数割掉，眼珠被残忍地挖出。”

1900年6月16日，为了惩罚与洋人做生意的商家，义和团将大栅栏的老德记西药房付之一炬。《伦敦泰晤士报》做了如下报道：

> 邻近的铺子遭到波及而着火，火焰蹿到中国最有趣的“书店街”，街上的店铺中有无数价值连城的画卷、手稿与印刷书目，而整条街被烧得一干二净。火舌舔舐着一栋栋房屋，很快就成为中国历史上最骇人听闻的一场火灾。北京最富有的地方，珠宝店、丝绸与毛皮、缎面布料与刺绣坊、收藏众多奇珍异宝的古董店、金银店全都化为灰烬，房屋在滚滚热浪中融化，城中最值钱的东西几乎全部被烧毁。伤害之巨，不可挽回。

前门外有将近四千个店面和住家被烧毁，我这条胡同及附近街上的那些也未能幸免。大火燃烧了整整一天一宿，甚至蔓延到前门城楼之上。“美丽壮观的瓦屋顶倒塌了，山形墙整个翻转过来，这是一个碰撞、坍塌的世界，”《伦敦泰晤士报》报道说，“滚滚浓烟如棺材顶盖般蔓延到皇宫上空，好像预示着皇家宫阙的彻底消亡。这一幕令人永生难忘。”

烧杀抢掠的状况持续了五十五天，直到八国联军进驻北京，绞杀

义和团起义后的前门。

了义和团。慈禧带着朝廷众人，逃离紫禁城。一行人化装成农民，坐着板车来到国土中部。北京完全陷落在八国联军手中。

时任美国总统的麦金莱正准备参加连任竞选，还需处理国内外的反帝国主义情绪。美国在中国并无任何租界，提倡在华实行“门户开放”政策，不设殖民地，鼓励自由市场的发展。即便如此，麦金莱仍然派了军队进驻北京，保护美国的在华利益，并且加速了清廷返京的进程，以稳定中国局势，阻止其他国家的在华扩张。

麦金莱指派了阿德纳·查飞作为美国驻京区域的统领。查飞参加过美国内战，士兵生涯中靠着各种钻营一路往上爬。在美国占领古巴之后，他成为首个美国驻古巴总督，在任职期间，他了解到维持良好公众形象的重要性，因此此次掌管北京期间，他下令手下的四千士兵严禁对本地人进行劫掠或骚扰。

查飞的步兵团齐步走过焦炭一般的房屋废墟与洗劫一空的商店。野狗与猪猡在废墟中“打扫战场”，面对发臭的尸体大吃特吃。美国军队在先农坛驻扎下来，在大栅栏南端的湖南会馆建立起了行政总部。他们发放了六千面小小的美国国旗，插有国旗的建筑则表示在美军的保护之下。9月，一个集市重新开张了，给当地人提供了很多就业机会，也因为当年是丰收年，因此供货丰富，琳琅满目。中国红十字会与美国人合作，建立起了公共食堂，援助饥民。士兵们修建了公共厕所，以集中收集废物，而不是随意倾倒在臭水沟里。他们还提供疫苗接种，并且开展了一项旨在根除公共场所随地吐痰的活动。

道路被分类，进行循序渐进的清洁。北京的夜晚第一次有了街灯照明。美国人为孩子们修建了一座学校。他们关闭了赌场和鸦片馆，但允许妓院继续开设，为妓女们提供健康检查。夜晚，军队在街上巡视，以防强抢和盗窃的发生。根据英美记者的报道，该区域十分稳定，以至于隔壁的德国管制地区空无一人，大家都来到美占区这边。连德国人自己都要跨过界限来领取食物。到10月份，美国撤走了一半的士兵。

美国将自己管辖范围的管理权移交中国人，这在占领区是独一无二的。华盛顿特区下令查飞不可允许执行死刑。1901年春季，《伦敦泰晤士报》报道说，“昨日，在美占区被逮捕的九名强盗被砍头。现已证实下令判处极刑的并非查飞将军，行刑队是从其中国全权代表那里得到的命令，他们的依据是中国法律。”查飞还拒绝批准判处一个义和团首领死刑的决定，这位首领杀死了五十个中国基督教民，罪名成立。又是中国人通过了行刑的决议。查飞向华盛顿汇报其他占领军队的报复性行为时说，“毫不夸张地说，自从联军进驻北京以来，每杀一个真正的义和团成员，就有至少五十个无辜的苦工或农民陪葬。其中不乏妇女与儿童。”

当美国人即将离开的谣言传开后，该地区的一万三千个居民向查飞献上他们亲笔签名的请愿信，这些签名用毛笔零零散散地写在或红或粉或黄的小纸条上。

请愿信的开头这样写道，“吾等美占区之人，得以处于美利坚光荣旗帜保护之下，深感幸甚至哉，此旗帜给予吾等前所未有之安全稳定。自联军抵京起，商业兴旺发达，吾等享受各种权利；不仅如此，还设立警察局、慈善所、卫生署及疫苗所等众多行善机构，令居民受益良多。”

美国人得到一把绸伞，这是中国的传统礼物，送给万民爱戴的地方好官。一名美国官员告诉《纽约时报》：“我敢肯定，被侵略者恳求侵略者留在他们的国土上，这是世界历史上的头一遭。”

大栅栏一所妓院里有个名妓赛金花，驻京德军的陆军元帅也是她众多的情人之一。赛小姐说得一口流利的德语和英语，据说她说服元帅，签订议和协议，允许慈禧太后和她的朝廷回到北京。1901 年 5 月，美军离开北京，奔赴马尼拉。

西方学界普遍认为义和团起义是一场仇外的“杀戮盛宴”，而中国的历史学家则赞颂这次起义，认为这是一种自发的起义，反对封建王朝的统治及其对外国侵略者的姑息纵容。美国军队原先用作行政总部的湖南会馆现在是一个京剧博物馆，也提供演出舞台。在博物馆的展品介绍中，只字未提美国在此驻扎过。骑一小会儿单车去到美军曾经安营扎寨的先农坛，才可以找到他们在这城中停留过的唯一证据。在先农坛重建起来的其中一座殿阁墙壁上，挂着一幅放大的棕褐色照片，里面是八国联军的将军们。他们的胡须修建得很整齐，戴着帽子，腰板挺得和手中握的长剑一样直。下面有中英对照的解说，从中文翻译过来的英文解说中，对查飞的解释如下：总司令查飞，美国侵略军。

解说牌上没提到义和团运动，只是写着，“清朝末期，外国侵略者的铁骑踏上了中国的领土。先农坛遭遇了巨大的灾难。”

1950年，先农坛的建筑被改建为一所中学，1988年这里又被改建为一个公园。现今正在紫禁城工作的团队之一，纽约世界文化遗产基金会将这里的建筑加入“观察名单”，注明为濒危建筑，并为其翻修和重建做出了贡献。而这些牌匾的资金，是美国运通公司赞助的。

过去，皇帝会来到先农坛的太岁殿敬拜司掌时间的太岁神。太岁神就是主宰某一年的神仙。传说这是一位容易盛怒的凶神，人们敬拜他不是出于崇敬，而是出于恐惧。太岁殿前的圣祠现在已变成中国古建筑博物馆。这里人迹罕至，参观者十分稀少。里面是仿制的模型和照片。其中提到的很多古建筑都被摧毁了。

曾选址于此的中学迁往附近的一块区域。学校的棒球场就与先农坛相邻。这样的场地在北京十分稀少，修建的目的是要培养未来代表中国参加奥运会的运动健儿。棒球场的一垒边线被一道朱砂红的墙围起，挡球网上爬满了常春藤，外场则有几棵古老的榕树，如巡逻兵一般屹立着。左外场的边墙外，一个展览详细说明了曾经的皇帝如何进行安抚众位地神的仪式。2008年之后，棒球将不再作为奥运会的比赛项目之一，所以这里可能会被改建为一个板球场。我只在里面见过叽叽喳喳的喜鹊。每当我走过人迹罕至的先农坛，看到这个体育场，心里就会想，一个空荡荡的棒球场，实在令人忧伤。

第十二章　“去贫化”的贫民窟

朱老师总对学生们说，“好事不出门，坏事传千里”。北京为举办奥运而正在发生巨大转变是无可争议的事实，而“无形巨手”所做的不只拆除胡同那么简单。官方的口号承诺说，“新北京将会举办一次科技奥运、人文奥运和绿色奥运。”

“2008 年，当人们从世界各地来到北京时，会发现这座城市如同一个漂亮的花园，水清天蓝，绿地成片，”2001 年 7 月，当地一家报纸这样报道，“这并非痴人说梦。这样的畅想即将成为现实，因为北京已经决定在 2007 年以前，投资一百二十二亿美元，支持环保工程的开展。”文章中说，居民将毫无后顾之忧地进行户外晨练，因为北京的空气质量将达到国际水准。2005 年，沙尘暴将从北京绝迹。

以上预测并未成为现实，不过的确采取了一些相应的措施。我找到的唯一一张我们那片儿的航拍照片来自 1978 年，照片中的胡同上空，林立着很多耸入云霄的烟囱。现在它们都被拆除了，城区的七百座工厂也将在奥运会前迁走。北京的公交车也开始使用环保的柴油和天然气发动机。

在全城增建绿地的行动也开展起来，开辟了许许多多的公园，比如北二环里长长的林荫道。工程师们在地图上标注了京城里的五十万棵古树，将它们输入数据库，好让各个区政府在评估建筑工程时纳入参考。在一个片区的拆迁工程中，一千零九十六棵树木得以保存，

《北京晚报》将这个数字写在头版的醒目标题中。现在，城市的废墟之中屹立着一棵棵树木，依稀可见拆毁胡同的轮廓。

在取得奥运会主办权的2001年，北京的城市规划预测到2040年，北京总人口将达到一千四百万。但这个数字在2003年就被超过了。2007年，北京的大街小巷被超过三百万辆的汽车堵得水泄不通，汽车产业带来的“抵销性收益”又用于净化空气。从教室的窗口眺望，远处北京西郊的群山若隐若现。而大多数时候，北边十六公里以外的新月状群山则一直笼罩在阴霾和薄雾之中，看久了人的眼睛会难以忍受。

媒体与学校都在进行奥林匹克历史的宣传与教育，同时还告诉大家文化交流的乐趣，以及加强北京“公民道德”建设的重要性。需要杜绝的不良行为包括随地吐痰；等地铁时堵在车门口，让乘客无法下车；乱穿马路导致交通堵塞；脏话连篇；从不道歉；从不微笑；以及对外国人青睐有加，对农民则白眼相向。《北京晚报》开设了一个每日配图专栏，宣扬讲文明，讲公德的好行为，比如在公共交通工具上为老、幼、病、残、孕让座等等。头版还开设了一个专栏，提醒读者，将“劳驾”、“麻烦您了”等礼貌用语挂在嘴边实际上是北京传统文化的一部分。另外，奥运会也是严禁吸烟的。各大医院宣布，他们将“开天辟地头一回”在自己管辖的范围之内禁止香烟的出售。有人提出一个建议，说要将各个片区的房屋分别涂成奥运五环的颜色，但遭到媒体和公众的痛批，只得作罢。

晚春的一天清晨，“砰砰砰”的大锤声六点便将我唤醒。我心想，“无形巨手”不会来了吧，一边打开门，发现四个工人正拆着我们水泥做的院子。“他们带了新的水表来，”老寡妇说。

为了减少市民们在水电煤费方面的纠纷，北京开始在不同住家合住的四合院内安装单独的水表和电表。“回去睡觉，”老寡妇催促道，“他们说晚上才弄得完。来，把这些饺子吃了，我做得有点多。”工人们很有礼貌地放下工具，将那个脆弱的瓷碗从已经凿开的大洞上传到我手中。“我不知道你们今早来，”老寡妇带着歉意对工人们说，“中午给你们大家下面吃。”

北京宣布每家每户都可以安装宽带。网通公司一名非常热心的职员告诉我，“我们当然可以在您的四合院安装宽带了。包月无限上网的话，每月一百二十五元。”我面前摆着一个给职员服务评分的机器，我不停按着“非常满意”，好像那是电动游戏的“射击”按钮。第二天技术员就来了，他检查了一下胡同的电线杆，又看了看我那位于四合院深处的房间，把线从斜斜的瓦屋顶接到我的书桌旁。这间屋子从19世纪跨越到了21世纪。我们没有厕所，却已经联了网。

工人们对我们这片儿的公共厕所进行了整修，装上了不锈钢的洗手池和冲厕所的踏板。再老旧一些的厕所则关闭起来进行彻底翻修。这样一来，我就不得不走过一整条琉璃厂古玩街，去使用一个刚整修过的崭新厕所。那里的每个坑位相互隔开，还有上锁的门。蹲下之后，我抬起头，看见与视线平行的门板上张贴着这样一张广告：

北京东大肛肠医院把自己的广告做到了厕所坑位里，蹲坑的“观众”不得不看。另一个坑位的门板上是一只卡通大象，鼻子上挂着听诊器，指着旁边一系列可疑症状，并警醒大家，“现在就自查!”小便池上方的广告则是一排破壳而出的小鸡，旁边有一首题为“男性必读”的打油诗：

包皮过长和包茎，
生理特征各不同。
工作学习忙翻天，
病毒病菌来捣乱。
异味红肿时常见，

包皮过长是根源。
此种情况怎么办，
东大医院解您烦。
韩国包皮环切术，
无痛无创是首选。
尴尬病毒都不见，
异性伴侣笑开颜。

很快，东大肛肠医院就将原来的英文名 Dong Da Hospital for Anus and Intestine Disease Beijing 改成更为专业的 Hospital for Proctology（直肠病医院）。改正错误的英文翻译也是奥运会的准备活动，来自美国南卡罗来纳州的大卫·图尔是这项活动的骨干之一。图尔教授已经帮助工作人员改正了中国首都超过五万个标识上的英文，并且还在马不停蹄地努力工作。他用的不是英式英语，也不是澳洲英语，而是美式英语。如此一来，大家就不得不向那些道出了真谛的错误翻译说再见了。比如，高速公路出口指示牌上的中华少数民族园原来的英文翻译是 Racist Park（种族主义园）。同时与大家再见的，还有 WC（厕所，改为 toilet），wicket（售票窗，改为 ticket window）和 way out（出口，改为 exit）。

菜单上和道路上的英文变得标准和正确了，博物馆与公园标牌上带有浓重种族意味的英文翻译也变得谦和了，但市民们对标识上中文的理解与概念没有丝毫改变。我喜欢直译的语言，这样更能简洁直白地表达出原文的含义。大栅栏的商店还是维持着原来的翻译，假发就是 fake hair，而非 toupee；义肢就是 fake leg，而非 prosthesis。“蚂蚁上树”这道菜没有变成 Vermicelli with shredded pork and peppers（肉碎辣椒炒粉丝），仍然是 ants climbing trees。

“东大直肠病医院”那首赞颂包皮包茎手术的中文打油诗依然只字未改，每天在公共厕所里迎接我的到来。厕所外的胡同之中，澡堂那个上了年纪的搓澡工仍然随地吐痰；穿着短裤的男人们将电视搬到屋外，边看世界杯边喝啤酒当早餐，他们摸着啤酒肚，依然脏话连篇。北京希望全城公共场合播报的英语都标准正确，就像机场广播，或者小猴 Mocky 那样。然而，就像朱老师在形容顽劣的学生时常常说的那样，“江山易改，本性难移”。

5 月，谷雨的时日已过，立夏了。窗口的树顶上，看不见的蝉嗡嗡鸣叫着。韩先生和妻子每天忙于寻找新的店面，而刘老兵也在到处搜寻，想让家里的刀削面店重新开张。从鲜鱼口搬走之后，老张努力适应他位于旧城东边的大杂院生活，和邻居们见面寒暄，同时又划清界限，标明自己的“地盘”。自学英语时，他弄清了 alone（单独）和 lonely（孤独）的区别，他的感觉可以用后者来形容。

大家都想念过去的生活。他们的家与工作就像永恒不变的布景，生活就在这布景前日积月累。别人对他们的看法形成了他们的身份和地位，也决定了他们对自己的看法。他们对过去住所的留恋与牵绊全部来源于此，他们才不在乎什么建筑，什么大楼。这样的东西都消失了，他们心中的一部分也随之永远逝去了。

胡同之外的人们总将这里称为北京的“贫民窟”，然而这里却并非疾病与“问题行为”的滋生地。我们这片儿毫无贫民窟常见的绝望之气，我的耳畔常常回荡着哈哈大笑与热烈的谈话，偶尔也有哭泣与争吵，就和其他所有地方一样。人们彼此之间礼貌相待，每当我来到胡同之外，就会深深想念这种人情味。街坊邻居彼此相识，所以不会有人不由分说就指着哪个陌生人的鼻子破口大骂，不会出现对骂场景；不会有汽车响着刺耳的喇叭，让你停下让道，再绝尘而去。街里街坊之间，没有剑拔弩张的“交战”，而是倡导彼此原谅和宽容。来访的陌生人也明白自己是客人，而不是高高在上的权威。

我在北京城的高档酒吧区见过一些贼眉鼠眼，形似毒贩的人，也见过横卧街头，烂醉如泥的醉鬼，但在胡同里却闻所未闻。杨梅竹斜街上的人们会在麻将馆搓上几圈，或者三五兄弟聚在一起小酌；他们也会提着鸟笼出来走走，坐下来下一盘象棋；或者浇浇盆里的花，给那一小块田里的豆茎和土豆苗施肥，擦窗户，给墙上新漆，扫扫他们窄窄的门廊……废品都不会直接丢在街上，而是卖给“废品王”。很多还在学英语，好跟国际友人打招呼。我在居委会的办公室开班授课，每周一次，很多退休老人和开商店的个体户都来参加，他们都希望奥运会期间能用英语欢迎游客们来这里观光游览，只要2008年时，胡同还在。

我刚搬来的时候，李警官向我谈起过对片区治安的担忧。住在这里的第一年，这一片发生了一场比较严重的火灾，上了《北京晚报》的版面。一个男人将“热得快”插在水壶里烧水，去上公共厕所，回来的时候发现屋里火光熊熊。原来是“热得快”的电源线磨损了。没有造成人员伤亡，而且火灾发生地并非四合院，而是一栋钢筋混凝土小楼的二楼。这栋楼修建于 20 世纪 70 年代，已经有些摇摇欲坠的样子。

报纸还报道了一场谋杀事件。全国闻名的六十三岁画家蔡云被发现死于琉璃厂东街的工作室中，那里离我的家不过几百米距离。这场惨案的发生地也并非四合院，而是一栋无电梯的公寓楼，最初修建的目的也是要改善过去四合院居民的生活条件。根据《北京晚报》的报道，疑犯从进入工作室到离开都未被任何人察觉。但胡同里群众的眼睛总是雪亮的，案发四十八小时之内，片警就走访了邻居们和过路的人，锁定了三名住在偏远郊区的疑犯。主犯在一个新建的公寓区推车卖煎饼。在他鞋上发现的一小块红色油画颜料与画家工作室里的相符。报纸补充说，三个犯罪嫌疑人中，一个是本地人，两个是外地人，三人对犯罪事实供认不讳。他们本意只想掠夺钱财，却失手将老人杀死。

一年之中，比较严重的治安事件不过是一场火灾，一场谋杀，这里完全不是个贫民窟。然而，在无声的白纸黑字之中，一连串数据显示的东西完全不同，让人觉得这里混乱不堪，随时处在崩溃边缘。《北京城区角落调查》中写到，大栅栏的商店过多，无法实施监管：两百三十四家餐馆，一百五十三家小卖部，一百二十一家旅店，一百四十二家美发沙龙兼按摩馆，二十二家图书音像店，二十八家网吧。这些商店与五万七千居民一起，蜗居在一个不足一点五平方公里的区域之中。

这是北京将大栅栏划为“城区角落”（“贫民窟”的别称）的原因之一。其他的原因包括人口密度、老龄人口数量、外地民工数量以及破败简陋的住房条件。所有的指标都超越了“非城区角落”。

1959 年，赫伯特·甘斯①为美国规划师学院的学刊撰文，讲到波

① Herbert Gans，1927 年出生于德国，二战期间移居美国。他是当代美国最为重要的社会学家之一。——译者

士顿的西端区，认为这片区域即将以“翻新”之名而惨遭毁灭。这不是一个贫民区，他在文中提到，而只是一个“租金较低的稳定区域”。非要下个定语的话，这里完全是在“去贫化”，因为新的住户不断涌来，社会网络密集交织，并且展现了多个功能：住家、旅店、学校，以及各式各样水乳交融的生意。并不像有些区域那样只有单一的产业。

在出版于1961年的著作《美国大城市的死与生》当中，简·雅各布斯①引用了甘斯的上述论著，并用“稳定”、“租金较低”等字眼来形容一些区域，比如她当时所居住的格林威治村，抵制官僚规划师们对它们的重建。规划师的队伍中有罗伯特·摩西斯②，当时他正在对纽约城进行翻天覆地的新规划。

作为纽约公园委员会主任和三区桥梁暨隧道管理局的领导，摩西斯深受柯布西耶“明日城市”观点的影响，尽管这种观点从未在法国得到实施。和奥斯曼男爵改造巴黎一样，摩西斯在纽约市中心增加了很多开阔空间，比如河滨公园与东河公园，以及中央公园的大草坪与溜冰场。与此同时，在他从20世纪30年代一直持续到60年代的漫长任期内，也干了很多强制拆迁，将片区围堵起来彻底清除，修建高速公路的事。他命令推土机深夜开进中央公园，将一个操场夷为平地，扩展成“绿地酒馆”的停车场。提到摩西斯，雅各布斯就像对待一个十恶不赦的恶棍那样，毫不留情地开火：

“传统意义上对贫民窟和其居民的规划是彻头彻尾的‘家长专制’，”她写道，“家长制的问题在于，规划者想要做出完全不可能的有深远意义的改变，但又选择了肤浅得令人难以置信的方式去实施。如果要真正治理贫民窟，我们就要将贫民窟的居民看做有独立思想的

---

① Jane Jacobs，美国女作家、学者、评论家、社会活动家。前文提到的 *The Death and Life of Great American Cities* 是她的代表作之一。——译者

② Robert Moses，建筑规划师，曾任纽约市建设部长。——译者

人，他们能够理解并按照自身的利益来行动，而他们也的确可以做到。”

对于这样一个正在自我恢复的片区来说，简单粗暴的拆除实际上是将问题扩散了。“会让改造难上加难，还会造成分裂和破坏。有自我建设与改进能力的片区应该得到支持和鼓励，而不是被拆除。”

雅各布斯呼吁说，为更优秀的市民开辟一片“去贫化的贫民窟”。让低收入阶层的人们成为中产阶级，为城市风俗的传承添砖加瓦。让文盲接受教育和培训，成为有一技傍身的有用之人，让不谙世事的“菜鸟”们成为精明能干的城市中流砥柱。

如果把“菜鸟”替换成“外地人”，那她说的就是大栅栏与鲜鱼口转变外来者的过程。他们在这里累积财富，增加收入，同时增加的还有被接受程度与社会地位。他们从满口方言到说着标准普通话，服饰与外貌也发生着明显的变化。他们还将家人接来做帮手，甚至聘请了更多的外地人。越来越多的“北京人”就是这样炼成的。

然而，无论如何，我们这样一个片区的命运是注定的。正如雅各布斯所写，“因为没有人会发什么大财”。土地的价值没有发挥到最大，外人冷眼看来，也觉得这里混乱不堪，不甚悦目。“去贫化的目的只是给街区里的人提供一个有活力的像样住处；这里的居住者绝大多数都只是处于很一般的生活水平。另一个目的是给这里众多的小商业提供普通的谋生手段。因此，唯一对毁灭正经历‘去贫化’的街区持反对态度的……只有那些在贫民窟里做生意或住在那里的人。如果他们试图向那些丝毫无法感同身受的专家解释，试图告知这里是个不错的地方，而且正在向更好的方向发展，没人会理睬他们。在每个城市，这样的抗议只是被当做一些毫无意义的嚎叫，而抗议者们则被视作目光短浅，阻碍了前进的步伐，妨碍了高额税收。”

雅各布斯拼命抗争，想从摩西斯的绘图笔下救出纽约内容丰富的人行道。而胡同的作用则与之异曲同工。这里可以住得安心，居民与店主们的眼睛总是明晃晃地盯着街道的边边角角。这里的街坊之间能时时见面联络，人们对于彼此和这个地方都有很强的归属感。在互相之间的言语闲谈和大人的言传身教中，孩子们学会了很多社会准则，而不是让他们在无人监管的地方自己去做“警察抓小偷”的游戏。

然而，孩子们却希望有开阔的空间，能痛痛快快玩一场“警察抓小偷”。炭儿胡同小学每天下午四点就锁门了，孩子们不能去水泥操场上玩耍，更没法对着篮筐练球。我的学生们从没在绿茵场上踢过球。他们只能在窄窄的街巷中踢球，大人的眼睛时时刻刻都在他们身上。我问朱老师，胡同里的青春期究竟是什么滋味，她略略想了一会儿，说，“我的初吻发生在一辆出租车的后座里。”在那里，她终于找到了一点点隐私。

《美国大城市的死与生》呼吁道，“把房子补好，把人留下。”这本书的中译本在北京图书大厦及其他书店均有销售。这并不构成什么威胁。北京没有奥斯曼男爵，没有柯布西耶，甚至也没有摩西斯。“无形巨手”不用去什么代表大会或公众论坛，倾听“游手好闲者”、理论家和老百姓的诉求。它只是拆除房子、画好新的蓝图；拆除更多的房子，画好更多的蓝图。等万事俱备之后，就贴出一张通知，清除规划中最后的障碍：人。

“我们找到个摊位，”我的邻居韩先生说，“在木樨园市场。”

这个手机市场号称亚洲最大。来到里面，就像进入了一个迷宫，处处是低矮的玻璃柜，里面摆满了各式各样的手机和配件。匆匆一瞥之下，每一层都好像在卖一模一样的东西。没有穿着制服的工作人员，也没有明码标价。女售货员们磕着葵花籽，男售货员们则围在一起打牌。要是一个老外走过，就会有很多人用英语喊道，“瞧一瞧看一看了啊！”

一层有很多店兼卖手机号码，这里就像个命理学市场。尽管近半个世纪以来，政府一直宣扬破除迷信，相信科学，很多中国人对于吉利数的执着仍然不减当年。数字“4”与“死”谐音，含有这个数字的电话号码被视为不吉利。还有一些数字连在一起也不能要，比如“19”，谐音“要救”。“8”是所有数字中最吉利的，这一点连政府也同意，因为北京奥运会的开幕式推后了两个星期（政府声称是因为那时天气更好），移到08年8月8日晚上8点08分08秒正式开始。各个店里含有很多“8”的电话号码都价格不菲，最高达到了一万元。我的电话号码里没有4，但也没有8或者其他比较吉利的数字组合，我问一个售货员这个号码值多少钱，她一点兴趣也没有。

我在二楼找到了韩先生和他的妻子，他们正站在柜台后面。相比之下，他们过去的小店位置好得多，总有本地人和旅游者来来往往，再加上入口朝南，阳光充裕。门口摆着小凳子，时时需要清扫灰尘。中午可以步行回家吃午饭。

现在，韩先生和妻子得在拥挤的公交车上忍受至少一个小时，才能到达上班的地方。他们早上七点钟就从家里出发，晚上九点才疲惫不堪地回来。他们的新店面有个展示柜，里面摆着十几只旧手机。他们不能在这里搭售香烟、胶卷或者电池。午饭装在几个白色泡沫饭盒里：一盒装着米饭，一盒则是油汪汪的肉菜，每盒五块钱。他们身后的一台电扇嗡嗡嗡地转动着，但空气仍然闷热得令人窒息。

“不如以前了，”韩先生说。“租金是我们那小店的三倍，但利润却比以前少。我们还能干什么呢？这只是暂时的。我会继续在我们那片儿找店面的。”

他们周围店面的店主都是东北来的。他说，至少大家相处得不错，能互相照顾照顾。

我问韩太太想不想儿子。“你根本不用问，”她说。“当然想了。我老想他。你看。”她举起手机，屏幕上是一个笑容灿烂的小男孩，胖胖的脸颊很像她。“帮我问问学校，明年招收外地民工子女有什么规定。也许我能把他带来。”她凝神盯着自己的手机。

“给他打个电话吧，”我建议道。

她弹了一下舌头，“太贵啦。我在这里跟他讲话呢。”她边说边指着自己的头。

这个下午真是美妙非凡。6月上旬的节气叫做“芒种”，这时节的北京就如秋日一般，是最温和舒适的。胡同里的小摊上出现了桃子与樱桃。我买了一些，带到炭儿胡同小学。

“跟你说个新闻，”朱老师说。“谣传说我们学校这个夏天就要被拆了。要是学校没有了，”她吃了口水果，继续说，“这片儿也要被拆了。”

她说在沃尔玛对面祖父母居住的那条胡同上，已经贴了很多通知。一张上面写着，“热情迎奥运，建设新北京”。另一张则写着，“不要听信谣言，相信党和政府”。在附近四合院的灰砖墙上，“无形巨手”则画上了㊅拆。

“什么也干不了，”朱老师说。“我们只不过是小人物而已。百无一用是书生啊。该上课了。”

小刘把蓝色封皮的练习本交给我，我打开看了起来。In 2008, Beijing Olympics games will be held in China. I am very happy. I take pride in being the descendant of Huangdi and Yandi.（2008年，北京奥运会将在中国举行。我非常高兴。我为自己是炎黄子孙而骄傲。）

黄帝和炎帝是传说中汉族人的祖先。“他们和奥运会有什么关系?”我问道。

“你继续看嘛!”小刘喊了出来，惊叹号一般的头发束在空中。

We must protect the environment and take good care of public property. Welcome to 2008! One world, one dream.（我们必须保护环境，保护公共财产。欢迎来到2008！同一个世界，同一个梦想。）

"非常好，小刘。"

"是不是完美？"她用了一个新的英语词汇。

"比较好。"

"我想得个'完美'！"

窗外的不远处，一群白鸽飞过四合院矮矮的屋顶。"嘿，小刘，是你爸爸的鸽子吗？"

她转过头去，用没有眼罩的那只眼睛看了看。"不太确定。离得这么远，鸽子看起来都一样。我必须要走近点才看得清。"

小刘住在隔壁一条胡同里，她家的四合院很大，我在书里的照片上见过。这里曾经的主人是个京剧演员。现在则住着四家人。这个四合院的独特之处在于，中间有一片开阔的空地，屋顶上则是小刘父亲一手建立起来的鸽棚，他先用管子和木板搭好架子，然后把水泥糊在表面。

小刘和父母住一个单间，里面摆着一张床，一个化妆台和一张凳子。我第一次去她家时，小刘妈妈正在小睡，她连忙醒转，拿出橘子，冲好茶水。"我和她爸爸从小住到大的那个四合院被拆了，之后我们就搬到这里来了。"她说。"那时小刘只有一岁。"

"你知道这个院子什么时候被拆吗？"她急切地问道。"希望她考初中之前不要拆。"

除了雪儿那时装设计师妈妈之外，小刘父母和我其他学生的家长们的文化程度都没超过高中水平。小刘父母将所有的希望和努力都寄托在女儿身上。小刘妈妈下了岗，没工作。"我喜欢她放学一回家就能看到我。"她说。小刘的父亲在寻寻觅觅一年之后，在天安门广场旁边一家纪念品商店找到一份保安的工作。

"还过得去，"他说。"我上的是晚班，就睡在门边一张简易床上。听到什么动静，就敲敲玻璃，再回去睡。"

我想象着他在可能是世界上监控最严密的区域边上当保安的情景，微微笑了起来。“店里的东西根本不值那么多钱，”小刘的爸爸大笑起来。“你知道中国人的，要是有个保安，那就有面子。显得有权有势。”

他矮胖结实，剃着平头，松松垮垮的双颊红彤彤的，框架眼镜的镜片很厚。“小刘的坏眼睛是从我这儿遗传的，”他说。“希望没遗传其他的问题。”

小刘爬到床上，递过她的眼镜。我们换戴彼此的眼镜。刘家在我眼前变成模糊的一团。“我什么也看不见！”小刘喊出了我的心声。

屋里的墙上只有一件装饰品，那是一幅挂历，上面有一只鸽子。“这只真漂亮，”小刘爸爸说，好像在欣赏杂志中间的性感女郎插页。他翻到7月的那一页，“这只也很漂亮。”他的老婆在旁边咕哝了一声。

小刘和我跟着他，爬上一架焊接在房子旁的梯子。四下眺望，能将周围斜斜的屋顶尽收眼底。小刘轻快地跳到鸽棚旁。有两只鸟没和其他同伴待在一起，而是单独养在一个小笼子里。

“那是鸽子监狱，”小刘解释说，“它们打架呢。我爸可气疯了。”

“没，我可没生气。”小刘爸爸本能地大笑起来。

他打开一个小鸽棚的锁，把白高粱、红高粱、亚麻籽、玉米和小麦混合起来的鸽食洒在地上。“那种打包卖的鸽食完全没用，”他说，“鸽子不会吃的。我自己买杂粮，自己混起来喂。鸽子就怕拉肚子。”

“我也怕，”小刘咯咯笑起来。

“谁又喜欢拉肚子呢？”他反问道。“鸽子和我们人是一样的，吃了不干净的东西，就拉肚子。”

小刘妈妈没跟着上来，声音却从四合院里传了过来，“我讨厌他那些鸽子！我洗了衣服不能晾在外面，不然它们就要在上面拉屎！他说这只是个爱好。告诉你，这才不是爱好呢！下象棋才是爱好！收集硬币才是爱好！这个，这个就是恶心！”

他笑了笑，继续说，“传染也是个问题。一只鸽子生了病，很容易就传染给别的鸽子了，连感冒也是。要是一只鸽子感冒了，我就得配药，让它喝下去。告诉你吧，这可不是什么容易的事。”

底下又传来愤怒的声音，“他要让我们都得禽流感！你的爱好就是这个！”

他露出一副“我能怎么办”的表情，摇了摇头。我承认我觉得鸽子就是有翅膀的老鼠。鸭子是我最喜欢的禽类，小时候，我家周围的沼泽和湖上全是嘎嘎叫的鸭子。

“嘎！”他说。“鸭子烤了最好吃！”

养鸽子是胡同里的传统。帝制时代的传说里，鸽子训练有素，可以飞到皇帝的粮仓，吞下一些谷粒，接着呼扇翅膀回到家里。主人用一定的刺激方法让它们反刍出胃里的东西。跑个几百趟，米就够吃一顿了。和很多古老的爱好一样，在共产党执政后，养鸽也被认为是奢侈的小资产阶级情调，从而遭到禁止。1956 年，北京开始消灭所有偷吃粮食和传播病菌的害虫，比如老鼠、蚊子以及许多鸟类。当时报纸上登了一张漫画，孩子们开心地摇着红旗，发射着石子，不让麻雀和其他鸟类着地。筋疲力尽之后，这些鸟儿就会一头栽进北京的大街小巷，一命呜呼。

小刘的爸爸说，和很多在北京遭到禁止的东西一样，养鸽这项活动死而复生，在 20 世纪 80 年代重新得到政府的许可。他的养鸽执照是个红色塑封的小本子，里面有一张贴着他的标准照的白纸。上面盖着“北京市信鸽协会”的大红印章，以示批准。

城里大多数的胡同都至少有一个养鸽人。与报贩子们回荡在大街小巷的“晚报”叫卖声一样，低低的、嗡嗡的鸽哨也标志着一天劳作的结束。傍晚时分，鸽群总是迅速地从胡同上空掠过，在各处的房顶上绕圈。

我问对禽流感的恐惧有没有让很多人放弃这项爱好。“不可能，”小刘爸爸说。“事实上，现在人们更有钱了，这项爱好变成了一种运动。”

他递给我一本名为《科学养鸽》（*Sky Envoy*）的杂志。封面上有六只鸽子的特写。“那只叫做‘铁娘子’，”他指着其中一只鸽子。在我看来和其他几只毫无区别。“看她的眼睛，红红的，中间是黄的，看到了吗？真是太漂亮了。”

这本《科学养鸽》一共一百页，每页都有大量的照片，有起跑线，赢得比赛的信鸽和主人，以及庆功宴。我一共只看到四个女人。

“这是男人的事，”他说。“不过什么人都能参与。你看。”他翻到一则“北京欧洲赛鸽名人拍卖会”的广告。上面有三十个白种男人。“你看，养鸽子并不是只属于胡同的爱好。全世界都有信鸽协会。还有比赛呢。鸭子能比赛吗？”

他拿出夹在书页里的传单，上面写着北京周边即将进行的信鸽比赛信息。“‘豪翔杯’信鸽比赛有一百四十二万的奖金呢。”这笔奖金将根据飞完比赛的信鸽的速度和遵循路线的准确度进行发放。即使是通过满身羽毛的“代理人”，我仍觉得这是用合法手段纵容赌博。完成比赛的第一名可以拿到六万元。另一个比赛的奖金是这个的五倍。“但每只鸽子的参赛费就是一千二，”他说，“那是我两个月的工资。”

一只冠军鸽能值到三万元。“我所有的鸽子都是朋友送的，送来的时候都还小，不能飞。这只的妈妈在一场一百七十只鸽子参加的比赛中得了第二。”

他走进鸽棚，小心翼翼地拿出那只“咕咕”叫的小鸽子。他说，从胸的大小、翅膀的形状和尾巴上的羽毛，就能看出这只鸽子的好坏。“我现在主要关心的是把它们养得健健康康的，”他抚摸着鸽子胸前的羽毛。“我就是喜欢鸽子。起床的时候，我就爬上来看看它们。下班回家的时候，我也会来看看它们。”

小刘爸爸的鸽子每天放飞两次，鸽群排成一定的形状，在天空中绕圈。他知道在这项北京的运动中，有些人会抓住别人的鸽子，再开出一定的交换条件，但他不会像那些人一样，用竹竿拴上一面红旗，把别家的鸽子引到自己棚里来。“如果我真的引到了一只鸽子，那就说明它的种不好。那只是在增加传染疾病的风险。”

他把一碗碗鸽食放在鸽棚平台的地上时，鸽子们就回巢了。“要是有一只没回来，那就忘了吧，”他说，“只不过说明那是一只不好的鸽子罢了。”

我斗胆对他说，他养了六十只鸽子，持有养鸽执照，混合鸽食的技术很好，读着专业的养鸽杂志，说起鸽子时又兴奋异常，这一切已经超越了单纯的爱好。

他又大笑起来。“看看我！眼睛不好，背上必须戴支架才直得起来，又没钱。你说我女儿很聪明，但我很确定我不聪明。这些鸽子就是我的运动，我的学校，我的消遣，所有的一切。新鲜的空气，广阔的空间，看看这风景！”

站在鸽棚的高度，我们好像拥有了鸽子的眼睛，能够将这一片俯瞰得清清楚楚。我们的视线随着头顶鸽子划出的大圈转。这项爱好的吸引力自然而然地显现了出来。胡同里的生活可谓与世隔绝，鸽子们成为主人眼界的延伸，在天空中宣布着生活空间的扩展。

“如果这片儿被拆了，我怎么办?”他重复着我的问题。“我不知道。给小刘找个好学校。租个房子。找一份新工作。”他知道在北京，养鸽子只能是胡同里的爱好，很多新的公寓楼都严禁养鸽。“告诉你，我会把这些鸽子一起带走的。这一点是肯定的。”

头顶的鸽哨听起来颇为凄婉哀伤。鸽子们挥舞翅膀快速盘旋着，此刻的它们是自由的，飞向哪里都可以，但最终，每只鸽子都飞回小刘爸爸的鸽棚之中，日复一日，天天如此。

倒计时正确的那个班的黑板上写着距奥运还有七百九十天。二班的黑板上距奥运依然还有九百九十六天，但时间仍然悄然流逝着。北京6月底的天气从开始的微热迅速变成了“桑拿天”。小暑时节到来了。教室里没有空调，只有两个固定在墙上的电风扇。碧玉色的爬山虎沿着窗框盘绕而上，孩子们特别喜欢把身子探出窗外，看蜜蜂围着藤蔓上的叶子“嗡嗡”叫。

关于学校会在暑假时被拆掉的谣言仍然甚嚣尘上。老师们一而再再而三地问我知不知道这消息的真实性，就连校长也来追问。不过校长有一个确切的消息要宣布，下个学年，四年级的老师们将跟着自己的班继续教五年级。“这不是我的主意，是他们的决定。教育局发了个备忘录来。”

我同意回来教原来的孩子们，只要学校还在。想想经历过的所有，这一学年我出乎意料地获益良多。没有人叫我唱英文歌，没有人让我摆姿势照相。没人要求我戴校徽，写誓词或是准时上下班。没有强制参加的会议。学校从来没有出现过任何老外，更别说招个老外来工作教学了，但这里用“忽略”我的方式接纳了我。孩子们喜欢拉扯我的胡子和手臂上的汗毛，问我怎么可能是个左撇子。几分钟以后，他们的注意力就转移到溜溜球和沙包上去了，那当然好玩儿多了。

放假前的最后一天，我来到学校，满心以为会经历一个愉快的早晨，看着孩子们清空书桌，然后师生互道再见，他们回到家里，卸下沉重的书包，享受愉快的假期。然而，考完期末考试，做完教室大扫除之后，朱老师说，“所有人下周都得来学校。”

“但这个学年已经结束了呀。”

“学生们上午要上课。我们不用备课，他们就听广播。”

每天一小时，广播里的声音警告孩子们，不要晚睡，不要懒惰，不要乱扔垃圾，也不要乱碰垃圾。孩子们总是把注意力转向黑板，抄下暑假家庭作业的内容，数学、语文、科学和历史，全都要做很多很多页的练习。朱老师和我达成共识，应该让孩子们读一本有趣味的书，并且给自己的“个人单词库”里增加二十个新词汇。在接下来的一个半月里，我们俩都不想批改任何作业。

但朱老师也有家庭作业。教育局要求区里的所有英语老师在夏末时接受一次职业水平测试。“我必须把这些都背下来，”她举起一本电话黄页厚度的书。

孩子们在走廊上沉默地站成好几排，我祝贺他们从四年级毕业了。我很骄傲，也热切期盼着见到五年级的他们。其他老师大眼瞪小眼地看着我。孩子们鱼贯而出，背上鼓鼓的书包不断敲打着膝盖窝。

“暑假来了!”在办公室里，我冲朱老师大声喊道。“我们去湖边喝啤酒吧!”

她从书桌上抬起头来，“老师要开一下午的会。”

炭儿胡同小学的一学年，就这样结束了。

第十三章　抢救老街

2004年，一群中国顶尖的知识分子和保护主义者致信国家主席和国务院总理，请他们关注鲜鱼口和大栅栏开发造成的破坏，尤其这两个地方还名列“北京二十五片历史文化保护区”。

这封信的撰写者之一告诉记者，胡锦涛主席在信纸的空白处批示说，“注意保护旧城和我国的文化遗产。所有相关人员应该给予支持。”接着胡锦涛命令将批示复印多份，发放给下面各级官员。

然而，在这次上书请愿之前，将鲜鱼口夷为平地的道路修建和再开发工程就已经得到了批准。如今，在2006年的夏天，“破坏行动”大张旗鼓地继续着。谣言继续在大街小巷流传，而各种不确定性让老百姓们在攸关未来生活的决定面前举棋不定。韩家夫妻和刘老兵一家感到恐惧，不敢在大栅栏租下店面或开面馆，因为就算建立了顾客基础，这里也有可能在几个月之后被拆掉。朱老师也踌躇不已，她无法和丈夫开始做生孩子和建立家庭的打算，因为还对学校的命运与自己未来的工作何去何从一无所知。

于是这群精英阶层的知识分子和保护主义者再次上书，这次是向中国的立法机关，全国人民代表大会。他们在请愿书中写道，破坏大栅栏对北京文化遗产造成的伤害，甚至要超过古城墙的拆除。

在请愿书上签字的人中，有一位小说家和画家，冯骥才。他保护文化遗产的方式在中国来说十分特别，是以草根阶层为基础，非常公开，采取简·雅各布斯式的方法来阻止再开发工程对他家乡的破坏。尽管在很大意义上并不算成功，但这是他的战斗。在《抢救老街》一书中，他详细记录了这段经历。这类书在中国算得上凤毛麟角，就和冯骥才的其他著作一样。比如以坦率直白著称的“文化大革命”口述历史《一百个人的十年》；以及他在参加“爱荷华国际写作计划”时写成的关于缠小脚这项传统的《三寸金莲》。

冯骥才的家在天津，一个在北京东南一百公里左右的港口城市。与北京相比，天津常被讥笑为“不成器的小弟弟”，就像奥克兰与旧金山，圣保罗与明尼阿波利斯。与北京不同，19 世纪时，天津被分为八个外国租界，每个租界都按照其统治国家的风格来修建。两次鸦片战争之后，天津被迫开放港口，如此一来，在共产党执政前的天津走一走，就能看到微缩的比利时、俄罗斯、意大利、奥地利、日本、法国、英国和德国。天津“中国城”的区域有大片大片的树荫，木质住宅掩藏其间，还有古色古香的会堂。很多建筑已经在那里经历了六个多世纪的风霜雨雪。北京拆掉了胡同，天津则将其用脆弱材质建成的、摇摇欲坠的当地建筑拆毁。剩下的是城市里用石材修建的外国建筑，并且都被贴上了“保护建筑”的标识。

估衣街穿越了天津旧城的心脏地带。这条街上曾经专门售卖出殡需要的用品。但在开发之后，就成了一条步行购物街，丧失了一切特点，和其他任何地方大同小异。我独自漫步在街上，没有熙熙攘攘的人群，没有吆喝叫卖的货郎担，只有一排排千篇一律的商店，出售“海飞丝”洗发水和“三笑”牙膏。耳边传来细小的声音，我循着这声音走去，发现铺路石上放着一个扩音器，里面的录音听起来十分空洞，但仍然卖力地叫喊着：“疯狂减价！疯狂减价！疯狂减价！”

街上只有一座历史建筑幸免于难。那是一座修建于 1917 年的会馆，供那时的丝绸商人居住。墙上有精巧的砖雕，而上层增建的阁楼则用西方雕花铁艺围了一圈。这里被改建成一个旧茶馆，我进去的时候空无一人。一个女服务员耸了耸肩，说，“我希望冯骥才抢救了所有的建筑，而不仅仅是这一栋。”

在这条街的尽头，一个卖唇膏口红的小贩说，“我们当然希望整条街都能保留下来啦，但什么也做不了。跟我们没关系，我们管不了政府的事情啊。就连冯骥才都做不到，而且他也很累了。瞧瞧那个楼多难看！现在中不中，洋不洋的。就是难看。”

“他真的那么说？”2003 年，我与冯骥才第一次在他办公室见面时，他问我。“嗯，他说得对！真是一种耻辱。我努力了，”他的声音渐渐黯淡下去。“那本来是一条非常美丽的老街，在老城里存在了六百年了。过去有一百多个老店，它们的设计都反映了天津的历史，中西风格的结合，非常优雅可爱。一天，政府突然宣布这条街要在二十天之内完成清拆。所有的事情都是在和时间赛跑。”

年轻的时候，冯骥才曾效力于天津市足球队。如今，这个六十一岁的花甲老人看上去依然精神矍铄，足以在法庭上孤注一掷，奋力抗争。身量宽大的他有一头鸟窝般蓬乱的黑发，让人觉得他就是家里那位和蔼可亲，最受小孩子喜欢的叔叔。他讲起话来十分严肃认真，正和我读他故事时的想象相符。我最喜欢的一篇名为《河湾没了》，开头这样写道，“我也不明白自己是怎么回事——比如树，我不喜欢修整过、剪得整整齐齐的，我爱看那一任自然、随意弯转的树干，枝枝蔓蔓、自由伸展的枝条，疏疏密密、郁郁葱葱的叶子。就拿我的脑袋说吧，我向来不愿意去理发店又吹又烫，搞得像个崭新的、紧绷绷的、又黑又亮的皮鞋头。”

冯骥才本来立志成为画家，却由于“文化大革命”被迫放下画笔。他估计自己在十年浩劫之中写了有一百万字的东西，把它们藏在自行车的车圈里，或者粘在家里糊墙的报纸背面。20 世纪 80 年代，他成为中国首批作品被译成英文的当代作家之一，成为“伤痕文学”

运动的弄潮儿和领路人，他的作品描写了毛泽东主导的政治运动中，普通人的日常生活。

冯骥才的办公室狭窄拥挤，位于一栋没有电梯的红砖楼上。办公室里有浓浓的中国知识分子气息，一摞摞书本堆在茶桌边上，好像随时都会倒下来；书架上摆满了古董和老旧的雕像；他自己的水墨画和书法作品裱起来挂在墙上。一块从拆毁的庙宇中抢救出来的木牌上写着：**文化之冠**。

“20 世纪 60 年代和 70 年代，我们愤怒地毁掉自己的文化，”他说，“从 80 年代到现在，我们快乐地毁掉自己的文化。”

冯骥才展开抱在胸前的手臂，指了指没有窗户的墙壁。当政府宣布估衣街的拆除计划时，“我就站在那条街上，一直抗议，直到报纸停掉我的专栏，”他说。“我用自己的钱，很快组织了一些摄影志愿者，他们都穿着红色的背心，这样好让大家都知道他们做的事。然后就派他们去把这条老街的所有细节都拍下来：门廊、门脸、路灯、街上的标牌、雕刻，所有的细节。”这个团队还走访了老街的居民，记录他们的回忆，给照片加上注脚。

“我想让大家知道，这些不仅仅是老房子，”当时冯骥才对天津一家报纸说，“它们承载着传统的文化。如果你觉得一个城市有她的精气神，就应该尊重她，保卫她，珍惜她。如果你觉得这座城市只是一件东西，那就会肆无忌惮地滥用它，改造它，没有任何遗憾地破坏它。”

在历经两个月老街拆与不拆，立即执行与缓期执行的抗争之后，冯骥才在当地一家邮局举行了一次筹款活动，发行了一套名为《估衣街珍存》的明信片，并题字出售。上面的官员紧急出面取消活动，冯骥才就转移到一个较为偏远，还没接到取消命令的邮局。两个小时之内，他卖出了一千三百套明信片。

冯骥才将这条街的照片、故事与抢救实录收录在一本相册大小的书中，取名为《手下留情：现代都市文化的忧患》。他在每一本的扉页写上，“这是我们亲爱的城市，”然后寄给了天津市所有的高层领导。

“最后，”他说，“那些领导告诉我他们会保留街西边的六座老建筑。然后我就去法国待了两个月。他们就说，‘趁冯骥才不在快拆。’”他从法国回来的时候，整条街都夷为平地，只有一座建筑还剩下三分之二。

他希望通过记录和叙述自己的“抢救老街”行动来激励其他城市的保护主义者，使他们勇敢站起来，要求停止对古老片区的“毁灭性发展”，改为“保护性变革”。

我问他，为什么在中国的城市，新与旧之间的冲突表现得这么残酷和彻底，为什么不有选择地对建筑进行改建，而是迅速地毁灭得一干二净。“是时间，”冯骥才回答道，“速度。对于那些负责的领导来说，他们越快地拆掉老建筑，开始新工程，就能够越快地向上面汇报，‘看我的政绩。’而说‘看我抢救的’是无法让你官运亨通，节节高升的，因为重点永远是经济发展。”

他说，这是当下经济利益和长远文化利益之间的矛盾。无论选择哪一个，都需要付出代价。与估算的修复成本相比，直接拆除估衣街周围片区的花费不到该数字的百分之十。但住家都迁出去了，历史悠久的住宅变成断瓦残垣，鲜活的社区就此消失。

冯骥才继续说，这个过程展开得十分迅速，主要是信贷市场作祟。“开发商负责支付拆除建筑的花费，但他们是从银行贷的款，所以就必须迅速行动，完成工程，产生收入，及时还款。他们觉得，‘越快越好’。”同时，居民和越来越勇敢的媒体也没有时间去组织抗议活动。

谈到保护天津殖民地时代建筑的需要时，冯骥才也直言不讳。他说这些建筑就一成没变，以至于很多电影布景里需要 20 世纪早期的大上海场景时，经常跑到天津来拍。我从天津火车站出来时，发现这里的天际线看起来更像欧洲，不像中国。同一时代的中国建筑去哪儿了呢？

“为什么天津把外国使馆建筑保护得比同时代的中国建筑还好？”冯骥才重复着我的问题，缓缓笑出声了。“大家觉得外国建筑比较好看，住起来比较舒服。谁会住在里面呢？领导嘛。”他松松垮垮的脸上露出一个大大的笑容，几道皱纹显现出来。“也许我们该做的，是要求领导们住在我们想抢救的建筑里。”

2003年，冯骥才将注意力从城市转到乡间。他启动了一个长达十年的项目，名为“中国民间文化遗产抢救工程”，旨在将中国乡村的美术、歌曲、传说、服饰等文化进行普查、登记、分类和整理，并在它们随民间艺术家一起曲终人散之前，将其方法详细记录下来。该工程的中心活动是号召学生作为志愿者，进行走访和记录，让他们了解自己当地文化的价值，看到其与他们在电视上看到的“现代先进”城市和产品的不同。冯骥才说，电视宣传“夸大了新产品替代旧物件的吸引力”。这是一个没有终止的循环，不断有新东西产生，不断有广告进行宣传，不断有人进行购买和追捧。

迄今为止，中国人没少过苦日子。冯骥才说，所以消费，不管是买最新的手机还是汽车，都是他们维护面子的一种方式。他希望自己发起的项目能够让孩子们明白，“一种文化的魅力在于其独特性，若与其他文化相似，就会显得无聊之极”。

他主持了一本手册在乡村学校之间的发放，其中有一份“民族志”的样本以及调查表格，学生志愿者完成填写之后，将交回他的办公室，收集到一本“百科全书”式的资料当中。

“政府很擅长保护万里长城或紫禁城这样的古迹，”他说，“但我们必须要实践自己保护中国文化和独特之处的权利。中国真的非常多元化。现在在很多地方，方圆几公里之内你都看不到风格统一的文化。你看，我们所说的是一片有着五千年文明史的土地，直到最近才经历变革，正形成一种没有特点的文化。现如今，全球化正在越来越变本加厉地模糊人类文化之间的不同。在中国，这个过程愈加迅速，先是因为加入了世贸组织，现在又因为奥运会。现在上面开始施加压力，号召重新强调'中国风'。但这到底是什么呢？中国风不仅仅是什么文物古迹，而是我们的民族文化。

"城市和乡村想吸引投资，所以他们开始发展旅游业。但这种形式的开发通常都是随意无计划的，而非小心翼翼地进行。结果就是中国文化的进一步庸俗化。中国渴望得到联合国教科文组织授予的世界遗产称号，就像演员想要得到奥斯卡奖，都是为了名利上的肯定。他们通常不会做出足够的努力去保护相应的区域。

"一切都消失得太快了。西方的发展和中国的发展是不一样的。在西方，发展是一步一步来的，但这里不是，突然就开放了。现在的人想要改变自己的生活，想要物质，想要方便，而且也买得起了。这是好事。但不可原谅的是对建筑没头没脑的破坏；各个地区被游客挤得乌烟瘴气，而进行城市规划的人竟然不懂得什么是美。

"每分每秒，民族文化都在流失。在西藏，古老建筑被拆毁，以便修建钢筋混凝土的大楼。贵州省有三十三个民族，但三十万人都到东部沿海城市打工去了。回到家乡的时候，他们会嘲笑自己的文化，觉得非常落后。他们带回高科技和不同的风俗习惯。去年，我们在甘肃省见到一个老太太，八十多岁了。她唱的民歌特别好听，能唱很多很多民歌。我们就打算再去一趟，把她唱的录下来。但不到半年她就去世了。我们再去的时候，她女儿跟我们说，她临终前一直在追问，'他们怎么还没来？他们什么时候来？'"

"历史无法重演，也无法修复。"说这话的是作家张金起。他就住在大栅栏，离我家不远。"历史总是在变化发展的。一座教堂，可能毗邻一个四合院，一座20年代的红砖房，一个60年代的工人宿舍……这些都讲述了漫长岁月中这条街上发生的种种变化。把所谓的'不合格'建筑拆掉，再用'假古董'代替，这种行为破坏的不仅仅是老建筑，而是北京这个部分的整个历史。你看，总不能完全按照林肯的房子再修一座，然后就说这是林肯故居吧？这样很可笑。"

我碰见张金起的时候，他正挎着相机在我那条胡同里游走，拍下每个门廊、每堵墙、每个街道的标识，以及他遇到的人。他会把这些照片都上传到自己的网站，网站叫做"中国记忆"（memoryofchina.org），众多中国的摄影师和作家都将自己记录城市和乡村建筑的作品发表在这个网站上。

"2003年，我没有工作，就开始给我那条胡同拍照，"他说。"我们这片儿的建筑和布局都不按照皇城建筑的那些规则来，我一直被这一点深深打动着。因为在设计上没有严格的规定，曾在这里居住过的商人和艺术家可以自由地通过各式各样的建筑，显露他们的富贵，或发挥他们的创造力。我想把拍下来的照片与其他人分享，所以就创建了这个网站。"

张金起四十三岁了，和很多中国男人不同，他看起来正好与自己的年龄相符。早年遭遇过一次事故后，他腿里植入了一块钢板，所以走路微微有点瘸。也因为如此，他的整个身体都呈现向右倾斜的姿势，就连他卷曲黑发之间的分路都不在正中间。和他谈话的时候，我也会不自觉地歪着自己的脑袋。他看上去身体很虚弱，一双手臂骨瘦如柴，牙齿上全是烟渍。浓重的黑眼圈让他的一双眼睛看上去更加忧伤。所有这些外貌特征都与他充满活力的外向性格背道而驰。

他和自己的何姓女友及一只猫一起住在一座四合院的两间房里，也没有厕所。他是自由职业者，去这里开个讲座，那里写个文章，零零散散地赚点钱。2005年，他出版了自己的第一本书，《八大胡同里的尘缘旧事》，记录了大栅栏中妓院与鸦片馆的故事。在中国，作家是很难靠写作谋生的。代理公司很少，预付款很少，版税的计算与收取也充满种种算计和暗箱操作。张金起那里甚至没有一本自己的书。

我赞扬他写得好，他却摇了摇头，“后记还不赖。但出版的那个版本……做了很多修改，”他小心翼翼地字斟句酌。“北京‘红灯区’的历史并没有出现在官方的记载中，只记载了对这些地区的取缔和消灭。我并不是说一定要牢牢记住那些丑陋的东西，但我们必须尊重历史。”

张金起在号召保护这片老建筑时切入的角度之一，就是这里留下了1937年到1945年“日本鬼子”占领这座城市的证据。整本书中，提到日本侵略军，张金起用的一直都是“日本鬼子”这个中国老百姓的口头蔑称。“整个中国，那个时期的遗迹都在消失，”他说，“这严重影响了我们对历史的理解和记忆。”

他在文中解释道，“我想记录与见证一个旧北京的消失……我想记录下旧北京还有一个起因是，我在写一篇文章时想找一张旧北京的照片，发现有关旧北京的照片分两大类。一类是外国人拍的，质量最好，最系统。一类是无论什么人拍，都注重那些故宫、王府、后花园，而关于民间的，用中国人的眼光看北京的则少之又少。”

同时，张金起也对书的出版过程颇有微词。他说如果要让一本写胡同的书顺利出版，就必须用大篇幅写曾在那里居住过的名人以及他们的逸闻趣事。直至现在，都可能没有一本书，单纯记录胡同里老百姓的生活与回忆。他说出版商觉得那样的书没有市场。如此一来，北京大小书店的架子上摆满的都是“老北京”的地图、逸闻与传说故事，以及记录过去的图文，给大家的印象是这些胡同早就已经消失了。

“胡同应该被赞美和歌颂，”他说，“因为朋友、街坊、同事、同学、亲戚……所有人与人之间的联系都在这个背景下进行，在商店、旅社、澡堂、学校和市场中上演。”

张金起一家是从河北省一个小村庄迁来北京的，1947 年租下了现在这个四合院。从十二岁起，他就在北京和河北两地来来回回，直到二十岁时在北京定居下来。“那个村就像胡同一样，”他说。“每个人都彼此认识。如果你办喜事，每个人都会来。”他学过中医，但从没念过大学，并自认为自己既是“北京人”，又是“乡下人”。这个说法让我想起天津作家和保护主义者冯骥才所说的，真正了解一个地方，必须要“一脚在里，一脚在外”。“如果两脚都在外面，你传播的有可能都是不实之词。如果两脚都在里面，你也许就不能纵观全局。研究一个地方的时候，一个人必须保持一定的距离感。”

“我真的很欣赏冯骥才，”张金起说。“过去这两个月我经常跑天津，因为那里有十一个保护主义者组成的团队，常常给网站供稿。我买了很多冯骥才写保护老街的书。这些都是很好的榜样，让政府和开发商看看，那里到底有什么，说服他们不要拆除那些建筑。我们正在分门别类地记录老建筑，注明它们的修建时间，修建者，谁曾经在那里居住生活过，以及现在的状况。”

他把这项工作比作建设一个药房。一旦一座建筑“病了”，上了即将拆除的名单，他们就会列出关于这栋建筑历史的详细调查，并将这张“处方”开给政府官员。张金起相信，没有任何掌权者会在知情的情况下下令拆除文化遗产建筑。“他们都讲道理，并不想伤害任何人。”他说，并且举出一条 2006 年颁布的法规，禁止开发商使用停暖气、停水、停电等“暴力手段”强制“钉子户”搬迁。

然而，北京很多官员过去都是土木工程师，并且是从外面派到管辖区域的。在北京申办奥运会期间，北京的市长来自江苏省，大学的专业是炼铁。政府的第一要务是建设和现代化。

“干部们只是需要正确的信息，”张金起辩称。“需要有人提醒他们，如果毁坏了我们的建筑遗产，这个错误就无法弥补了。”

“提醒”的前提是“有人”能够上达决策者。张金起细数中国每一个他听说过的成功的遗产保护事件，没有一件是在法院办成的，都是通过文化遗产专家和大学教授们的斡旋，让上级官员听到民间的呼声，说服他们从中调停。这种策略叫做“周恩来迂回策略”，是毛主席的国务院总理周恩来开的先河。根据官方的历史记载，在“文化大革命”的十年期间，周恩来打了无数个电话，要求保护寺庙、花园、佛教雕塑石窟、宫殿以及某些名人。

和冯骥才一样，张金起觉得自己无法再写书了，记录文化遗产就花去了他所有的时间。“我的第一本书写的是八大胡同，”他边说边把双手平行放在肚子前。“刚刚又写完了一本，写的是大栅栏的历史，其中提到了一百一十四条胡同。”他把双手往前伸展，画出整个身体的轮廓。“写完这本书，我对北京其他的老片区更感兴趣了。”双手之间的空间更大了。“接下来我还想去了解全中国。”现在他的双臂完全伸展开来。“然后我要去了解全世界其他的城市，看看他们怎么保护文化遗产的！”他的双手在尘灰满布的空气中兴奋地挥舞。他正在看简·雅各布斯《美国大城市的死与生》的中文译本。

每个星期六的上午，张金起和一群摄影师就会选择一条胡同，从头走到尾，记录建筑的风貌，并走进去采访里面的住户。一次，一行人来到旧城西边的砖塔胡同，看到了五六十年代典型的干部住房。这栋公寓楼一共五层，外面的砖石漆成淡粉色，有尖尖的屋顶，伫立在一座大四合院的中央，周围的冷杉给院子洒下浓荫。

“我们去看看老房子，”张金起说。“这条胡同元代就有了，是北京最初的街道之一。”

“你这个‘势利眼’！”同伴里唯一的女性打断了他。“这栋楼难道不是北京历史的一部分吗？要是老四合院都没了，你就得保护这些五十年代修的东西了！”

张金起迅速低下了头，“对不起，原谅我，原谅我。”他的何姓女友笑了起来，“这栋建筑也有它的价值。”我们沿着楼道往上爬，张金起突然兴奋地指着前面，“瞧瞧那个！”

在街上我们的视线被一堵崭新的砖墙挡住了，但在这个高度可以清楚地看到过去四合院老建筑曾存在过的空地。张金起拿起了相机，他大声说，要是在这片儿被拆之前拍了照就好了。

接着，他又偷偷穿过一扇毫无特点可言的大门，来到一条过去曾用作马车道的小路，小路通向一座几乎没做过任何改建的两层古老住家。张金起在屋里不停拍照，他的助理则开始录音，住在这里的老奶奶说，这是20世纪早期修建的，主人是一个新教牧师。

这是一个有趣的发现，也是一个非常好的故事，不仅仅说明了这栋住宅的起源，还揭露了那附近缸瓦市教堂的来历。这座教堂建成的时候，传教活动的热潮在中国达到了顶峰，不少外国家庭，比如赛珍珠一家，就在中国长期定居。但这个故事是真的吗?

要寻找北京建筑历史的书面记载并非易事。拿这件事来说，张金起可以去查查教堂的建立者是谁，沿着这条线索追查下去，希望可以找到美国某座教堂资料中的记录。他的研究范围太大，但办法和门路又有诸多限制，要确认他记录的每一个故事的真实性，实在不太现实。

要查找一座普通四合院的记录也同样难于登天。由于张金起熟知大栅栏和各条胡同的历史，再加上外墙的装饰，他推断我的四合院修建于1910年到1920年之间。我的房东对此一无所知。老寡妇猜想修建时间还要更早一些，在末代皇帝倒台之前。然而，没有人知道这座四合院最初的居住者姓甚名谁。

大家对它的地址也各执一词。1965年，北京对胡同里的住家重新编号，以便记录它们的真实情况，并给大片区的每个地方定下独立的地址。我与老寡妇还有其他人合住的这个小四合院有自己单独的红色门牌，而原先的大宅邸还包括另外三个小的四合院空间，也各自有门牌号。然而，最初，这整个建筑群只住着一家人，只有一个门牌号。重新划定地址之后，一些旧有的踪迹保留了下来，在一些人家的门前，还挂着原来的蓝色门牌，上面的数字仍然清晰可见。不过我这条街上的那些都已经模糊难辨了。这就意味着，要追寻这些门牌，唯一的资源就是那些出生在1965年之前的人的记忆。要让他们众口一词是不可能的。冥思苦想一整天之后，老寡妇断言说这座房子过去是76号。但接着隔壁的杨阿姨又说老寡妇老糊涂了，这个地方原来是72号。

我跟老寡妇说起这事。“她知道些什么?”她不满地抗议道。“我47年就搬到大栅栏来啦。她58年才搬来的。呸!”

我采用了“三角战略”，跑到街对面去问几位老大爷他们过去的门牌号是多少。他们得出了一个互相认可的数字。我知道巷口第一座房子过去的门牌号，于是就从巷口开始往下走，假定1965年之后修建的房子，在之前也是一个独门独院的住家。我又给房东打了个电话，他一直在回想。我问杨阿姨她有没有想起其他的地址。我想考考老寡妇，问了她经历的著名事件的日期，她亲戚的生日，还有好多复杂的数学难题。考到某一题的时候，她说，“真讨厌!”然后挥挥手想赶我走，“我的记性好得很!”她叫起来，“我什么都没忘。”

所有的数据出来之后，老寡妇似乎是对的。我相信了她的说法，然后给张金起打电话。“这房子过去是76号，要是你准备好了，我随时都可以继续。”

要看北京市的各种档案需要所在单位或学院开一封介绍信。张金起就是我的介绍信。“我认识那儿的主任，”我们上出租车时，他对我说，“我们是哥们儿。”

我以为我们会踏进紫禁城的一个库房，处处是木质的板条箱和发霉的卷轴，但档案的实际所在地位于北京城的东南边缘，那是一座毫无特点的楼房，外面镶着白色瓷砖。一楼向公众开放。张金起不知道其他楼层都有些什么。“秘密，”他面带微笑地猜想道。

对外开放的那一层有一排排的书桌、台灯、盆栽花卉和一排孤零零的书架。没有电脑。“我们怎么搜索跟我那座房子有关的文件呢?”

张金起朝着几个书架点点头，上面标着“1949 年前”。“我们把目录拿出来，找找你的地址。”

我们面对的书架上有两百册文件，每一册都有两百页，二十个条目，用潦草、复杂的繁体汉字写成。一直到 20 世纪 50 年代，政府为了提高全民文化水平，才用简体字代替了繁体字。我接受的中文教育是简体字。我的中文名字简繁体都一样，我都认识。于是我只好拿出几摞文件，眯着眼吃力地辨认起来。

两个小时之后，值班的档案保管员安静地走了过来。他有着一头白发，穿着一件绿色的羊毛衫，眼镜绳子绕在脖子上。“对不起打扰了，”他说。“你们想叫盒饭吗？我们可以给查档案的人叫外卖，这样你们就不用停下来了。”

“我想停一停。”

“您在找什么?”

“我房子的一个标题摘要，甚至税款记录都可以。”

“哦，那您应该在那边那个架子上找。”

张金起找到了自己需要的文件。几分钟之后，档案保管员递给我一本书，大地图册一般大小，却像一份报纸一样轻。四百页轻薄的半透明书页，用墨汁写满了密密麻麻的蝇头小楷。

“这是我们最早的记录了，”他说。“是 1937 年的登记册。之后日本人侵略中国，我们没有其他任何文件了。”

每翻一下，书页就发出脆响。我从杨梅竹斜街 1 号的目录开始看起。每看完一页，我就越是兴奋难抑。终于，我翻到了自己那座四合院。

1937 年 5 月，那里是一家五口的栖身之所。父亲和户主叫于东坡（音译），年龄五十一岁。出生于山东省黄县。识字。家里没有武器，未参军。无残疾或严重疾病。信仰佛教。从一个未登记的房东处租得这所房屋。他的职业是“卖杂货”。

张金起兴奋地对我耳语道，“是了！你那房子的前屋是个店面，他在那里卖的杂货！”

于先生的妻子高氏时年四十二岁。不识字。和丈夫来自同一个县。关于她的信息就这么多。他们的两个儿子一个五岁，一个十三岁。大儿子叫于望潮，识字。而他们十一岁的女儿名叫于晨光，不识字。

“她没去上学，”张金起猜测道。“她可能就在家做家务或者在店里帮忙。父母应该是住在前院，孩子们住在后院。也许他们还有仆人，住在你现在住的房间里，因为那间的阳光最差。”

张金起继续他手头的研究。而我则坐在书桌前，翻着厚厚的书页，游走在七十年前的胡同之间。看上去和现在是如此相似。大多数地址都显示，来自不同家庭的九个、十二个、二十个甚至三十四个人共居于一个大杂院之内。居民们从事的营生五花八门，有的是干粗活的佣工（搬水、卖柴）；有的是有一技之长的小生意人（木匠、理发匠、银匠）；有的则是“白领阶层”（银行家、教书先生）；还有的是艺术家（玉雕家、书法家）。有佛教徒、穆斯林、清教徒与无神论者。很少有人是土生土长的北京人，大多数都是从河北、山西和山东三个省移居而来。

甚至还有一个寡妇。三十四岁，有两个儿子，一个十九岁，一个十六岁。她的丈夫当了兵，但他在哪里失踪或去世的，书上却只字未提。

和今天一样，胡同里大多数的居民都是租客。登记信息上不断提到两个地主的名字，其中一个是“聂杏树”。

这样一个名字，老寡妇肯定能记得清清楚楚，我心想。但当我走出档案馆，打电话问她有没有听说过这个“杏树”，她想了一会儿，给出了否定的答案。“我们胡同里有好多房子都是他的，”我启发她，“也许 50 年代的时候他被抓了，甚至被枪毙了?”老寡妇说，肯定没有，不然她会记得的。

“共产党解放北京的时候，好多胖地主都逃走啦。”她说。她搬进来的时候，于先生一家也已经不在那儿住了。去了哪里呢? 就像这片区的很多历史一样，没人能说出个一二三来。

档案管理员帮我查找了四合院店面的交税记录，但只找到一张字迹潦草、杂乱无章的字据，记录的是琉璃厂古玩街上的每家商店和茶馆。这些文件对我来说都是无价之宝，我说。他主动提出帮我复印一份。我从没见过一个如此耐心和礼貌的公务员。

档案管理员朝复印机走去，接着停了下来，转过身，好像突然想起了什么规定。“对不起，”他说。我的心沉了下去，后悔没抓住时机把那些书页撕下来然后迅速潜逃。“您必须得交复印费，”他说，脸上带着真诚的尴尬，“一共一元钱。”

第十四章　夏日大回收

杨梅竹斜街居委会的办公室里，负责老年人服务的工作人员递给我一份名为《劳动午报》的党报。我的照片出现在大标题“大栅栏来了洋外教”下面。“眼前这位黄头发，一脸大胡子的‘老外’，就是大栅栏西区社区市民英语班的新老师，一名美国外教。”文章中报道说。“慢慢的，社区的主任们不仅知道了热爱中国文化的麦尔有个中文名字叫‘梅英东’，院里的邻居们还亲切地称他为‘小梅’。”

这则报道大力赞扬了小梅的志愿者精神，还记录了每周在他的免费英语培训班上课的五十个退休老年人对他的称赞。一个学生说，“这个外国小伙子特幽默，跟他学英语一点都不觉得累！”

这群学生实在只能用“热情高涨”来形容。每周两个小时，他们认认真真地弓着身子坐在英语课本前，重复着我大声读出的英语句子。这是他们第一次接触这种语言。有些老人在旧时俄语成为一种“政治时尚”时学过俄语，而如今，响应“迎奥运，讲文明，树新风”的号召，他们开始读起下面的句子：“My name is Wang Ping, welcome to our neighborhood!”（我的名字叫王平，欢迎到我们这里来！）

她旁边的妇女说道，“My name is Wang Ping, welcome to our neighborhood!”（我的名字叫王平，欢迎到我们这里来！）

“等等，”我用中文说。“她的名字叫王平。您应该说自己的名字。”

“我不喜欢我的名字，”她皱了皱眉头。“我就用王平这个名字。平的意思是‘平安’，这是个好名字，你不觉得吗，小梅?”

居委会是最低一级的政府机关，绝大多数工作人员都是社区的居民，英语写作 The Neighborhood Community，我将其缩写为 NeighCom。这个机构是过去的缩影，象征着一切由国家监督的官僚社会。

我的教室就是居委会办公室的活动室，那里贴着一张布告，列出了这片儿的每一位老年人和他们的病症。有的有风湿病，需要别人的帮助才能去集市。有的则略有些痴呆，需要别人提醒他们自己是谁。我找到了老寡妇的名字，布告上说她是“孤寡老人”。每周，居委会都会派人去看看她需不需要帮忙修理东西、看医生，或就是想聊聊天什么的。

居委会还会开展“电影之夜”和“午餐聚会”，组织公费体检和孕妇的超声波检查，并且免费发放避孕套。避孕套的发放地点在居委会办公室门口，那里摆着一张长桌，坐着三个工作人员和一名警官。桌上盒子的外包装上有一个白人男子，正亲着一个白人女子的脖子，那女人享受地微笑着。盒子上用中英文写着：**避孕套**。

“拿一点儿啊，小梅!”一名工作人员催促道。“你平时用几盒就拿几盒。四盒，五盒，都行。”

居委会还发给我一张价值五十元的代金卡，可以在该区的中国红十字会捐赠站和商店使用。“我们把这些发给大家，是一种形式的福利，”一个工作人员说。“你也可以用。”

北京靠救济金生活的人可以领取有补贴的廉价商品，包括食用油、厕纸、牙膏、面粉、大米和红星二锅头——这种酒精纯度较高的高粱酒在北京无处不在。“有烟吗?”我问售货员。“没有，”他说。“我们不能卖烟。有害健康。”

我们的居委会成立于1954年，是北京最早的居委会之一。大栅栏片区一共有三十三个居委会，负责对所在街道片区的监督。我们这个负责八百个家庭，一共两千人。居委会的工作人员属于政府编制，但这并不意味着他们知道所有问题的答案。“你知道我们这片儿什么时候被拆吗?”工作人员常常问我。“我们什么都不知道，”一名干部说。“我也住在这条街上，你知道的。只有到需要对大家，包括我们自己进行拆迁安置的时候，我们才会知情。我们知道的实在不多。”

他借给我一本内部发行的刊物，是在新指派的干部上任时发给他们阅读的官方片区历史。这本书并未有任何记叙性的文字，而是记录了一连串的数据，从几十年来的人口，到树木、住家、工厂、寺庙和学校的数量，还有“革命烈士”。大栅栏有三个烈士，但没有一个是在这片儿牺牲的。两个空军飞行员分别牺牲于1968年和1974年的空难中，一个士兵在1977年一场山体滑坡中不幸遇难。

书中没有引用任何居民的话，也没有刊登任何照片。干巴巴的文字没有记录下普通老百姓对这片社区建设的贡献，只是单纯地列举着一些事实。最早的时间是1267年，这一片全是为皇家殿宇烧制屋顶瓦片的窑炉。1403年，永乐大帝建立了商业区。1671年，康熙下令所有的杂耍和生意都迁出内城，很多人都从前门迁往大栅栏。

书里没有提及义和团运动和这里烧成灰烬的大火，日本的占领也只字未提。时间直接跳到了1949年，人民解放军进城了。1950年，区政府参与了“抗美援朝”运动。四十万人民去逛了1960年在这片儿举行的庙会。1962年，一家旅馆的锅炉爆炸，导致三人受伤。1966年夏天，“文化大革命”刚刚开始时，四十二名被划为“坏分子”的居民死去了；其中十三人被打死，其余二十九名自杀。1976年导致三十多万人遇难的唐山大地震中，二号旅社的烟囱倒下，砸中了一名住客。他是地震中这个片区唯一的受害者。想想那时候的四合院，有多少房子可能倒塌，但却没有。书中并未对这件令人惊奇的事情发表任何评论，而是直接讲到两个月后，毛主席的逝世。1978 年，世界最大的烤鸭店在这个片区开张了。

在居委会和我一起教英语的是一个五十多岁的男人，他和妻子及体弱多病的老母亲一起住着两间房。我一见面就喜欢他。宽宽的双眼，不怎么洗的头发平平地梳往右边，总是满脸笑容。但我不喜欢去他住的地方。那是 50 年代一栋用煤渣砖砌成的平房，当时用作银行职工的宿舍。阳光挣扎着从仅有的一扇窄窗钻进来，窗下的床上，他的老母亲不住地呻吟着。她伸出骨瘦如柴的手，尖细的声音重复着一个字："来，来，来。"

和英语学习班的另外三个成员一样，她儿子走起路来明显有点瘸。童年时期，他得了小儿麻痹症，从此以后就成了跛脚。大家叫他"残疾"。政府分配给他一份电表厂的工作。他现在居住的银行宿舍本来是他哥哥的，哥哥一家已经搬去郊区了。他和妻子并未生养，我问起原因时，他有些迟疑，轻描淡写地说两人都是年纪比较大了才由别人介绍的。对他来说，那是一见钟情。和很多那个年纪的北京女人一样，她漂亮优雅，以自己的良好教养为荣，以目前的生活窘境为耻。"这房子太糟糕了，"我第一次去家里做客时，她不好意思地道歉。对于这对夫妻来说，搬到郊区去可以提高生活水平，是更好的选择。

然而，他热爱这个片区。这里是他土生土长的地方。我坐在电动三轮的后座上，他一边"突突突"地慢慢开车穿过这条胡同，一边指着那些已经经过巨大变迁的建筑："这个过去是个著名的文人茶馆……这里过去是座火神庙……这原来是座官宅……这个房子原来是关公庙，是北京唯一的一座了。"

他自学英语，用短波收音机收听"美国之音"，并如饥似渴地阅读任何能找到的纸质英语材料。他说起英语来总是断断续续的，但文法和发音都不错，语调让这门语言听起来好似悠扬的民谣。

我曾经拄拐在北京待过两个星期，大多数时候都待在室内。在行动不便的人眼里，北京的路面很高，公共交通站点之间的距离很长，出租车司机对上车很慢的乘客态度很不耐烦，还有无处不在的楼梯。胡同里没有上述任何障碍，这也是这个男人喜欢住在杨梅竹斜街里的另一个原因。

“有这条腿也不算太坏。”他用中文对我说。“‘文革’的时候，我没有下乡。”在那个十年，其他的青少年都被送往农村，进行体力劳动，同时“接受贫下中农再教育”。

而他则得以留守大栅栏。“那时候学校不上课，你干吗呢?”我很好奇。

“有那么两年，我们每天都挖洞。”他打量了一下我的表情，又补充道，“你知道炭儿胡同小学的那个操场吧？我和别人一起，在那里挖了这片儿最大的防空洞。”

1962 年，大栅栏人民公社组织修建了这片区域的第一个防空洞。隧道交错相连，形成一百二十七个地下房间，可以容纳两千零九十人。这些都是地方志上说的。1969 年，中苏关系到达史无前例的冰点，于是各种命令纷纷下达，汇成一句口号，“深挖洞，广积粮，不称霸”。

在 1969 年到 1971 年的大栅栏，人们被强制劳动，修建了将近三十公里长的防空地道，墙面和地道顶部用石灰砂浆加固，宽度从一米到十米不等，高度从两米到六米不等。根据原定计划，地下的空间能容纳这个片区的全部人口。防空洞隧道里有多口淡水井、医院、幼儿园、理发店和电影院。即便如此，这片儿还记得当年情景的老人们都说他们并不喜欢北京那阴暗潮湿，还散发着一股子霉臭味的地下。“我觉得好像是在给自己挖坟。”一位老大爷说。

所以大栅栏的地下也全是纵横交错的胡同。我在脑中画出一张地图，大大小小的地下街道向四面八方延伸，就如“传说中”的那样，一直来到北京的远郊。老寡妇说，要是我找对了地方，其中一条隧道就能通向可以进入我现在房间的地下入口。“活板门就在你床底下。”她说。

但活板门已经被钉死了。无法入眠的夜晚，我会闭上眼睛，让自己的思绪穿过活板门，进入地下。与这座四合院和这个片区大同小异，想象中的地下也处处是门，有的敞开着，有的紧闭着。我不断旋转着门把手，不断尝试着新路线。

人们口中的苏联导弹从未造访过中国的土地，于是隧道就被改建成地下冰窖、台球厅，甚至是旅店。1992 年，一部分隧道向旅游者开放。走下全长约十米的阶梯，就能来到“地下城市”，这些避难所就在老张鲜鱼口那被拆掉的家附近。

地下隧道圆圆的顶板上垂下一排四十瓦的电灯泡，照亮了墙上的名人肖像：马克思、恩格斯、列宁和斯大林。空气沉重而湿冷。各种声音将我引向地下城市的出口，那里有一个大房间，一群女人坐在沙发上，手拿玻璃瓶，悠闲地喝着茶。我一走进去，她们立刻弹起来，从鱼缸里拿出一个个蚕蛹，向我展示丝绵如何被编织成商店里售卖的被子围巾之类舒适保暖的织物。地下隧道修建的本意是让居民们在外敌攻入时有个栖身之所，现在却开始迎合讨好当年的“侵略者”。

我来到地上，回到胡同之中。乌云密布，天空灰暗，一场雷雨倾盆而下。人们披着亮黄或亮蓝色的雨披，骑着自行车蹚过地上的水洼，空气中全是纸张被撕碎的声音。雨水沿着屋顶的瓦片流下来，飞溅在两个孩子头上，他们欢快地放声大笑。我的眼睛逐渐适应了外面的光线。纸灯笼在黑得发亮的沥青路面上投下红色的朦胧光晕。这是一幅多么可爱雅致的图景，而不久就将彻底消失。

仲夏时节，传统的节气从小暑变成了大暑，我对胡同里的生活也没有那么宽容了。我这两间屋子只有前厅的墙上有窗户，也就是说，三十多度的湿热空气无法流通。我一天到晚都汗涔涔的，皮肤上沾满了灰尘和污染物。附近餐馆油汪汪的重口味食物也很难让人提得起胃口。街头巷尾谣传“无形巨手”已经在伸向我们这条胡同，聊天的中心总是离不开不断飙升的房地产价格和大家如何成为这场烽火的牺牲品。人们谈论的都是各自的难题，没有任何言语涉及整体的解决方案。这片地区的上空，紧张气氛越来越浓重，闷热的空气变本加厉地折磨着一切。

学校放假之后，我的生活就变成另一种千篇一律。每天，都在凌晨四点半日出之时准时醒来，听着老寡妇在厨房里捣鼓出“砰砰砰”的声响，心里想着，又是一天。又一杯雀巢速溶咖啡，网络收音机里的又一场篮球赛，水池旁边又一次不甚尽兴的冲凉。我已经同意在炭儿胡同小学给同一批学生再上一年课，居委会英语兴趣班的课也上得相当快乐，还要研究大栅栏的历史，所以，我不想从胡同里搬走。当然，直到“无形巨手”强迫我们都滚蛋。现在看来，那一天仿佛迫在眉睫了。

又一个晨光尚未熹微的清早，一只蜘蛛往我耳朵眼里钻，我条件反射般地捏死了它，勉强睁开惺忪的睡眼，却看到这死去的棕色昆虫跟我的手掌差不多大。我跳将起来，歪歪倒倒地向水龙头走去，一路踢到了好多“燕京啤酒”的空酒瓶，它们与石头的地面碰撞，发出清脆的声响。昨晚吃的烧五花肉和油炸过两次的辣青豆在胃里翻江倒海；我急需一个厕所。我手抓门前的木梁，夹着双腿，迈着小碎步，沿着昏暗的胡同往公共厕所跑。结果还是晚了一步。当我把四角裤狠狠踢下厕所坑洞时，内心的一部分盼望着，回到家时，“无形巨手”已经在四合院的外墙上画上了那亮白色的㊿拆。

厕所对面墙上已经褪色的宣传口号写着，**“无产阶级万岁！”**那天下午，一个磨刀的货郎在胡同里游走，吆喝着，“磨刀啦，磨刀啦，磨刀啦！”我心想，你说对了。

有时到了晚餐时分，我会在沃尔玛的走道中游荡。空调释放出凉爽的冷气，美食广场能买到爽口冷面和冰冻啤酒。这样的“旅程”我总是独自进行，令我羞耻的对拆迁的暗自盼望也从未对外人说起。和天气一样，这些念头终究会冷静下来的。

朱老师总在上午来造访，准备她的英语考试。而我则全神贯注地阅读着一摞摞讲北京历史的书籍。没有一本书里有索引或引用资料来源。朱老师一遍又一遍地问我“of”和“from”这类介词在用法上的区别，我无奈地叹气；而我也一遍又一遍地问她同一个汉字的读法，让她感到十分不耐烦。一周之后，我们开始一言不发地面面相觑，自顾自地翻着字典。我根本不在乎 sit down（坐下）、sit around（闲坐着）和 sit tight（稳坐不动）的区别；她对首都胡同的细枝末节也同样嗤之以鼻。“你肯定掌握了很多完全没用的信息，”她说。

我的思想开始神游。说到底，谁在乎北京的穷人呢？作为一个“和平队”的志愿者，我总是听到满脸狐疑的中国人询问，什么样的国家会将自己的公民外派两年，远离家人，去帮助陌生人。在北京胡同之外，我遇到的那些本地人完全无法理解为什么会有人愿意住在胡同里。了解到我所做的事情之后，他们的评论很是一致，“谁在乎呢？”

这样直率的“宣判”不止一次地出自一个中国中产阶级男人之口。当时他坐在“什么？酒吧”（What? Bar）门外。这个小酒吧位于紫禁城西护城河边一座三百多年历史的老建筑之内。酒保是我的一个朋友，十几岁时就怀揣做音乐的梦想，从东北来到北京。她会让我自己从酒桶的龙头那里接啤酒喝，接满之后我就坐在门外人行道的榕树荫蔽之下，看那厚重的树干之间伸展的枝条与茂密的绿叶。国家领导人日理万机的中南海就在一个街区之外，晚上，我总是目睹一辆80年代款的凯迪拉克埃尔多雷多黑色轿车在门口隐秘地进进出出，心里揣度到底是何方神圣坐在里面。

“谁在乎那些胡同啊?”酒吧门外的那个中国男人说。他从没在胡同里住过。但在中国，我是一个“老外”，无论说什么，都有可能被一句“你不懂”挡回去。

“也许建筑没那么重要，但是社区很重要。”

“谁在乎呢?”

“过程不公开不透明，没人知道他们的生活会发生什么变化，而且他们不能起诉——”

“没人在乎。”他不耐烦地挥挥手，语气里带着一种莽撞无礼的自以为是。“那些人就应该搬出来，睁大眼睛看看，现在已经是2006年了，不是1956年。”他朝自己停在人行道上的别克小型商务车点了点头。他的工作是销售一个美国公司的营养保健品。“政府很不错了。现在你想干什么就干什么，能挣很多钱。”他喝了口啤酒，说我的邻居们都是不中用的笨蛋。

我在居委会的英语培训班讲述这次遭遇的时候，台下年长的学生们全都咂舌表示不屑。“那样的人把我们北京搞得一团糟，”一个老大爷说。“他们就好像古人说的，‘前不见古人，后不见来者’。”

学生们怀着一腔永不退却的热忱，要在2008年向世界展示自己最好的一面。他们不愿意告诉别人自己没有工作，下了岗，甚至说自己退休了也会觉得不好意思。所以我们练习诸如I am a grandmother!(我是一个奶奶!)之类的句子，以便应对有关职业的问题。

一天下午，一队人力三轮车从我们胡同里穿过，上面坐着来自德国的游客，他们把相机镜头对准衰朽破败的门廊，“咔嚓咔嚓”拍个不停。

“为什么老外都想拍这个穷地方的照片啊?”班上的学生大惑不解，“他们为什么不去紫禁城呢?他们是在笑话我们吗?”

“我不想搬出去，”一位老太太接茬道。“房子不好，这个没错。

杨梅竹斜街上从我家门前经过的德国游客。

但我住惯了，我们都住惯了。不过，外国友人来的时候，我就觉得丢脸了。看上去真是破破烂烂的。”

“我想给他们看看老照片，我小时候这里的样子，”一位白发修剪得整整齐齐的老大爷接着说。“那时候特别干净，50 年代的时候。你想都想不到有多好。我们那时候住在这儿特别自豪。”

“您现在不为它自豪吗?”

“那些外地人都搬进来啦，把这里弄得一团糟。”

“您说得太对啦!”一个老太太点点头。“北京人过去多讲礼貌啊。想让谁让道的时候，就说，‘让一让!’那人就让开了。现在必须得大声喊‘啊!’或者‘看车!’真烦人啊！而且那人可能连动都不动。”

“外地人来之前，大家都可文明了，”其中一位奶奶说道。“他们不好好收拾房子，还到处随地吐痰。他们连普通话都说不好。”

贫穷的弱势群体往往会藐视更贫穷、更弱势的群体。在他们眼里更高一等的人前来“巡视”，会让他们尴尬不已，于是就贬斥比自己更低一等的人群。大家七嘴八舌地批评着外地人，大概十分钟之后，我说，“我就是个外地人。”

“不！你是个外国人！不一样的！”

“市长是哪儿的人？国家领导人是哪儿的人？他们也是外地人。”

“错！我们说的不是他们。他们又不会在这片儿引起什么混乱。”

“那些出钱拆掉胡同，投资盖新楼的人，你们的意思是说这些都不是北京人，都是外地人？”

“那不一样！”他们异口同声地重复着自己的辩词。“外地人不讲文明。他们的文化程度很低。他们都是土包子！”

我说，他们不应该骂外地人，而应该同情他们。毕竟，他们也是街坊邻里。摆老北京的谱儿又有什么用呢？一旦墙上贴了拆迁的通知，在“无形巨手”面前，人人平等。

教室陷入了短暂的静默。一位老大爷突然抬起头，问道，“小梅，你知道我们这片儿什么时候被拆吗？”

每当我走向家门的时候，“废品王”总是站在一边向我灿烂地笑着，露出一口牙齿。“想到城外边去看看吗？”一天，他开口问道。“上车。我得把这些旧轮胎带给一个朋友。”

他来自河南省的农村。北京人说起“河南”，总是一副恨得牙痒痒的样子，因为从那里来京的外地人最多。废品王的口音很重，轻易就能听出他的老家。他来北京，并没有妄想有朝一日能在这里安居乐业。“我们这片儿很多收废品的都和我是一个地方来的，”他说。“我们当然没法组织工会一类的东西，但我们互相帮助。实话说，在我们眼里，来北京只是为了混口饭吃。这里的经济比我们村里发达。要不是这样的话，我们永远都不会来。”

他驱车往正南方向驶去，来到五环路之外，经过“中国运载火箭技术研究院”一类的军事研究机构，进入一条泥泞不堪的小道，周围种满了庄稼。

“我×！”他骂了一句。“他们管这叫小麦？你应该看看我们村儿里的小麦，都长这么高了。”他指指自己的膝盖。“我父母都是农民，我过去也是。我们种小麦、玉米，还有黄豆。”迎面驶来一辆拖拉机，他惊得深吸一口气，操纵方向盘，躲了过去。“我为此而自豪吗？农民，怎么说呢？我们只是老百姓而已。只要有口饭吃，有点钱，我们就非常满足了。跟当官可不一样。一开始可能挣一千块钱就很不错了，接着就想要一千五；然后一千五也太低了，就想要两千。农民们只要够花够吃就中，那样我们就很幸福了。”

“你看，中国人口就是太多了，人口密度太高了，政府也解决不了所有的问题呀。事实上，政府根本就不坏，对农民已经很好了。农民不用再交税了，这可是我们国家五千年历史上头一遭啊。现在，农民还不用给孩子们交从幼儿园到初中的学费。农民还有基本的医疗保险，可以预防生病，或者免费治疗一些小病。你们国家人口少多了，你们都没有这些福利吧！”

他转了个弯，驶进一条土路。“事实上，我知道在美国，很多东西都不一样。你们可以随便骂总统。小布什侵略伊拉克，干吗呢，就连他自己那个党的成员都公开说不同意。”

我们在布满一排排红砖房的狭窄小路上停下。这里就跟胡同似的，只不过旁边有耕地。每排砖房前有一个铁门，打开门就进入了一个尘土飞扬的院子。我们面前这个院子里全是旧车胎。我们往那堆车胎上多加了六个。“这些也可以回收吗?”我问道。

“什么都可以回收，”废品王回答道。

“你小时候有没有想过逃离农村来当个收废品的?”

他哈哈大笑。“我小的时候可没什么东西好回收啊。”

开车回胡同的路上，小货车经过来时的麦田与环路上的高架，把这些东西一一甩在身后。他开口道，“我三十九了，比你老，兄弟。我儿子十五岁了。他回农村去了，准备上中学。我对他有两个希望。第一希望他别当农民。农民太苦了。第二希望他不要做收废品的。也不容易。有人叫我来北京，告诉我有这么个营生。除非他受了教育，有了文化，不然我不想他到这儿来。你也看到大家怎么对待我的。你住在大杂院里，你只是个教书匠。但你在中国是完全受法律保护的。我们不一样，兄弟。如果有人叫我消失，我就必须马上消失。说实话，你们老外来中国，享受的权利比中国人还多。”

路上渐渐堵了起来，我们的速度也放慢了。“我不后悔，”他说。“这样生活是不稳定，但好歹也是生活。”

他伸手到窗外，指了指我们附近在红灯下停着的一辆崭新的宝马，想了想，变了说法，“好歹也是我的生活。”

一天晚上十点，废品王开着他一直停着的大卡车，让我上去。蓝色的车后平板松松垮垮地搭在车轴上，上面乱七八糟地放着一堆已经解体的暖气片、一摞摞《北京晚报》、还有一麻袋一麻袋的瓶瓶罐罐。这些东西高高堆起，摇摇欲坠，被废品王用绳子捆了起来。

“我们要去垃圾场，”他说。他的老婆在前面走着，引导卡车开出胡同。废品王轻而易举地就出去了，车身一点儿也没擦到。“警察不许这样的卡车进城。这是奥运美化活动的一部分。垃圾场本来在二环内的，但自从取得了奥运主办权，政府每年都把它往外迁出一点。现在都到六环外去了。”那儿离我们这条胡同有四十公里左右。

他没走大路，拐弯抹角才开到出城的高速路上。“我知道警察的检查站都在哪儿。”

他的老婆长得很结实，一副饱经风霜的样子，顶着一头凌乱的碎发。一路上，她一刻不停地批评着废品王的驾驶技术。一个很窄的转弯处，废品王的车尾离马路牙子太近了，我们身后发出一声“卡塔”的碰撞声。

“你撞到啥啦!”他老婆吼了起来。

我从车窗探出头去，看见停在那儿的一辆自行车倒在路边。

“他撞到啥了?”她咄咄逼人地追问道。

“没什么，就是马路牙子。”

废品王往椅背上靠了一下，躲在老婆看不见的地方，朝我咧嘴笑了。卡车继续轰隆轰隆地前进，直到城市的街灯一排排远去，来到两旁种满高大白杨的路上，路边布满了卡拉OK歌厅与桑拿房闪烁的霓虹灯。其中一座娱乐城修得好似一尊巨大的斯芬克斯狮身人面像，客人们鱼贯而入。负责停车的服务员将一辆辆黑色奥迪的车牌用报纸遮盖起来，在这类客人不愿被拍到的地方，这是一条不成文的规定。

卡车向右转，进入一条黑黢黢的土路；再左转，进入另一条尘灰弥漫的小路，与之平行的是长长的铁轨。路的尽头有一扇小门，门上贴着一张大大的布告，上面警告道，**严禁回收以下非法盗窃物品**。下面有井盖、排水沟入口的小门、光缆、高压电线等物品的照片。门外没人值班检查进场的东西。

这个垃圾场并非填埋垃圾的地方，而是一个“垃圾村”，“村里”有十几条街，每条街上都有分类好的回收物品。物品旁边的小小煤渣砖房里，还有人家居住。塑料瓶占了整整两条街，而与“瓶盖街”相邻的是“扇叶街”和“油漆桶街”。“水槽街”旁边是“废旧乐器街”和“纸板街”。还有一条街可以命名为“四合院房屋横梁街”。

“这些是床垫的弹簧。”废品王缓缓停下车，关闭引擎。“我就从这儿开始，然后把车开过去，把我这堆东西分批卖掉。你可以四处走走看看。”

每条街都围出了一个橄榄球场那么大的范围。路上没有灯，只有每间棚屋里发出来的微弱灯光，勉强照亮了去路。收废品的人将城里人不要的废品买下，再在天黑之后开车运到这里，涨价卖掉，收取利润。废品的量越大，赚的钱就越多。废品王以每个一分钱的价格买下塑料矿泉水瓶，再以一分五厘的价格在这里卖出。如果他以十元的价格买了一千个瓶子，就可以卖得十五元。赚得的五块钱可以买碗面吃。

“垃圾村”有一个便利店、一家诊所和一家河南餐馆。但没有树，没有动物，也没有孩子。废品王说孩子们都回河南上学去了，跟祖父母待在一起。这份工作属于他们的父母，每天还要在很晚的时候把一天收到的废品送到这里来。整个村里充斥着给垃圾分类的声音，偶尔一列火车经过，“轰隆轰隆”的声音才代替了这酷似打击乐的交响。

废品王蹲在“罐头山”旁边，一个男人正往金属上挤一两滴酸性物质，然后用一根电棒碰碰表面，检查其传热性。

“这个是假的。”那个男人对废品王说。

“我×！我来试试，你那电棒根本没碰到酸液嘛！”我又去造访了“自行车架街”、“公交车座椅街”和“油瓶街”，一个小时后回到原地，发现两个男人正在就一堆真空保温瓶瓶盖的完整性而吵得不可开交。

我走向“办公用纸街”，向一堆高及我肩膀的纸堆伸出手。拿到的一页上有中英文对照的内容：馅饼、大桶、小型冷库、一周客户数量、涂抹黄油块数。

废品王正强烈要求对方多付几毛钱买下那些八宝粥罐子。我看着手里的东西继续读下去：

麦当劳系统设备购买之三条原则

1. 永远没有最优惠的价格。
2. 永远没有最优惠的价格。

3. 永远没有最优惠的价格。

废品王说，“赚钱就得这样。刚才跟我讲价的那个男人，你看到他的房子没？在那儿。皮沙发，大屏幕彩电。他一开始就和我一样，在城里蹬着平板三轮儿收废品。事实上，我一开始连三轮车都没有，都是自个儿背着废品去垃圾场的。然后我买了辆三轮，后来又有了辆电动的，现在就有了卡车。那个人 80 年代就开始做了，比我早十年。社会越发展，垃圾就越多了，他赚得也越来越多。他一直存钱，然后就跟我不一样啦。他给了别人五千块钱，接管了这个地方，现在他什么也不用做，只要等着废品从全北京城来找他就好了。他收到的量可比我在胡同里累死累活的多多了。在这儿你一年起码能挣个二十万。那个男的挣的是这个数的两倍。我想在这儿做，兄弟。现在都凌晨两点了，我还得开车回去，睡一觉，七点就得到街上去，收更多的废品。现在你明白了吧，我为什么没多给那些老太太钱，她们骂我真让人受不了啊。我×！她们根本想不到我的利润有多可怜！”

他发动了卡车的引擎进行预热。在“枕头街”讨价还价的老婆也回来了。

“这里的所有东西卖到别处去的时候，价格又微微抬高一些，然后就进行加工，再到下一步。”废品王不知道那些废弃的枕头接下来将会去向何处。废纸将会运去保定，报纸去往山西和山东两省，纸板运到河北省的一个村庄，废旧金属将去往唐山。瓶子即将装上开往河南的火车。每一个目的地都在几百甚至上千公里以外的地方。在废品王的眼里，沃尔玛这样的大超市真是伟大极了，因为所有的商品都有包装，有包装他就能赚钱。

他老婆上了卡车，看上去筋疲力尽。她用平板的语气说废枕头买了个好价钱。尽管在一个账本上记录了每笔交易，他们还是不清楚自己赚了多少钱。“我们从来没弄清楚过，”废品王说。“有时候给出去的钱比赚的钱还多，关键要看我们在这里交易的价钱。”

垃圾勉强算得上是一种可以交易的商品，一种期货。卡车开上回家的路时，头灯照亮了一个新公寓楼小区的广告牌：布洛城（英文意思是“美好的城市”）。对应的宣传口号是“Future is here”（未来在这里）。

第十五章 过去时与将来时

“I am so lucky to be eleven years old this year. Maybe you will ask me, why? Telling you a secret, when 2008 coming, I will be thirteen. It is the time for watching many races of Olympic Games, or to be a volunteer to serve for foreign children.”（我今年十一岁，真是幸运。也许您会问我，为什么？告诉你个秘密吧，2008 年的时候，我就十三岁了。到时候就可以观看很多奥运会的比赛，还可以做一名志愿者，为外国的孩子们服务。）

2008 年 8 月，成为五年级学生的第一天，班上英文名叫雪儿的孩子背诵了上面这段文字，她即将去参加一个全市的英语演讲比赛，主题为“我心中的奥运会”。雪儿站在全班同学面前，而全班同学都搬了课桌坐在操场上，参加开学典礼。

“我还喜欢 2008 奥运会的哪些方面呢？”雪儿用英语问道。“我希望自己可以尝遍全世界的美食。我喜欢意大利披萨、烤火鸡和很多很多其他的食物。除了烤鸭之外，我们还会把更多的北京美食呈现给全世界。”

尽管谣言满天飞，炭儿胡同小学并未遭到拆迁。校长也不清楚为什么。朱老师和我走进教学楼，发现一切都和放暑假前一模一样。墙还是没有上漆，放假前最后一节课写在黑板上的内容没擦干净，白色粉笔写成的英文单词依然留着似有若无的影子。新教室的三扇双层玻璃窗朝北，从那儿看得见四合院中的柿子树，沉甸甸压在枝头上黄澄澄的柿子，以及人民大会堂顶上迎风招展的那排红旗。

“北京奥运会将会是全世界最好的中国盛会！”雪儿在演讲的结尾说道。“我为做一个中国人而自豪。不管你走到哪里，永远不要忘记我们祖国的文化，比如书法、绘画、民族乐器、传统民间艺术，当然还有中国美食。民族的，就是世界的。”

雄壮的中国国歌从扩音器中传来。老师和学生们全体起立。孩子们右手握拳，举到耳边，向国旗宣誓致敬。

小刘来到主席台上。她戴着浅蓝色的眼罩，头发梳成一根独辫，直直的向上举着。闭上眼睛，我仿佛听到一个成年人在讲话。小刘诗朗诵一般地背起了演讲稿：“Dearly beloved teachers, dearly beloved classmates, I am a colored ring of the Olympic logo. My name is Bei Bei!”（敬爱的老师们，亲爱的同学们，我是奥运五环的一员，我的名字叫贝贝！）

贝贝是五个奥运吉祥物之一，它们统称为“福娃”。原本的英文名字叫“Frendlies”，后来有人发现这个翻译不妥，会让人想起“足球友谊赛”，同时还包含了 friend（朋友）和 Lies（谎言）这两个英文单词。于是，现在吉祥物们的英文名字就变成了音译的“fuwa”。五个福娃的颜色各代表了奥运五环中的一环，名字分别叫贝贝、晶晶、欢欢、迎迎、妮妮，取名字中的一个字连起来，就组成了一句话，“北京欢迎你”。

福娃就如之前的沙尘暴一般，席卷了整个北京城。它们被做成毛绒玩具，出现在广告牌上，上了《北京晚报》的版面，还出现在手机充值卡上。孩子们成了“福娃发烧友”，但大人们却明显有些“审美疲劳”。在居委会的英语学习班上，我的“老学生”们笑作一团，因为我说，应该再加三个福娃，来代表真正的北京文化：他他、妈妈、的的。这可是北京乃至中国的“国骂”啊。

一张手机充值卡上，名叫晶晶的奥运吉祥物福娃正做射击状。

在学校里可开不得奥运的玩笑。“这将是在中国举行的第一届奥运会，”开学典礼上，小刘继续背诵道。“中国人民迫不及待地想要举办一次有史以来最好的奥运会。这项盛事将会把我们北京人的文化传递给整个世界。这项盛事将会降低北京的人口密度，提高我们的生活质量。在福娃的指引下，我们将提高人民的教育程度，同时提高全民的文化水平。”

扩音器中传来歌曲“浑身是劲”的伴奏。炭儿胡同小学舞蹈队的队员们身穿粉色裤子和亮晶晶的白色背心，十分醒目地登上了舞台。他们的笑容冻僵在脸上，机械地做着仿佛有氧运动的舞蹈动作。底下的同学们无动于衷地坐着，脸上没有任何表情。学校集会的乐趣与自发性，不会超过一次洗牙。

孩子们站起来，再次握紧右拳，向着一排五个头戴不同颜色纸冠，象征五个福娃的学生，齐声说道，“我们宣誓，发展我们的文化，将北京奥运会办成最好的一届奥运会！”

孩子们回到教室，开始观看统一播放的电影。电影的黑白素材已经有些模糊的颗粒，讲述的是日本军队侵略中国的题材。“中国共产党抵抗了侵略军，”一个男声的画外音赞颂道。屏幕上的人举止都是快动作，跑得非常快，屏幕还有些闪烁，画面显得很不自然。孩子们没有笑。电影里没有提到美国和其他国家也曾经对日作战。在电影结束时，画外音总结道，“我们胜利了！”同样一句充满自豪感的话也出现在奥组委宣布 2008 年奥运会主办城市之后：“我们赢了！”[1]

我用粉笔戳了戳一摞塑封的五年级英语教材。Mocky，我们又见面了。

“Who is the first man in the space?”（第一个进入太空的人是谁？）Mocky 用错误的语法问道[2]。“Do you know?”（你知道吗？）

“I don't know.”（我不知道。）对话继续道。“But I know about the first man from China in space. He is Yang Liwei.”（但我知道第一个进入太空的中国人。他叫杨利伟。）

Mocky 看着一张照片，杨利伟正在一面中国国旗面前微笑着挥手。“Wow, he is so great,”（哇，他真伟大，）小猴赞叹道。

四年级的课本主要教大家过去时，五年级，孩子们将接触到将来时，这是一整个学年的学习重点：Beijing *will* host the best Olympics.（北京将会举办有史以来最好的奥运会。）Chinese culture *will* attract the world deeply.（中国文化将会深深吸引世界。）We *will* win.（我们会胜利。）

每天早晨的集会都充斥着爱国主义的讲话和战争题材的影片。于是，和朱老师以及其他五年级的老师一起吃盒饭的午休时间就显得十分轻松愉快了。老师们之间闲聊的内容从不涉及学校或教学。女老师

---

① 两句英文翻译同为“We won”。——译者
② 应该是“Who was the first man in space?”——译者

之间的典型对话如下：

“我买了辆电动自行车。”

“电动自行车？多少钱?”

“超便宜!”

“难怪你这么胖!”

“没错！我的衣服漂亮吗？我在网上买的。”

“多少钱?”

“超便宜!”

“穿便宜的衣服找不到老公!”

“要是胖的话穿得再好看也没用，他肯定看都不看!”

“把电动自行车卖了，做点运动呗。”

买自行车的那位撅着嘴大声说，“我不要!”

用尖尖的高音调说出来“我不要”成了女人们用来逃避不必要麻烦的护身符。办公室里全是高声大笑和娇滴滴的“我不要”。开学了，真好。

每一年，世界经济论坛都会选择一家五星级酒店，召开中国企业峰会。政府各部的部长站在台上，承诺中国正在改革中的跨国企业将会实行集中统一管理。接着各企业的经理们上台去，保证说他们亲眼见证了这个过程。台下眼珠子在转的唯一听众是被雇来给每场会议做记录的自由职业写手。这些笔记接下来会被统一整理进新闻稿。

无聊归无聊，一天的收入就能够付我三个月的房租。天没亮我就起床了，在水槽的冷水龙头下洗了洗头，穿上我那件自从去年会议后就没再穿过的，已经有些微微发霉的运动服。

学校里的各种演说离不开奥林匹克和中国。而 2006 年中国企业峰会的关键词是稳定、理性增长、相互尊重以及发展创新。在这个会场上，“忠诚”一词与“品牌”而不是“国旗”搭配。就像富有的人从不谈钱一样，很少有与会者提到“利润”这个词。

一位与会者充满激情地提出批评意见，“我们在做基础分析之前，就决定了工具!”我把这句话记下来。一个双手好似外科医生的男人站起来表示同意，“我们应该专注于规范程序，而并非工具!”我把这句话也写下来。机械地记录这些话让我想起自己之前那份为聋人和听觉正常的人打和读电话信息的工作，当然这回忆并不是很愉快。

“你必须拿出解决方案，不能光是提出问题。”

“采取主动，在过程中将所有权分发给雇员。”

“充分考虑周围社区人们的权利与责任。”

外国的CEO们侃侃而谈，说着“改变”和“公司管理”等字眼，而那些真正生活在北京的会场工作人员们却低声抱怨着“污染”与“低效率”。会议的间隙，大老板们也互相说着“保证成本、目标和期望成果的公开透明”之类的辞令，而工作人员们则想知道提供给自己的酒店餐厅代金券可不可以买到一杯奎宁杜松子酒。（我脑海里又回荡起那句“Go ahead!”）

我参加过四次峰会了，这还是第一次听到外国人表达对中国改革步伐放慢的失望。一家公司的总裁说他的公司是在美国硅谷一个车库里起家的，并不需要北京市政府正在不断修建的那些光鲜崭新的科技园。他说，创新的关键，在于独立的股票市场和私人资本企业能够得到公开的信息交流，行之有效的专利保护法规，以及不怕失败、愈战愈勇的意志力。一位中国企业家说，“说中国缺乏创新，这话我已经听得很烦了。看看那些大家都买得起的山寨产品。这也是一种形式的创新。这种精神可以加以正确的引导。”

最近，我收到一条陌生号码的手机短信，发信者是一个专门伪造学位证书和军队车牌的集团。另一条来自UFO俱乐部的北京分会。该俱乐部的核心人物是一位伐木工人，我曾去中国东北采访过他。环境保护的法规让他不得不放下伐木工具，失了业。于是他宣称自己被外星生物附了身，从此成为当地一个颇能吸引游客，拉动收入的“旅游景点”。“我被绑架之后，外星人的头头不让我再见她，”他说。“但外星人头头告诉我，‘记住，六十年之内，在一颗遥远的星球上，一个外星人将会生下一个农民。’”这个男人就靠着这点名声，从深山老林里走了出来，搬进了新公寓，在省会城市一所大学的食堂里找到一份工作。工资给儿子付了学费。他是我见过的最具创新精神的人。

企业峰会上自然不会提起这样的案例。这里可是“五星级的中国”，毛绒地毯雍容华贵，隔音墙壁富丽堂皇，室内一片歌舞升平，哪管室外古怪离奇。

回到胡同后，废品王回收了那本写满会议记录的笔记本。老寡妇递给我一个甜甜的蒸红薯。她买了今年的第一批煤炭，卖炭的人骑着平板车在大街小巷穿梭吆喝：“蜂窝煤！蜂窝煤！”

“秋天才开始呢，您就想着冬天了！”我逗她。“农历说现在的节气叫白露。”

她用力地拍了拍我的胳膊。“小梅，你这个笨蛋！现在买煤，比霜降之后买，一块要便宜两分钱呢！”霜降在一个月之后的10月末才会降临。

韩先生和太太坐在床上，又在手机卖场干了一天，两人都疲惫之极。

“你干吗穿成这样？”他问道，递给我一瓶燕京啤酒。

我讲述了今天的经历，韩先生说，“是很好的会。经济越来越好了。”

尽管自己的生活不甚如意，韩先生还是很乐观。他会修手机，而人人都有手机。如果能找到好的地方，就能多赚点钱。回东北老家去是绝对不可能的。他说，承认失败是无法想象的一件事情。然而，在胡同里与人合住一处破破烂烂的房子，和幼小的儿子分开，做着一份收入微薄的工作，已经够失败的了。

暑热渐渐退去，弥漫在空气中的尘灰也随之沉寂下来。我搬了一把椅子坐在街边。废品王正和一位老太太讨价还价；旁边蹲着一位上了年纪的小贩，面前的篮子里装满了中草药；我家门对面房子二楼的阳台上爬满了南瓜藤；绵白杨肥厚的叶子在微风中沙沙作响。我的学生们蹦蹦跳跳地追赶着一只小鸡，接着又开始追一只狮子狗。这只小狗被从一辆行驶的汽车里扔出来，菜贩子从路边救起了这可怜的小东西。他在胡同里的一个水槽里装满肥皂水，给小狗洗了个澡。一个满脸焦急的中国游客问我最近的公共厕所在哪里，然后摇摆着身体迅速跑开，一手捂着臀部。一排人力三轮慢悠悠地驶过，上面坐着德国游客。

清真寺旁边的穆斯林餐馆又把桌子摆到街上来了。隔壁一个老头在自己的十几盆菊花和金盏花旁边放了一只小凳，自己就坐在小凳上，“监视”着胡同里发生的一切。他穿着蓝色哔叽呢裤子，用一条鞋带系着挽起来的裤脚。而他的身体，从脸到胸再到肚子，都松松垮垮的，好像整天乐呵呵的弥勒佛。他一手拿着一把蒲扇，一手握着一把用纱窗和衣架做成的苍蝇拍。我们每天仅有的谈话就是互相沉默地点头致意。接着我会叫一份手擀面，上面撒着蒜蓉、拍黄瓜和炸土豆。这顿饭花费两元。我费劲地从揉成一团的钱币、餐巾纸和收据中拿出餐费。这鸡窝一样的一团形成了一个典型的“北京口袋”。

那个秋天，我走访了中国建筑学会的会长。他的办公室位于京城西边一座粗陋高楼的八层。一个秘书领着我往楼上走，电梯只到四楼。从四楼开始，她带着我走过一个低矮狭窄的走廊，爬了一些楼梯，又走过一条走廊，接着打开一扇门，进入紧急出口的楼梯间，又往上走了一截，才来到办公室。

这条路线好似对当代北京规划与建筑的一个生动隐喻。但我问起时会长只是耸了耸肩，说原本就是这样。对于胡同，他无话可说。他给了我一本厚重的大型画册，记录的是四合院住宅的设计史。这是一个学术课题，是过去的东西，已经被研究过了。他邀请我去参观奥运场馆、国家大剧院、和展现北京 21 世纪风貌的其他新建筑。如果一座城市是其居民的集体回忆，那么老北京很快就会被写成书，放在书架上，或者散见于郊区高高的公寓楼之间。然而，在最后一个胡同社区消失或最后的住户被驱赶出去之前，她还继续存活着。

外地人不断搬进大栅栏，继续着几个世纪以来的循环。四合院里我对面的那间房先是租给了一个卖红薯的山东男人，接着租客又换成了一个来自保定的年轻律师，现在又住着两个来自东北的十九岁女孩，来这里当餐馆女招待。她们来自一个小城镇，住在北京是她们长久以来的梦想。

同样的决心也将刘老兵和他的父母紧紧拴在北京。在“无形巨手”将他们鲜鱼口的刀削面馆抹去后的十个月，一家三口终于在我们这片儿找到了一个出租的店面。新的面馆比原来那间大一些，就在本地和外地食客永远络绎不绝的大栅栏西街旁边。刘老兵和父亲把面片削进摆在路上的大锅里，刘妈妈则在店里和食客们攀谈。

她说，拆了过去的老店倒是给她家造福了。新的地方是水泥盖的二层楼，但楼下可以放更多座位，厨房也更大，楼上还有一间大房子，是一家人的居所。增加的客流量带来的收益超过了上涨的租金。刘老兵每周都去我的居委会英语培训班上课，尽管他是个外地人，奶奶们还是开心地接纳了他，把他当做大家庭的一员。朱老师和另一个与我联合教课的女老师说他事实上非常惹人爱：英俊、身材好又彬彬有礼。但刘老兵仍然对北京女孩不感冒。“她们没有我们村里的女孩儿漂亮。而且，家乡的女孩子可不会浪费钱买那么多穿的。”

在老家找的“媒婆”还没能给他物色到一个合适的小村姑娘，但刘老兵一点也不着急。他今年只有二十三岁，但已经可以预见到自己四十岁时的生活了。人生的篇章大抵如此：老婆，生意，孩子。

也许这一切展开的背景可以在这里，就在这条街上，这个片区里，这个他和他的家人已经渐渐融入的地方。即使这些大楼都是由脆弱的不耐用材质修建起来的，恒常永久的稳定生活方式也是可以在这周围实现的。但刘老兵早就学聪明了，他是不可能在“无形巨手”的掌控之下，做任何长远打算的。

衡量一座杰出的城市的重要标准之一，就是其中是否有很多能让人偶遇，给人惊喜的地方。这些地方必然不收门票，也没有任何闹哄哄的导游，偶然发现这个地方之后，你就想在这座城市居住得久一些，希望能再有类似的奇遇。尽管旧城的拆迁工程已经进行得如火如荼，北京仍然具有这样的吸引力。

10 月来临，寒露带来持续两个星期最为纯粹的秋天。天气一好，人就渴望出外游荡。放学后，我踩着单车，往东行去，穿过前门大街，来到过去老北京城的使馆区，石头建成的西式建筑让人有重回 20 世纪初之感。这些建筑被保护起来，有了新的用途。原日本驻华大使馆带角楼的入口现在是北京市政府的办公室。旧时的法国邮局成了一个四川餐馆。过去守在法国驻华大使馆门口的两头石狮子现在保卫的是柬埔寨亲王西哈努克的宅邸。旧时洛克菲勒花旗银行带石柱的花岗岩外墙之内，如今是北京警察博物馆。

过去的泛西伯利亚大铁路办公室，如今被改建成了公寓楼，因此可以自由出入。这栋两层楼的建筑与首都的其他任何建筑都大大不同。宽宽的木制楼梯，密密的百叶窗，院子里有个花园。入口在另一座古迹处：一间废弃的卫兵室后面，一块漆过的牌子上写着“苏联使馆街”。另一条街上也有一块标志，也是重新刷过的，上写“赫德路”。赫德是英国人，被派遣担任中国海关第二任总税务司，时值 1900 年，义和团运动正在北京风风火火地进行着。

传说有的建筑闹鬼，比如老城区东边那座没有尖顶的教堂。尽管这里地处黄金地段，却人迹罕至，荒芜破败，围起了密密的栅栏。共

使馆区绿荫覆盖的东交民巷，位于原美国驻华大使馆背后。

产党进驻北京之前，这里原是天主教教区的主教座。当一个以重装改建老建筑而著名的开发商找到教堂的承租人宗教事务局时，局里的负责人告诉他，这栋建筑要一直空置着，直到梵蒂冈宣布承认台湾是中国的一部分，并与北京重新建交，这座楼才能够重新变成梵蒂冈在中国的圣座。也许他们能将逡巡其中的鬼魂赶走。

我的自行车钢架太重了，一个普通的支脚架已经不能稳稳将其支撑起来。于是，车后面就有了一个千斤顶般的可移动框架，停车时将后车胎抬高于地面两寸。自行车只有一个速度，但在首都平坦的道路上行驶时，即使是一点点的坡度，都能够带来一次顺畅而省力的滑行。一天我往西行进，穿过我们的胡同，经过坐在沃尔玛附近住家门口的朱老师的祖父，又骑过标志着金朝都城的石碑，再徜徉在窄窄的林荫道上，周围的建筑都没有改建，维持着最初的模样。

如果北京的古建筑前要安装说明性的牌匾，那么规范的做法应该是写上如下信息：修建时间，原本的用途，相关的文化局将其列入文化遗产的年份。然而，在受保护的每座传统风格住宅前，只简简单单地写着“四合院”。没有任何说明将这座古建筑与现今联系起来，也没有任何关于建筑之间相互联系的叙述。城中的建筑是一条虚线，其中的空白往往充满了猜测臆想和曲解误读。一次，在联合国教科文组织主办的管理世界遗产的培训会议上，一位中国市长抱怨说，去他们城市旅游的游客都不了解该城的历史。我问他针对改进这种情况做了哪些努力。有没有印制说明性的标识和地图？有没有宣传制作本地特色食品的餐馆和出售本地音乐与艺术作品的商店？有没有为游客们设计专门的步行路线，让他们感觉自己身处一个独特的地方？“我们雇了很多很多的导游，”市长先生说，“那些都是他们的工作！”

一天下午，我从大栅栏往北骑行，来到名叫“西四”的胡同区域。这里的四合院有的是私人宅邸，有的是多家合住的大杂院。但由于门面都统一刷上了灰漆，街上装了与旧时煤气灯外形相仿的街灯，所以从外面看上去，所有院子都显得整洁干净。每条胡同尽头的标牌详细说明了胡同的历史，列出了保存较完好的住家地址，以及曾经的名人故居。要将一个片区的独特之处展现给居民或游客，并不需要多少钱财与精力。

然而，北京城里大多数建筑遗产都没有配备任何说明。故事都存在于居住其中的人们心中，比如旧城西边白塔寺背后“藏匿”的那座大型建筑。我之前根本不知道这非常不协调地屹立在胡同中的浅粉色六层高楼就是北京现存的唯一一座“城市人民公社”。各套公寓都没有厨房，居民们统一在一个大厅用餐。最近，这栋楼墙上也有了待拆迁的记号。一位还没搬出去的女士一边在走廊里的煤气炉上炒菜，一边说，“你完全想象不到四十年前是什么样儿的，那时住在这里是一种很高的荣誉。现在，没人愿意和邻居们一起吃饭了。”她停顿了一下，补充道，“也没人必须要那样做了。”

相邻的一条胡同中，一座灰砖的尖塔在斜斜的瓦屋顶之间耸立着。这是一座修建于20世纪20年代的教堂，如今经过改建，成为几户人家的栖身之所。一位住户建议我现在就拍照，因为她刚刚收到了一张搬迁通知。我爬上旁边四合院被拆得七零八落的墙壁，想更仔细地看一看教堂的尖顶。四下无人，只听得一阵痛苦的呻吟。我大声喊，“有什么需要帮忙的吗?”唯一的回应是一片寂静，只从远远的地方传来一阵电钻的轰鸣。

北京在遭到破坏的同时，也在如火如荼地进行建设。于是破译城市的过去就变得难上加难，而对于未来的展望则轻而易举。**“我们正在建设一个新北京”**，教堂和以前的城市人民公社周围胡同中张贴的口号这样承诺道。**“明天会更好。”**连天气也成了既成事实。距离奥运会开幕还有整整两年的那一天，北京市政府宣布，奥运开幕式不会被雷雨打断。“2008年8月8日那天降雨的可能性在百分之三十到四十之间，”一名官员说。“如果真的下雨了，也很有可能只是一阵毛毛雨。”

第十六章　拆之简史三：民国首都的现代化之路

尽管门前的标牌上并未做任何说明，老使馆区的西式建筑的确是义和团运动之后对首都建筑形态的第一次破坏，开了之后许许多多次破坏的先河。1901 年，美国军队和他国军队陆续撤出北京，慈禧太后回到紫禁城，但这并不意味着过去的生活就此回归。义和团破坏的不仅仅是北京的大量建筑和风貌，还破坏了这座城市的整体概念。

1900 年，义和团包围了一处未设防的使馆区，并将其付之一炬。义和团运动被镇压下去之后，满清朝廷应允扩建被烧毁的区域，将其划给外国人专用。

奥匈帝国、意大利和法国的大使进行了整体的规划，将该区域内的中国住户和营业的商店都迁了出去，根据原来居住的土地面积付给他们现金搬迁款。整个过程中双方都充满了忧虑与不信任：外国人质疑地产契约的真实性，中国人则不断抱怨赔偿金标准太低。

1901 年，外国人拆除了区内的政府大楼和皇家贵族的神龛。京城的建筑规则已经持续了五个世纪，全城都是规整和谐的木质平房，从紫禁城外开始，矮矮的房顶如细碎的浪花一般连绵起伏。然而外国人却不必遵守这样的准则，他们按照每个国家自己的建筑风格，用砖石搭建了十二座大使馆。“结果很有趣，甚至具有一定的教育意义，然而从任何层面上来说，都无法对这些建筑冠以‘和谐’之名。”一名游客写道。“比利时大使馆如同布鲁塞尔一角；荷兰大使馆则能让你一瞥阿姆斯特丹风情；意大利使馆好似带有浓浓的乡愁，宽大的外墙上涂上了庄园风格的灰泥；美国使馆的本土风格没那么明显，但其意图仍然昭然若揭，好似来到华盛顿特区那带有柱子、阶梯与门廊的国会大厦。”法国人设计了北京当时的最高楼，北京饭店（今北京饭店莱佛士），楼高七层，安装了北京全城的第一部升降机。使馆区还拥有北京第一条铺有路面的道路。

很多迁出去的商人都搬到了前门外，来到大栅栏，这里的手工艺经济蓬勃发展，众多居民辛勤劳作，又重现了许多被外国侵略军劫掠走的战利品。1900 年义和团运动期间化为灰烬的大栅栏各个店铺，又重新张灯结彩，吆喝起景泰兰瓷器、钻石、玉器、珍珠和丝绸刺绣，各种各样的街头杂耍又热热闹闹地敲起了锣打起了鼓。这个片区重建起来的住宅成了一锅“大杂烩”，有的是传统的木结构四合院，有的则是两层的砖石住宅，有围栏与走廊，那些名字中带“廊坊”二字的胡同便是由此得名。有些街道开天辟地头一遭铺上了碎石，碎石下面的尘灰一层层累积起来，其厚度可观，致使原本通向路基的阶梯已经和很多住家的门槛一样高了。其中一排阶梯还完整存在于杨梅竹斜街的东口，是义和团时代大火中凤毛麟角的“幸存者”。

前门被烧毁的箭楼重建起来，遵循的是一名德国建筑师的设计。他给每个炮口加上了白色大理石的“眉毛”，并在楼底添了一圈栏杆。如今看来，这座楼依然好似一个无法让人胃口大开的蹩脚婚礼蛋糕。无论如何，这座楼的功能也只剩下了装饰和观赏。过去，每晚城门要关闭的时候，就有人开始敲打那面巨大的铁锣，从快到慢，以告城民。现在，这些门总是敞开着，悠扬的锣声也消失不见，取而代之的是汽笛的鸣叫。

慈禧太后曾经禁止铁路进入北京城墙之内。京城的交通完全靠骆驼、骡子、马车和轿子。1888 年，清廷一位大臣在紫禁城内慈禧的居所和某个宴会厅之间修了一小截铁路，可以允许一辆小火车通行。

慈禧接受了这个交通工具，但“老佛爷”圣驾乘坐的前提是太监来拉这辆车。她怕蒸汽引擎的咔哒声，会破坏皇家殿宇的风水。

义和团被剿杀之后，外国工程师首次对北京城墙进行了拆除。风水师们警告说，那些空洞会致使京城皇气外泄，阳气减少，力量减弱。城墙的开口用于排水河道，同时也让铁路修进了城里，皇城通了火车。1911 年，前门旁边修建了一座火车站。

遵循德国建筑师科特·罗克格的设计进行重建后的前门。

这座过去将来访者们阻挡在京城之外的建筑现在成了迎接来客的地方，尽管多了很多弯弯的眉毛。

约一年后，八岁的末代皇帝溥仪宣布退位。中国南方一座城市里针对满清政府的起义很快成为燃遍全国的燎原大火，全国上下一片革命之声。这一切的领导者是一位名叫孙逸仙的医生。1912 年，由他作为主席的国民党宣布建立中华民国。

末代皇帝得到一笔丰厚的津贴，并被允许继续居住于紫禁城内比较偏远的殿阁中。前面包括金銮殿在内的那些殿宇被冠以“故宫博物院”的新名。原来用于国家祭祀典礼的社稷坛和先农坛被改造为中央公园；太庙则被改建为和平公园。皇室的倒台使得全城原本以朝廷为核心的经济面临崩溃的边缘，失业率一路飙升至百分之五十七。

中华民国临时政府选举过去皇家军队的将军袁世凯做大总统，老照片中的他总是穿着一套军装，上面缀着颜色鲜艳的流苏，以及光芒耀眼的奖章。1915年，照片里矮小臃肿的袁世凯称帝。他下令在紫禁城修建一座二层砖石洋楼，作为自己称帝之后的住所。尽管袁世凯的复辟行为遭到多方反对和阻挠，他也从未真正进行过即位大典，但这短暂的称帝却给京城留下了长久的印记（那座位于皇宫西华门的洋楼现在作为驻守故宫军队的驻地）。奇怪的是，作为一个“皇帝”，袁世凯却丝毫不拿风水当回事。他批准挖干北京的护城河，规划了城墙内的第一个新城门——和平门，以使出城与回宫的行程更为便捷，并且在1915年批准环外城修建一条铁路。在迷信的说法中，北京的咽喉被铁轨扼住了。第二年，袁世凯因为肾脏衰竭而驾鹤归西。

城墙外围的铁路破坏了每一对幸存的城楼与箭楼之间的联系。在各个古城，如果一座建筑遗产遭到了破坏，那么对更多的建筑进行破坏也就无可厚非。反正整体早已经支离破碎；侵越一次，则永无止境。

“除了那些纪念性的建筑，你简直就认不出北京了，”1916年，一名英国记者写道。“碎石铺设的道路、电灯、大片大片的开阔空间、博物馆、各式各样的现代建筑，其中一两座的规模与风格让人恍惚置身于大不列颠的白厅[①]；还有汽车（我估计至少有两百辆）、数也数

---

① 白厅（WhiteHall）是英国伦敦市内的一条街。它连接议会大厦和唐宁街。在这条街及其附近有国防部、外交部、内政部、海军部等一些英国政府机关设在这里。——译者

不清的摩托车，以及真正成千上万的自行车。城内新修建的道路四通八达，皇家的城墙有十几处都被拆卸打通。”

1920年，一位英国作家形容说，原本开阔的天空被密密麻麻的电线布满，好似一张网；城内有中英双语的报纸；以及“散见于全城各处的多座丑陋西式建筑严重破坏了整体景致的和谐”。她说，“我们已经目睹了新与旧的杂糅与混合。然而，古老文明是如此别致，如一幅画卷，对于任何能在脑海中浮现出前尘往事的人们来说，回望过去，想象那前尘往事还是鲜活生活图景，还未遭到破坏之时，真让人陶醉愉悦。”

旧时的北京没有熏香与樟脑的味道，全城臭气熏天，妇女缠脚是一种流行，而经济更是垂死挣扎，停滞不前。这些现代化的工程遮掩了北京丑陋的过去。一本1917年的旅游指南建议大家行至北京时，在相关办事处换取墨西哥的“鹰洋”银元。这种货币由于其持久的稳定性，成为全中国通用的银元。在企图复辟的袁世凯“驾崩”之后，中国要一直等到1949年才开始使用单一的货币。

北京“苦闷、干燥、污秽、迟滞、不方便、不经济、不卫生、没有趣味”，1919年，一篇题为《北京市民应该要求的新生活》的文章中这样写道。文中提出了二十条改良意见，包括了学校、医院、年久失修的住宅和其他机构。同时还呼吁建立公共交通系统，让市民“少在路上费些可贵的时间，吃些污秽的尘土，作同类的牛马，膏汽车的轮皮”。作者是时任北京大学图书馆馆长的李大钊，他还在文中要求修造有轨电车。

1919年5月4日，成千上万的青年学生在北京城进行游行示威，支持推崇“科学”、“民主”、“男女平等”和“用白话文写作”的新文化运动，这场现称为“五四运动”的学生运动同时也旨在反对第一次世界大战结束后《凡尔赛合约》将中国领土划归给日本的条款。示威者们要求国家统一，不要派系分裂。

1921年，李大钊和其他同志一起成立了中国共产党。建党早期的成员之一，毛泽东，也曾经在北京大学图书馆工作过，职业是一名图书管理员。

那一年，北京有了有轨电车。国家的统一还需多等待些时日。

那时中华民国秩序混乱，执政党国民党的主席孙逸仙号召全国进行“改造重建”，以刺激现代化的进程。由于当时的中国没有建筑学校，也找不到足够相关方面的手艺人，外国人便被请来指导建设。“全世界的工程师协会都应该将孙逸仙博士奉为守护神，”当时的一个美国人说。“因为只要他处在能够将规划方案付诸实践的位置上，未来的一千年，中国就能给无数外国工程师提供工作。”

中国人也去外国留学，很多都去了美国，因为那里用义和团运动后从满清政府得来的赔偿做奖学金之用。孙逸仙的儿子孙科先后在美国加州大学伯克利分校和哥伦比亚大学深造。他被指派去负责广州的现代化工作之后，该城的六名特派专员中，有三名都毕业于美国的大学。在异国求学时，那里为汽车设计的铺设一新的道路给他们留下了深刻的印象。回国后，他们下令将广州那有着八百年历史，但早已被拆得七零八落的城墙彻底拆毁。“在玉米地一般林立的楼群之中开辟出一条条道路，粗暴地忽略了那些住房刚好挡了路的房主们的抗议，”一位工程师报告说，“只有强行将这些让人看着不顺眼的‘符咒’去除，才能成功进行改建。”

外国工程师们将全中国的城墙与帝国时代的木结构建筑悉数拆毁。然而，正当高层的办公写字楼在上海一类的商业中心拔地而起之时，北京的城墙却开始吸引和影响西方的设计师，让他们开始用耐用建材修筑仿古建筑。加拿大的亨利·赫西与美国的亨利·墨菲两人都提倡“适应性建筑”，也就是用现代工程学原理去修建具有中国传统特色的建筑，比如宽大的底座，丰富的色彩，斜斜的屋顶与朝着天空的飞角檐梁。洛克菲勒基金会赞助的北京联合医院（协和医院），以及北京大学与清华大学校园中的某些建筑就是在这个理念的基础上修建的，如今总被错认为是中国人设计的地道古建筑。这些建筑之前没有任何标牌解释它们的起源与来历。

墨菲将北京大学的水塔“伪装”成一座十三层的古塔，附近的教学楼看上去则像木结构的传统殿阁，只不过是使用钢筋混凝土建造的。清华大学那些现代化了的中国人否决了他带有浓郁北京特色的设计，而修建了象征民主的西方特色建筑。因此，清华的礼堂有圆顶和柱廊，好像是意大利古代建筑大师帕拉迪奥的作品，又好像出自美国第三任总统托马斯·杰斐逊之手。墨菲的设计参照了哥伦比亚大学的图书馆。

后来赫西厌倦了与客户争吵，退居到一座北京四合院当中。而墨菲则在上海外滩有了一间开阔敞亮的办公室。他成为国民党政府最为倚重的建筑顾问，并主持制定了新首都南京的规划。但这个规划没能变为现实。墨菲还要求保留南京的古城墙，辩称汽车可以从城墙上方经过，但这个提议也未被采纳。

古城墙只保留了部分。而南京多姿多彩，星罗棋布的街巷被改造成宽阔的大道。居住在城中的美国作家赛珍珠见证了整个过程。她于1929年写成的短篇小说《新马路》中虚构了一个五十岁的老人鲁尘（音译），从他的角度来看当时的建设。这位主人公只有十五天的时间搬空自己的商店，迁往他处，并且没有任何补偿金可拿。

“没钱可拿，”一个警察告诉他。“你这是给民国做贡献。”

鲁尘留下来看拆迁队到底要干什么。“他们的脸上丝毫不带同情之色。他们已经用这种方式毁灭了成千上百个商店和住家；他看得很透，对于他们来说，他只不过是个老头，比其他人略微难搞一些而已。”赛珍珠在小说中写道。当两个工人举起镐锄砸向店里的大铁锅时，鲁大爷突然开口道，“‘那是我爷爷放进去的……’但他再也没多说一个字。工人们将屋顶的瓦片一片片拆下，光线透过木椽之间的缝隙漏进屋里。最后他们把木椽也拆了，只留下他一个人站在屋子中央，四面是光秃秃的墙壁，正午的毒日头火一般炙烤着身体……黄昏时分，他仍然坐在那儿，他的老店现在变成一堆破碎的砖瓦与折断的木椽。两口铁锅在废墟之间放着寒光。过路人好奇地盯着他，但什么也没说。而他就那样一直坐着。”

鲁大爷搬到了城外，继续呆滞而静默地坐了好几个月。而他的儿子竟成了修路队的工头。“干吗这样？这些路都是一千年前修的，”儿子劝说道，“我们难道就永远不许修新的了？”

一天，鲁大爷回到拆得面目全非的老区。令人吃惊的是，他情不自禁地从心底赞叹起新修建起来的道路。这比他见过的道路都要开阔宽敞。“一条宽阔而空旷的道路，笔直地通向南京城的中心……连皇上都没修过这样的马路！”故事的结尾，鲁大爷陷入了沉思，“是不是这条路让儿子真正成为一个男人的呢？……这场革命——这新的马路！究竟通向哪里呢？”

当时，无论在外表上还是内核上，北京的胡同大部分都没有改变。仍然可以一开门就感受到整座城市鲜活的心跳：货郎们敲着锣鼓，摇着铃铛，晃着响板走街串巷，用充满韵律的吆喝吸引着顾客。比如，某种糕饼“油炸得香来面粉又白哎——扔进锅里就浮起来哎——”胡同的住客天天都可以观看三百六十行的人从眼前走过，包括剃头匠、补瓷器的、点灯人、草药师、做玩偶的、花艺师、算命先生、变戏法的，以及驯兽师等等。

旧与新在大栅栏交汇相融，帕卡德[①]汽车在前门大街穿行，火车

① Packard，20世纪重要的豪华汽车品牌之一，诞生于美国的俄亥俄州，在公司成立之后曾经生产过诸多经典的老车，不过后来由于一系列决策上的错误，逐渐没落并淡出了人们视野。——译者

在火车站进进出出，然而大多数老百姓仍然选择步行或人力三轮车。蓝图一张张地绘制，现代建筑和设施在北京城中拔地而起，然而占全城经济主导地位的仍是手工业，而非机械工业。很多居民过去的营生都是依赖于皇家朝廷的。1926年进行的一份调查显示，全市有四分之一的人口都属于赤贫阶级，有将近一半的人口属于中下层阶级。

当纽约开始修建帝国大厦这样的摩天大楼并且诞生“棒球之神”贝比·鲁斯这样的神话时，北京的生活用水还需要有人推着手推车挨家挨户地去送，城里还肆虐着各种打家劫舍的不法分子，这些恶霸有类似“白狼”这样的名字。白狼来了！城里人人谈之色变。国民政府对北京的管理与掌控十分不力，东北军阀不时的骚扰使得他们更无暇顾及这里。北京时时爆发不大不小的斗争。一天，一架双翼飞机从天坛上空飞过，扔下一颗炸弹。一个过路人受了轻伤。天坛则毫无损毁。

20世纪20年代末期的前门大街，汽车、电车轨道与人力三轮同在一条街上。

20 世纪 20 年代，人力三轮穿过大栅栏的入口。这一片都以这条商业胡同的名字命名。

一本中文课本的作者警告说，北京城有“高高的宫殿楼阁和深深的四合庭院，可能很容易就让一个野心勃勃的政客做起毁灭民国，复辟称帝的春秋大梦”。

国民党对这个说法深以为然。现在由一位南方将军蒋介石领导的国民政府在天安门外种了树，减少了抗议者通常用来召集集会人群的开阔空间。1928 年，蒋介石宣布迁都南京。北京又被冠以“北平”（北方平安）这个乐观的名字。

国民党发起一项运动，要将北京往昔的颓败破旧之气一扫而光。

带有帝制时代气息的胡同名和街道名都被改成了诸如“主权胡同”和“不平等条约大街”等带有近代特点的名字。为了纪念去世的孙逸仙(孙中山),国民政府将中央公园改名为“中山公园”,并将原来代表皇家的朱红色围墙漆成代表国民党的蓝色。政府还下令将皇家殿宇上的屋瓦剥去,禁止穿着帝制时代或带有帝制时代特点的服装,禁止按传统习俗大张旗鼓地操办红白喜事。

《纽约时报》报道说,市民们“十分抗拒这些严厉的措施,认为这将好端端的古都降格成了一个了无生气,现代化的粗鄙城市”。

他们还十分抗拒那些让一些老营生过时的现代化。被拆掉城墙的外缘形成了一个缓冲区,北平第一辆电车环绕紫禁城,就以此为路线。(这条路线被称为“环路”。有种理论解释说,这就是北京今天的几条环路以“二环”开始,而不存在一环的原因。就像很多相关话题一样,这个问题也是众说纷纭,没有定论。)到 1929 年,市民可以沿着好几条电车路线,环游整个旧城。在本来就萧条的经济环境下,这个交通工具威胁到了城里六万名三轮车夫的生计。

当年 10 月,约两万五千名市民在北平开展游行,队伍里大多数人都是人力车夫。他们高喊着,“每天多给每个车夫五十个铜板!”游行队伍遇到电车时,他们用铁棍将车窗打得粉碎,叫道,“打倒街车公司!”

暴力示威很快就悄无声息,电车继续在城里奔跑着。然而北平的市民们却不怕国民党驻北平市政府。各种公开集会游行纷至沓来,人们表达着自己的不满;示威人群也是多种多样,从佛教僧人到蔬菜贩子,不一而足。1929 年,一群商人结为联盟,开始了长达四年的斗争,反对大栅栏附近的道路拓宽工程,保护自己的商店不被拆迁。

“吾等早已筋疲力尽,经济之来源亦被榨干,”2 月份,一位名叫李盟继(音译)的商人上书市政府,“吾等在此营业并非天长日久,但已饱受多场战争之苦。尽管吾等全力以赴,生计却仍似细线一碰即断，脆弱无比……若迫吾等搬离此地，实属强人所难。搬离此地，吾等将负债累累，饱受财产损失之苦，且于生意人名声有毁。吾等之所失，还有多年苦心经营，与老主顾之往来交易。此实乃对社会之消极影响也。吾等叩首百拜，诚挚恳请您准许吾等继续在此经营。”

政府回函道，“工程伊始之时，所有商店必须完成搬迁。”

直到1930年10月，这场纠纷仍未能尘埃落定。商人们拿不到道路的规划文件，于是谴责政府缺乏公开透明。一位名叫齐德奎的六十八岁老人给政府送去一封信，共有一百多个商人家庭的代表在信尾签名。

“吾等才疏学浅，”齐德奎在信中写道，“然联盟中不乏见多识广之人。依吾等之见，如政府需要土地，则须颁布详细法条，关注民生社稷。尔等拆房之时，若要众人悠悠之口不出怨恨之语，则须据房屋之质量分而定价，补偿民众。除此之外，还须事前通知市民，对工程三缄其口，而突然决策强令吾等拆掉祖屋，搬迁别处，实属无理之举。”

商人们担心“有奸猾之辈充当掮客，敛聚钱财，从中渔利”。有人在暗中丈量我们的房屋，齐德奎在信中报告说。“吾等四下打听，尚未能查明真相。”

政府派去与齐德奎谈话的代表人“粗鲁异常，无法讲理。其余家庭受其蛊惑煽动，袖手旁观，拒绝协助调查”。

媒体并未报道这场纠纷。一家报纸的社论作者说，一名“外国友人”认为这项工程颇为不妥，因为从建筑上来说，内城的城墙宏伟非常，应该加以保护。另一位记者谴责政府不公开信息的行为，使得“市民逼不得已，永久采取斗争姿态”。

两年后，这条路还是开工了。21世纪初，路面扩展到了十车道，现在路上有一家肯德基，一家星巴克，和我们那片儿的沃尔玛。

1934 年，国民党启动一项规划，要将北平变成旅游景点。市长为紫禁城周边地区大多数城墙已被拆除和很多城门已经遭到破坏的事实感到悲痛。修缮工程以皇家园林与殿阁为目标，对普通的四合院住宅却置之不理。城里规模最为恢弘的建筑群可以吸引富有的游客大掏腰包，并给他们留下积极的中国印象。

20 世纪 30 年代居住在北京的外国人早已为其魅力所沉迷。“对于在一个古都的闲居生涯，我实在需要极尽夸赞之词。”乔治·凯兹在他的北京四合院生活回忆录《丰腴年华》中写道。“略微腐朽的殿宇提供了多种迷人的可能，或重做打算，或简单留居；比起别处，这里的风俗显然更为细致与斯文；日常生活中最最平常简单的动作在这样的环境下做出来，似乎也更为和谐可爱。时光总是优雅闲散地过去，像温文儒雅的绅士；这是一个如此独特的所在，当众人纷纷离去，城中奢侈浮华的时光仍坚守原地。”

中国知识分子们的目光却落脚在别处。诗人徐志摩将这座过去的帝都标为“死城”。另一位作家称其为一座“鬼城，繁华只属于过去，也只为了过去……冷眼旁观着种种陈旧的风俗，回想着旧时代的荣耀与光辉，滋生着留恋与惆怅的气息”。还有一位作家抱怨道，北平“毕竟只是一处外国游客纵情享乐的地方。这里只有这一个优势，实属可怜可悲”。

英国的回忆录作者奥斯伯特·西特威尔觉得北平“丝毫没有欧洲古都新兴区域人情味淡漠的可怕气质；完全没有新柏林或奥斯曼男爵之巴黎的那种冷漠。另外，窄小的街道处处可见，这对一个城市灵魂的塑造极其必要”。

一名中国作家则对北平的贫穷落后充满怨恨，他写道，“我向往巴黎的繁华富饶，柏林的壮丽庄严，伦敦的摩天大厦和飞速行驶的汽车。”

由于新首都南京没有使馆区，各国使馆滞留在北平。一位英国作家觉得这种情况好比英国议会在伦敦召开，而其他国家的驻英代表却在苏格兰中部某地驻扎，“还得加上火车速度过慢和没有长途电话这两项不利条件。”

外国人的北平生活如梦一般闲散舒适。“人人都认为清教的教义与北平格格不入，”一位比利时记者写道。外国人买得起蒙古马驹，可以去参加马球比赛，还能整天在外野餐，并雇一个私人的三轮车夫。“生活就是永无止境的宴饮狂欢。因为劳动力廉价的缘故，一切都价格低廉。北平简直就是天堂。中国人是否也这样想实在是无关紧要。”

“一百三十万人口中，有很多是无业游民，”一份城市报告中写道。“他们想要做工糊口，却无工厂可去；他们想做生意挣钱，却苦无门路营生……在一条街上，可能有几个甚至几十个家庭没有任何谋生的手段，每天无所事事，只能坐以待毙。”

这些人出现在1936年的小说《骆驼祥子》之中。小说作者老舍，本名舒舍予。他在一条胡同中长大，父亲是一名满洲旗人，在义和团运动中不幸遇害。早期的英文译本将书名译为《人力三轮车》(*Rickshaw*)。《骆驼祥子》的主人公就叫骆驼祥子，是北平的一名三轮车夫，住在一个大杂院里。在这里，“春并不先到枝头上，这里没有一棵花木。在这里，春风先把院中那块冰吹得起了些小麻坑儿，从秽土中吹出一些腥臊的气味，把鸡蒜皮与碎纸吹到墙角，打着小小的旋风。”院里的一些孩子没有衣服穿，满是煤灰的小黑脸上生满了冻疮。“死是最简单容易的事，活着已经是在地狱里。”

城里发展缓慢的经济让老舍不得不四处奔波求职。他在中国各个城市教授文学，并在伦敦大学东方学院讲授中国文学长达六年之久。然而，他最受欢迎的作品都以家乡为背景，里面充满了各式各样的生动描述，展现了北平的景点胜迹、小吃美食、方言京片子和阴暗可鄙。

人力三轮车夫和他们上层社会的“衣食父母”。

《骆驼祥子》里的故事却很有些不同。书中的北平贫穷落后，充满背叛与钻营，充斥着士兵、窃贼与娼妓。小说的结尾悲观绝望，于是，第一版英译本在没有告之原作者的情况下，将结局改写，成了“大家从此过上了幸福生活”的大团圆结局。

1905年，日本成功从俄国手中夺得旅顺港，之后加快了在中国东北扩张的脚步。1931年，日本侵占了整个东北；又于1934年扶持末代皇帝溥仪重新登基，建立了“伪满洲国”傀儡政权。除了紧紧控制住该地区丰富的矿产资源之外，日本也建立了向中国南方推进的基地。

1937年7月，有报告说中国军队在北平郊外重创日军。谎言掩盖了本身溃不成军的事实。等到真相暴露的那一刻，“我从没见过任何民族像全体中国人那样阴郁黯然，哀鸿遍野，”当时美国驻华大使馆的一位海军卫兵写道。“我为他们感到非常遗憾，他们之前是那样的兴高采烈，在被日本人侮辱多年之后，还以为风向变了，中国人打败了日军。”

约翰·西蒙·莱彻尔上校是美国弗吉尼亚人，1937年被派往北平，担任一个步枪连的指挥官。美国大使馆的护卫队由二十名军官和五百名在编士兵组成，是使馆区最大的一支军队。莱彻尔时年三十四岁，身材高大魁梧，面容松弛，眉毛灰白，头发有日渐秃顶的趋势。在那时的照片中，他的军人作风十分明显，站得笔直，面无表情。从这张没有笑容的脸上，看不出莱彻尔对北平的魅力迷恋到何种地步。

尽管全城的衰朽破败已经十分严重，北平整体看来依然像赛珍珠小说中写的那样：木兰花香若隐若现，厚重的鸦片烟雾四处缭绕，丝绵与绸缎如彩虹一般七彩多姿，女人们的纤纤玉手上，闪烁着绿松石与金子的光芒。莱彻尔特别爱吃一种名叫“北京之尘”[①] 的甜食。栗子磨成面，混上蜂蜜，外面包裹着“一层冰冻的水果，上面再盖上鲜奶油。要我说，真是美味”。

莱彻尔在北平任期两年。在此期间写了很多家书，都以“最亲爱的妈妈”开头。这些信揭露了很多日占时期北平鲜有人注意到的一面。有很多中国知识分子选择离开；像《丰腴年华》作者这样的外国回忆录作家突然之间忙不迭地表明外国人身份，与本地人划清界限。“日军进城时，凯兹在房顶上挂起了一面美国国旗，”凯兹那条胡同里的街坊们几十年后还能够清晰地回忆起这一幕，“那是我见过的最大的一面旗帜。他在这里像一个中国人那样生活了那么多年。但形势一紧张，他就举起了星条旗。我可什么旗都没法举。”

---

① 即栗子花篮，是用栗子面做成的花篮，很早被外国人译成“北京尘土”，Peking Dust。——译者

1937年，莱彻尔上校前往北平郊区南苑的战场，发现中国士兵和战马的尸体堆得像小山那么高。很多都是在四散溃逃时被一枪毙命，中枪时正慌慌张张地扔掉水壶，脱去灰色的军装。“除了最基础的东西之外，我不相信这些士兵还受过什么训练，”莱彻尔写道。“中国的战壕选址很差，射程也相当糟糕，没有凹陷，也没有出其不意的转弯，以防敌方纵向射击。各部之间的交流可能也很少很差，医务处根本就百无一用……没有飞机，也没有坦克……这场战争只可能有一个结果，日本大获全胜。”

1937年8月8日，一个星期日的早晨，莱彻尔亲眼目睹日本军队从前门进入北平。“坦克开道，后面的步兵排成四列，向前行进。我们估计大概有一千五百人。他们身材矮小，很多人都缠着绑腿。没有哪个日本兵在注意保持步伐整齐或站姿笔挺。卡其色的羊毛外套和裤子都不合身，绑腿就是将长长的条状棉布缠在腿上。他们的鞋子看上去十分沉重，没清洗过，沾满尘土。”

全城的墙上都贴了布告，宣布河边正三为北平的军政首长。他曾在南苑的战役中担任日军司令。任何不服从他管理的中国人都将被就地正法。

8月末，莱彻尔写道，整座城市“现在看起来比较正常了，商店杂货铺什么的都开门营业。我相信日本人非常急切地想让这里的一切走上正轨，这样才能拿到供军队使用的食物和其他物资，还可以收税。他们现在永远不会放过北京了”。莱彻尔在信中表达了想去颐和园打猎的愿望。10月，赛马场重新开放了。三个月之前，那里还是战场，但“今天，在秋日的暖阳下，熙熙攘攘的中国人与外国人一同观看比赛，纷纷赌马，就像从未发生过什么事一样。战壕被填平了，死尸被掩埋了，战争的所有蛛丝马迹都无影无踪了”。

他记录了鸦片如狂潮一般涌入城中，既是为了麻痹和征服北平人，也是为了增加财政收入。1940年，占领军建立或批准了六百家鸦片馆，很多都在大栅栏。

日本计划将北平建立成一个省会以及军事与文化中心，二十年内人口翻一番到两百五十万。这个“新北平”计划促使旧城的中心通了车。工程师在城墙上凿开大洞，以便修建宽阔的大道，这就是今天行经天安门与众多首都重要政府办公机构的长安街。

日本人还在旧城内修建了很多其他道路。根据一个调查统计，旧城的胡同数量上升到三千六百条。然而，占领军并不想让日本人住在胡同之中。“为了避免日本人和中国人共同居住，我们将修建一个日本人专用的城市新区。”规划中写道。“传统的房屋无法满足日本人的生活需求，修补它们也是非常困难的。”城市新区呈对称的网格状，道路沿轴向分布，还有自己的飞机场。

不过，占领军仍然占用了最好的那些皇家四合院，莱彻尔写道。“这些古老的满族大家族在中国最好的宅邸中生活了三个世纪，现在却陷入困境。因为日本人粗暴地抢夺了他们的房屋和土地，连一点装模作样的赔偿都没有。但我觉得他们也不应该得到什么更好的下场，因为中国正是在他们手里败下来的。”

日本的“新北平”计划保证要“大力保护中国文化”，并将修复圆明园英法联军劫掠后的废墟提上议事日程。然而，对财政预算的控制不允许这些工程的发生。“如果不尽快投入大量资金进行修复工作，”1939 年莱彻尔写道，“各个宫殿将会成为废墟。而日本又在将这里的所有钱财一点一点地榨取干净，开展修复工作的可能性实在是微乎其微。所以，在这座城市大变样之前能够一睹真容，实在是幸甚至哉。”

海军陆战队在今天安门广场一角的大使馆外开辟了一个有帐篷遮挡的溜冰场。“现在我所有的运动就是滑冰了，”1939 年莱彻尔写道。“很多时候，冰上都沾满了尘灰，这样就连滑冰都不行了。”他十分厌烦鸡尾酒会：“你一遍又一遍地跟同样的人打照面，真是无聊极了。”

而且对那些混迹于北京俱乐部[①]的西方人嗤之以鼻，“一群井底之蛙，待在很小的池塘中，就以为自己是在大海里乘风破浪的大青蛙了。”莱彻尔更喜欢在广阔的北平城中猎奇找乐。1939年，他说自己特别盼望参加大栅栏的春节庙会，“我去年就去了好几次。”

在天坛门外，他的导游“告诉我们好好看看这条街和街边的房子，因为自从七八百年前它们被建成之后，就再没变过样。这是一个非常好的例子，能给大家展现忽必烈统治时期一条中国城市老街的面貌。所以我们眼里的这条街，就是马可·波罗当时看到的街道，除了街上来来往往的人力三轮和偶尔驶过的日本军车”。

这幅场景应该给莱彻尔留下了极为深刻的印象，因此他的叙述可能略微有些夸张。这条街的面貌是否自马可·波罗时代起就丝毫没有改变，这一点很值得怀疑。但对于莱彻尔来说，这样想想也是好的。贫穷落后可以给城市罩上一层浪漫与怀旧的光晕。就算早已被劫掠一空，面目全非，还被一支穷凶极恶的军队所占领，这座城市还是拥有独特的魅力。在等待调职命令的日子里，莱彻尔给母亲去信，“如果我必须住在一座城市，永远无法因为任何原因离开；那么在所有我生活过的城市中，我会选择北京。”

① Peking Club，当时北平的外国人聚会的一个场所。——译者

第十七章　朱老师：树的记忆

2006年冬天，中央湖区和紫禁城周围的护城河迟迟没有封冻。日历一页页地翻过，大雪、冬至、小寒，甚至大寒，节气一个个地过去，户外的气温竟然还有些微微的暖意。今年的农历春节来的略有些晚，2月中旬才开始，但冰凌的身影仍然遍寻不见。自从我在北京落脚居住，这是十年一遇的罕见情景，由于天气原因，冰球打不成了。

我回美国去探亲访友。当时美国正对外发动两场战争，但大家的生活仍然正常进行着，只有机场的对讲机不时发布“橙色警戒”的通知。广告中说很多美国人都患上了“不宁腿综合症”①。我的朋友们各自安居乐业，生了孩子，养了狗。不过孩子和狗的名字好像搞反了，猎犬叫杰夫，儿子却叫“游侠”。在这里，“Chai”是一种印度奶茶饮品，而不是毁坏房屋的命令。空气清新怡人，我的肺部不断呼出北京污染物留下的粘腻“纪念品”。我从四合院带了一本书，打开的时候散发出一阵发霉的味道，瞬间让我“穿越”回胡同。

在一个建筑工地，我读着张贴的布告，上面要求工程负责人准备一份“历史资源保护计划”，并且如果“遇到人骨”，则必须立即停工。工程负责人必须上交对施工现场地下水和危险物质的测试结果，还要拟定一份安全计划。施工时需要进行噪声控制（不能使用打桩机和钻探机），还要根据相关规定调整交通运输的路线。如果公众对该工程怀有疑问或者提出反对，市政厅就会安排一个听证会，让双方来参加。我在心中许愿，希望美国能将这种公开透明“出口”到中国去，顺便带上开架借阅的图书馆。

就算略觉孤单寂寞，美国的生活还是要方便多了。可以通过互联网缴纳电话费和电费，而不用去银行排队。每天下午四点信件准时送到。需要回收的东西放在路边垃圾桶里，每周一都会有人来收。我不知道是谁。邻居们互道“你好”。在某个大学校园，我总是看到这样一对情侣，举着反对核武器的牌子。我从没见过有其他人上前去询问。美国可以保障这种自由“被忽略”。

2月末我回到北京的时候，警察正在找我。我从机场叫了辆出租车，还在车上，手机就响了。“你那条胡同里有人打架，”李警官说。“他是个中国人。警察审问他的时候，他说自己叫梅英东。但我们把这事解决了。人人都知道梅英东是个老外啊！”

在我四合院门前的回收站，废品王照旧点头致意，问我“吃了吗”，就好像我只离开了几个小时似的。我房间的窗户需要用《北京晚报》好好地擦几遍。除了蜘蛛外，我在自己房间里见过的唯一活物并非老鼠或蟑螂，而是两条偶尔出现的鼻涕虫。就像现在，它俩正在卧室的墙上慢慢蠕动着。

它们一路分泌的黏液留下明显的痕迹。老寡妇抽着“飞马牌”香烟来了，她门也没敲，就走进我的房间，开口说，“你回来啦。”听说我从机场回来是打的而不是坐公交车，她又把我数落了一通，说我浪费钱。接着就颤颤巍巍走进厨房，下了碗面，上面淋上芝麻酱。“吃面，小梅。赶紧吃！”她看着我“吸溜吸溜”地吃完一碗面，接过空空的碗，走了。

---

① 一种感觉运动障碍疾病，主要表现为夜间睡眠时，双下肢出现极度的不适感，迫使患者不停地移动下肢或下地行走，导致患者严重的睡眠障碍。——译者

我问韩先生为什么下午就在家了。“我们回东北过年看儿子去了，”他说。“我们不在的时候，有人租了我们在手机市场的摊位。”他老婆不想回北京来，他说。但他坚信2007年他们的运气会好起来。

在美国我享受了隐私、暖气和室内管道的种种好处，再回到这里，四合院给我的感觉不太一样了。现在我又回到这鱼缸一般阴冷潮湿的地方，晚上又得朝塑料瓶里尿尿，因为老寡妇用木棍从外面闩了门。居委会英语培训班的“老学生”们说，人一旦从大杂院搬到了公寓楼，就永远不会回来了。他们带着淡淡的忧伤说，就好像一道符咒被打破了似的。

暖冬加速了各种道路修建工程的进度。一条空荡荡的柏油马路穿过鲜鱼口。这条单行四车道的路边，有一道水泥墙，被漆成木头的颜色。

片区拆迁的废墟被围了起来，安了大门，不对公众开放。我躲过保安，偷偷溜了进去。发现老张过去住的房子附近，仿造被拆除的一家商店和一个澡堂，新修起了两栋建筑。老张已经被迫搬迁将近一年了，但他的房子还原封不动留在那里。我打电话告诉他时，他说，“传言说区政府的开发公司想在那儿建一个购物中心，但很难吸引到投资。这里头争议很大。”

在一些半拆毁状态的四合院白墙上，会看见一个光秃秃的人头轮廓，黑色的颜料格外醒目。艺术家的落款是“AK-47”。从20世纪90年代末期起，他就开始将这些用一条流畅线条喷绘成的头颅画在拆毁的胡同里了，那时做这种“乱涂乱画”的事情必须要匿名，否则就要冒受罚的风险。他把这一系列作品称为“对话”，代表了他与正在消失的城市之间的对谈。像佐罗的“Z”字标记一样，这些头颅也是一种存在的证明，宣告着“我也曾在这里，我也曾见证过”。随着中国艺术市场的发展，这位艺术家更为大胆和激进。真名

刚建成不久，贯穿鲜鱼口的新道路。

叫张大力的他从此声名鹊起，并在国际上得到认可和肯定。现在，一张他的作品签名照片能卖出的价钱，有可能超过开发商给拆迁户的赔偿。而那些拆迁户被迫搬离的家，就成了他的“画布”。这就是新北京。

我穿过前门大街，走过韩先生过去的店门口，店门紧紧关闭着，但仍然伫立在那里。道路工程也完工了。扩建后的煤市街位于杨梅竹斜街东端，将大栅栏分开，但并未带来像大家之前担心的那种分裂。街道是单行线，只有两个机动车道和两个非机动车道。街道东边的大广告牌上，一个头戴帝王时代瓜皮帽，身穿马褂，梳着辫子，双颊鼓鼓的小贩作吆喝状，写在牌上的吆喝内容只有英文：

AK－47 的艺术作品，画在鲜鱼口一个被拆毁的住家墙上。

Dashilar
Along the Forbidden City
600 Years
Legend Commerce
（大栅栏，紫禁城旁600年的商业传奇）

广告中，大栅栏三字的拼写是按照传统京片子的叫法，“Da-shi-lar”。旁边的电脑绘图展现了在该地区规划建造的现代四合院住宅。另外两块广告牌上展现的是前门步行街的黑白照片，旁边的文字写着：

Mega Cheerful Business Travels Reserved（保留众多营生，呈现欢乐之旅）

Flourish of Legend Street Recurring（重现传奇街道繁荣）

All Brands Co-exist Harmoniously（老字号与新品牌和谐共存）

Ideal Ancient Streetscape for Tourists（游客们理想的古老街景）

这片儿其实早就有和谐共存的各种品牌和不同阶层的人群了。从摊煎饼的小贩到出售古董的艺术家，还有去年被迫拆迁的数十家“老字号”。2007年3月，他们过去所在的建筑还在，里面却已经空空如也。这片区域依然有着古老的街景，但对于“无形巨手”来说，这样的街景并不理想。

还有一块广告牌是新树立起来的，上面是一张芝加哥格兰特公园白金汉喷泉[①]的照片。那是我们胡同的未来吗？广告牌上没说。不知道“无形巨手”是否知道，这座公园之所以能有今天的模样，完全得力于市民对开发工程的强烈反对。19世纪末期，邮购业先锋人物，芝加哥市民阿隆·蒙哥马利·沃德多次与政府领导对簿公堂。因为在多伦多大火之后，很多碎砖瓦被推入密歇根湖中，产生了填湖空地，而市政府想在这片空地上进行建筑工程。除了未能阻止芝加哥艺术学院的修建之外，沃德成功将其他区域都作为公共绿地保留，成为对所有人免费的开阔空间。

尽管黑板上的倒计时早就没人照管，我的学生们还是知道离奥运

① 世界上最大最古老的喷泉之一，也是世界第一大照明喷泉。——译者

会只剩五百天了。第二学期的第一天，学校又召开集会，庆祝这里程碑式的一天，学生们继续对着五个名叫“福娃”的卡通奥运会吉祥物宣誓。朱老师和另外四个同事，每人分别穿着一件与奥运五环相符的颜色，站在露天的主席台上，手里拿着相应的毛绒福娃公仔。他们唱起教育局传达给每所小学的一首歌，歌名叫《微笑北京》：

微笑 微笑 微笑
志愿者的微笑
张张笑脸生动灿烂
汗水映蓝天
轻轻的道声：“How are you?”
我与您相伴
来吧 朋友
朋友们来吧
志愿者的微笑是北京最好的名片
微笑吧北京
真情无限
志愿者的微笑是北京最好的名片。

熟悉的吉他声又响了起来，“浑身是劲”的音乐以高亢洪亮的旋律响彻全校。舞蹈队又带着冻僵在脸上的微笑进场了。我问朱老师，为什么老师们举着的福娃公仔都装在塑料袋里。她挥手指了指烟灰色的空气。“沙尘暴会把它们弄脏的，”她说。“一直到奥运会，我们每场集会都要用到它们。”

我们最好的一名学生转学回了老家的一所学校。她是外地民工的女儿，之前进炭儿胡同小学时一学年的缴费和当地人一样，只交了三百元。然而，所有的学生都必须在户口所在地参加初中升学考试。离这场考试还有一年多，但孩子的妈妈担心从没在老家生活学习过的女儿太晚回去适应不了，考不好试。

英语教材里，Mocky 正在读《皇帝的新衣》。朱老师请同学们从皇帝的角度改写这个故事。一个男孩在故事开头这样写道，"My name is USA. I like watermelon. I like new clothes. I like steak sausages. I like XO. My country's name is Texas."（我叫美利坚。我喜欢吃西瓜。我喜欢穿新衣。我喜欢吃牛肉香肠。我喜欢喝特陈白兰地。我的故乡名叫得克萨斯。）

朱老师和我正在将孩子们图文并茂的故事往墙上挂，一个教育局官员走进教室。"你是个志愿者!"那位女士说，握着我的手象征性地甩了几下。"做个志愿者真伟大！你是个真正的志愿者！你有志愿者精神！你真的融入到这里了!"

我并没有完全融入。朱老师必须去参加一个会议，会上这位官员会传达各种指示，同时举着一根小指头往另一只手的掌心戳，以示强调。我则可以不去。我溜下楼，去刘老兵那儿吃午饭。学校的黑色铁门前，学生鼓乐队排成几排，铜管队正断断续续地吹奏着《友谊地久天长》的旋律，低音大鼓被敲得震天响，小号这边则开始热热闹闹的《欢乐颂》。看着孩子们认真无比的表情，我笑了。像以往一样，回家真好。

对着一碗"刘老兵刀削面"大吃特吃的间隙，我问他，为了现在这种胡同中的生活，他们放弃了怎样的生活条件。这里的环境比他们在乡下好吗？他一直给出肯定的答复，我不断地表示怀疑，直到刘老兵写下他们山西省的地址，叫我不信就自己去看看。

坐了一夜的火车，天亮前我来到平遥，这里是中国硕果仅存的几个城墙未受破坏的古镇之一，距北京西南六百多公里。空气污染令我的眼睛迎风流泪，而太阳呈现一种涨红的脸色，好似也要为这浑浊的空气而作呕。

开往刘老兵那个村儿的公共汽车在坑洼不平的路上艰难地颠簸，两旁是一望无际的平坦农田，全都干旱龟裂。笨重的载重卡车轰隆隆地经过，不断有零星的煤灰四下飞散。路边，一个男人披着结成一团的长发，将黑色的尘土整整齐齐地扫成一堆一堆，旁边还有别人丢弃的鞋子，也堆得像小丘一般。“他是个疯子，”一位乘客解释说。

中国中部平遥古城外的村庄，刘老兵就在这里长大。

刘老兵的妹妹在村里一个拱门旁等着我，这个拱门是为了纪念一位共产主义革命烈士修建的。一条平坦的水泥马路通往镇上，另有二十多条交错纵横的小路，两旁是高高的砖墙，随便打开一扇门，就能进入一个小院子。这是“农村版”的胡同。

刘老兵的母亲在家里的墙上贴上彩画瓷砖作为装饰，组成了中国南方的湖光山色。“她从来没去过那儿，”他妹妹说，“她只是觉得这些亮色比较好看而已。”院子用泥土填平夯实，非常干净。一堵墙上摆着一尊泰山神的石像，那是道家的神，人们相信他可以保佑一家平安。北京胡同里的很多人家也摆放着同样的护身符。

刘老兵的妹妹带我参观了宽大的厨房，三个卧室，再上楼来到平平的屋顶，这里一般用作晒谷场。刘家背后的房子年岁更老些，安装的是木门，两旁刻着祈愿平安的对联，两旁有装饰性的石雕，与胡同大同小异。

“其实，这里一直是个挺富的村儿，”他妹妹说。“这里没怎么受过穷。只不过大家都知道，去城里能挣更多的钱。”她正在邻镇上学，立志成为一名数学老师。我们在全村闲逛的时候，只遇到一个人，是一位老爷爷，喊着她的名字向她打招呼。“我住在学校，”她说。“这里真是什么都没有了。除了老人，其他人都进城了。”春节期间，村里人又会多起来，大家回家来与家人团聚过年。田间耕作已经是过去的回忆了。“我们还在种大豆，但会雇一些帮工来种地收割。”

刘老兵的妹妹非常开朗，总是笑眯眯的，但每当我赞美村里某个建筑细节或周围环境时，她都会打断我的话。和城里相比，这个村子和他们的家什么都不是，她说。

“几年前的一天，我父母决定不再种田，自己做生意。他们就去了附近一个地方，过去是地主的房子，后来变成了旅游景点和电影厂。他们开了个卖面条的小摊，存够钱之后，就去了北京。你遇到他们的地方是他们开的第一个面馆，已经被拆了。”

他们从来没放弃过在北京谋生的想法，她说。在中国，城市经济比农村要发达多了，像他们这样的乡村正在日益衰落，人口都流失到大大小小的城市去了。

不过，刘老兵的妹妹说，村里有一大好处。“我哥当然得娶个这里的姑娘了。她们认识他，知道他的经历，也知道他是什么样的男人。而且，她们都觉得他长得很帅。”

我放眼望着空寂无人的小道。“这些姑娘现在在哪儿呢?”

“哦，她们当然在各个城市啦，还用问吗?”

我坐了十个小时的汽车回北京，一路上路过一个又一个村庄，尽管已是春回大地，却没看见一个人在田间耕作。与之形成对比的是，车行至高速公路，却遭遇了交通阻塞，装满着煤炭的卡车，满载着乘客的汽车，将一车车的能源与活力输送到首都，而那座城市正照单全收，尽自己所能将其通通耗费殆尽。

朱老师站在一座人行天桥上，凝视着自己土生土长的片区。眼前的景象很明显分成了两边，如一张“改建前”和“改建后”的对比照片。右手边，狭窄的胡同纵横交织成一张网，四合院密密麻麻地点缀其间；左手边，宽阔的大道，耸立的高楼，一块块大招牌宣告着北京有了第一家布克兄弟[①]，另一家沃尔玛和不知第几家星巴克。胡同两边的墙上贴满了黄色的布告，提醒居民们不要听信谣言，相信党和政府，积极迎接奥运的到来。

“我从小长大的房子要被拆了，好像也没那么值得悲伤，”朱老师和我并肩而行。“不管怎样，我都认不出这片儿了。跟我小时候相比简直是面目全非了。”

孩提时代，她和祖父母住在我现在的家和炭儿胡同小学往西步行十五分钟距离的地方。朱老师在一条叫做“椿树胡同”的小街中长大。顾名思义，那片儿长满了椿树。这种英文名叫“天堂之树”的树木却有个中文名叫“臭椿”，因为开花时有刺鼻的气味。另外，因为该树种如同野草一般，什么环境都能生长，还有另一个英文名字叫做ghetto palm（贫民区的棕榈树）。

---

① Brooks Brothers，美国经典服装品牌，一直以来都走着华丽、高雅、贵气的品味路线。——译者

贯穿朱老师那片区的新道路。沃尔玛就在画面外的左侧。

在现存最古老的中文字典中，这种树也赫然在册。其表皮色泽偏黄，木质光滑，通常用来制作点心的蒸笼。宽大的树叶可用来喂养桑蚕。另外，根据一本古代医书的记载，如果将其树根与发酵的黑豆和小男孩的“童子尿”相混合，便可治疗精神疾病。寒冬过后，这是最晚发芽长叶的树种之一，其名“椿（春）”由此而来。朱老师对此印象深刻。因为和很多北京本地人一样，她也总是盼望着那美好温暖的季节，好采摘椿树树叶。

“刚开始发芽的时候，不是绿色的，”她指着一棵椿树说道。“有一点发紫，又有一点发红。我会爬到那棵上面去采树叶，然后我奶奶就会把它们碾碎放到鸡蛋液里一起煎。真是太好吃了！尝起来特别新鲜，简直跟香菜差不多，但味道和口感都要更鲜明一些。”

一个工人正用鹤嘴锄拆解着她童年时的家，但朱老师的目光牢牢停留在胡同里的树上。“那棵是枣树。枣子熟了以后，就落到地上来。

但最好吃的那些需要用棍子从枝头上打下来。随便一根棍子就行，我们没有什么特殊的工具。那时候生活是特别实际的。”

当面前的北京人陷入回忆，讲述过去的时候，我都提醒自己，在沉默的间隙也要保持沉默。通常情况下，就像现在，朱老师会说些什么，好像在朝着某一个主题前进，然后停下来，沉默个几分钟，接着又开始说另外一个话题，只有她才会觉得前后两者之间有明显的联系。

“我认识这条胡同里的每一个人，”她的目光仍然停留在树上，拆除她家老屋的斧锤声就在我们身后阵阵回响着。“每个人也都认识我。我四处跑着玩儿的时候，他们会叫我的名字；而我也知道他们的名字。虽然我不知道他们住在哪里。对面好像是一个什么工厂。很小，但是经营不是很景气。我记得对面是一个大铁门，经常关着门。那个房子和我奶奶的房子差不多高，也是一个二层的房子。大铁门经常关着，前面有一片空地，经常会有老人坐在那儿聊天。”

一位老太太从我们身后缓缓走来，“小朱！你回来啦。你吃了吗？”

“吃过了，您呢？”

即使是在曾经共同的家园面临消失的命运，在身边被一一拆除的时候，熟人之间也不会拥抱或是握手。两人之间保持着一尺开外的距离，询问和谈论着每位家庭成员的健康状况。老太太并没有叫我“老外”，也没有问我是谁，也没有询问朱老师的丈夫去了哪儿。我是风景的一部分，别无其他。“我们下周就必须搬走。”老太太不带感情地说道。“不想搬走，但是必须走啊。你的爷爷奶奶怎么样啊？”工人继续挥舞着手中的鹤嘴锄。老太太向公共厕所走去。

“不，我知道这不是我们家的房子，”朱老师继续开口道。“因为他正在拆的这个房子曾经翻盖过。过去的老房子非常有特点，你永远也找不到一样的。以前的房子是尖尖的，房顶有灯，电线就走这个房顶的上面。电线从这儿出来，下面接一个灯泡。在这个房顶有一个方形的洞，你可以自己爬上去，上面是可以走路的。很有意思。楼梯是木头的，没有飞檐。就像你刚才在那边看到的房子一样，它的瓦是阴阳瓦，一行凸，一行凹，便于排水。冬暖夏凉，非常好。那样的房顶可以隔热，夏天会比较凉快。现在全部都被拆掉了。现在你看见的这些都是非常新的红砖，以前除了墙以外，所有都是木头的。”

朱老师土生土长的椿树胡同周围，高层公寓楼将四合院取而代之。

她停顿了一下，看着工人砸烂一堵墙壁。“以前这里是一户，也有院子，里面没有盖那么多房子，也没有那么多户人家。政府把这个房子租给了我爷爷奶奶。我听说这儿原来是一个国民党军官的房子。后来他们当然是走了。我不知道他是谁。谁知道他去了哪儿呢？原来这里是没有这些小房子的，这些曾经是我们自己的厨房和厕所。”

她指着一堆断砖碎石。“我爸爸、妈妈刚结婚的时候在这里住过一段时间。我小的时候已经没有那个卫生间，我们就都用公共厕所了。”

“房子有两层，小的时候，我和奶奶住在上面那一层。房顶上还有大梁，木头很大，是一整根，很粗。有时候奶奶腿疼腰疼，要我扶着大梁，站上去帮她踩一踩。我会说，‘不’，她就说，‘不什么不？你站上去。’我说我一共也没有多重，劲儿太小，力道不够给她踩背，她就说‘你站上去’。我怕摔下来，她就说你扶着上面的那根木头。”

朱老师将双臂举过头顶。“我就会一边扶着，一边踩她的背。然后把手向前移一点，再往前踩。她很高兴，还舒服地哼哼呢。”

朱老师微笑起来，接着又沉默了。她搓了搓双手。鹤嘴锄砸在砖墙上，激起一阵云雾般的灰尘。

“现在这根本就不是我的房子，”她带着不服气的语气重复道。“很不好看。爷爷、奶奶当然不愿意搬到郊区去，不过，虽然不愿意走，也没有你说的那么严重的情绪。他们现在过得还不错。有时候我爸爸要到这边来办事什么的，我奶奶都会说，‘带着我一块去！’因为我奶奶自己不能坐车过来，需要有人照看。但是我们不管带她去哪儿，她都会说‘你们进去吧，我在外头等你们。’她可以在某个地方遛上一个小时，什么都看看。上个月，我妈妈找到些戏票，邀请了一个朋友，还有一张给我奶奶，说我们去看戏吧。她说行。可是走到戏院她说，‘你们去看戏吧，我自己去遛遛。’”

朱老师的爷爷奶奶住在她父母的高层公寓里，在三十多公里以外，远离胡同和这里每天不断上演的生活场景。“现在我们楼门口有个小院子，有时她也在外面站一会儿，不过基本上都待在家里，一整天。我想适应新环境也需要时间，我们准备用他们的拆迁补偿金买下我父母旁边那套房子。”

朱老师负责和开发商讨价还价。北京那些没钱没权的老百姓说话语速一般都很快，声音很大；被推得越远就越喊得歇斯底里。而开发商代表就好像整天在梦游似的。“一开始算出来的是三十八万，然后我就去办公室找他们。我至少去过三次。实际上他们态度都特别好，有什么困难可以提，只要你说的价格不是特别过分，比如说一百五十万，只要你说的价格在他可接受的范围之内，他都会说让我想想。但是你不要着急。一开始都没有谈到价格的问题，因为我们这个房子算公房，不是我们自己的，也就是说，我不是房子的所有者。我每次去都是和同一个人谈。他说话很慢，很平静，感情和节奏都控制得特别好。他让我先说，他再说，然后再让我说。他甚至还给我倒了杯水呢！他给了我们充足的时间来考虑清楚，大约用了一个月的时间。最后，我们商定在七十万。我们用这个钱来还贷款，还富余一部分，如果爷爷、奶奶生病住院可以用。”

工人已经将最高层的墙面成功解体，开始对分层处的地面下手。楼梯间里还挂着一个新年的装饰，一个小男孩双手合十，祈愿来年好运连连。朱老师不愿意去拿那个装饰。“让他好好做事，”她指着挥舞着锄头的工人。

“我爷爷很想念晚饭后拿着烟斗，坐在树荫底下和老朋友们聊天的日子。我奶奶呢，特别想念沃尔玛。”朱老师爽朗地笑起来。“她不识字，也不喜欢坐电梯。但在沃尔玛认东西就很容易，所有东西都摆在架子上，她只要看商标就知道了。还有沃尔玛里不是那种一般的电梯，而是一个斜坡式的滚梯。原来在对面有个超市，现在已经倒闭了。那里就是台阶式的，她每次都需要找人帮忙。比如说，“小伙子，给我搭把手。”所以她绝大部分时间还是等着我来和她一起买东西。她总是不好意思问别人，她只能看那个东西长得像什么，然后去猜。比如这个是洗碗的，那个是洗衣服的。在沃尔玛她自己就可以搞定了。”

我以胡同里仅剩的完好房屋为背景，给朱老师拍了一些照片。房子的外墙上已经刷上了一个㊟的符号，大小和她的身材差不多。“将来有一天，我可以把这些照片给我的孩子看，”她说。怀孕生子仍是她的头等目标。她奶奶希望有个曾孙可以带。然而，学校的未来命运悬而未决，她对于给家里添丁仍然十分犹豫：“谁能说得清会发生什么事呢?”

朱老师家附近一条种满树木的胡同，“无形巨手”将包括这一座在内的所有四合院都标记为待拆建筑。

我觉得这一片儿的胡同是整个北京城最好看的，而它们正在被一座座写字楼取而代之。老榕树舒展着枝丫，将斑驳的树影洒在每户人家灰色的墙上；四合院的墙头上，春日的花枝悄悄探出头来。这里的房子状况比大栅栏的那些好一点，朱红色的大门上，篆刻后用黑色墨汁填写过一遍的门联依然清晰可辨：**仁自道义始，乐从德中来。**有些大门的基座上，装饰着象征祥云的图案。砖墙门楣上的装饰，有蝙蝠（象征“福”）和梅花鹿（象征“禄”，说明可能曾经有官员在此居住）的描画。如果门框前有一对圆圆的鼓形石雕，则说明帝制时代这座老房子曾经是一位军官的宅邸。过去有商人或学者旅居过的会馆门前，会有三角形的石雕，上面按照迷信的说法，刻有仙鹤、牡丹、独角兽等吉祥辟邪的图案。

几周之内，它们就将全部成为过去，就像它们过去的主人一样。曾几何时，这些叱咤风云的人物成为国家和人民的斗争对象，就像附近墙上已经褪色，但依旧依稀可辨的政治口号：**永远不要忘记阶级斗争！**

然而，朱老师丝毫没注意这些遗迹。我问她一扇门上的装饰有什么涵义，却没听到回答，于是转过身去，发现她独自站在胡同深处，抬起头，静静看着那些大树。

第十八章　“他有病了你不给他治，是你的责任”

2007年春天，《北京晚报》连续多天追踪报道了西南城市重庆被媒体称之为“钉子户”的状况。一对已婚夫妇拒绝迁出自己的两层楼房，他们不仅仅拥有使用权，还拥有完整的产权。为了修建一个购物中心，周围的两百八十座房子已经被清拆了，购物中心用于修建地基的场地已经在夫妇俩的房子周围挖好了。“钉子户”是那些拒绝搬迁的人及其房子的绰号，但用来形容这副场景也十分贴切：夫妇俩的房子之下，只有一个与房子差不多等长等宽的土堆支撑，伫立在一个将近二十米深的大坑中央。

男主人杨武原是散打冠军，他每天都待在房子里，需要补充生活供给时，就将别人带来的物资用绳子拴着拉上去。他在屋顶插了一面五星红旗，还展开一条横幅，上书**“公民合法的私有财产不受侵犯”**。他四十岁的妻子是个风风火火的女人，走出来接受了一系列的采访，告诉媒体，“我希望保卫自己的尊严和合法权益。”夫妇俩并非反对搬迁，但由于他们的房子地段良好，一楼出租过，带来很多收益，所以希望能得到一处价值相当的房产作为拆迁补偿。

在人人都有手机与网络的情况下，这场拆迁户与开发商的僵局以及房子那戏剧化危险困境的照片迅速传播。时值中国中央政府历经多年起草，正准备颁布一条全国适用的法律，要在中华人民共和国的历史上，首次将保护私有财产明确写入宪法。

各个网络论坛上，支持这对“厚脸皮”夫妻的声音越来越强烈，但并非完全的“一边倒”。为了解决纠纷，开发商提出每平方米赔偿一万八千元的条件，比北京拆迁户得到的两倍还多，也要高过该建设工程其他拆迁户所得的赔偿。经过当地法院的调解，夫妇俩接受了补偿条件，所得的补偿金包括了购买新公寓的钱款以及因拆迁未能出租门面所损失的收入。

《北京晚报》在该篇报道旁边加了“豆腐块”般窄窄的一栏，标题叫《外国怎样对待“钉子户”?》报道中说，在美国，“建筑商对钉子户无奈”。

北京的很多拆迁户也对此深信不疑。他们说征用房产和强制拆迁这种事情永远不会发生在美国。被迫离开鲜鱼口的老张有一次用他那因白内障而雾蒙蒙的眼睛盯着我，斩钉截铁地说，“在你们国家，政府不能强迫人民搬迁。”

然而，事实上是可以的。美国宪法赋予了联邦政府土地征用权。而《第五宪法修正案》则规定，“任何人不得因同一犯罪行为而两次遭受生命或身体伤残的危害；不得在任何刑事案件中被迫自证其罪；未经正当法律程序，不得剥夺任何人的生命、自由和财产；非有恰当补偿，不得将私有财产充作公用。”

根据这样的“征用条款”，政府可以在合理赔付的情况下，出于具体的原因或目的，对土地进行征收。有的法官对这一条款的解读不太一样，比如最高法院大法官克劳伦斯·托马斯就认为，这条法案的描述明确限制了“政府对个人的权力，正如此条修正案也明确列举了其他的自由一样”。他把这句话写在对克罗状告新伦敦镇案审理结果的反对意见中。这件案子发生在 2005 年，几名私人业主联合状告康涅狄格州的新伦敦镇，因为政府为了振兴小镇经济，规划一个包括州立公园在内的私人非营利性整体开发项目，其中有一部分将作为辉瑞制药公司的药品研发中心，该中心投资三亿美元。

案件共有九名原告，在待开发的区域拥有十五处房产。其他一百所房产的业主都已经接受了赔偿条件，但这些原告却拒绝搬迁。有的业主居住时间非常久远。一个老太太于1918年出生在她那所房子里，并在那里与自己的丈夫生活了六十年。

与交通工程或危房的清拆不同，一个商业开发规划是否具有“服务于大众的宗旨”，这一点有争议，也是最高法院审理此案时面临的主要议题。最高法院以谨慎的“5∶4”裁决驳回动迁户的上诉，支持当地政府强制性拆迁，认为支持经济发展是政府一项得到长期认可的传统职能。新伦敦的规划开发将制造超过一千个就业机会，增加课税基础，为一个经济萧条的城市重新注入活力。这是大法官史蒂文斯在多数意见中写下的裁决。

而在反对意见中，大法官奥康纳则写道，“请愿人并非拒不合作；他们并不要求增加补偿金，而且没有一个人反对该地区的新发展。他们是从原则上反对搬迁……政府可以征收他们的房屋修建道路或铁路，或者终止对公众有害的地产运用……但不可以因为新的业主可以对房产进行更富有成效的利用，就征收老业主的房产给其他业主私人使用。获益人将很可能是那些影响相对较大的市民和政治活动中的掌权者，包括大公司和开发公司……政府现在有恃无恐，可以将房产从那些资源较少的人们那里转移到拥有较多资源的团体或个人手中。”

大法官托马斯写道，最终的裁决“使得最高法院违反了常识，认为一个投资巨大的城市翻新工程是为‘公众用途’服务的；工程规划中说明的修建目的不过是模糊地承诺了制造新的工作岗位和增加税收，但也有取悦辉瑞公司的嫌疑。”他写道，工程造成的损失，将“不成比例地让贫穷的社区去承担”。他还引证了20世纪五六十年代破坏了主要由弱势群体人口居住的片区的那些开发工程。“在全国各个城市，”托马斯写道，“城市翻新被冠以‘黑人清理工程’的绰号。”

另外，钱也不能弥补所有的损失。“所谓的‘城市翻新’工程为所征收的房产付出一定的补偿金，”托马斯辩称，“但这些土地对于个人具有主观价值，在迫使他们从自己家园迁出的过程中，这些价值的消失以及造成的侮辱感，是无法用补偿金来赔付的。”

在多数意见中，大法官史蒂文斯说，做决定的应该是各个州，而非联邦政府。“我们强调认为，任何意见都不能阻止任何州对征收权力的实践进行进一步的限制，”他写道。“事实上，很多州都已经实行了比联邦基础更为严格的‘公众用途’要求。”

对于最终判决的强烈反对在很大程度上来说是象征性的。由于克罗状告新伦敦镇案中很明确地裁决开发工程可以运用联邦基金，于是美国众议院在住房和城市发展部的预算条款中加了一条修正案，禁止其运用联邦基金。2006 年的国会选举中，九个州都通过了限制土地征用权力的投票，尽管在很多情况下，城市官员仍然可以给一片区域贴上“破旧”的标签，自由地将其拆毁；或者在任何议会，各个州的立法人员仍然可以在票数达到三比五的情况下，推翻反对意见。

在新伦敦一案中持多数意见的大法官苏特在新罕布什尔州拥有一个农庄。那里的市政府接到“上面的”来信，催促征用其产权（最后未能成功），开一家精品酒店。该工程的提议者和支持者称，这项工程可以制造就业机会，并增加税收。

中国宪法第十条规定，“国家为了公共利益的需要，可以依照法律规定对土地实行征用……城市土地归国家所有。”

另一方面，只要拥有产权，则房屋属于业主。如果只有使用权，则房屋应该属于当地的房管局或一个国有的单位。

和胡同里的大多数居民一样，朱老师的祖父母和老张只有房屋的使用权，曾经雇用他们的工厂拥有所有权。老寡妇的权利是房管局赋予的。原则上，像那对“钉子户”夫妇一样拥有全部产权的业主应该得到更高的赔偿金标准，因为他们房屋居住的花费和从房屋得到的收入（比如租金）并未得到国家的补贴。

两种权利都可以转让。我的房东也只有使用权，他可以将这种权利出售给他人。房东每月向房管局缴纳少量租金。他常常说，我们这个房子永远不会被拆。但如果真的拆了，毫无疑问，他会想念这么多年来这所房子所带来的收入，因为它超过了任何他能够拿到的拆迁补偿金。

这张纵横交错，纷繁复杂的利益网是胡同片区多年来持续衰朽颓败的原因之一。在北京，要维护一座完整的四合院，通常需要一名购买者与拥有使用权的个人和拥有所有权的机构分别谈价钱和条件。两者都有权利取消交易或者要求更高的价钱。除此之外，国家拥有房屋所占的土地，可以随时随地对其进行征收。对征收提出异议等同于反对国家；有很多律师和上诉人已经因此而遭受牢狱之灾，导致很多中国律师不敢接手拆迁户的案子。一旦“无形巨手”在某户人家的墙上画了㊣拆，唯一可以谈的就只剩下赔偿金了。

2007 年春天颁布的私有财产保护条款规定，如果征收或破坏了任何包括房产在内的私有物品，需要给出足够的补偿。根据国家英文媒体《中国日报》的报道，尽管也收到其他多方的申诉和不满，但这条法令的颁布主要要归功于北京居民的坚持不懈，他们有的被强制搬迁出自己的家，有的受开发商的欺骗购买了建筑质量很差甚或抵押给了他人的新公寓。

如果条款得到有力的执行，则被迫搬迁或被欺骗的业主在遭遇到种种不公平待遇时还可以有些安慰，可以要求召开听证会，征讨更多的赔偿金。然而，由于国家的土地征用权毋庸置疑，新的财产法规无法保护北京那些历史悠久的老片区，正如美国最高法院无法保护康涅狄格州新伦敦镇的那些老房子一样。

组织草根民众保卫一条天津老街的作家冯骥才坚持认为，保护一个片区关键在于市民而非政府的行动。2007 年春天，看着对“最牛钉子户”和私有财产保护法规的轮番跟踪报道，我想起阔别四年的冯先生，不知道上次见面之后他怎么样了。于是，我找到手机里记下的他的联系方式，拨通了电话号码。作为一名中国公众人物，他非常罕见地没有换号。

“我的办公室现在搬到天津大学来了，”冯骥才说。

“地址是什么？”

“你来就是了，四处打听一下，就能找到我了。”

我登上一辆东去的火车，心里非常害怕会在一个硕大的校园艰难地寻找，拦下路上的行人，询问是否知道一位和蔼可亲，身量宽大的男人。并且想象，这个男人应该蜷身于一间与别人合用的狭窄办公室，靠着一个文学教授微薄的薪水，艰难度日。

结果，在大学门口，我拦住的第一个学生就回答说，“哦，当然啦，我知道冯教授在哪儿。”她领着我来到一座非常具有现代感的建筑前，用灰砖搭建起来的外墙让人想起天津那些老街的颜色。浅浅的金鱼池中，一根充气泵正“咕噜咕噜”地冒着泡。除此之外，院子里唯一的装饰是一扇已经衰朽的古老木门。一块电子广告牌上，当天的各种要闻以醒目的红字滚动着。一块牌匾上用中英双语写着，**冯骥才文学艺术研究院**。

一名秘书带我来到一个很大的房间，地上铺着厚厚的蓝色地毯，干净得好像几分钟前才吸过尘。窗户外面还有另一个池塘。生气勃勃的盆栽花木装饰着一尘不染、古色古香的木桌子和摆满研究古代建筑与绘画书籍的书架。墙上挂着一块从拆毁庙宇中抢救出来的雕刻牌匾，我记得在他从前那个没特点、没电梯的砖砌楼房中的狭窄办公室中见过，牌匾上刻着四个字，**文化之冠**。

冯先生进来了，向我挥手致意，接着我们的寒暄就被一个记者打断，他身后还跟着一个女学生，手持由六十五朵玫瑰组成的花束。

“今天是我的六十五岁生日。我全忘在脑后了。不好意思，让你等了这么久。”他看上去仍然像一张乱糟糟的床铺：衣着不修边幅，头发乱七八糟。另一个秘书给我们各倒了一杯茶。冯先生指了指一张罩着椅罩的绒毛扶手椅请我坐下。这样的殷勤招待让我觉得好像在拜访一名政府官员。

这些光鲜的东西都是在冯骥才与天津市官员一番争论，保卫古迹，以及发起全国范围内民间文化遗产调查之后得到的。目前该调查缺乏资金，但仍然在继续。他说，最近他还拍卖了一些自己的画作进行筹款。2006年，天津大学为他的学院提供了基金和教学楼，供他教授遗产保护课程。他封了笔，不再写小说。他希望带出来的研究生们能够组织自己的古迹保护团队，并指导他人做这方面的努力。时间已经所剩无几了。

“我一点也不乐观!”冯骥才说。“现在是两种速度在较量。一个是我们抢救的速度，一个是我们破坏的速度。前者的速度必须要超过后者的速度，我们才可能保护。如果我们的速度低于破坏的速度，我们就会丧失一切。”

“所有的中国传统文化都有问题。但是有一个特别紧迫的问题，比如像大栅栏这样的街区，还有那些古老的村落。我这几年在全国各地考察，我估计，中国还有六千个左右的古村落。它的形态，也就是庙宇、戏台、水井、桥梁这些地方基本还是存在的；它的非物质文化遗产，也就是民俗、节日、舞蹈、风俗、食品和技艺等基本还是保留的。但这些古村落形态正在遭到严重的破坏。他们把大部分房子都修得跟香港一样，如果觉得香港式的不好再改成美国式的，美国式的不好再改成西班牙式的。”

“考察过程中我发现一个问题，中国的一些古村落表面看起来没有什么问题，但是你真正到老百姓家中，什么老物件也没有，所有的东西都是‘新’的。家里一切精髓的，真正的老物件都没有了，为什么会出现这种情况呢？主要有三个原因。”

冯骥才说得十分流利，听他的语气，已经在很多场合将这几个原因列举过多次了。“一个是这几十年以来总是闹革命，比如扫四旧，‘文化大革命’，把这些东西砸坏了，当作坏的东西扔掉了。另一个是农民比较穷，认识不到老物件的价值，这些东西也保留不久。还有一个就是中国收藏古董的市场比较热，很多收藏古董的人在农村买卖这些东西。”

“很多人家家里已经丝毫没有历史感可言了。我去年在浙江召开一个全国的古村落保护会议，把全国重要的古村落的村长召集起来，告诉他们怎么保护古村落。”

我很好奇这些村长当时有什么感觉。也许他们也希望自己的乡镇能像这间办公室一样舒适暖和，乡亲们能住在水泥楼房中，而不是在木头和土胚房里，忍受着漏水、漏风、虫害和灰尘。然而，我不能打断面前侃侃而谈的冯骥才，因为他突然间看起来就如同周围的装潢和布置一样权威。

四年前我们见面的时候，胡同的保护对我来说还是一个很抽象的话题。那天早上，我在院子里，伴着老寡妇电视机里凄凉哀婉的京剧唱腔，我告诉她我要去天津见冯骥才。她当然听说过这个人：他是保护文化的先锋。“问问那个人他打算怎么抢救我们这片儿，”老寡妇提议说。“听听他能给咱老百姓出什么主意。”我把她的问题当面提给了冯先生。

“今年的两会上，”他说，“我提了一个想法，要在所有城市里的历史街区，比如像北京的四合院、大栅栏地区，还有所有重要的古村落建小型博物馆。然后把当地的物件留在这个地方。因为这个物件只要离开这个地方就没有价值了，它只是一个老物件而已。”

“在拆掉天津老城的时候，我向天津市长要了一个四合院，很大的一个四合院。他说，‘你要干什么？’我告诉他，‘我要建一个老城的博物馆。老城你们拆掉了，老百姓把这些东西都带走了，这块土地好像什么都没有发生过，但是这是一个六百年的城。应该把属于这个土地的东西留在这个地方。’他说，‘他们怎么会留呢？你要是不给钱，他们是不会留的。’”

“所以我先拿出自己的几万块钱买了一批东西，然后我搞了一个活动，先把这批东西捐给了这个博物馆。老百姓看了，都很感动，结果把很多东西都捐进来了。这个博物馆的东西就满了。现在我们就有了‘老城博物馆’。博物馆的牌子是我给题的字。”

“我觉得大栅栏也应该这样。北京没有人具体做这种事情。不是那么容易的。保护老街的时候，当时天津市的书记和领导人对我非常反感，当时他们说了一句话，说‘冯骥才在保护落后文化’。江泽民的三个代表理论说，共产党是‘先进文化的代表’，而我保护的是落后文化。当时他们很恼火，非常生气我在做老街的保护。但后来老百姓支持我，政府就退了一步。大栅栏也可以有同样的结果。但是北京没有人做这个事情，没有人出头，怕对自己不利。虽然有人不高兴，但是我做的是对人类文化有益的事情。”

看来他的行动也是一项明智的“自我投资”。冯骥才的行动受到多方的赞赏和支持，他的社会地位也显著提高。他的这栋教学楼有一个明亮高大的画廊，墙上挂着他的水彩画作。玻璃柜里放着他著作的各种版本以及各种各样的外文译本。豪华的办公室里摆满了崇拜者与祝福者送来的大型花篮；他的手机不停地响着，总有很多短信和电话。记者们在门外等着要给他拍照。冯骥才说了声抱歉暂停了谈话。等到一屋子的崇拜者们走光之后，那种属于官员和知识分子的傲慢与架子也终于消失了，他不再戴着自我宣传的面具，而是放松下来，和我闲聊。

“我总是说，世界上没有一个国家会以奥运会的名义，就把自己的城市给拆了，把自己的历史给拆了。北京需要那些少说空话，多办

冯骥才私人博物馆的一个陈列柜，里面是他的著作《三寸金莲》和相关的物件。

实事的人。他们正在改变大栅栏的风貌，但那不是真的，只是一个假古董。他们不要一个真正的历史，而要一个假装的历史。”

他说，应该让居民自己选择，是搬走还是留下来。而对于那些选择留下来的人，政府可以提供房屋修补的津贴。“什么东西时间长了都会破，就像一个人一样。他有病了你不给他治是你的责任，不是他的责任。所有的房子都需要修理和改造。首先，应该把卫生间做好。另外还有一些供暖供水的系统和通讯设备等等要做好。但政府不愿意给钱。这样他们就可以天天说房子太破旧了。这么说的目的还是要拆，并不是想保护它。”

在天津，冯骥才曾经面对过一些开发商，他们想要拆掉他决心抢救的那条老街。“他们很不高兴，说保护这些地方就损失了几千万。我也很不高兴，说，‘没有一个开发商会损失几千万来保护一个地方。

只能说他们少挣了几千万。赚得少并不等于损失。”

冯先生的一个研究生带我来到楼上，打开了“跳龙门乡土艺术博物馆”的门。根据一个标牌上的解说，这两层楼里的所有手工艺品都是精选自“中国民间文化遗产抢救工程的重要成就”。透过玻璃柜，我看见一幅幅精美的剪纸，色彩明丽的印染和生动的年画。这些艺术品件件都美妙绝伦，但在收集上花费的时间代替了创造的时间。冯骥才从一名艺术家转型为了一名收藏家，从一位作家变成了一位百科全书编纂者。作为一个被他的著作所吸引的人，我觉得这样的交易不太划得来。

住进胡同之后，我就对博物馆里展示的那种死气沉沉的所谓“文化”不耐烦起来。和朱老师的奶奶一样，我情愿自个儿被放在什么地方的门口，在外面遛一遛，去人群中感受鲜活的气息。

我在博物馆中走着，那个学生紧紧跟在后面，两人的脚步声在房间里回荡。“冯教授真是伟大，是不是?”她说。我斜靠在一张古老的木椅子上。“别去摸，”她警告道，“这些都是冯教授搜集的，别去摸。”

尽管他现在是比较高调的公众人物了，但冯骥才发动这场战争所针对的是“无形巨手”，只要“巨手”高兴，就可以随随便便地对他进行打击报复。出了校园，我告诉在天津住了一辈子的出租车司机，去冯骥才城里的天津老城博物馆。

“从来没听说过，”司机说。其他的出租车司机以及我们在路上拦下来询问的人，也都不知道有这么个博物馆。我给司机指路，开去了天津的一个老片区，记得当时窄窄的街道上有一排排绿树，在木头房子上洒下浓荫。现在已经面目全非了。出租车转了几圈，停在一家“家乐福”的门口，这是法国版的沃尔玛。

“我们去古文化街吧。”

这个修建于19世纪的集市已经被“新古文化街”所取代。水泥结构的房屋表面贴着灰砖形状的瓷砖，和老集市的外貌相似，但完全没有了那种陈旧而亲切的魅力。

我在天津过去的英租界下了车。19世纪的石质建筑仍然伫立在道路两旁。每座建筑上都安装了新的大理石牌匾，详细列出了过去的使用者、建筑师和建成日期。我从这里起步，走过旧时的日本和法国租界，这里的建筑也都有详细标注。在有正式名字的“原天津法国兵营”，情况也是一样。在河对岸的原意大利租界，工人们正在挥汗如雨，将那些异国风情的石质建筑翻新成办公室和私人住房。

附近在建的别墅小区有一块红白蓝相间的广告牌，上面用英语做出承诺，别墅的设计“卖的就是美国范儿”。

理想条件下，四合院的住宅可以安装厕所和取暖系统。然而，这些住宅的地基、结构和房顶通常都太过陈旧和腐朽，无法承担新管道和线路的铺设。理想条件下，住户可以自己进行相应的修补。然而，由于大多数房屋的产权都归国家所有，住户们缺乏积极性，不愿意将自己的钱投到房屋维护上来。理想条件下，住户们可以自行选择是留在老片区还是搬走。然而，谁来计算安置和修缮的费用还是个问题，更别说进行资金上的支援了。大栅栏有三千个四合院房屋，将近六万人蜗居于其中。

公众反应比较积极正面的一个片区修缮范例位于北京东二环边。该区区政府拆除了危险的四合院，修建了一系列较为简单的现代非电梯公寓楼，让过去的四合院居民住了进去。楼房之间的地带保留着原来的胡同名字：南仓胡同、豆瓣胡同等等。如果给过去海运仓胡同的一位老住户写信，则地址不变，只是房子的门牌号变成了公寓楼的房间号。旧城那个片区的地图看上去和帝制时代没什么两样。如果居民说，“我住在南弓匠营胡同”，这话会扇起北京城历史留下的星星火苗。有的开发工程保留了几棵古老的柏树，用金属支架支撑起来，让它们像几百年来荫蔽胡同那样，遮蔽着居民们现在的休闲空间。

南弓匠营胡同里新修建的公寓楼。该工程修建的目的是将四合院居民安置在他们原来的片区，但类似的工程只在北京旧城的少数几个地方开展。

居民们拥有自己公寓的使用权，并且可以转让。然而，为了防止对津贴房产的投机买卖，政府又出台了各种限制措施，比如出售房屋需要等到入住五年之后，并且需要支付一笔价格不菲的津贴补偿款等等。公寓的所有者可以将房屋对外出租。和位于菊儿胡同四合院之间的那些津贴式底层公寓一样，这些公寓楼因为距离地铁站较近，去中心湖区方便，并且能感受胡同片区文化的优势，很受中外租客的欢迎。然而，尽管这些工程本意很好，但市场总是在不断对这些社区施加压力，想从中得利，促使其原有住户搬迁。

北京的劳动力与物价与世界其他大城市比相对便宜，但保护一座百年老建筑的花费仍然高得令人咋舌。修复一座四合院住宅所需要准备的各种手续和许可文件，与修建一座二十层高楼不相上下。2007年春天，杨梅竹斜街东端的一个老旅社正进行改建，要成为一个背包客旅馆。店主说，单是让相关部门认可这栋两层砖房符合消防与卫生规范，他就花掉了二十五万美元。这个数字还不包括他被迫给那些领导送的礼。他们命令说要开店就必须开旅馆。而且，由于这是一座老建筑，他被禁止在里面安装成套的管道设施，也不能改变其基础设施和构造。他们也拒绝向他透露对周围胡同的城市规划；只要高兴，“无形巨手”随手都可以过来画上一个㊋。在旅社即将开张营业的时候，区政府宣布，将在街对面修建一座新的高档旅馆，其外形将是仿古建筑，参照物就是这座他付出大量时间和金钱进行维护和修复的老建筑。

在整个中国，类似的仿古复制品都在将真正的建筑遗产取而代之。“这里越来越像迪士尼乐园了，”一位加拿大的百万富翁告诉记者。杰弗里·黄已经使得中国中部和南部的一百五十座老建筑免于被拆毁的命运。没有一个政府官员在此过程中支持过他的行动，不过某些人给他打过电话，想买回某座建筑，作为一个购物区的装点。“除非他们能从中赚钱，否则这些官员是不会对保护老建筑有什么兴趣的。”黄先生说。“开发一个地方，就能从中获利，买辆好车，出国去看其他的开发工程。他们从中得到了很多好处。”

黄先生买下寺庙、住宅、桥梁或茶馆等老建筑后，就将古迹小心地拆解掉，运送到上海附近的库房里去。他打算在露天的公园或艺术区将它们重新搭建起来。我在日本的港口城市名古屋也见过类似的地方，那里有一座明治村博物馆，里面展示的一些古建筑得力于一位富商的努力，那时的东京正准备进行大规模改建，好主办1964年的奥运会，于是那位富商尽己所能，将一些老建筑从大锤之下抢救出来。

北京不像河内和琅勃拉邦一样，有一间四合院住宅修复的范本，来供其他房屋修复时进行参照；也没有冯骥才所提议的居民共同组织起来的博物馆。大栅栏的“建筑工地”可不少。我旁边的那座四合院住着杨阿姨，她拥有完整的所有权。我从天津回来的时候，这位七十一岁却仍然精神矍铄的老人正跨坐在房顶上，用钉子打上另一块补丁。

老寡妇的电视机仍然将依依呀呀的京剧唱腔传进院子里。如果她来开一个博物馆，展品必然会包括那让人后背激灵的音乐，炝炒大白菜的味道，廉价的香烟，她屋里唯一的全家福照片，她开门时发出的“嘎吱”声，以及一双布满雀斑、瘦骨嶙峋，却会调皮地遮住我视线的手。

“小梅，你吃了吗?”

我撒谎说吃了。

但她还是端来了猪肉馅的饺子。递过热气腾腾的大碗时，她瘦弱的身躯斜得很厉害。“慢点吃！要是吃得太快的话——好吧，怪不得你身体有毛病。”

她絮絮叨叨讲起自己怎样成功讲价，买到便宜的香葱，还告诫我一定要小心那些香葱贩子，因为他们特别狡猾。我勇敢地点点头。老寡妇拿着空碗离开的时候，突然不带感情地说道，“我把我那间屋卖了，下个月就搬走。”

第十九章　老寡妇的故事

“别担心，小梅，”老寡妇说。“我还是会给你做饭的。只不过你得到我新家那边去。我先去北边住，走几条胡同就到了，和我孙女儿和儿子一块儿住。然后就搬到高楼里去。”

她所说的公寓楼位于旧城东南角外，有大约十万人居住。“我的房间卖了个好价钱，”她继续说，“肯定比这片儿拆迁的时候他们给的赔偿金高。如果我等到那时候再出手，就会有很多人跟我抢着买新房子了。现在我就可以把赚来的钱给我孙女儿了。她和我儿子会用这个钱给我买套公寓，帮我装修好。我就跟她一起住在那儿。我需要别人照顾，你知道的。”

她又拍拍我的肩膀，“我身体不好喽！年纪大了，又是一个人。白天这里一个人影儿都没有。今年春节我特别害怕，万一我需要别人帮忙怎么办？万一我死了怎么办？我可能躺在地上好几天都没人发现！”

她闭上一只眼睛，深深地吸了口飞马牌香烟。

“想谁？想我？”她大笑起来。“我不会搬太远的。我们还能见面。我们是朋友。”她脸上露出微笑。“好朋友。我喜欢你做我邻居。我一点都不担心让一个老外搬进来。你把房间打扫得很干净，也不会惹麻烦或者故意捣乱。要是你是个惹事精，我就会很干脆地把你轰出去。说实话，你应该马上生个孩子。你也不年轻了。”

将近两年来，我们的住处近在咫尺，虽然每次见面都只有几分钟，但每天能打好几次照面。然而，如果非要讲讲彼此的生平，肯定会吞吞吐吐，漏洞百出，非常不完整。胡同里的“亲密关系”正是如此，身体上靠得越近，精神上就离得越远。就像我第一天搬进来的时候，老寡妇教育我的那样，“公是公，私是私。公私分明!”

她从没对我讲起过她的丈夫，也没说过她是否真的是一个寡妇。我只晓得她是1962年搬进来的，除此之外，所知甚少。我问她能不能谈谈。她把茶水壶放在煤气炉的火焰上，邀请我跨过她的门槛。

“现在生活好了，和旧社会不一样啊，”老寡妇开了个头。她出生在旅顺附近，今天叫做大连的一个城市里。大连位于黄海旁边，是个港口城市。她父亲曾在南满铁路上当建筑工人。这条铁路贯穿了中国的东北，当时被日本占领。

1941年，老寡妇十五岁的时候，父亲举家前往那时叫做北平的北京。他从没对她说起过搬家的原因。“我一下火车，看到的就是前门，真大啊。”她说。“我以为是庙，就问，‘爸爸，为什么带我到庙里来啊?’但那就是北京。”

老寡妇爽朗地笑起来，从陶土小茶壶的壶嘴上嘬了一小口茶。“那时有好多大城门啊，”她掰着手指一个一个地数。“我们在鲜鱼口里边儿租了个四合院。那时候一共住了四家人。不过还挺舒服的。除了下雨的时候。一下雨吧，胡同里全是泥，还有黄黄的土，知道不?”

她父亲在大耳胡同找到一个更大的房子，在我们现在住家往北五条胡同开外。“从那时起我就没离开过这片儿，”她说。在新的四合院里也住着好几家人。“日本占领那时候，有钱的人家，都是独门独院，需要的还可以包车呢。就像戏里面有富的有穷的。像我们一般贫民吧，一个院就住好几家。那阵儿没有这个炉子，都是拿手拎着炉子去拨弄火，烧的都是煤球，把火弄好了，拎进来，连取暖带做饭，必须赶紧用啊。”

老寡妇的回忆配有生动的演示。她皱着眉头，模仿拨火的动作。说起饥饿的感觉，她就砸吧着嘴。“那阵儿呢吃白面的少，都留给日本鬼子和高官了。我们吃窝头吃得多。”她仿佛尝到了那硬邦邦的粗面食物，微微皱了皱眉。“有钱人家就甭说了。我们那阵儿还可以，因为我父亲跑车，哪儿都去，什么便宜吧就买点什么回来；在外边摆个桌子，弄个壶，卖大碗茶什么的。这劳动人民渴了就得喝那大碗茶，所以都过来，一个子儿一碗，掏几个子儿喝上几碗。”

她父亲还收集旧布料，剪了当补丁。“现在的孩子裤子穿破了就扔。那时候没有。什么都得打补丁。不能说穿破了就去买新的。孩子的袜子必须得补!”

老寡妇不记得在这片儿见过日本人。“他们不敢来这儿，”她斩钉截铁地说。“大多都住在东边儿郊区呢。日本鬼子是真坏。同样坏的还有那些特务，狗腿子似的，真是从头到脚坏透了。他们说谁家不好，就指给日本鬼子看，其实日本鬼子本来都不知道的。”

老寡妇又从小茶壶的壶嘴嘬了一口茶。她的一双手臂上还戴着干活用的袖套，和我们四合院的朱红大梁一个颜色。她左手的中指上戴着一枚金戒指。我问她什么时候结的婚。她有些阴沉地抿了抿嘴。

“我们住在茶儿胡同的时候，有人从我父亲祖籍那个村儿迁到这儿来，请他帮忙。他给他们找了个房子住。那时候四合院儿前面都是店面，人呢就住在后面的屋子里。他们就住在翠屏阁印刷厂后面。”

“有一天我爸在干活儿，突然听到一个同事说某某人想找个对象。他说那个男人家里特牛，那阵儿也挑得厉害，说要舞女那么漂亮什么的。那个同事就说，‘我有个朋友，他闺女长得特漂亮。’”

“那人看见我之后，他就说，‘这闺女是挺好看的，我怕她爹不乐意她嫁给我。’我不想结婚，我俩年龄差太大了，整整十岁呢。我爸封建思想可严重了。你别看他在铁路上干活，他可不同意让闺女自由恋爱的，门儿都没有。我那时候十九岁。”

“我爸想见见那个男人。他是国民党九十二军的军官。他俩一块儿去看了场戏，那阵就讲看戏，一看戏我爸就同意这门亲事了。我妈妈可不愿意，我妹也不愿意。我说，‘不行，军人脾气不好。’我爸就说我没有自由决定的权力。”

“啥都是他安排的。那时候是 1946 年。1947 年我就生下了我女儿。1949 年生下了我儿子。四九年他走的时候，我儿子还在我肚子里呢。他说他要回山东老家，回了老家以后再来接我。我再也没见过他。我儿子也没见过爸爸。我那时候才二十三。我的难处可大了。没了他的工资。我根本不知道他挣多少钱。我爸爸一直管着我，但我跟他不和，我瞅着他别扭。”

中国人民解放军救了她的命，她说。

“49 年春节初六，傅作义起义，解放军进城。起义呢，我们就算军属，共产党给了我一百斤大米，一袋面，十斤麻油。接着他们就说要去解放海南岛。国民党九十二军就又进来了，但我丈夫没和他们一起。”

他叫吴振东。给她寄过两封信，盖的都是香港的邮戳。第一封是 1949 年写的，说他要去台湾了。第二封信于 1958 年姗姗来迟，那时老寡妇很害怕拿着这种从国民党的“叛变省”来的东西。她就握着信封去了片区的派出所。一个警察打开信封，读了信，然后把它烧了。她一直不知道信里写了什么。

“97 年香港回归的时候，红十字会找过我，说帮我找他。结果没信儿。他可能还活着呢，如果真活着，那应该很老了。我不想找他，也不想跟他说话，当然不想啦！扔下我这么些年了，又没给我留下钱，又没给我留下房子。我全靠两只手养活两个孩子。共产党欢迎我，大门向我敞开着呢。党的恩情我说也说不完，报也报不完。”

共产党打下北京的时候，并没怎么打仗。“49年北京一枪一炮都没打，解放军就往天上放俩炮，”她说，“就解放了。”

1951年，街道组织批准她和丈夫脱离关系。“给我介绍了不少对象，没有一个中意的。”

妹妹结婚之后，老寡妇就搬去和妹妹以及她婆家住在一个四合院里，在另一条胡同。那是她住过的最好的房子。“有两套四合院，我们都有自己的房间。在北边儿，特别大。58年大跃进的时候，政府收了房，但还是让我们继续住在那里，给房管局交点钱就成。我爸妈也搬进去了。”

那一年，她被分配到一个澡堂做工，那个澡堂位于杨梅竹斜街和炭儿胡同的交会处，是一栋两层的灰色砖房，被改建成一个旅社。在“白色恐怖”时代，那个澡堂曾是共产党地下党员的秘密接头处。被分配到那里工作是相当光荣的。

“我们单位老去天安门看劳动节的庆祝表演。我记得有一年啊，雨下得特别大，我披着雨衣都湿透了。九点钟的时候，毛主席来了，大家都好高兴啊，都喊起‘万岁’来！”她蒙住耳朵，耳边一定响起了只有自己才听得到的喧嚣与欢呼。

在大跃进风风火火的“自力更生”运动中，家家户户都架起了“后院冶炼炉”，开始大炼钢铁。各种锅碗瓢盆和所有能用到的东西全都融化了用来炼钢，炼出来的通常都是没用的废品。然而老寡妇却热情洋溢地回忆起那个时代。“我把所有的金属物件儿都收起来，走到街上去，亲自把那些东西交给了胡同里的收集员！而且我特别乐意，特别高兴！”

她进了单位办的夜校，学习文化，还搞文艺活动。“我嘛是乐天派，孩子一病了我就哭，孩子一好了我就忘。白天上班，那阵在澡堂子当服务员，还要擦地什么的，晚上学习文化。”这是她第一次做学生。小时候，她父亲拒绝送她去上学。

1960年，由于“大跃进”和“人民公社”运动政策的失误，全中国发生大饥荒。这个事件在中国有个统一的叫法，“三年自然灾害”。这场灾害连首都也没能躲过。“自然灾害的时候，粮食管得可严了，有粮票才能买。我就跑到单位，说我孩子吃得不好。我把我的粮票分了给他们买吃的。领导就说，‘你不能永远依靠朋友和家庭，你必须好好工作，依靠自己，相信党和政府。’”

“单位就组织大家去种地，我们都得去黄村种地。每个人都去那里两个月，种庄稼，养猪，喂鸭子。我工作很努力，引起了注意，因为好多人都是走过场，什么也不干。但那儿的沙地什么也种不出来。完了回去之后，1962年，我就被分配到这个屋来住了。”

老寡妇知道这里原来只住着一家人，我把在档案馆复印的登记资料给她看，但她不认得叫那些名字的人。

“我们一家三口住六平米，一月交十四块的租金。我给不起那些个钱，澡堂就帮我解决一半。那时候我没得选，是被分配来的。你可能觉得七块钱一个月算什么呀，可是我那时一个月只挣四十块钱的工资啊。还得交水电费，还得买菜做饭，给孩子买学习用具啊、衣服什么的。”

现在她的住房面积是十六平方米，每月付给房管局二十七元租金。

“我没有产权，只有使用权。拆迁的时候，他们不会把我加盖的那个厨房算上的，因为那个不算是‘居住面积’。所以十六平米就只能算我六平米的钱。这种使用权的说法，是早就定下来的。这个宅子的所有东西原来都是私人的，现在不是了，只有一半是。但又不是我们这一半。要是我需要住得更大，就得去房管局说。也许我可以跟要搬走的谁换一换。”

而事到如今，自己把使用权卖掉，再去买栋新的公寓楼，比等待拆迁赔偿金来得更划算。她当然比那个即将带着未婚妻搬进她房间里来的男人划算，这个男人用拆迁的补偿金住进了另一个大杂院。“他打算把厨房变成一间卧室，给他爸妈住，”老寡妇说。“他们的四合院被拆了，他拿到些钱，投到这里来。如果这里短时间内不会被拆掉的话，到时候的拆迁赔偿金可能会高一些，而且他把居住面积扩大了嘛，可以拿到更多钱。”

在北京，一切都有市场。最新的市场是利用政府的拆迁赔偿金进行投机买卖。

老寡妇搬进来的时候，隔壁那个废弃的印刷厂当时还是国有的中药五厂，代替了原先私有的同仁堂制药厂。“我们这条胡同上卖很多眼药，”她说。“和周围的几十条胡同比呀，我们这条胡同破着呢！炭儿胡同好，那儿有金店、银号、古玩店。住那儿的文化人可不少。派出所那儿过去是个庙，走进去你还能看到一两座殿堂。这条街上呢就只有一个银号，还有印刷厂。”

从 1962 年开始跟她做街坊的人中，没有一个还住在这片儿。“以前是大栅栏东口工兴文具店的一个副经理住在这儿，”她回忆道，“他嫌这里太小了，后来他单位给房，就搬走了。然后又搬来一个铁路上的工人，他爱人是啤酒厂的工人。他们关系不太好。对邻居也不是很热情。他跑到局里去要换个房子，他们就搬走了。你房东的哥哥也提出换房子的要求，就搬到这儿来了。还带着他妈妈和弟弟。她妈妈是 2004 年在这儿去世的。”

“在我房间里？”

“当然在你房间里啦！她就死在你床上！”老寡妇的语气好像在告诫我，有时候说话真应该过过脑子。

她屋里的墙上挂着一张黑白照片，照片里的她身穿灰色连衣裙，笑容甜美。我说她的样子走在胡同里肯定有很高的回头率，她重重地拍了一下我的胳膊。“我那时候三十一岁。没有更年轻时候的照片了。‘文革’的时候都没收了。”

到现在为止，她的讲述都是一波波的。先提起结婚的事情，然后说到“大跃进”，就把结婚这事淹没了。接着她的故事好似被海浪冲着，冲到了现在的房屋政策，接着又退回到婚姻生活。然而，说到1966年及以后的日子，她的声音突然变得非常平静，用最最平板的语调，讲述着那个风雨飘摇的年代。

“‘伟大导师，伟大领袖，伟大统帅，伟大舵手，毛主席万岁万岁万万岁！’每天我上班的时候，都要对着毛主席的像说这个，早上十分钟，晚上十分钟。他们说这个叫‘向毛主席请罪’。不止我啊，还有澡堂的党委书记和人事科长，也站我旁边儿一起说呢。”

“‘文革’时候我挨整，但没挨打。之前我已经是‘先进工作者’，‘宣武区的巧姑娘’。我一直上夜校，还在单位培训。他们给我一些刘少奇写的书。”

刘少奇本是中国的国家主席，在“文革”中遭受批判落马。他被贴上“反革命分子”的标签，死在一座监狱冰冷的水泥地上。

“他们说我是‘特务’，”老寡妇继续回忆道。与一位国民党军官结婚的事实让她蒙受不白之冤，就算这个军官已经在将近二十年前弃她而去。“我那些工友啊，这片儿的领导，整我整得很厉害。我是被批斗、被改造的对象。我看澡堂的领导好像把我定为‘造反派’。我就说，‘造反派，也只有刘少奇，朱德才有资格。我？我就是一株小草。’我怎么就反人民了呢？我心里没鬼。我相信党，相信毛主席，我有什么好怕的？身正不怕影子斜。我还是我。”

她有些不服气地点着头。“你看我现在乐天派啊，我这一身病都是那时候得的。”她有心律不齐和神经紧张的毛病。“他们说，要是真想治，就自己出钱去治。我不是特务吗？肯定出得起钱。”

和很多“文革”幸存者一样，老寡妇也强调，情况还有可能更糟。她记得以前这条胡同上有个地主，叫张颐书。“他的妈妈和丈母娘都被红卫兵斗啊，打啊，很厉害。他孩子没被整，因为他们和他划清了界限。对门小楼那儿那时候住的是个小业主，他老头子被送回家去了，后来又回来，就死了。对门小楼二层那个，那是阎锡山的军医。他也被打了，他女儿也被打了。她孙女在百货大楼工作，她什么错儿都没有啊，结果红卫兵就让她跪在房子跟前儿，把她头发给剃了。还把她的布鞋给剪了，让她叼着，吃了。“

“他们让她吃布鞋?”

“是啊!”老寡妇肯定地哼哼了一声。“他们就打普通职工和家属，说他们是造反派。让那个女的跪下，吃鞋。”

老寡妇一直低着头，含混不清地说着。“你要显得有那个思想觉悟，就要有很多像章。我有好些毛主席像章呢！大家都好心，互相送来送去的，就跟今天送钱似的。大镜子的，小的，买得起的我都买，还给我孩子都戴上。”

她的孩子也没有逃过“上山下乡”的命运。她女儿被送到青海，那时是中国西部青藏高原上一片贫瘠的土地。“他们培训她当大夫。”老寡妇说。“我下乡下了六个月。但是我姑娘不应该被送那么远啊。我说，‘你想要什么证据，我都给你。想要什么情报，我都上交。’一点儿用都没有。她还是去青海了。”

一直到1990年，老寡妇的女儿才获得允许，把户口转回北京。老寡妇有将近二十年没见到女儿。“我以为她根本没希望回来的。两个人分开，日子过得可真难啊。一个职工，人特别好，说，‘大妈，别担心，我照顾你。’那时候是90年10月份。12月她获得批准，可以回来了。我闺女回来就自己找工作，在北京化工厂职工医院。”

我问那些批判她，说她有罪的人后来怎么样了。

“我们当然都知道是哪些人啦。我的档案重新给调整了，都平反了。但胡同里还是要和这些人打照面啊。那些批斗我的人都没得好报。一个男的‘文革’时候打死了人，被送去接受再教育了。等他回来的时候，他媳妇儿都疯了，把孩子也带回老家去了。有个男的本来想当党委书记的，一直没当上。他媳妇儿自己跑去躺车底下，自杀了。还有个人的孩子半身瘫痪了。那些造反派的头头，没一个好下场的。”

她还回忆起自己最喜欢的一些表演艺术家是怎么被批斗和挨打的。比如中国的相声艺术大师侯宝林。“红卫兵去斗他，不但没斗成，反而乐了，他带着高帽子耍活宝。演京剧的，小白玉霜是那时候死的，她吞了瓶安眠药。我喜欢她唱戏，不过她不唱京剧，唱评戏。我最喜欢京剧。单位有活动的时候，我还演过京剧呢。”

老寡妇的电视总是停留在戏曲频道。她最喜欢的曲目有三出，每一出都是一个关于忠孝仁义和因果报应的故事。第一出是《四进士》，四位进士都发誓不会滥用职权，但很快，其中三个就企图包庇一个杀人的亲戚，只有一个人立场坚定，将杀人犯正法。

第二出是《赵氏孤儿》，讲述了一个官员家的男孩六个月大时，一家人都被一名叛变的将军给杀了。一个仆人将自己的孩子和这个男孩掉了包，救了他的命。后来仆人把这个男孩养大，成了一名英勇的战士。男孩找到这个将军，报了仇。

老寡妇最喜欢的另一出戏叫《清风亭》，戏中官员妻妾不和，小妾生了个孩子，被迫抛在荒郊野外。被一个做豆腐的老汉拾得，把他养大。多年以后，豆腐老汉把这个孩子送还给小妾。结果那孩子忘恩负义，不认将自己养大的老夫妇。老夫妇悲愤自杀。后来那个男孩寒窗苦读多年，中了举，封了官，但在走马上任之前，被雷劈而死。

“都是好故事啊!”老寡妇感叹说。

按照中国的农历，已经到了4月中的谷雨时节。但老寡妇还是拿起铁钳子，夹了一块新的蜂窝煤，放进炉子里。“一点儿也不重，”她挥挥手不要我帮忙。“我还干得动。我再烧点水。春捂秋冻，早春还是多穿点儿衣服，不然要感冒的。那天我看到你穿短裤，真是傻子!”

大栅栏的防空洞修了一年。她继续回忆着。“我搬到居委会对面的小楼，住了一个多月，他们就去我屋子里挖。你屋子里也挖了，就在你床底下。”

说起床，我脑海里一下子想起我房东那垂死的母亲。有时候，对于你住的房子和周围的人和物，还是知道得少点为妙。

“1976 年唐山大地震的时候，我就抓着你房东的妈，说我俩必须得出去。我的天哪。我们什么东西也没拿，抱起孙子就往外跑。他们把我们都弄去了天安门广场。我们就住在广场上的帐篷里，住了两个月。这一片儿全去了！至少有几万人啊！我们在那儿睡觉，做饭。大家都不敢回家，怕再来场地震。真的！也没那么糟糕，帐篷做得挺好的，下雨的时候也不漏雨。回家的时候才发现，一直没锁门，但是什么东西也没丢。要是今天的话，一个小时不锁门，东西就全被偷光啦!”

她还记得 1976 年毛主席去世的那天。“我就哭啊，流泪啊。每个人都哭了。真的很伤心。但是周总理去世的时候，我不仅哭，而且一整天都吃不下饭。他真的很伟大。第二天报纸上才登出来的，但是他逝世那天，大家都知道。谁不知道啊？大家都知道，一传十十传百就都知道了。大家都爱戴他啊。”

成千上万的群众都不顾当时的禁令，奔向长安街和天安门广场悼念周恩来。但老寡妇没去。她说自己从来不关心“那种事”，就是政治。我问她记不记得 1989 年天安门广场的示威活动，她的眼神空洞，语气平板，“那不关我的事”。

邓小平领导下改革开放的时候，她记得自己买了第一台电视，香港回归祖国，以及自己在这个房间里把孙女带大。现在那个女孩在北京一所大学教商务英语。这是老寡妇最得意的成就。

“这里还发生了什么事儿?”她重复着我的问题。“你们老外一个接一个的来。好多三轮车啊，载着你们老外，到处转，有时候我想过街去上厕所都不行！有的时候两三辆，有的时候一来二十多辆！呸！这儿有啥好看的呢？去八大胡同呗，那儿好看。”

她又掰着手指，把八大胡同的名字一个个数出来。

老寡妇坚持说，要离开这个住了四十五年的家，自己一点也不伤心。听了她的故事以后，我更充分地理解了个中原委。第一，这里条件实在太差，不舒适，为了防止烧煤致使我俩昏厥，她得让这小房间的门一直开着。第二，胡同和四合院中有着不怎么令人愉快的回忆。然而，交织的狭窄街巷和传统的老建筑并非她独自一人把孩子拉扯大的原因，也不是分配她住在这儿，没收她三十一岁的所有相片，让她和女儿分隔千里长达二十多年的原因。老寡妇自己也说不太清楚原因何在。

我总听别人说，“无形巨手”之所以能够肆意拆除这片儿的建筑遗产而基本上遇不到什么反对和抵抗，是因为很多居民都经历过“文革”。那个时候，全国人民都被发动起来“破四旧”，破除旧思想、旧文化、旧风俗、旧习惯。因此，他们印象中的破坏，是一种积极甚至乐趣无穷的集体行为。另一种更站得住脚的解释是，北京的居民想尽快忘记那段不堪回首的岁月，将其完全剔除。据说，要治愈怀旧情绪，就要多读历史。而另一个药方，就是经历骚乱动荡的年代。

“拆”的反义词是“建”。“无形巨手”将前者用象征死亡的白色刷在老房子的墙上；又将后者用象征喜庆的红色刷在新公寓修建工地的电脑效果图上。处处都是倒计时，让市民们情不自禁地向前看，再也没有时间去回望。永别了，不堪回首的过去！你好啊，辉煌灿烂的未来！

“一家人在一起就是最好的，”老寡妇说。这才是头等大事，周围的建筑对她来说，根本就不重要。不过，她还是会想念胡同里买东西方便这一点。“不过，下雨的时候，买东西就没那么方便了。还有，我们这条胡同太长了，房间太小了，四合院的空间太小了，还没法洗澡。人老了，出去上公共厕所也不方便啊。住楼房的话，就有中央供暖。我不用烧蜂窝煤啦。平房这火就要了命了。”她朝煤炉子努了努嘴，一壶水烧开了，正冒着热气。

她往碧绿的茶叶上倒了点水。“告诉你，住这样的平房，最大的一个好处就是接地气。对身体好。还能够晒太阳。再一个，住这样的房子，大家总能互相说说话，互相帮助。住楼房的话，大家待在自己家里不出来，互相不打招呼，也不认识。”

她举了我房东和他弟弟的例子，两人现在都住在公寓楼里。我搬进来的第一天，她就骂我说不应该相信他们，不过从来没解释过原因。“我要是在街上见到他们啊，一句招呼都不会打。”她说。

“以前在这片儿，大家都挺团结的。逢年过节的时候，大家都打招呼，还互相送吃的，互相帮助。过去我们旁边儿住了一家穆斯林，我说，‘那猪年的时候我们就不吃猪肉，也不挂猪的画，好吗?’今天还会有人想到这些个吗?现在的人才不在乎呢。大家都没那个意识了。解放后，我们晚上睡觉都不锁门。要是哪家孩子生病了，我们就把药都送去。告诉你吧，今天的人都特别狡猾，耍心眼儿。”

“你房东，他弟弟，还有他妈，我给他们送了多少年吃的啊。他们的东西我从来没吃过一口。他们老是吃我的，也没事。两个男的呢，就搬走了，去当兵了还是干嘛的，我就照顾他妈妈。她死的时候还是我给她穿的寿衣呢。他们念着我的好呢吗?没有。他们住楼房，提了干，拿部队的津贴。他们可高兴了，就盼着房子快被拆，好多拿点钱。”

老寡妇说自己没有什么“阶级仇恨”。“我孙女儿已经结婚了。这是我的头等大事。你房东的儿子都三十三了，连对象都没有。”

我问她觉得政府应该怎么处理居民的搬迁安置问题。

“要是我在这儿等着拆房子，拿到的钱肯定不够在附近买套房子的啊。到时候我住哪儿去？国家有津贴房补助房，可是太远啦。我怕住到那儿去。大家都想至少住在三环四环内吧。要是你想让老百姓搬走，那至少应该有个小区，有超市，有医院什么的。这些要求都不高吧，就是图个方便。要是政府能做到这个样，保证房子建得好，建得结实，那样的房子，大家都愿意自己掏钱买。那样的话，谁还想住在胡同里呢？”

她说自己不会想念胡同里的那些老大妈们。“跟她们说话没意思，”她坦率地说。“我一般都是自己出去东遛遛西遛遛。”

她边笑边说自己不怕晚上黑黢黢的小巷。但她的脸色突然间黯淡下去。“小梅，”她低声说，“我的新房子在十七楼，出门儿必须得坐电梯呢。”

“很安全的，别担心。你就按那个按钮——”

“那些我都知道，”她拍拍我的胳膊。“我担心要是我出门儿去了，然后电梯又坏了，那样——”她停顿了一下，挥挥手，脸上的皱纹挤作一团，声音好似一个害怕的小女孩。“我没法爬那么高啊。我就回不了家了。只能在外边儿过夜了。”

第二十章　㊇之简史四："毛泽东时代" 北京的工业浪潮

1949 年 10 月 1 日，四年烽火弥漫的内战之后，共产党打败了国民党，毛泽东站在天安门城楼上，宣告了中华人民共和国的成立。共产党选择北平作为中国的首都，北平又改名为北京。而毛泽东的周围，就站着北京的新领导者们。天安门城楼坐北朝南，面向以前门和城墙为主要景观的城市天际线。在这些皇家遗迹之外，就是大栅栏密密麻麻的胡同和四合院。新上任的北京市市长指着这片风景，对一名建筑师说，毛主席希望从天安门上望出去，看到到处都是烟囱。

"我当时被吓得目瞪口呆，"几十年后，这位建筑师回忆道。"毛主席说要将北京从消费的城市变成生产的城市。我真的不太能理解。那么大一个中国，工业生产不需要依赖北京。北京应该是像华盛顿那样环境幽静、风景优美的纯粹的行政中心；尤其应该保持它由历史形成的在城市规划和建筑风格上的气氛……那时候我还没那个觉悟，不知道'毛主席说的每一句话都是绝对真理'，但即便到了今天，我还是不理解他为什么希望'到处都是烟囱'。"

建筑师名叫梁思成。在接下来的二十年，他都将孤军奋战，为拯救北京的建筑遗产打一场必输无疑的战斗。梁思成出生于 1901 年。其父梁启超是一位享有盛誉的学者，曾经在满清王朝的末世联合其他朝廷官员，宣扬改革，开放教育，推崇君主立宪。改革被慈禧太后镇压后，他逃往日本。满清灭亡后，梁启超举家回到天津，后来，梁思成又来到北京，从此与这座城市结下不解之缘。

虽然父亲从小就用中国古代的传统来教育他和管教他，梁思成经历的却是处在现代化浪潮中的民国北京。他身量瘦弱，戴着一副眼镜。紫禁城附近的一场车祸之后，他的双腿不再等长，因此走起路来略有些跛脚。在美国人设计并用义和团运动后清政府的赔款修建起来的清华学校（就是后来的清华大学），梁思成学习了英语，并对西方艺术及文化了如指掌。正是如此，他得以从另一个角度来审视自己的文化，发现其与众不同之处，以及濒临消亡的险境。

1924年，靠着美国用义和团赔款建立的一笔奖学金，梁思成进入宾夕法尼亚大学建筑系深造。在宾大，梁思成不仅学到了建筑实践的方法，而且对建筑业的根源有了深刻的认识和理解。教授给梁思成布置任务，要求他为古希腊和罗马的废墟绘制重建的蓝图，并完成未能完全建成的文艺复兴大教堂的设计。他不仅仅成了一个建筑师，更成为一个建筑学的历史学家。

如果梁思成留在中国，是不可能接受这样的教育的。那时候，建筑学在中国还未成为一门独立的学问，没有任何一个大学有建筑系，而最近的“教科书”出版于1734年，只收集了一系列建筑上的标准和规范。身在宾夕法尼亚的梁思成收到父亲寄来的一本《营造法式》。这本“建筑指南”曾遗失在历史的长河中，后来又被发现。厚厚的一本书里全是中国古代建筑的专业词汇，没有什么图片，但却深深吸引了梁思成。他如饥似渴地阅读，并像对待解谜游戏一样，饶有兴致地钻研书中的内容。

《营造法式》问世于1103年，中国的宋朝。那时候，政治和军事逐渐积贫积弱，而艺术与科学却百花齐放，繁荣发展。深陷战事的皇帝不断将领土拱手让给北方的少数民族部落；中华文明的危亡激励了无数知识分子、文人雅士，来记录自己眼看就要消亡的文化。梁思成生活的时代也与宋朝有些类似。帝制崩塌，经济萧条，科学和技术取代了宗教与迷信，整个国家面临战火的威胁。“中国近年来的趋势，特别是自中华民国建立以来，”梁思成在那时撰文指出，“对于古建筑的保存来说仍是不利的。自19世纪中叶以来，中国屡败于近代列强，使中国的知识分子和统治阶级对于一切国粹都失去了信心。他们的审美标准全被搅乱了：古老的被抛弃了；对于新的即西方的，却又茫然无所知。”

1928年，二十七岁的梁思成在沈阳的东北大学建起了建筑系。1931年，梁思成回到北京，新成立的中国营造学社邀请他将《营造法式》翻译成白话文。

学社的办公室就在天安门内通向紫禁城的大道边。梁思成发现自己无法将《营造法式》翻译成很完美的白话文，他意识到，“唯一可靠的信息来源就是建筑本身，唯一可靠的老师就是那些手工艺匠人。”在中国，建筑是一门生意，所有的传统与记忆都靠世世代代口口相传。梁思成找到两个帝制时代的木匠，跟着他们走遍了紫禁城的宫殿，记录下他们所描述的建筑技巧。

宾夕法尼亚大学毕业后到归国之前的这段时间，梁思成与同在建筑方面造诣颇深的妻子林徽因（其侄女林璎后来设计了华盛顿特区的“越战纪念碑”）旅行至欧洲度蜜月，亲眼见到那些他在学校里画过草图的伟大建筑。现在，在全中国生死存亡的时刻，他又开始了类似的巡游，要记录下过去无人付诸笔端的中国建筑史。从1931年开始，包括梁思成在内的中国营造学社的学者，调查过两千多处古代建筑单位。对于他们来说，这并非是堂吉诃德式的突发奇想，而是在争分夺秒记录下濒临消亡的建筑遗产。梁思成与林徽因坐着颠簸不堪的骡车，拿着素描本和一架莱卡相机，记录下偏远地区无人知晓、正在逐渐腐朽破败的寺庙、宝塔和桥梁。他们发现了中国现存最早的木结构建筑——位于五台山附近一座公元9世纪修建的寺庙。他同时还负责指挥山东曲阜孔庙和孔陵的修复工作。

中国并没有修复古建筑的传统：王朝更替时，新的掌权者会下令拆除过去那些皇帝的建筑，或者将其改建成自己想要的样子。“因为没有中国建筑史上重要建筑物的名录，”1940年，梁思成写道，“我们对古建筑的探寻就好像‘盲人骑瞎马’……我的经验是，当地人对建筑不大感兴趣。当我说我对文物感兴趣时，他们就会带我去看古代刻的石碑。他们感兴趣的只是碑帖……金石碑拓的东西能打动他们，木匠的手工活则不能。”

1934年，国民政府坐镇当时的首都南京，北平被再造成旅游城市以振兴经济。时任的北京市市长邀请梁思成参加皇家大型宫殿的修复工作。梁思成一直致力于此，直到1937年日本占领北平。接着他辗转到了中国战时的陪都，位于中国西南的重庆。在那里，他开始继续解读和翻译《营造法式》，并且撰写了史上第一本有配图的中国建筑史，用英文写成，后来由他的儿子梁从诫翻译成中文。

《图像中国建筑史》成书于1946年，在书中，梁思成写道，一直到20世纪20年代，中国的知识分子们才开始将自己国家的建筑看做一种艺术。外来的影响对他们的欣赏眼光有很大改变：

> 首先，有一批外国人建造了一批中国式的建筑；其次，一些西方和日本的学者出版了一些书和文章来论述中国建筑；最后，有一批到西方学习建筑技术的中国留学生自己回到了国内，他们认识到建筑不仅是一些砖头和木料而已，它是一门艺术，是民族和时代的表征，是一种文化遗产。于是，知识阶层过去对于“匠作之事”的轻视态度，逐渐转变为赞赏和钦佩。但是要想使地方当局也获得这种认识，可不是容易的事，而保护古迹却有赖于这些人。在那些无知者和漠不关心者手中，中国的古建筑仍在不断地遭到破坏。

1949年2月，中国仍陷于内战之中。中国人民解放军的几个干部来到清华大学，找到当时正主持该校建筑系的梁思成。请他在地图上标出北京重要的建筑遗产和文物古迹，并不是要进行攻打，而是为了在被迫攻城时避开这些地方，让它们免于战火。

当月，中国共产党从国民党手中和平接管北京。1949年5月，《人民日报》报道说，一个委员会正在起草蓝图，准备"建设一个属于人民的新北平！"政府承诺要保护北京的文化，并且将"封建主义消费城市"改造成"现代化的生产城市"。

梁思成在北平市都市计划委员会榜上有名。他是北京本地人，著名爱国革命家的儿子，也是中国最蜚声海外的建筑师。1947年，他曾作为中国代表加入了联合国总部大楼的设计委员会，还曾在耶鲁执教。然而，加入首都规划委员会的头两年，梁思成并没有忙着设计新建筑的草图，而是四处发现和记录古建筑。等他真正开始设计新建筑草图时，画出来的不是朴素严谨的实用主义建筑，而是柯布西耶（他声称自己的联合国总部大楼设计中了标）式的国际风，光鲜而亮丽。梁思成的头发涂着摩丝，往后梳得溜光，身着西装，衣冠楚楚。站在通常身穿宽大蓝色哔叽呢外套，剪着平头的共产党干部身边，他就好像个纨绔子弟。他出身名门大户，并非无产阶级；他接受的教育是西方的布尔乔亚，并非苏维埃和马克思主义。在他的余生，梁思成都将为了调和这些矛盾而痛苦挣扎。

那时个人主义的时代已经过去，他只能和别人协同设计。第一件作品就是人民英雄纪念碑，上面雕刻了在共产党胜利之前几次著名的人民起义场景。这座石质纪念碑结合了西方古典式尖塔和传统中国石柱，伫立于天安门广场上，将贯穿皇城的中轴线截断。尽管有其不协调之处，梁思成的这座纪念碑仍有向传统致敬的意味；其他团队的设计都有很浓厚的苏联气息，包括女性高举五角星、宽墙纪念碑和三重石质烟囱等等。

共产党接手时的北京，不仅经济凋敝，民不聊生，而且缺乏受过专业训练的各行业人才；那时北京只有十五个建筑师。1949年，首都的一百四十万人口中，只有百分之四的人口在制造业工作；而莫斯科则有四分之一的人口从事制造业。苏联派了一千多名技术顾问对中国的工业化进行指导和建议，北京自然首当其冲。

为了保护城墙环绕的旧城，梁思成努力争取，建议将政府的行政中心修建在西郊，就是日本人规划修建新北平的地方。一个苏联顾问提出反对，说在苏联也有过这样的建议，将莫斯科旧城保存为陈列馆，在它的旁边建设新的莫斯科，但他们拒绝了，并将莫斯科改建。苏联顾问说，改建的“结果并不坏”。还说，“拆毁北京的老房屋，你们是早晚必须做的，三轮车夫要到工厂工作，你们坐什么车通过胡同呢?”

新中国的成立，让全国陷入一种空前的爱国主义与乐观向上的浪潮之中。梁思成非常有信心，相信政府会被自己保护老北京的计划打动。他建议说，设计首都的任务应该交给专业人员来做，不要让干部插手，还补充说，就算毛主席也不见得懂建筑。市长严厉批评了他，反问他毛主席也不会开坦克，不也打了胜仗吗。

炮口已经牢牢对准了古城。

新政府誓言要将北京从西方的荼毒和封建时代的历史余孽中解放出来。政府驱逐了外国传教士，关闭了外资商店，拆掉了使馆区各个大使馆的门。那些华丽的使馆建筑也用作新途。越南进驻了原比利时大使馆；东德进驻了原德国大使馆；北京市政府进驻了原日本大使馆。原法国和英国大使馆变成了招待所；而约翰·西蒙·莱彻尔上校曾在其中写过家书的美国大使馆则变成了达赖喇嘛驻京办公室。《人民日报》定期刊登大栅栏四合院地主逃跑的消息，列出这些所有权有争议的房屋地址。

1949 年 11 月 21 日，警察封锁了全城的妓院、鸦片馆和赌场。他们用布蒙着脸，在这场行动中抓获了一千三百名妓女。“清洗”行动一直持续到第二天凌晨五点。有三十四个被称为“妈妈”的老鸨从大栅栏逃走，但后来经居民指认，又难逃追捕。有百分之九十五的性工作者感染了性病；百分之四十患有梅毒。在公开审判中，这些女人公开斥责和指控她们过去的老板。两个“妈妈”被执行了死刑，其他则被判劳改。获得自由的妓女们分派去了八个专门学校，“学习政治和文化，接受职业培训”。到 1950 年，将近六百名妓女结了婚，四百名回到了她们原来的家，有七十名在医院和收容所当护士。其他的则参加到爱国主义文艺演出当中。

在一场公开审判中，一名过去的妓女控诉着她“妈妈”的罪行。

1950年5月，《人民日报》单独点名杨梅竹斜街，将其作为旧城“文化遗产宝藏”的一个范例。那时候，这条胡同的路面没有铺设，一场再小的雨都能让它变身“小便池”；小巷里蚊蝇滋生，苦不堪言；老旧的四合院建筑也摇摇欲坠，濒临坍塌。和很多知识分子一样，作家老舍也从美国回到了中国，“为革命服务”，建设新中国。他描写北平贫穷三轮车车夫的小说《骆驼祥子》那时候已经畅销中外，而现在，政府则派他来为北京的进步摇旗呐喊，大唱赞歌。

这之后他的第一部作品描写的是大栅栏南边一条胡同的清洁工程。在这部名为《龙须沟》的剧本的第一幕，一位居民唱道：

有一天，
沟不臭，
水又清，
国泰民安享太平。

故事的结尾，恶臭的水沟被填平，居民齐声称赞共产党。老舍此后再也没写过小说。

1950年2月，梁思成和搭档陈占祥上交了他们在城墙外建立一个新政府中心的规划。苏联顾问们反驳说，旧城宫殿空着，过去的那些行政办公楼也空着，马上就可以搬进去，花费也更少。

这场辩论持续了三年之久，这段时间内，中国派兵进行了“抗美援朝”。这场战争促使毛泽东重新考虑行政集中的规划，担心敌人空袭时很容易锁定目标。他同意主要的办公大楼需要位于旧城中心，但希望其他的次级机关都被安置在旧城城墙的西边。根据斯大林在莫斯科的布局和规划，苏联顾问提出，中国建筑师应该为新建筑创造一种“国家风格”，代表了本国的形式和政治，而且不能使用西方帝国主义偏爱的钢筋和玻璃。

新的办公地点修建在一个叫做三里河的区域。笨重的五层石质楼房，顶上又是带着飞角檐梁的瓦屋顶。此时，梁思成可能已经有些后悔自己为人民英雄纪念碑做的类似设计了。他评价这些办公大楼说，这样的中西结合看起来不伦不类，就如同一个男人穿西装，打领带，头上却戴着一顶中式的瓜皮帽。他继续四处游说，努力争取对旧城，包括城墙的保护。他心里清楚，这样的建筑遗产在全世界都是无可比肩的。1951 年 4 月，他提议在城墙顶上修建一个市政公园，搭配人行道，但并未获得通过。

天坛与大栅栏都位于外圈城墙内，而拆毁这一圈城墙的工程在 1952 年 1 月终于还是开始了。一名目击者说，一个“工人军团”挥舞大锤大斧，迅速拆除着城墙，就好似蚂蚁啃骨头一般。梁思成的抗议显得那样无力，工人们拆毁了飞架在老城中心大街长安街上的东西长安门。这两座门十分碍事，既阻塞交通，还挡住了蜂拥前来的人群，他们都是来聆听毛主席在天安门城楼上的伟大讲话的。现在城楼的正面还挂了一幅这位伟人的肖像。

1953 年春天，在建筑与城市规划方面，政府一切学习苏联。一名干部警告说，“主要的危险就是对老建筑的极度尊重，这约束了我们的发展观。”外城的城墙轰然倒塌，北京各处的城门随之很快被拆，星罗棋布于各条街上的牌坊也难逃劫数。一名官员对梁思成说，“您是老保守，将来北京城到处建起高楼大厦，您这些牌坊、宫门在高楼包围下岂不都成了鸡笼、鸟舍，有什么文物鉴赏价值可言!”消失的老建筑如地安门、阜成门等，只保留了名字，被宽阔的十字路口取而代之。

有些苏联专家和梁思成站在一边，提倡保留内城墙的一部分，维护原有的风貌。但为时晚矣。1953 年 8 月，毛泽东宣布，“……拆除北京城墙这些大问题，……是经中央决定，由政府执行的。”11 月，

梁思成所绘北京城墙上公园的草图。

市政府宣布北京旧城“完全服务于封建统治者的意旨”。“梁陈方案”被彻底否决，北京加快了工业化的步伐。

1955 年，苏联派出九名负责过莫斯科重建工程的专家来到北京，规划建设一个化工基地。从这一时期起到 1984 年，北京将包含中国一百六十四种工业中的一百四十九种。天际线上赫然出现一万四千根烟囱，好像一个个惊叹号，将城市的特点写在空中：全国最大的石油化工基地！橡胶、塑料和冰箱产量全国领先！生铁与洗衣机产量全国第二！发电机、呢绒、汽车和彩电产量全国第三！内燃机产量全国第四！缝纫机与啤酒产量全国第五！如火如荼的生产当中，这座城市却忘记了生产最最需要的东西：住房。

1956 年 1 月，二十万人围聚在天安门前，“庆祝北京完全取缔私营工商业，进入社会主义社会”。国务院批准通过了一份题为《关于目前城市私有房产基本情况及进行社会主义改造的意见》的报告，各单位和北京市房管局开始管理和分配城市各处房产，将租金调整到工资的一小部分。

政府将枪口瞄准了所有领域的浪费现象。在建筑业上，这就意味着要“尽可能地适用、节俭和简约”，挑高的房顶被视为“过度装饰”而遭到取缔。1956 年 5 月，中央政府下令修建外形统一、朴素的工人宿舍，形成自成一体的社区。中国的城市中心开始变成一排排坐北朝南或坐南朝北的红砖住宅，开了窗的楼梯间，露天的阳台。千篇一律，千人一面，毫无特色。楼道里有几家住户公用的厨房，烧的是煤气炉；还有公用的浴室，水压很低。

然而，由于日益滋长的官僚作风和迅速增加的工厂，北京的住房短缺问题还是十分尖锐，这就意味着即使一家人足够幸运，分配到一套公寓，也不得不和别的人家合住。在和平里和幸福村这样的新区，一家三代人同住一个单间的现象比比皆是。四合院的住宅则被重新加上了很多隔断，被分配到这里居住的人家也面临着过度拥挤的问题，还不得不使用公共厕所。无论是新房子还是旧房子，都没有中央供暖。北京的面貌更为统一了，到处是预制板与钢筋混凝土建造的、火柴盒般的公寓楼，交织成四四方方的网格，南北之间的空隙决定了阳光射进来的程度。

1955 年，西蒙娜・德・波伏瓦[①]应官方邀请访问北京，来看看改造后的中国首都。她从宾馆的窗口望出去，看到一片毫无特色的楼房和街道，不禁发出诘问，“他们什么时候拆掉了那些灰色的小街？全北京都将像这条大街一样吗?”

---

① Simone de Beauvoir，20 世纪法国最有影响的女性之一，存在主义学者、文学家，女权运动的创始人之一。——译者

“衷心感谢苏联人民对我国的帮助”，1956年2月的一份报纸用醒目的大标题写出了这句话。这份全国发行的报纸还刊登了梁思成写的“自我批评”。此时的他，因为反对破坏北京旧城，早已被攻击得遍体鳞伤。他的检讨中有两段这样写道：

> 北京一解放，党就给了我最大的信任，在1949年5月就让我参加了首都的规划工作。七年以来，我对于党的一切政治、经济、文化的政策莫不衷心拥护，对于祖国在社会主义改造和建设上的每一伟大成就莫不为之三呼万岁。但在都市规划和建筑设计上，我却一贯地与党对抗，积极传播我的错误理论，并把它贯彻到北京市的都市规划、建筑审查和教学中去，由首都影响到全国，使得建筑界中刮起了一阵乌烟瘴气的形式主义、复古主义的歪风，浪费了大量工人农民以血汗积累起来的建设资金，阻碍了祖国的社会主义建设，同时还毒害了数以百计的青年——新中国的建筑师队伍的后备军。

> 我对自己的错误是长期没有认识的。这是由于我的思想感情中存留着浓厚的封建统治阶级的“雅趣”和“思古幽情”，想把人民的首都建设成一件崭新的“假古董”，想强迫广大工人农民群众接受这种“趣味”，让他们住在一个“保持着北京原有的‘城市风格’”的城市里。我对于建筑的认识又极端缺乏经济观点、群众观点、革命观点。又由于解放以来，我兼职多，社会活动多，没有很系统地、好好地学习，所以我的马克思列宁主义水平不得提高，思想方法错误，片面地强调了建筑的艺术性。我以为自己是正确的，党是不懂建筑的，因而脱离了党，脱离了群众，走上错误的道路。

尽管如此，梁思成还是不断对家乡正在形成的“新风貌”提出反对意见。1957年，曾对拓宽长安街提出幽默的警告，“西长安街太宽，短跑家也要跑十一秒钟，一般的人走一趟要一分多钟，小脚老太婆过这条街就更困难了。”

对于拆毁城墙的工程，《人民日报》的一篇社论称，“只有热爱祖国，热爱人民和热爱党的人”才不会提出反对意见。“人人都要动手拆，你拆一块砖，我拆一片石，谁也不应该袖手旁观。愚公尚可移山，区区的人为墙，只要锲而不舍，还怕毁不了吗?”

1957年，政府发起了“百花齐放百家争鸣运动”，鼓励公开批评，发表自己的意见。根据之后《人民日报》上发表的梁思成的文章，他曾说过“拆掉一座城楼像挖去我一块肉，剥去了外城的城砖像剥去我一层皮”。

为了纪念1959年中华人民共和国的十年华诞，中央政府宣布了修建“十大建筑”的规划，这些工程将彻底改变旧城的定位与风貌。建筑工人将天安门广场前的树木和建筑一一清除，要建设世界上最大的广场。在这个世界上人口密度最大的城市之一，中心地区竟然是五十公顷的开阔地。天安门广场可以容纳六十万人。据说，毛泽东却表示失望，他本希望可以更大。

“十大建筑”看上去比实际面积和规模更为宏伟，（通常有柱廊的）外墙十分宽大，内部则非常空旷高挑，配楼在两翼护住广阔的中心院落。根据不同的功能和目的，“十大建筑”按照东西向轴线排列着。长安街边是与政治、国防和交通相关的建筑，比如人民大会堂、历史博物馆、火车站和军事博物馆。而以“五四运动”得名的五四大街边则是中国美术馆一类与文化相关的建筑。这条大街同时还串联起了国家图书馆、故宫博物院和北京大学早期的校园——北大红楼。在另一条轴线上，东端的农业展览馆和西端苏联负责建设的工业展览馆

（今北京展览馆）遥相呼应。这“十大建筑”由一万名工人在十个月内全部建成。

前门北望，天安门外的景象。后来毛泽东下令将这里改建成世界最大的广场。天安门广场从此变成了五十公顷，可以容纳六十万人。

在“过去为现在服务”和“死人管不了活人”的口号下，拆毁剩余城墙的行动继续如火如荼地进行着。周恩来总理通过努力，将前门的城楼和箭楼从拆除目标的提案中拿了出来，将它们留给了子孙后代。他没有明说梁思成的劝说是否影响了自己的决定。但在1957年达赖喇嘛从西藏逃亡印度之后，周恩来的办公室就搬到了原美国大使馆，在那里，他能够欣赏到这两座优雅美丽的建筑。

一位1947年离开北京的比利时记者于1962年旧地重游，发现“帝制时代古老北京的美已经丧失大半，这座城市的魅力也几乎消失殆尽”。长安街上的交通指示是警察手动控制的，他们坐在小小的木棚里，而且“每当你开车经过时，他们好像总在接电话。奇怪的是，这条大街本身是如此不符合现代化城市的标准。看起来就好像一条重要高速公路上的某一节，两头连接着两座虚拟的城市”。

这位记者还说，北京的胡同一定在劫难逃，将与它们一起消亡的还有“任何残存的个人隐私。但在这‘死刑’之前有一个缓期。北京的建设停止了，因此拆毁工程也跟着停止。在1958年‘大跃进’中被判死刑的那些区域，在‘大跃进’失败时得到了暂时的解救；胡同的居民们也许还可以等几年，再‘自愿地’亲手毁掉自己的家园”。

1966年，毛泽东发动了“伟大的无产阶级文化大革命”，形势急转直下。大批大学年龄的红卫兵要求对北京的交通信号进行改变，车要绿灯停，红灯行，因为红色是共产主义的颜色。这个要求并未获得通过。但北京城中帝制时代的街名都被取代了，变成了诸如“人民大街”、“工农兵街”等等。由洛克菲勒基金会出资，一名美国人设计，按照中国古代传统建筑风貌建造的协和医院，改名为“反帝医院”。大栅栏的老字号也摘了旧招牌，改名为“红旗布店”（瑞蚨祥）和“东方红鞋店”（内联升）等等。尽管最后未能如愿，但很多人提出了清拆紫禁城和将北京改名为“红京”（红色首都）的建议。

一千一百万红卫兵拥入北京。他们遵循毛主席“破四旧”的命令。北京六千八百四十三件记录在案的文物中，有四千九百二十二件都被砸得粉碎，灰飞烟灭；八十处当时尚存的历史遗迹中，有三十处也被破坏拆毁。

大喇叭里天天高声播放着“社会主义好”一类的歌曲，传统的戏剧节目被禁播禁演；取而代之的是《红色娘子军》这样的红军题材芭蕾舞。舞蹈演员们手举刺刀，对准身穿丝绸锦缎，瑟瑟发抖的反派角色。俗称“红宝书”的《毛主席语录》是当时全中国主要的出版物。

1966年的8月被称为血色“红八月”。“阶级敌人”的死期到了。红卫兵将北京小说家老舍从文联押送到了孔庙。老舍那时已是六十七岁高龄，不久前还因为支气管炎住了医院，当月刚刚出院。红卫兵们毫不留情地毒打他，还包括其他艺术家、文学家等等。他们挥舞着皮带、拳头，一次又一次地提起穿着皮靴的脚。直到老人的衣服破烂，布条嵌进了皮肉之中。他们说他的作品腐朽混乱，说他是“牛鬼蛇神”。最后，红卫兵把他带回了家，但警告他明早必须出现在他们面前。

四合院没有后门。8月24日的清晨，老舍醒来，对妻子说了声再见。那天上午，妻子工作的时候，接到一个匿名的电话。那个声音告诉她，她丈夫已经“自绝于人民”了。一个池塘边发现了他折得整整齐齐的衣服、眼镜、墨水笔和手杖。在家人还未来得及给他一个体面的葬礼之前，他就被火化了。他们也无法看到岸边发现的那些纸张；有人告诉他们，上面写的都是毛主席诗词。

老舍死去的那个池塘位于旧城西北角，离他住的四合院几乎要步行一个小时。挨过那顿毒打之后，他很可能走起路来一瘸一拐，比较引人注目。他是被红卫兵揪送过去，推到湖里淹死的，还是自沉于池水之中的？在他到达葬身的太平湖之前的一路上，他还应该经过了几个湖。而太平湖所在的积水潭地区，曾是老北京们最喜欢的热闹所在之一。老舍曾经对其进行过充满深情的描写，“面向着积水潭，背后是城墙，坐在石上看水中的小蝌蚪或苇叶上的嫩蜻蜓，我可以快乐的坐一天，心中完全安适，无所求也无可怕，像小儿安睡在摇篮里。”

在《骆驼祥子》的结尾，他也写到过积水潭。书中的主人公，人力车夫祥子，在别人的出卖导致一个朋友被处死之后，眼神空洞地盯着面前的池水，看着鱼儿在水面留下漩涡与碎纹。“翠鸟像箭似的由水面上擦过去，”老舍写道，“小鱼大鱼都不见了，水上只剩下浮萍。”

老舍离开人世的时候，积水潭中早已填满了拆除城墙产生的泥土。如今，那里是一个地铁站。

1969年，最后一座完全未受破坏的城门——西直门，也轰然倒塌。露出一座城门的废墟。这座城门的历史可以追溯到1359年，是为元朝都城修建的。在建筑完全被拆毁之前，梁思成赶忙去看它最后一眼。这些废墟最后被彻底清除，原址上建起了二环路，沿着消失的老城墙的足迹，路面铺设一新。

梁思成被划为“臭老九”，住进了清华大学里一个既漏风又没有暖气的简陋房间。尽管他病得很重，医院却不愿意对他进行治疗。1972年，在他去世之前，梁思成说，“我后悔学了建筑这一行。如果学的是机械、无线电就好了。”

“文化大革命”期间，北京市规划局被解散。在接下来的十年中，首都的建设处于一种无人监管的状态。市民与工厂需要什么就建什么，想在哪里建就在哪里建，想用什么材料建就用什么材料建。大杂院看上去就像养兔场，有用砖石、水泥、土砖等材料增建的厨房、壁柜和房间，四处都拉满了电线。

城市的设计则是由政治目的来决定的。1971年，北京的地铁开放时，一名官员说，“一开始我们的灯光全是红的，象征着东方红嘛。但后来发现太暗了，就改成白色灯光了。”1979年，沿着前门东西大街耸立起来的、绵延超过三公里的楼房一直空置着，《人民日报》上说，其原因是“北京建设的混乱状态”。报道中感叹城市各部门之间缺乏合作，指出由于某队工人“先到工地，马上就开工”，所以在水管还未铺设之前，混凝土就填了进去。

住房情况越来越混乱无序。1980年，北京政府组织了一次交易会，让市民们互相交换房屋，好离各自的工作地点近一些，或为日益扩大的家庭争取更多的空间。那一年，中国新上任的伟大领导人邓小平开始了经济改革的时代，并着手建立中国的房地产市场。

1949 年共产党接管北京的时候，城墙已经被挖得千疮百孔，通了马路和铁路；座座城门也都年久失修。然而，帝制时代的七座城门中，当时只拆除了一座。后来，所有的城门都没能逃过被拆的命运，除了天安门。不过天安门的原有城楼也在“文化大革命”期间被拆除，扩大规模进行了重建。通往内城的九对城楼和箭楼中，当时剩下了五座箭楼和八座城楼。今天，只有两座箭楼和一座城楼幸存了下来。前门的城楼和箭楼是硕果仅存的成对双楼，但在它们之间，又新建了一条宽阔的大道。

1970 年，历史学家奈吉尔·卡梅伦写道，“这就好像 16 世纪的欧洲，突然面对已经发展到 20 世纪水平的地外文明，必须不惜一切代价，将自己提高到这个水平。不管共产党政府自 1949 年以来在中国有什么失败与成功之处，他们都不得不按照这个简单的标准来进行决策和评估。”

城市遗产保护历史学家安东尼·董做出如下评估，“1950 年到 1980 年的三十年间，半个北京遭到的破坏，已经堪称 20 世纪城市建筑文化最为巨大的损失之一。”

1990 年，北京市政府拟定了“旧房危房改造工程”计划。那些在帝制崩塌、民国的现代化进程、日本占领和毛泽东时代工业化浪潮等岁月的风起云涌中幸存下来的片区，如今却敌不过一个看不见的对手。夜深人静之时，“无形巨手”在胡同里穿梭来去，悄悄将一个个㊣拆画上四合院古老斑驳的墙。

梁思成那时据理力争，希望将工厂建在北京城外，而非市中心。他警告市领导，说他们总有一天会后悔拆除了城墙。“在这些问题上，”他于 1955 年写道，“我是先进的，你是落后的。五十年后，历史将证明你是错误的，我是对的。”

2001年赢得奥运会主办权后，北京政府宣布，将对污染型工业进行搬迁。2002年，建筑工人们拆掉了两千多座住宅和六十多个商店，建造了超过一公里的仿古城墙。这座建筑与北京城唯一幸存的角楼相连，使用了二十万块老城墙的灰砖。而这些灰砖，是在政府发出号召和请求之后，由一些捡破烂的人纷纷归还的。

1947年，梁思成带着《图像中国建筑史》的文字手稿回到中国，但图像的内容都留在美国一个朋友那里。十年以后，他托人将那些图像寄给在英国的一位中国留学生，说这位学生将会把它们送到北京。而那时身在北京的梁思成已经在政治运动中失宠。装有图像稿的包裹未能到达北京。一直到1980年，文字和图像才首次合并，这本书才得以以英文版的形式首次出版。1991年，居于北京的梁思成之子将该书翻译为中文。

在《图像中国建筑史》中，梁思成按照风格的不同，将成熟后的中国古代建筑分为豪劲（Vigor）、醇和（Elegance）、羁直（Rigidity）三个时期。2003年，我问其子梁从诫，他父亲会用哪个词形容如今的建筑风格。“错乱（Alienation）!”他大笑着说。

“我再也认不出北京了，”梁从诫用流利的英语接着说。他是中国第一个非政府组织“自然之友”的创办者。“我努力追随父母的足迹。在他们那个时代，还意识不到环境保护这个问题。环保的需要是在现代化之后才出现的。每天我们都接到很多电话，要我们去调查很多问题。中国加入世贸组织以后，保护环境就变得难上加难。经济增长得太快了。每个人都希望在最短的时间内富起来。如果十三亿人都想富起来，你想想，对自然资源的压力得有多大。耕地、森林、草原、水，所有的资源都要除以十三亿。中国想过上像美国人一样的生活。而美国人的人均能源可消耗量是中国的十四倍。美国有两亿六千万人口，一亿三千万辆汽车。中国人看在眼里，记在心里。他们也想得到这一切。但如果中国人想要达到那样一种生活方式的话，我们就需要七个地球来支撑他们。这是中国最黑暗的一面。我们想要模仿所有来自西方的东西。毛主席都批评过这种殖民地心态。对，殖民地心态，就是这样。只要不是我们自己的，就是好的。”

梁从诫小时候住的四合院被拆了，在原来的地址上修建了一座“最最丑陋的宾馆。事实上是一座五层的楼房，连接着宾馆，宾馆的职工住在里面”。在天津的原意大利租界，修建了一座纪念梁从诫那帝制时代改革家祖父的博物馆。“为了纪念他，他们让五十或六十户人家从自己家里搬迁出去。现在那就是一个空空的房子。我们手里没有任何他的遗物、手稿或者书法作品，能够去充实这个房子。因为这些全部都丢失了。曾经有那么些年，我的祖父都被说成是‘反革命’，现在又成了爱国主义教育的一个典范。”

政府宣布要在天安门广场和紫禁城附近建造东方广场购物中心之后，梁从诫加入了保护主义者的队伍，抗议其高度和规模，批评这座建筑更进一步地破坏了旧城的形态。“如果我是个恐怖分子，”他告诉我，“我就会开一架飞机冲进东方广场，我会牺牲自己的生命去毁掉它。”

“康德说过，‘因为主体，才有了政府’。几年前，我去北京德国大使馆参加了一个建筑师的会议。我之前去过柏林，觉得那个城市规划得很漂亮，就在德国大使面前大加赞赏。他对我说，‘柏林这个城市的风貌代表和反映了其居民的品味。’如果这话说得对，那我真觉得有些丢脸，因为这样一说，北京的风貌也反映了其居民的品味。”

2003 年，北京第四中学的一百二十五名学生联名给市长写了一封信，提出心中的疑问，“如果一座城市没有属于自己的文化和历史，那么和其他任何城市又有什么区别？我们在北京修建的摩天大厦是司空见惯的东西，而我们的四合院与胡同却在全世界都独一无二。为什么我们要以追赶潮流的名义，毁掉这无价之宝呢？我们不想背负这个耻辱柱，不想被称为破坏北京文化的人或是见证其过去的最后一代人。但我们又能做什么呢？与您能做的比起来，我们的力量太小了。”

市长办公室的一名官员对记者说，他会把这封信交给市长。

2007 年，总部位于日内瓦的居住权及反迫迁组织估计，从 1990 年“旧房危房改造工程”实施以来，共有一百二十万北京居民被迫搬迁。

第二十一章　回音壁

2007年4月21日，前门大街的两端围起了锡板，锡板之内变成了一个建筑工地。北京城的中轴线已经被隔断过，先是人民英雄纪念碑，再是天安门广场上的毛主席纪念堂。然而，天坛、先农坛与紫禁城之间过去供皇帝仪仗座驾通行，后来供北京车辆来往，畅通无阻的道路，这次却是开天辟地头一遭，中间的一截被隔断，禁止车辆通行。机动车交通被永久分流到鲜鱼口和大栅栏新建的道路上去。

一位建筑师曾给前门大街提出过一个设计方案，在左边开一条机动车道，防止胡同因为修新街道而再受破坏，这个方案显然被拒绝了。这位设计师告诉我，"在设计中国大城市这个问题上，没有任何模式，也没有任何教科书的范例。城市发展如此之迅疾，不仅仅是北京和上海，还有香港，广州和其他大城市。这在历史上是前无古人的。这是一个完完全全新的挑战，同时也是最最特别和重要的挑战。你想想，如果中国的人均能源消耗量达到美国的标准，那在我们这一辈整个世界就将变成一片荒漠。这样的发展会有什么样的后果？没人能下定论。"

他说，城市官员们"整天把可持续发展挂在嘴边，但根本不知道所说为何物。任何名义上促进可持续发展的措施都不过是抬高价格而已。对于决策者来说，不过是嘴上功夫罢了。而且，最终决策的并非一个人，而是二十个'大老板'。所以中国的城市看起来都是一副面孔。建筑不是雕塑，只是按人的尺度建造的居所。他们所关注的只是规模问题。”

5月9日，《北京晚报》报道了前门大街改建的规划，说建成后的新大街将“把传统和现代融合于一个崭新的步行购物中心之中”。

街上仍然会有从前仪式性的牌坊。并不是最初的那一座。然而前门的箭楼也并非原作，每个朴素的炮口已经在义和团运动之后被加上了白色大理石的“弯眉”。2006年，这些“眉毛”还被重新修整磨光过。前门大街南边的尽头，建筑工人们缩减规模，重新修建了一座被拆毁的，曾经保卫过老城墙的古塔。现在，这座“仿古塔”静静伫立着，看着脚下二环路来来往往的车流。

“城市就像人一样，”那位建筑师对我说。“他们不会从别人的错误中汲取教训，而是从自己的错误中汲取力量。我希望北京快点醒悟。”

平安大街既不平静，也不安宁。这条穿越旧城心脏，绵延六公里的八车道大街只有两座人行天桥。而且两座都并非修建在过马路人群比较密集的地方。人们只好争取在交通指示灯变化之前，赶快穿过将近四十米的马路。路上的一条左转弯道位于一条偏远的右行道上，形成几个交通堵塞点之一。听吧，那成千上百喧闹的“喇叭奏鸣曲”；闻吧，困在路中央的巴士与汽车排出的尾气；看吧，那空空的人行道，还有道边那些仿照三千三百座因修路而被拆毁的四合院建造起来的商店。困在北京拥堵不堪的交通中，我想起了消失的四合院与胡同，以及那些过去的承诺。

“这项工程是为了新世纪而设计的，”1998年，这条大街的总工程师在道路在建时说。“一旦建成，街上的交通拥堵现象将会得到大幅度缓解。”施工过程中，养路工发现了一些历史长达一千二百多年的古代陵墓，以及中国皇朝时期的桥梁和墙壁等等；但接着又将它们重新掩埋。之后，另一位设计师说，“我并不反对保护文化古迹，但应该选择性地进行。只有那些有使用价值的文化遗产才应该得到保护。毕竟，当代人的利益应该被放在第一位。”

同时浮现在脑海中的还有遥远的警告；“相比之下，‘文化大革命’期间的破坏根本就不值一提，”1998 年，建筑师张永和向一位记者表示。“这次破坏的是这座城市本身。整个道路扩建的想法是十分目光短浅的。也许在一到两年之内还算是一剂药到病除的良方，但如果不控制汽车数量的增长，所有这些道路扩建工程都将无济于事。”

小说家老舍之子舒乙后来成为一位保护主义社会活动家。他曾经将胡同比作首都北京的“第二道城墙”，如果将其拆除，后果将无法挽回，最终会导致无尽的追悔。“历史就在我们眼前被抹去，”他对一名记者说，“很快就什么也不会剩下了。”

1998 年，北京媒体展开了对平安大街工程的大辩论，有人请一位原市政领导对梁思成保留城墙，在西边修建行政新区的规划发表看法。“我们那时候想，”这位退休官员说道，“现在也是这样想，梁思成的规划是不现实的。”然而，这位年迈的领导也对旧城遭到如此破坏表示遗憾，他补充说，“工业化在过去几十年来没有破坏的东西，商业的飞速发展在过去几年内就轻而易举地破坏了。”

为了修建平安大街，有八千人搬迁他处。我并不记得他们。虽然我曾在附近封冻的湖面上滑过冰，在那一片的胡同中散过步，但也只是个匆匆过客。某一天，“无形巨手”前来此地，将所有人都驱逐出去。

老寡妇是在 2007 年 4 月搬离我们四合院的。她未来的高层公寓还在进行着装修，所以就暂时住在杨梅竹斜街以北几个街区之外的一条胡同里，和孙女一起。她们一家在那里占了三间房，过去是一家旅社的一部分，和老寡妇之前的房子比起来，阳光要充足许多。院落里增建了一间间偷工减料的厨房，摆着一个个储存蜂窝煤的箱子，显得十分拥挤。但在一团乱糟糟的杂物中，却还生长了一棵高大茂密的白杨。有一点不太好的是公共厕所离得太远。过去，她只要出门走几步就能“解决”了，现在，最近的厕所在两条胡同以外。

一天晚上，八十一岁的老寡妇在这没有光亮的迷宫里迷迷糊糊的转来转去，夜晚的阴影中突然跳出一个男人。他抓住她瘦弱的手臂，从她手指上扒拉下那枚金戒指。在她反应过来开始尖叫之前，他已经消失得无影无踪。

“他干坏事的时候还在大笑呢，”老寡妇说。“我害怕极了。我们那条胡同里从没发生过这种事儿啊！那是我最值钱的东西了。我报了警。是个外地人干的，年轻人。警察说会从监控录像上把他认出来。”

“我从没在胡同里见过监控摄像头。”

“警察说有的。谁说得清呢？我只知道他们还没把那个贼找出来，也没找到我的戒指。”

现在，对她来说一切都是那么陌生。不熟悉的面孔每天在四合院来来往往。没有人跟她点头打招呼。没有人主动提出带她去市场。我的邻居，韩先生和妻子，开始每隔一天就去看看她。我给她带去一盒“飞马牌”。她哼了一声，把烟盒扔在五斗橱上。韩先生哈哈大笑，说，“真是把她宠坏了。”第二次我就带去了“中华”，是附近能买到的最贵的烟了。老寡妇骂骂咧咧地说，“真是乱花钱！”但她的眼神好像在对我说，“好孩子！”

我从没找到过关于她丈夫的蛛丝马迹。我向台湾“国军退除役官兵辅导委员会”提出过两次查询申请，他们在记录中找到了两个同名的人。只有一个曾在国民党九十二军服役，属于二十一师，六十一团，军衔是少校。但他出生于1920年，不是老寡妇所说的1917年；虽然籍贯也是山东，但来自于另一个县。我台湾的一个朋友拨通了那个男人档案中所记的电话。接电话的是一位女士，说他不久前去世了。在一阵短暂而尴尬的沉默后，她说请别再打来，然后“嗒”地一声挂了电话。

走出胡同之后，吴振东先生到底去了哪里呢？和很多在这里居住过的人们一样，他的故事也湮没在历史的废墟之中。

两年前，我主动要求到北京当志愿者，结果遭到了来自学校、警察和整个片区的怀疑。随着“奥运倒计时”牌上的数字越来越小，志愿者逐渐成为一种潮流，接着又演变成一场有组织的运动。全城树立起服务岗亭，招收了一大批奥运志愿者。居委会上面的政府机构宣布我会因为社区服务而受到嘉奖。领奖的那天早上，我从睡梦中醒来，发现自己高烧不退，冷汗涟涟。我跟办公室打电话说自己得了流感，不应该传染给别人，然后就躺在床上准备继续休息。五分钟后，居委会的工作人员来敲我的门。他们帮我洗了把脸，抹了抹头发，在我衣袋里放上几包纸巾，“想吐的时候用这个接着”。然后催促我快点出发，不然的话，“我们的人可丢大了。”

“在美国，”我抗议道，“作为一名志愿者，最光荣的就是默默无闻。”

“在北京可不是这样！”他们异口同声地说。“来来来来来！”

我喜欢这条胡同和炭儿胡同小学，因为就算我是里面最显眼最与众不同的人，大家还是当没事人一样看待我。在“另一个北京”，出去一天就会变成一场演出。而胡同里“无名之辈”的生活正是前者最好的解药。在这里，没有人吹嘘认识某某名人来自抬身价（没有人认识什么家喻户晓的名人）；没有讲究排场的晚宴（一间房里只能容纳几个人）；没有西装革履和衣香鬓影（昂贵的衣物大家都负担不起，而且太不耐脏了）；也没有人高谈阔论什么中国的未来，搞清楚当下该怎么活才是头等大事。

居委会的人一直抓着我的双手，直到我们来到大栅栏西街的表彰会举办场地。街上搭建了一个讲台，旁边架着麦克风和扩音器。二十几个中年妇女戴着表明自己志愿者身份的红袖章，正排着队等着领取“社区服务表彰证书”。她们聊着闲天，互相逗趣，不时发出一阵爽朗的大笑。她们一定很清楚，离奥运会还有四百五十八天。看着她们因为能够参与这场全球盛事而溢于言表的兴奋之情，我突然意识到，这场表彰会跟我完全没什么关系，也跟胡同里我做的任何事情毫无瓜葛。但我又不禁往前去想，奥运会的三个星期结束之后，已经“没什么利用价值”的她们又该何去何从。现在，我面前有迎风招展的横幅，上书**“大栅栏人为大栅栏文化而自豪”**；而其他正在遭到拆迁和改建的胡同中，却写着**“邻里携手，共同完成片区拆迁”**的口号。不久之后，眼前这条横幅上，写的也有可能是后者。

一名官员和我一起在一条赞美国际友谊的横幅上签名。他也不知道杨梅竹斜街到底拆不拆。他递给我一套徽章，每一个都是北京奥运会的吉祥物——福娃。

炭儿胡同小学的老师听说没人承诺会给我发奥运会的票，都纷纷表示失望。要想自己拿到票，你必须去相关地点进行预订，还需要持有中国银行的银行卡或是 Visa 信用卡，两者都是 2008 年奥运会的官方赞助商。和我的邻居一样，老师们也只能看着昂贵的票价望洋兴叹，没有一个提交预订申请。他们的城市为了这些比赛彻底变了个样，而他们则只能在电视上观看各项比赛。

朱老师给那些英语上进步最大的学生颁了奖。拿到作为奖品的徽章时，他们发出低低的惊呼，福娃对于他们来说，仍然是个稀罕的东西。其中一个获奖者是双胞胎姐妹的一员，另一个姐妹的英语一直比她好些，但一个向另一个求助之后，两姐妹就齐头并进了。

“她们的父母一直不告诉她们谁比谁先出生几分钟，”朱老师说。“这样的话，她们就不会认为谁是姐姐，谁是妹妹，谁应该多让着点谁。你说这是不是很棒？”

一说起为人父母之道，朱老师美丽的脸上就会闪过一丝阴霾。她已经二十七岁了，仍然没有孩子。她和丈夫一同住在大杂院里一个阴暗的单间中。晚上，他们总是并肩坐着，每人盯着一台电脑，各上各的网。她看在线电影；他玩网络游戏。对于她的同事们来说，朱老师的这些烦恼比起他们自己家里那本“难念的经”简直就是微不足道。

所以，2007 年初夏，5 月上旬的一个下午，朱老师打电话来告诉我一个好消息的时候，隔着电话线都能听出她声音中的如释重负。“我怀孕了！”她边说边笑，并且用中英文各重复了一遍。

“这是你一生中最幸福的一天吗？”

“我觉得最幸福的一天应该是看我孩子的第一眼！”她几乎要唱起来了。

她丈夫想要个女孩。朱老师则希望是个男孩。她的爷爷奶奶无论是男是女都喜欢。她承诺说不会给孩子取带“梅”的名字。就在那个月，“无形巨手”给他们的四合院画上了㊕。这样一来她倒也了了一桩心头事，两夫妻将搬进四环外的一套高层公寓，和朱家父母与祖父母做邻居，朱老师也将头一次享受到中央供暖和独立的卫生间。

“上班会很远哦，”我提醒道。

“还有更多好消息呢！学校可以给我六个月的带薪产假。还有，我们学校不会被拆的。要拆的是这片儿的另一个学校，老师和学生都合并到炭儿胡同小学。有两个英语老师。所以我——”她停下来，想了个新词，“就变成冗余人员了。”

休完产假以后，她也可以继续待在家里一直到学年结束，但没有工资拿了。下学期开学，要是学校还在，就回去继续教书。校长猜测应该能坚持到那时候。根据教育局的指示，学校走廊里的政治性布告变成了宣扬和赞美大栅栏文化的印刷品。这一片被赞颂为“北京文化和历史的宝藏”。我一边读着这些文字，一边想象“无形巨手”在拆掉的“战利品”中翻找“宝藏”的情景。不过咱们的校长是个乐天派。

朱老师说，她爷爷奶奶在沃尔玛附近老房子的拆迁费能够负担她的新公寓和各种相关的开支。

“拆迁终于给你带来一些好处了。”

“你说得对!”她“咯咯”笑着，带着点“这回算是走运了”的意思。

学校给孩子们放了一部纪录短片，内容是在共产党领导下，中国取得的各项成就。影片诗朗诵一样的旁白包含了所有的关键词：五千年的文明、封建主义、日本侵略者、梁思成。说到最后一个词的时候，我抬起头，看见屏幕上出现这位建筑师的照片，旁白说，梁思成保护了“祖国光辉灿烂的文化遗产”。

2003年，一本叙述梁思成与苏联专家和城市规划官员抗争的书成为北京畅销书排行榜上数一数二的热卖品。2005年，梁思成当时被否决的保留城墙和在郊区修建新城的规划被出版成一本薄薄的书，我在灯市口街一家书店的书架上发现了它。这家小书店附属于小说家老舍曾住过的四合院。他的遗孀将这座故居开放成老舍博物馆。他过去的书桌上摆着台历，翻到他溺亡的那一天。那家小小的书店专卖描写和表现老北京的书籍与地图。这是老舍曾经最最亲切的故乡。他的著作也在读者中掀起了新的热潮。2007年，北京的中考作文题目中，提到“老舍作品是北京的符号”①。

今天的梁思成和老舍们在哪里呢？两位先生都曾漂洋过海出国深造过，回到故国时，他们的观点都不为大多数人所接受。两人都满腔赤诚，欣赏和保护着正在逝去的东西，为其付出的代价而痛心疾首。然而，如今的北京，却因为经济的发展，充满了来自多方面的乐观与

① 这个作文题目应该是2006年北京中考出现的，此处应为原著笔误。——译者

自信。现在可不像 11 世纪，那时，外族侵略，民族危亡，宋朝的文人雅士们奋笔疾书，将文化遗产拼命保留和记录下来，留给后世子孙。今天，还有宋朝的文人雅士吗？他们在哪里呢？

冯骥才说，人们的物质生活水平提高了，记忆就模糊了，对失去一些东西的疼痛感也随之麻木了。这是中国文化存亡至关重要的时刻，然而大多数人却丝毫没这个感觉。封笔停写故乡题材小说，开始领导一场全国性民族文化调查之后，冯骥才逐渐发现，观察一个乡村某个东西的数量，可以评估那里文化腐蚀的程度。这个东西就是“锅盖顶”——圆盘式卫星电视接收器。“这些东西意味着这个乡村的核心价值和文化正在逐渐解体，因为有了电视。年轻女性发现电视里的人物比自己身边的任何人都要光鲜靓丽。电视上的生活给这些村民提供了理想生活的范本，那是一个梦一样的世界。村民们想要的东西也开始变得和城里人一致了，比如汽车和其他物质产品。一般人和知识分子不同，他们对保护传统和非物质文化遗产毫无兴趣，因为他们不懂得这些东西的价值。”

2007 年春天，住在大栅栏的历史学家张金起继续着他对北京胡同挨家挨户的记录。和梁思成一样走路有些跛脚的他，整个身体都呈现向一边倾斜的趋势。他请我帮他看看写给福特基金会的项目申请书，我也不自觉地跟着他把头偏向身体的一侧。

他在申请中提出的计划，将在中国的七个城市和乡村进行冯骥才式的调查。张金起的团队会用摄录的方式进行口述历史。同时还会与当地政府合作，提供配对基金，对某些住宅进行维护和翻新。基金会的一位官员和他一起，对申请资料进行了多达十四次的修改。最终，项目获得了批准。

获得的拨款中，没有一分钱是张金起的工资。“多年以来，我一直一分钱没拿地在做这件事情，”在自己那增建在大杂院中的房间里，张金起说道。这个房间只有一个书桌、一把椅子和一张床。“这个基金的拨款将全部用于项目本身。我们要做的事情太多太多了!”他的语气听上去十分迫不及待。毕竟，时间已经不多了。

天坛公园中，有座建筑叫回音壁。这堵环绕一座殿宇的环形灰砖墙顶上有轻巧的挑檐。紧贴墙壁的一边，轻声说出一个词，声音就会沿着壁面传递，站在环形另一边的那个人也能清楚地听到。这堵墙壁精妙的声学效果意味着它必须得到良好的维护。任何一道微小的裂缝或粗枝大叶的修补都会毁掉其传声的效果。只有最初修建起来的那堵墙才是名副其实的“回音壁”。现在，随便挑一天去天坛走走，都能看到回音壁前挤满了人，大家面对着墙壁，声嘶力竭却无济于事：“你好！你好？你好!”

在北京乃至全中国的很多城市，都修建有这么一条“新古文化街”。拆掉了原有的古建筑，重新进行仿造，通常都会使用钢筋混凝土结构，再铺上灰砖样貌的瓷砖。它们都是一堵堵遭到破坏的回音壁。虽看似复古优雅，但最终是死路一条。那些过去曾赋予建筑们生命与活力的住户早已被迫搬迁，即使想再回来也负担不起令人咋舌的房价。再也不见了几个世纪以来，经过住户们自己改建的，富有特色与鲜活红尘味道的住家和商店，只留下那千篇一律的装饰与门脸。建筑变成了刻板人为的雕塑。

旧城的鼓楼附近有一条胡同名叫“南锣鼓巷”，各类商户在巷子里的四合院开店营业。2007年，这里被宣布为“受保护地区”，开始进行翻新。巷子里有一家名叫“过客”的著名餐吧，餐吧的主人是个坚定的“胡同留守分子”。他说其实很高兴看到外墙上了新漆，街道用灰砖铺了路面。然而，对巷子原有的有机面貌进行改变的并非草根阶层，而是自上而下的政府指令。改建后的南锣鼓巷受到大家的追捧，也增加了房租增长的威胁，“过客”老板的生意很可能做不下去，整个社区也有可能被迫进一步分散。

对于“草根阶层”的努力，“无形巨手”是有选择性的。2000年，星巴克在紫禁城摆了一张桌子，开了个咖啡小站。后来，一名中国记者开始在博客上发出号召，要把星巴克从故宫赶出去，希望结束这个西方元素对中国传统文化遗产的“入侵”。他的博客中并没有提到那些对殿宇和花园的修复工作以及说明性标示的添加工作进行资金支持的跨国公司和组织；他的行动也没能鼓励其他人去发动保护北京还有人居住，却正在减少的文化遗产——四合院。星巴克在租约期满之后迁出了故宫，在原来的店址上，开了一家由故宫博物院管理的咖啡茶饮品站。

“无形巨手”同时还对那些所谓“有损市容”的事物嗤之以鼻，并决议消灭。2007 年 6 月，警察通知废品王，他停在我们胡同里的卡车太过难看，必须要移出这片区域。如今，废品王一天工作十六个小时，先是挨家挨户收废品，然后骑着平板三轮车把废品弄到他位于五公里以外的卡车上，然后再开着车运去回收站。

我们胡同里随处可见的一桌桌麻将和所谓的“按摩院”却安然无恙。

我估计这些行动预示着这一片将会无可避免地迎来一场更巨大的改变。清华大学的一位建筑师给了我一份 2003 年制定的城市规划方案，题为《大栅栏地区的改建和翻新》。“无形巨手”在其中写道：

> 由于空间狭窄和大量的临时棚屋，人们的居住环境极为恶劣。甚至连通风和光照等基本需求都很难达到。胡同里的环境也相当恶劣，随处可见简陋脏乱的公共厕所。空气中弥漫着难闻的味道。这片区域中没有任何地方可供老人休息、小孩玩耍。毫不夸张的说，这样的环境已经完全无法满足今天人们日常生活的需求了。

在旁边的设计蓝图上，“无形巨手”画上了宽阔的马路，将大栅栏分隔成很多碎块。一条路横穿我们小学附近的清真寺，再穿过居委会的办公室。另一条则取代了那条狭窄的商业胡同，延寿街。

然而，如今已是时隔四年，鲜鱼口早已被拆迁一空，完成重建；煤市街的扩建工程也已经竣工；前门大街也被围起来变成在建的工地；杨梅竹斜街还在那里，一成不变。不知是因为上面的命令还未能顾及这里，还是因为命运的安排，没人能说得清楚。无论如何，我还是趁着此处安然无恙，借了一个 GPS，记下了我们四合院和炭儿胡同小学的坐标。

随着大栅栏即将被拆除的传言四起，它越来越受到国内外游客的青睐。胡同里雨后春笋般冒出好多旅社和餐馆，连美国国家地理和史密斯索尼亚博物馆都带着团队来这片考察。团里的美国游客年纪都不算小，一定亲眼见证过自己的社区那些商业购物中心和停车场从无到有、从有到多的过程。但他们却认为，胡同之旅是这趟旅程的最高潮，甚至超过了故宫和长城带来的震撼。也许这是另一种形式的“居高临下”。但他们都说，这才是“真正的”北京，或者说，至少在这里看到的北京，不那么像克利夫兰或其他的美国城市。越来越多的外国旅行者纷至沓来。居委会邀请他们去观摩奥运英语培训班。年长的学生们英语水平有了长足的进步，能够自创自演对话了。最常被写到的对话主题是，“欢迎来到我们的社区，外国友人们!”

6 月 24 日的晚上，我们四合院的墙上用胶带贴了一张打印的通知。走进去看的过程中，我就好像打开公共厕所的门一般：又焦急，又谨慎，还做了最坏的打算。我飞快地扫视了一眼，看见“危险”和“改造”几个黑体字。

我的心一下子收紧了。但紧接着，我又看到一个令我好似如获大赦的字，“电”，后面还跟着一大串说明。原来这个通知是说，会有电工到我们家来重新安装电线，以“确保安全并保护文化遗产”。

我搬进胡同来的两年间，区政府重建过杨梅竹斜街的公共厕所，铺设过新的下水道，安装过独立的水表和宽带网络，现在又在改进电路。尽管我很清楚，北京的街道常常在修补几个月之后，又遭到拆毁。但这些在基础设施上的花费至少比政绩工程要好些。这说明，胡同里的生活，至少在短时间内，还能够继续，甚至变好。

“Mocky给肯准备了一个生日礼物，”小刘看着英语课文读道。她厚厚的眼镜片下面仍然有一个蓝色的眼罩，头发还是往后梳成一个大大的惊叹号。“肯很惊讶，因为今天不是他的生日。他们来到屋里，看了看日历。确实不是肯的生日，也不是安的生日，而是Mocky的生日。Mocky忘记了自己的生日。他真好玩儿。”

Mocky四岁了。而班上大多数学生已经满了十一岁；还有一些今年就要满十二了。四年级开始和五年级结束相比，一个孩子的变化是相当大的，不管是身体上、感情上还是心理上。过去手里的奥特曼漫画书和溜溜球变成了小说和象棋。有的很好地掌握了“讽刺”这门技能。其他人高马大的则利用身体优势，随心所欲地欺负人。

两个月后，他们就将进入六年级了，要投入整整一年紧张的初中考试备战，这场考试有可能会决定他们未来的升学之路。有的学生，比如小刘，看上去已经准备好迎接更多的责任和挑战；而更多的孩子，比如吴吴，就是那个告诉我自己就是很笨的女孩，看上去却还懵懵懂懂。有一天，吴吴看见我入神地看着窗台上空空的鱼缸，就解释说，“我们忘了喂它。”

朱老师穿着宽松的衣服来上课，孩子们都猜出来她怀孕了。她并没告诉大家明年不会回来和他们一起走过炭儿胡同小学的最后一年。“要是我告诉了他们，那他们的爸妈就会给校长打电话，要求我留下来帮他们准备考试，”她说。“我想在家和宝宝待在一起。”

我们去刘老兵的面馆吃这学年最后的一顿午餐。农历显示我们已经过了夏至，进入小暑。北京的天气显然更提前一些。现在是6月末，太阳已经太过毒辣了。然而，朱老师还是愿意冒着酷暑坐在外面，边吃边看这活生生的市井街巷。刘老兵给她做了一碗刀削面，没有加辣椒，因为他知道孕妇不应该吃太多的辛辣食物。他小心翼翼地将热气腾腾的碗放在她面前的桌子上，用英语说道，“一碗面。”

一个美国游客在我们面前停了下来，问我可不可以帮忙翻译。他想跟那个坐在路边的老大爷说话，他手里正牵着几只鸟，鸟儿的一只脚上绑着绳子。“真是太不人道了!”那人说。“我要从他那儿把鸟都买下来，然后给它们自由。”

朱老师假装什么也听不懂。

“你住在这儿?”那人问我。“这儿是个好地方。我很喜欢那些妓女啊，挺漂亮的。但是这些鸟，天哪，真是让我气得冒烟。”

那人走了以后（他没有买下那些鸟），朱老师说，“现在我总算知道你为什么叫学生们不要见到个外国人就跟上去了。”

在学校的最后一个下午，我撩开窗户上厚厚的绿色爬藤，探出身子，静静凝视着下面如扇贝一样的屋顶汇成的一片灰色海洋。我仍然像着了魔一般地被它们吸引着。就像二班墙上永远不变的“离奥运会还有996天”一样，眼前的景象也和那时毫无二致。身处胡同之中，人很容易就相信时光已经停滞，就算身旁的房子慢慢腐朽，就算街巷中的人群川流不息。

下午“眼保健操”的音乐奏完了最后一个音符，象征这个一直在向师生说明如何“安全、文明”度过暑假的半天也正式结束了。我偶尔听到那么一句“不要随地乱捡注射器”。学生们的书包里塞满了沉重的暑假作业。送他们下楼的路上，我的目光被一个黑盒子吸引了。每一层楼都装上了监控摄像头。

我问朱老师，“然后还要装什么?”

“钟（clock）。”她说着想起了自己最喜欢的英文短语，又加了一句，“我们下班（off the clock）啦。”

北京的宣传片通常侧重其高度现代化，有很多高楼大厦的航拍镜头。看呀，摩托罗拉大厦！看呀，Soho 那些白得明晃晃的写字楼！镜头没有拍到旁边混乱不堪的街道，设计师忘记在那些地方加上真正起作用的人行横道。杜克，那个来自旧金山的城市规划师，没有“独头巷道”的别墅社区的设计被否决的人，从自己的办公室窗户凝视着北京国际贸易中心大厦下面的十字路口，在脑海里绘制着这里新的蓝图。接着又不得不忙起手头的工作，为一个度假村项目做设计草图。度假村的英文名字叫 Livin' by the Sea（傍海而居）。

他不日就将启程离京，去洛杉矶工作，“那个城市应该不会那么陌生吧。”在他离开之前的一个周日上午，我们打了辆出租车，去北京北郊看看奥林匹克国家体育场。出租车司机听着一个很受欢迎的广播评书，讲的是抗击日本的一场战斗，“啪！啪！啪！”说书人兴奋地模仿着开枪的声音。窗外一一掠过工地的起重机、高速公路、互不相扰的独栋写字楼以及林立的公寓楼，看上去像无形无序的空旷中散布得杂乱无章的小黑点。胡同外的北京不再有相连相关的片区，而是被分割成了无数孤立的岛屿，不同的所在各自为政，毫无关联。建筑彼此之间相隔甚远；人际关系冷漠疏离。一间餐馆不知不觉消失，一条小巷突然之间被拆，生活颠倒错乱。杜克问我，这个城市如果照这样变迁下去，是否终有一天，我会说好想念曾经在北京的生活。

我很清楚，在大城市中，今日的巨大改变，就是明日的社会现状。城市和人一样，随着时间的流逝而不断增长年龄，改变心智和容貌，只是城市可以重复生命的循环。我并非惯于怀旧之人，但只要我一离开胡同，就会想念北京，这样的感觉越来越强烈。我并非想念那些摇摇欲坠的建筑，而是想念贯穿于胡同之中，鲜活而又濒临消亡的生活方式。我想念那些“当时只道是寻常”，还没来得及好好欣赏的事物，比如在“无形巨手”涨房租之前，可以闲逛散步的商业小街；比如凌晨五点，老奶奶们在外面闲聊的家长里短；比如身穿丝绸睡衣去市场买菜的男人；比如围坐在热气腾腾的涮锅周围饱餐一顿，久久不愿停下筷子；比如休闲的午后在“什么?”酒吧的老槐树下享用一杯啤酒；比如带有刮奖栏的收据；比如用喷枪颜料画出来的光头。我想念居民们说出的蹩脚英语，以及他们在这蹩脚与怪异中灌注的骄傲与自豪；想念那些富有创意的骂人脏话；想念护城河上的冰球比赛。我想念那些天天在我身边出现，却已在衰退，在消失的事物。比如学校外墙上的爬山虎藤蔓；比如课间休息时朱老师和雪儿之间的一场踢毽子比赛；比如小刘爸爸的鸽子，以及他老婆的抱怨；比如杂草丛生的瓦屋顶。我想念那些由月亮的阴晴圆缺而非倒计时牌决定的节日和活动。在将自己标榜为“新北京，新奥运”的很久很久之前，这座城市自诩“文化之都”、“文明之都”，是整个世界为之向往，为之欢呼，并会竭力保护的城市规划的杰作。每时每刻，我都在想念着北京。

出租车把我们放在一块空地的边缘，这片泥泞的土地即将变成奥林匹克公园。一个硕大的人工湖倒映着万里无云的天空。周围的人工假山上种着从乡下运来的树苗。“移植树，”杜克说，“外地人种的。我想其中只有一种会在奥运期间受到欢迎吧。”

我们踩着没过小腿的泥泞走向“鸟巢”，其外部结构由纵横交错的钢条构成。设计是由创造伦敦泰特现代艺术馆的瑞士公司“赫尔佐格和德梅隆”和北京建筑师艾未未合作完成的。艾未未的父亲是一位著名诗人，在“文化大革命”期间曾被放逐到偏僻的西部，并被迫打扫公共厕所。在这座体育馆被像雕塑一般用做政治宣传之后，艾未未有意与其拉开距离。

“鸟巢”将会是奥运会开幕式的举办场地，在庞大的编排团队中，总导演将由电影《大红灯笼高高挂》的导演张艺谋担纲。

鸟巢和延长的中轴线。

在一个建筑工地的入口，工人们脚踏拖鞋，身穿运动服，蹲在地上，手里拿着装满米饭的搪瓷杯。他们抬起头淡淡打个招呼，就把注意力转移到午饭上去了。杜克和我连门都没敲就走了进去。工人们已经完成了体育馆的外部工程，看台的台阶也浇筑好了。我爬到最高的一层。在2008年8月8日晚上8点8分0秒，将有超过九万人光临此地，更会有十多亿人守在电视机前，共同见证中国向世界展示自己。

而在此之前一年的这个午后，此时此地，一切都悄然无声。即将完工的体育场上处处是脚手架。从开阔处远望，可以看到国家游泳中心“水立方”半透明的外部、数不清的公寓楼以及一座逃过被拆劫难，重新装修一新后当做摆设的四合院。

“我想知道谁曾经住在那里，”杜克说。

四合院朱红色的墙边就是过去的天子之道，连接紫禁城和前门大街的中轴线。路面上用白森森的花岗岩铺设一新，象征着北京的过去与未来紧紧相连。

我将视线集中在当下的景色，却无法在所站的高度找到大栅栏。有些东西还是脚踏实地去看最好。我收起这副“旁观者”的伪装，走了下去，回到家里。家还在那里。

废品王现在很少在门外工作了，也不再帮别人看自行车或者做片区新闻的“传递员”了。回家对我来说，就意味着一言不发地跨过大门，走进一个寂静无声的四合院。韩先生和妻子还在外面苦苦寻觅一个合适的店面，或者其他可以糊口的合适工作。韩太太承认说，整个夏天都见不到儿子了，因为从东北到北京的火车票太贵。长着一对招风耳的警察和他的父母住在其他地方，把老寡妇过去住的房间作为一项投资，指望等到“无形巨手”在外墙上画上㊣拆的时候，应该有点赚头。

我翻到《北京晚报》的“寻人启事”版面。那些没有笑容的呆滞面庞上，一双双眼睛直直地盯着我。他们都到哪儿去了呢？阳光掠过我的窗口，又慢慢消退，屋里变得阴暗起来，令我想起自己床底下封死的隧道和在那张床上告别人世的女人。她又到哪里去了呢？

在众多关于天堂的概念当中，有一个相当受欢迎——那是一个非常宽阔明亮，一片纯白的世界，我们逝去的朋友和家人就生活在那里。你能想象在一个所有生活背景全都消失不见的地方永远活下去吗？比起修葺后的崭新，我更想要陈旧可辨的布景：一块玉米地，一个钓鱼码头，一片棒球场，一座图书馆，一些街道标识，变幻莫测的天气，一家热闹的酒吧，几条窄窄的胡同，封冻的紫禁城护城河，还有街坊邻居。

自从老寡妇搬走之后，不管有多少人进进出出，来来往往，这里一直显得空荡荡的。她的存在就像墙上的砖石和屋里的横梁一样，让这个地方显得有家的感觉和温暖。我想念她门也不敲就走进我的房间，伸手递来一碗热气腾腾的饺子，主动给出各种各样的建议，留下“飞马牌”香烟的味道和飞舞在空中的灰烬。

四合院中的阳光渐渐隐退，变成慢慢侵蚀大地的黑影，让我的学生们谈之色变，因为鬼魂会随之出没。胡同里仅剩的一棵树上的树叶随风“沙沙”地摇曳着。我们的木门“吱呀”一声开了。我喊了声，“哪位?”四面的墙带来同样的回声。来人回答道，“是我。我在这儿。”

“你在这儿？我在这儿。”

韩先生用钥匙打开自己紧锁的房门，边点头边说，“我们都在这儿。”

我们都曾在这儿。

后记 新北京，新奥运

2008年4月25日，趁着破晓前的黑暗，“无形巨手”四处游荡，走过我们的房子，沿着胡同逡巡，在延寿街略作停留，在四合院与商铺的外墙上贴上白色的布告。天色微亮时，我去上公共厕所，在路上看到了这些布告。一群人聚在贴了布告的店外，店主是我一个学生的父母。“拆，”他妈妈像打招呼一样跟我说了这个字，脸上闪过一丝无助的苦笑。男人们拍着胸脯保证说，虽然现在赔偿金还是八千多块钱一平米，到他们要搬的时候，肯定得涨个十倍。“今年夏天要开奥运会了，”小巷里的鱼贩子边说边挥挥手让众人散开。“政府可不想自找麻烦。”

我和所有人挤在一起，扫视着布告上指名要拆的胡同和四合院住家：排子胡同（八座）、樱桃胡同（七座）、三井胡同（一户）、大耳胡同（一户）以及琉璃厂，就是那条古玩街。之前北京已经将街上的老建筑都拆了，盖了仿古的新楼。那里要拆的地方包括八家商铺，北京历史最悠久的邮局，以及松堂斋民间雕刻博物馆，开办者是一家临终关怀医院的院长，在这里展出他从被拆除区域的废墟中搜集到的艺术遗迹。我的目光继续往下搜寻，看到了杨梅竹斜街几个字，后面是两座四合院的门牌号。都不是我家。

大多数即将被拆的住家都在延寿街上，这里将进行拓宽，以便车辆通行，增加停车场地。布告上列出的一百个地址囊括了这个片区所有的核心商业，都是些做小生意的小店，有的是餐馆，有的卖杂货，它们给纵横交错的胡同，也就是京城的静脉、动脉与毛细血管，源源不断地注入活力与动力。

延寿街

我手拿着当早餐的饺子来到炭儿胡同小学时，校长说她没听说学校要被拆迁的消息。“我们应该至少可以撑到这学年结束，”她猜测道。接着她又说，剩下这一年不用上英语课了，好让已经升入六年级的学生们集中精力准备升初中的考试。离开之前，小刘在走廊里拦住了我。她的视力有所恢复，已经把眼罩取下来了。“告诉你个秘密，”她神秘地说，我弯下腰，把耳朵凑到她嘴边。“明天是您的生日！”她兴奋地耳语道，“我们给您准备了礼物！”

我任由她在我脖子上戴上少先队员的红领巾，然后拿着孩子们手工做的生日贺卡以及一块钱一包的雀巢咖啡回了家。那天下午手机响起来的时候，我希望是老寡妇打来祝我三十六岁生日快乐的。这是我在胡同里过的第三个生日。已经好几个月了，我们大家都没有她的消息。韩先生和我拨打她号码的时候，总是没人接或是永无止境的忙音。如果拨她孙女的号码，则会出现一个录制好的声音，“对不起，您所拨打的号码是空号。”

这个电话也不是老寡妇打来的，那头传来一个和蔼动听的声音，说着一口英式英语：“我是前门外购物中心开发商的公关代表。能否和您谈一谈呢?”

此人为SOHO中国工作，这是全国最大的地产开发公司之一。最近刚在香港上市，首次公开募股就筹集到十六亿五千万美元。公司的主人是一对富有魅力，双双在财富榜上有名的夫妻，十分擅长雇用国际上的明星建筑师，将从前的工业区改建成商业与住宅混合的设计，个个工程都光鲜亮丽，十分富有现代气息。

区政府自己的附属开发商资金短缺，无法继续翻新前门大街，于是区政府就请SOHO来继续该项工程，尽管该公司从未负责过遗产保护项目，在利用传统中国设计进行开发方面也没有经验。不过，在法律法规的限制这方面倒是不用担心，“无形巨手”早就忽略了遗产保护条例覆盖的地区，比如老张的旧房子、刘老兵原先的面馆，以及我的邻居韩先生的老店面曾经所在的地方。

现在，SOHO全权掌握着这片古老区域的命运和未来的面貌。三年前我刚搬来大栅栏时，就一直试图要采访这个公司，先是给公司的首席执行官发去一封邮件，请她就自己所说的，北京将会有“自己的柯布西耶”这句话进行更进一步的解释和评论。我一直没有收到任何回音。直到现在，SOHO的公关部听说我在写这本书，就找到我的号码，打来明确表示公司的观点和立场。

代表问我，我是否考虑过，前门这个工程让开发商有多头痛?新的建筑将会呈现古老传统的面貌，这一点倒是暂时让保护主义者们不再闹了；但接着又有各种关于细枝末节的争论，比如该安装仿真树还是种上开花结果的真树？这些琐碎的争论和各种关于改造的建议让SOHO深陷其中，蓝图至少已经修改了三十六稿。就连从没访问过北京的查尔斯王子都对该开发工程深表不以为然，宣布他名下的建筑和城市化基金会将会同中国的学者与建筑师合作，保护大栅栏周围的胡同。

“您要弄清楚，”SOHO的公关代表说，“公司很明白这项工程将展现北京对其老遗产的态度，其他城市都会学首都的样子，这个结果可能会在全国传播开去。”他想知道，我有没有什么好建议，可以减少公众的批评之声，显示SOHO真正关心这些问题。

我向这个人提起了老张、刘老兵、韩先生以及其他因为这项工程被迫离开，又因为高昂租金无法回来的人们。另外，我建议说，如果保不住曾经让这里充满活力和生气的社区，那么，SOHO要留住这个地方的感觉，至少可以留下胡同原有的交错格局以及各自的名字；还应该时刻牢记，这个地区仍然住着很多老百姓，所以不应该光开设纪念品商店，或者那种售卖随处可买的物品的连锁店，而应该多提供些当地人用得上的商品和服务。SOHO还可以加上一些说明性的标识，详细介绍这个地区的历史；修建一个滑冰场，代替紫禁城护城河上被关闭的那个；去除那些人工修剪得整整齐齐，随处可见“禁止践踏”标志的草坪，增加对男女老少都有用的，有遮蔽功能的公共空间。

最后，我邀请SOHO的管理层来参观一下炭儿胡同小学、我的四合院，以及周围的胡同，见见那些将被他们的设计影响到日常生活的人们。“这样的行动会证明开发商将对这个地区采取不同的处理方法，将这里作为一个独一无二的社区，而不是一个毫无人气的工业区。”（说到这里，我心里想象着老寡妇回到四合院的场景，她会对着那些衣冠楚楚、格调高雅的高管们骂道，“听听我的故事，你们这些傻瓜！”）

公关代表说，他会把我的建议传达给上级领导。

炭儿胡同小学的学生在校门前玩耍。

4 月 26 日的早上，我像一只布谷鸟钻出钟表那样，钻出四合院窄窄的门，想赶紧去公共厕所方便一下。来到延寿街时，我发现昨天清晨“无形巨手”经过之后，有其他的手涂抹和撕扯掉了贴在墙上的白色拆迁通知，让上面的命令难以辨认。这本是愤怒的居民们无济于事的行动，但在与世隔绝的胡同之中，却会给人一种错觉，决定胡同命运的，是住在这里的人们。

走过几个街口，就能看到捡垃圾的人们在朱老师童年住所的废墟上拨来拨去；这儿看到一个洗手槽，那边捡起一个破破烂烂的箱子，还有个支离破碎的人体模特。还是小姑娘的朱老师曾经爬过的那棵漆树上，贴着一张寻狗启示，一只“身长六十厘米，宽二十厘米，是一位老太太最好朋友”的小狗走丢了。过去，她的四合院将这棵树团团围住，现在，它只能孤零零地站着，远远望去，好像废砖破瓦上长出的巨大惊叹号。

就在沃尔玛的边缘，仍然有一些人选择到后街小巷买东西。小贩们推着平板三轮车，售卖着家常糕点、当季水果，还有旧货衣物。不久，他们也将无影无踪。他们去向何处，没有人知道。“去了外面，像我一样。”朱老师猜测道，指向“无形巨手”要所有人去的，遥远的郊区。

放假之后我就很少见到她了。只有她从自己位于四环外的新家打车来市中心的时候，我们才能见面聊一聊。她怀里总是抱着自己尚在襁褓中的宝贝儿子。她的产假有整整一学年。离开炭儿胡同小学的日子，她一面养育自己的大胖小子，一面照顾爷爷奶奶。过去我们的谈

通往沃尔玛的胡同上，一个小男孩正在练武术。

话都是 Mocky 和“拆”，现在则变成了她的儿子和舒适但却孤独的郊区生活。

很多时候我们都在南二环内的陶然亭公园见面，就在她和丈夫过去住的四合院附近。2008 年年初的时候，这座四合院和周围的胡同被夷为平地。朱老师一点也不想念那座大杂院、蜂窝煤炉子，以及公共厕所。不过，她很想念这个公园，它给老人小孩提供了很开阔的公共空间，大家可以在里面练太极、吊嗓子、下象棋。还有很多闲逛的老婆婆，最喜欢拉着小婴儿逗上一逗。朱老师的儿子就很受欢迎。“他真是又白又胖！”一个女人用中国人对小孩的最高赞誉评价道，然后问也没问就从婴儿车里把孩子抱了起来。

我们坐在公园的长凳上，朱老师絮絮叨叨地抱怨着自己因为怀孕而增长的体重。在我看来，她仍然瘦得像一根葱，周身散发着母性的光辉。她向我诉说着新房子的一切：离市场太远，等公交时间太久，整日和爷爷奶奶待在家里，两位老人还没有交到新朋友。她一面说着，目光一面掠过我的肩膀看着儿子。几个妇女正捏着孩子的小脸蛋。“你们俩可真幸福！”几个妇女对我们说。朱老师懒得去解释，带着狡黠和顽皮，捏捏我的手。

她把“咯咯”直笑的小男孩送到我怀里，我把他的光屁股放在我们身边厚厚的绿草地上。“别！”周围的人们喊了起来。一位老太太在草坪上抹了一把，摊开手，上面有一层白白的粉末。“农药！”她有些埋怨地告诉我。“他们真应该在这儿放个警示牌。”

朱老师皱了皱眉头，张开双臂，我把孩子还了回去。“我连奶粉都不敢喂给他吃，”她说。“你都不知道是不是假冒的，也不知道里面是不是加了什么东西。”她朝灰蒙蒙的天空抬了抬下巴。“环境对小孩子来说太差了。我们住的地方灰尘太多了，必须一直关着窗户。他出生之前我都没怎么注意到这些。”

同样的，在胡同被拆之前，朱老师也从没想过相关的问题。“每个人都是那样的，对吧?”她说。“不仅仅是在北京，全世界都这样。如果跟你没关系，你就不在乎。就像中国有句俗话，‘视而不见，听而不闻’。”

我们一路迎着阿姨们纷纷伸出来逗孩子的手，走到公园的北门。一排起重机长长的吊臂在空地上投下浓重的黑影，一排排商品房正在拔地而起。陶然亭公园本身被纳入了官方的保护名单，禁止开发。但我很想知道这个名单能管多久。十年，二十年，三十年之后，朱老师的儿子来到此地，看到的将是什么呢? “他不会记得这里原本的样子，”朱老师耸了耸肩。“一切都会有翻天覆地的不同，再一次。”她伸手拦下一辆出租车，准备花半个小时回到自己的新家和新生活。我朝着车尾挥了挥手，但朱老师并没有回头。

SOHO的公关代表再次打来电话的时候，我颇有点吃惊，虽然他只是想说高管们太忙了，没时间来探访炭儿胡同小学、我的四合院，以及这一片儿的人们。但是，电话里的人告诉我，公司的CEO愿意在百忙之中赏光和我见上一面，听听我想说的话。那天早上，我在四合院的水龙头下用冷水洗了个头，穿上我最看得过去的衬衫，骑着自行车出了胡同，经过前门大街南端。那里本来要植上一块草皮，绿化奥运会时自行车赛和马拉松比赛的场地，但一家餐馆的老板娘拒绝配合，不愿意就此丢了这里的生意，于是现在餐馆周围围上了一层绿色的网纱。周围还有些没有让步的小商店，建筑工人正在周围筑起高达三米的砖墙。“砖笼”中一间小店的门口，一只训练有素的八哥正尖声吟诵着一首家喻户晓的中国古诗：“白日依山尽，黄河入海流。”

三十分钟以后，我来到摩天大厦鳞次栉比，并且还在不断增加的北京中心商业区。SOHO那有着玻璃幕墙的新总部就位于其中。这里是非常典型的新北京，没有停自行车的地方；路边没有卖饮料的小亭，也没有任何荫蔽之处。我大汗淋漓地进入SOHO的大楼，十分

我们的四合院内部。

口渴，而且觉得自己穿得太过寒酸。一个秘书问我需不需要鲜榨果汁。

CEO张欣的办公室非常宽阔明亮，按照极简艺术的风格进行布置。她开口道，“前门是我早年记忆的一部分。”张女士是在北京大学集中地区的公寓楼里长大的，她回忆起小时候在市中心赶集的经历。“但最近，”在剑桥大学深造过的她英语也带着剑桥口音，“我走过前门的胡同时，发现那一片儿很糟糕，特别是在基础设施建设方面。那简直就是个地上的下水道，孩子在门外蹲下来就尿尿。我从来没想到前门会变得这么破烂。还令我吃惊的是，有那么多居民都是外地人。”

听到“外地人”这个在北京人嘴里多少含有点贬义的词，我的心往下一沉。刘老兵是外地人；韩先生是外地人；废品王是外地人；我的很多学生也都是外地人。多少个世纪以来，外地人在前门外的大栅栏和周围的片区生根发芽，让那里生机勃勃，繁荣昌盛。

张女士认真听了我的回应，然后带着一种职业性的魅力，继续说道，“我说过，‘也许我们可以做点什么。’那片区域需要发展，也需要保护。”

但为了谁而保护呢？与区政府合作以后，SOHO 雇用了美国建筑师本·伍德，他设计的上海新天地购物中心再现了这个中心所取代的那些房子与小巷；还雇用了张永和，他的父亲设计了前门大街附近，天安门边缘的国家历史博物馆。两人接手的第一项任务就是，按照一张 1950 年的老照片，重现前门大街两侧的外墙面貌。

“这项工程并非一个复制品，因为这些建筑必须符合今天的要求和功能，而不是一个虚假的电影布景，”张女士说。“它看上去既要让大家有融入历史之感，又要像今天可以善加利用的房子。和欧洲的城市不一样，老北京是木头做的。现在社会各界都很急切地想要保护还幸存着的东西。大家的认识和觉醒都已经够了。剩下的就是必须去尝试。关键在于注入新的活力。”

张女士口中始终没出现“利益”二字，但也没有问过那里的居民如何看自己片区的变化，更没问过那里有哪些值得抢救的无形元素。这其实在我的意料之中。开发商建楼（和拆楼）的目的在于为投资者赚钱。我只是有些沮丧，凭着 SOHO 的资产、影响力与文化，这个公司完全可以做一些与众不同的事情，在这个区域整体风貌不变的情况下将其“升级”到现代标准。然而张女士和她手下的一个建筑师暗示说，他们无法单方面做出任何重大决定。

张永和的公司设计了前门大街一端牌坊附近的两座新仿古建筑。但张先生本人则说，他更感兴趣的是自己给旁边的鲜鱼口做的设计，那里的一些四合院将会保留下来，作为艺术工作室、商店和豪华住宅。“主要的街道和北京其他类似工程的处理方法差不多，”他从自己担任建筑系主任的麻省理工学院写电子邮件给我，“这是一个政治工程。所以，很不幸，设计并没有那么重的分量，也没有人特别重视。”

此言不虚。当时的新前门大街还被蓝色锡板包围着，不让公众入内。而SOHO给我计划的新前门大街之旅突然推迟了，因为北京市市长要来工地视察。想要溜进去而遭到拒绝之后，我走过鲜鱼口的拆迁现场，停在刘老兵昔日面馆的废墟旁。这个面馆被拆掉已经两年了，时至今日还有十几个居民坚守在旁边的四合院里，想拿到更高的拆迁补偿金。

第二天早上七点，一个区政府的工作人员跟着我默默走过新建的前门大街。灰色石板铺就的道路中间，一条电车轨道一眼望不到头，两旁是空空的店铺，外墙透着崭新的“古色古香”的味道。不管规划者的初衷如何，对我来说，这条街就像SOHO的CEO所声称不会出现的那样，是个“虚假的电影布景”。

抛开鸟笼状的街灯不说，前门大街的设计还是有些匠心独运的。每座楼上都挂着原来那栋建筑的黑白照片，还有一块蓝色锡牌，写着过去的门牌号。路旁的山楂树下有一排排长凳，离垃圾桶的距离也比较远，行人可在此歇脚休息。

我信步来到旁边的大栅栏西街，即使是在奥运会前的一番清洗与翻新之后，这里仍有着一种古老的味道，各种旧时的营生照常进行。胡同里的旅社、商店、餐馆、澡堂和网吧吸引着游客与住户，熙来攘往，好不热闹。在杨梅竹斜街尽头那家正在翻新的古老旅社中，店主康建明一边在电脑上看着一张张我拍下的新前门大街，一边长长地叹着气。翻新这栋两层楼建筑的花费已经达到了三十七万五千美元，是他原来估计的三倍，而且在工人们开始粉刷这座建筑1850年搭上的老木头之后，他就把这些人解雇了，自己动手负责大部分的修复工作。康建明付钱找人把旅社的外墙修复之后，市领导一纸命令，所有

修缮一新的前门大街。

的片区建筑面貌都要统一，于是又来了一批工人，在旅社的灰砖墙上贴上了灰色的瓷砖。

“20 世纪 20 年代，这个名叫‘泰丰楼’的旅店是共产党地下党的秘密集会点，”他扯着自己新长出来的白头发说道。“楼上房间里的雕花木屏风是 19 世纪的老物件。要去寻找老建筑的故事和相关史实真的很难。我签下租约的时候，这里还是铁路局的一个宿舍。”在中心的院落里，他指着一个框起来的拼贴板，里面全是他在修复旅社期间搜集的黑白照片，照片中，有些男人站在东方红柴油引擎旁边，摆着意气风发的姿势。“门前没有牌子讲述这里发生过的一切，”康建明说，“你能写一个吗?”

康建明来自内蒙古，如果开发商和官员都能像这个外地人一样想，这个片区建筑遗产的保护也许就有希望了。“我觉得游客们应该是想看到原始的，真实的北京，”他边说边指着这个自己“倾家荡产”

修缮起来的旅社。“如果从头新修一座的话，的确是要容易得多。”

正如两年前政府所预测的那样，2008年8月8日，奥运会开幕那天，天公作美，没有下雨。也正如延寿街的鱼贩子预测的那样，在奥运开始前将这个片区清拆一空的计划并未按时完成。一个夏日的清晨，我在锄头敲打沥青的声音中醒来，跑到四合院外面，看到一队建筑工人在杨梅竹斜街上架满了脚手架。“他们是要赶在奥运之前把房子粉刷一遍，把路也给补补，”废品王说。各队工人分散在整个大栅栏地区，进行美化工作，将深灰与棕红的油漆刷在四合院的外墙上，“无形巨手”贴上的一张张拆迁通知也随之被覆盖了。

那天晚上，我骑着自行车在巷子里穿梭。家家户户的门廊上都像过节似的挂上了新的五星红旗，在越来越迫近的夜色里发出红色的光。一群人从刘老兵的面馆里鱼贯而出，来到胡同中。刘家面馆成了一个社区集会点，美味的面条和壁挂电视都吸引着邻居的光顾。“是二手的！”刘妈妈说。“我们买得可便宜了！”一群老阿姨目不转睛地盯着电视屏幕，拿着手工做的蒲扇，拍打着光生生的小腿。“天儿真热，”其中一个跟我说。“你肯定饿了，”另一个肯定地说道。“他吃得少，”另一个妇女补充说。和过去这一年一样，三个人开始叽叽喳喳地谈论起我的事情，好像我根本不在场。直到刘老兵递给我一碗刀削面，她们才意犹未尽地转移了话题。

刘老兵的外形和口音都一天天地变得更像城里人；过去顶着平头的他现在也开始做发型；原来的旧军裤被时髦的沙滩裤代替；他还戴起了白领阶层比较喜欢的那种金框眼镜。媒人给他介绍了家乡的一个女孩，两人谈婚论嫁，却在那女孩拒绝搬来北京之后好事告吹。他不愿意回乡下去，并且还在盘算开一家有苹果电脑的网吧。“那样才能真正把人吸引过来，”他把面片削进滚开的水中。“我就是需要有人投钱。”

刘老兵（中）和他的父母。

奥运会开幕式在8点零8分准时开始，刘老兵和父母还在厨房里进进出出，在街边的大锅旁忙前忙后。顾客们源源不断地到来，从冰箱里拿出一瓶瓶燕京啤酒，点燃“红梅”牌香烟。外面的天空中，警方巡逻的直升机“突突突”地飞过；地面上则想起一声声急促的自行车铃声，伴随着男人的怒吼，“给我让路，你个混蛋！”

家人忙得不可开交的时候，刘老兵的妹妹坐在我身旁，一起看开幕式。她受过教育，要成为一名数学老师。她的父母说，她不是干粗活的。电视上座无虚席的“鸟巢”体育馆，场地中传来传统的敲鼓表演，鼓声震天。一个穿着睡衣的胖女人走进面馆，喊道，“来两碗面！”电视上的士兵们举着中国国旗和奥林匹克旗帜行进在运动场中。

我们旁边一个光着上身的男人“吸溜”一口，把面碗吃了个底朝天。电视里的旁白提醒我们中国有着上下五千年的悠久历史。光着上身的男人打了个响亮的饱嗝。一个女人身穿印有“I ♡ China”字样的T恤，正因为自己碗里的肉太少而对刘老兵恶言相向。“别想骗我！你们买的肉多少钱？我认识一个人，买的肉比这个价便宜多了！”

开幕式开始后一个小时，刘老兵一家围坐在桌前，剥着明天要用的大蒜。刘老兵的妹妹出去闲逛，回来时手里拿着一串烤香肠。“哎呀，”她哥哥略带责备的说，“一点儿不健康。”

“总比面条好！”她不由分说地打断了他。

晚上十点，刘家面馆准备打烊了。下一个工作日要从凌晨四点开始。那一群老阿姨们转移到胡同里的小凳子上。电视中，各国运动员跟着本国国旗进场。刘老兵整个晚上第一次停下来看了看，跟着里面学习英文国名。各国国名是用中文、英语和该国语言分别宣布的：“西班牙。Spain。Espagne。”走出店外骑着自行车离开的时候，我还听到他在念，“Iran”（伊朗），接着是“Iraq”（伊拉克）。老阿姨们纷纷点头，说刘老兵是个特别聪明的孩子。

一个警察禁止我过马路去天安门广场。有一大群人聚在那里的大屏幕前观看开幕式，为了控制人流，广场紧急戒严了。我另辟蹊径，拐进胡同。电视机被搬到街上来，人们坐在电视机前，而我经过他们的身边。整条杨梅竹斜街都泛着电视屏幕的蓝光。那种在奥运期间即将笼罩北京的骄傲与轻松的情绪已经盎然于大街小巷；整整七年了，这座城市终于可以停止旷日持久的准备工作，享受这国际盛事带来的荣耀。

“什么？酒吧”也经历了修缮，店址没变，空间变大了，啤酒变贵了。酒吧老板秦玄倒了杯燕京，看着新安装的电视机里运动员们在进场。（“二手的，”她解释说，“我买得很便宜。”）体育馆的奥林匹克圣火点燃之后，礼花响遍全城。我们来到门外看着隔壁的紫禁城上空五彩斑斓的烟火，举杯为酒吧意外的存在祝福。

那一周前门大街周围的蓝色锡板拆掉了，这条大街正式向公众开放。不过，通向旁边胡同的路口仍然封锁着，让人群沿着没有厕所的大街直直地走下去，一张张拍着照片，一块块丢着垃圾。政府曾宣布有十三个“老字号”在大街建成之后可以回到这个片区来，现在，其中之一的“全聚德”门口就排了长队。

北京的“天价”地产泡沫终于落回地面时，“全聚德”将成为前门大街上大多数空店面吸引投资的噱头之一。到2008年底，SOHO的股价将会下跌百分之七十，市政府将会叫停整个前门修缮工程，重新进行审视和评估。

修缮设计一新的前门大街开放时，看上去最高兴的是那些衣着时髦的女人，采摘着路边盆栽的鲜花作为“到此一游”的纪念品；还有那些住在昂贵新楼背后的孩子们，他们松了口气，放心大胆地在家门口撒起尿来。

在接下来的三周里，我在刘老兵店里看奥运看得最多，其次就是在韩先生那儿，他从东北农村把电视和儿子都带来了。韩家儿子将成为炭儿胡同小学二年级的学生，在朱老师班上。当爸妈的看上去兴高采烈，但这个七岁的小男孩却对新环境还有些茫然不知所措。这里和他之前住的地方不一样，没有厕所，也没有玩耍的空间。现在，一家三口挤在一个狭小的单间里。韩先生继续每天坐很久的公车去市场修手机。他还是很乐观，觉得一家人很快就会转运。“我们一家人在一起了，”他说，“其他的都不重要。”

我注意到一辆亮闪闪的白色面包车停在我们四合院的门外，废品王有些不好意思地一笑，“二手的。”当然，他也买得“很便宜”。奥运会结束之后，他就将驾驶着这辆车把废品运去回收站。但现在，我很少见到他，只有在他偷偷摸摸地开门，鬼鬼祟祟地接过我手里的空瓶子时，才能问候一声。“要让游客看到好的一面，”他说。“虽然这儿没什么人来吧。”

奥运会开始之前，废品王在他的回收站。

这话说得没错。奥运一开始，这片儿就和整个北京一样，交通变得通畅些了，空气变得清新些了，骂街的声音也少了很多。一部分原因是这里没那么挤了。很多居民都离开北京，为了避免即将涌入的巨大人流。但，想象中的大量游客来得并没有那么多。

所以，大多数时候，历史学家张金起那小小博物馆的唯一参观者，只有张金起本人。他借了本地派出所旁边的一个小屋，展出自己拍摄的大栅栏建筑和居民。张金起仍然住在几条胡同之外的大杂院里，还在管理着自己那个记录中国建筑遗产的网站。福特基金会的拨款让他有生以来第一次走出国门，现场观摩其他国家的遗产保护工作。“我刚从京都回来，”他说。“下一次要去河内。”读了简·雅各布斯的著作之后，纽约成了他最想去的城市。“格林威治村还存在着，对吧？也许大栅栏也能够保留下来。”

谁能说清可以保留多久呢？我去延寿街买《北京晚报》，那里的墙上仍然残留着拆迁通知。一到点，走街串巷的小贩就停在这里，挂在身上的竹哨子发出肃穆的嗡嗡声，鸽群在头顶的天空盘旋而过，这仍是我在一天之中最爱的时光。我坐在邮局门外，读着手里的报纸。奥运期间，“寻人启事”专版也被取消了。在这三周之内，好像每个人都待在自己应该在的地方。

小刘和爸爸站在四合院的屋顶上。

现在我很少见到之前的学生们了；很多都回到他们出生的村庄或城镇，继续去上九年义务制教育所规定的本地初中。小刘留了下来，我来到她住的四合院，祝贺她在初中升学考试中考了炭儿胡同小学的第一名。她将去北京最好的初中上学。尽管还在放暑假，电视上二十四小时不间断地播放着奥运赛事，我发现小刘还坐在那间阴暗的单间里，眯着眼睛对着一本英语语法练习册发奋用功。“对你眼睛不好，”我说，“我们到外面去。”小刘爬到楼顶的鸽棚边，对着一个鞋盒“咕咕”叫，里面有一堆刚出生的小鸽子。小刘爸爸打开笼子，我们目送大鸽子们扑扇着翅膀飞出去，盘旋在一片贝壳型的屋顶上。

我想象此时的老寡妇也正从公寓的窗口望向了无生趣的天空。沿着排子胡同走回家的路上，我播了她孙女的电话，听到那头传来不带感情的预录音：“对不起，您所拨打的号码是空号。”我经过天桃农贸市场大门上“无形巨手”新贴的布告，沿着杨梅竹斜街走向家里的大门。老寡妇是这个四合院与这条胡同的象征，一旦离开了，她就蜕化成人们心底的一片记忆。然而，我还是播通了她的电话号码，满怀希望地听着响起的铃声。

2009 年 2 月

致谢

首先我要感谢大栅栏的居民们。炭儿胡同小学的学生和家长让那里的日子成为我执教生涯中最愉快的时光，即使有 Mocky 尖声尖气的捣乱。我再也找不到像朱老师这样认真负责的工作伙伴和好朋友。她的儿子非常幸运，因为妈妈心灵深处有很多关于老树的记忆。居委会的工作人员和学生们像对待亲人一样爱护我，而刘老兵一家、废品王、张金起、李警官和其他人让我丝毫没有身在异乡之感，反而觉得本来就是社区的一分子。在大栅栏的五万七千居民和三千座房屋当中找到这个片区，我真是中了彩票。老寡妇和韩家夫妇则是我最好的同伴。很多开发商和官员都对他们以礼相待，尊敬有加，而他们也完全当得起这个待遇。

我还十分感激布莱克摩尔基金会资助我在北京清华大学的国家大学中文联合课程班（IUP）学习了一年的中文。在四川方言与北京土话之间感到有些茫然的我，有幸师承于刘玉、彭丽、吴海平和吴静几位老师，他们教我读清楚一个个汉字，并让我的口音从各地方言混合的南腔北调平稳过渡到普通话。约翰·汤普森主席和加州大学伯克利分校的教授汤姆·戈德争取了前去台湾的研究经费，让我得以去考察该地的遗产保护活动。布莱克摩尔基金会的受托人格林菲斯·韦又允许我多考察一个夏天，令我能够更深层地挖掘北京的规划史。布莱克摩尔基金会和弗里曼基金会是身在亚洲的研究者们不可或缺的资助来源，他们对自由撰稿人的慷慨解囊和不断鼓励也值得嘉奖。

身在中国的自由撰稿人面临着双重挑战，一边要说服远在他国的编辑一个故事值得写，一边又要说服当地人脱离程式化的介绍而畅所欲言。我很感谢这些年来被我说服的编辑们，允许我走遍古巴、欧洲、日本、老挝、越南和中国很多城市，去追寻有关这本书的话题。他们是：玛丽·阿金斯、大卫·阿诺德、凯迪·贝肯、凯斯·贝罗斯、唐·贝尔特、杰弗里斯·布兰克比、凯思林·贝尔克、麦克·库里、兰迪·库尔文、卡尔·格林菲尔德、凯瑟琳·哈曼、劳拉·赫尔姆斯、克里斯·希尔、拉胡尔·雅各布、康拉德·克希尔、凯瑟尔·郭、理查德·利姆、卢克·米歇尔、马里恩·墨菲、奥利弗·佩恩和理查德·斯托里。《美国国家地理》可持续旅游地中心的主管乔纳森·托特罗特为我提供了机会，让我参与到联合国教科文组织和中国文化遗产管理人员的合作项目中去，还为劝说开发商改变对卧龙自然保护区的规划贡献了绵薄之力。我也很感谢和平队前驻中国的总管比尔·斯佩德尔和他的妻子艾琳娜，他们对我很有耐心。作为一名中美友好志愿者，是我迈上这条研究之路的第一步。

北京是一个写作的好地方，不仅仅是因为题材的关系。当各种探询走向死胡同时，我很幸运地遇到了一大群热情伸出援手的作家和创作大师们。除了书中提到和引用的人，还要感谢作家张彤禾（Leslie Chang），电影人安迪和克里斯提恩·福伦德，danwei. org 的杰里米·戈德科恩和卢克·迈恩斯，福特基金会的何金，《时代周刊》的苏珊·杰克斯，律师迈克尔·戈提克，摄影师马克·梁，乐手兼酒吧老板秦玄，考克斯新闻社的克雷格·西蒙斯，长城历史研究专家大卫·斯宾德勒、记者王军、人类学家马特·艾利以及电影人杨凯。在美国，历史学家迈克尔·亨特很亲切地为我扫开旧档案和地图上的尘灰，给我展示当年义和团运动之后美国占领北京的资料。格拉戴恩·

库斯达特尔把我介绍给很多建筑师和学者。布里特·托尔里提供了关于老舍作品的重要看法。大卫·道格拉斯为我寻找了很多资源。在河内，我有幸接受到来自大卫·高斯、阮玉勇、约翰·莱利、丹娜·萨克斯和陈隆的帮助。

《纽约时报》的杰克·胡克尔和我在“什么？酒吧”门外度过了一个又一个深夜，一同谈论北京的历史和胡同的过往，拓宽了我的研究视野。除了从一个业内人士的角度提供北京建设的内幕之外，外号“杜克”的泰德·莱特还给了我很多照片。《时代周刊》的马特·福尔尼一家，包括他的妻子宝拉和孩子罗伊及艾丽西亚陪我一起滑雪，并欢迎我去他们家蹭饭。马特还替我翻译了东大肛肠医院贴在厕所门上的打油诗广告。

优秀的作家代理人乔治斯·博查特在读过我的一篇文章之后给我发了一封邮件，我会永远感激他在邮件中提出的请求。乔治斯将我引荐给了出版人乔治·吉布森，他从最初给我打电话到我把书稿写完，一直给了我无限的鼓励和充足的时间，并且认真对文稿进行了审读。

我要感谢何伟（Peter Hessler，彼得·海斯勒）、亚当·霍克希尔德和塔维斯·科林伯格，他们认真阅读我的书稿，并给出建设性的批评意见。彼得和塔维斯也曾是和平队赴中国的志愿者，我很幸运能在首都与他们共度一段时光。在精选照片和修剪多余辞藻方面，塔维斯特别在行；彼得则帮我弥补了结构上的不足，写清了未能说清的问题。亚当则是我的良师益友，一直以来都在写作和其他方面给予我耐心的建议。我很高兴他和艾尔利能够来到北京和天津，在各个片区消失之前走一走，看一看。

1997年，我在北京邂逅弗兰西斯·冯（冯丹）。我们都是被这座城市所吸引的外地人。在清华大学的滑冰场、热腾腾的火锅边、很多已经消失的胡同里的散步中，我们之间燃起了爱火。尽管后来她在伯克利大学攻读法学学位，我在北京继续研究，两人相隔千里，但弗兰西斯从未要求我停止在北京的研究，即使是在看似穷途末路时也给予我支持。她自己也是一个出色的作家和法学学者，我非常期望能够报答她的深情。我爱你，弗兰西斯。

译名对照表

（译者按：由于北京的很多胡同并没有正式的英文名字，因此在各种英文著作里的译名均不一样，本书作者迈克尔·麦尔也对书中出现的各条胡同和北京地名有自己的理解和意译。他在原书后面增加了附录，注明了胡同和各个地方的中文原名、拼音和英文译名。此处将该表格简化，把胡同的中文原名和译名列出，以飨读者。）

中文名	**英文译名**
大栅栏	Big Fence
前门	Front Gate
杨梅竹斜街	Red Bayberry and Bamboo Slanted Street
琉璃厂	Glazed Tile Factory
炭儿胡同	Coal Lane
笤帚胡同	Whisk Broom Lane
菜市口	Vegetable Market Junction
取灯胡同	Fetching the Lantern Lane
樱桃胡同	Cherry Lane
鲜鱼口	Fresh Fish Junction
前门大街	Front Gate Avenue
牛街	Ox Street

花市胡同	Flower Market Lane
草厂胡同	Straw Mill Lane
西打磨厂胡同	West Grindstone Lane
簋街	“Ghost” Street
前海	Front Lake
煤市街	Coal Street
延寿街	Prolong Life Street
烟袋斜街	Tobacco Pipe Slanted Street
后海	Rear Lake
廊坊二条	Langfang (Veranda) Second Lane
大栅栏西街（原名观音寺街）	Dazhalan West Street (Known locally by its former name: Bodhisattva of Mercy Temple Street)
米市胡同	Rice Market Lane
廊坊头条	Langfang (Veranda) First Lane
法源寺	Source of Law Temple
先农坛	Temple of Agriculture
八大胡同	Eight Big Lanes
砖塔胡同	Brick Pagoda Lane
西四	West Fours
南仓胡同	South Grain Storehouse Lane
豆瓣胡同	Broad Bean Lane
海运仓胡同	Sea Transport Storehouse Lane
南弓匠营胡同	South Bow Maker's Lane
菊儿胡同	Chrysanthemum Lane
大耳胡同	Big Ear Lane
茶儿胡同	Tea Lane
平安大道	Safe and Sound Boulevard
南锣鼓巷	South Gong and Drum Lane

参考书目

Using the public latrine in the dead of winter is nothing compared to the challenges one faces in tracking down Beijing's history. This book could not have been written without the tenacious research of a group of scholars whose work both informed and inspired me. The master recorders of the "razing and relocation" policy and its implementation are Fang Ke, Zhang Yan, and Lü Junhua. The latter, with Peter G. Rowe and Zhang Jie, produced the most comprehensive history of modern Chinese urban housing. (For more, see Ian Johnson.) Wang Jun sorted through the papers and drawings that Liang Sicheng's second wife spirited away from Red Guards to produce the most thorough—in fact, the only—accounting of his attempts to preserve the Old City. Wilma Fairbank paints a loving portrait of her friend Liang and his wife, Lin Huiyin.

Readers seeking a concise summary of Beijing's development and feng shui should turn to Victor Sit. Wu Hung observes his hometown's symbolic architecture with an art historian's perspective. M. A. Aldrich's city history was my constant companion on bike rides around town. If a building caught my eye, I could usually find its description in Aldrich, who narrates in the relaxed voice of a patient guide. Juliet Bredon penned my favorite expatriate memoir of life in the post-imperial, pre-Communist capital. Marine Captain John Letcher's letters home read like a novel, thanks to their compilation by his daughter, Katie Letcher Lyle, and Roger B. Jeans.

Readers interested in 1920s Beijing should turn first to Madeline Yue Dong, where I found the accounts of the four-year eviction battle between the municipal government and merchants near Dazhalan. David Strand also illuminates this era by detailing the conflict over the city's modernization, primarily between rickshaw pullers and mechanized transport. Jeffrey Cody's telling of Henry Murphy's work in China piqued my interest in his "adaptive architecture," still seen—without explanatory plaques—in Beijing. Li Mingde has produced several texts that, uniquely, use simple language and consistent statistics to guide readers through *hutong* history and neighborhoods. H. Y. Lowe makes it all come alive.

Anthony Tung produced the definitive text on the history of urban preservation. Written in the voice of a detective on a globe-spanning trail, it set me off on my own explorations.

Finally, I am indebted to the *New York Times*, *Times of London*, and *People's Daily* for making their archive accessible via Internet. Long after the Widow had bolted the door, decades-old articles from these papers illuminated my computer screen and Beijing's past. Our courtyard looked different in that light, and I am thankful for the perspective.

Published Sources

(Note: Where a formal English translation appears on the cover of a Chinese-language text, I have listed it. In other cases, the translation is my own.)

Abend, Hallett. "Old Peking Names and Habits Banned." *New York Times*, August 13, 1928.

Abramson, Daniel Benjamin. "'Marketization' and Institutions in Chinese Inner-City Redevelopment." *Cities* 14, no.2 (April 1997): pp. 71–75.

Agence France-Presse (newspaper articles without a byline).

1. "UNESCO Raises Concern over Destruction of Beijing Historical Area." February 25, 2003.
2. "Beijing Rectifies 'Destroy and Relocate' Policy After 1.5 Million Moved." November 6, 2003.

Aldrich, M. A. *The Search for a Vanishing Beijing*. Hong Kong: Hong Kong University Press, 2006.

Arlington, L. C., and William Lewisohn. *In Search of Old Peking*. 1935. Reprint, Hong Kong: Oxford University Press, 1987.

Attiret, Jean-Denis. "A Particular Account of the Emperor of China's Gardens near Peking." A 1743 letter published in *Lettres édifiantes et curieuses écrites des missions étrangères par quelques missionnaires de la compagnie de Jésus*, 27:1–61. Paris: Guérin, 1749. Translated to English by Sir Harry Beamont for *A Letter from F. Attiret*. London: Dodsley, 1752.

Azevedo, Andre, et al. *Beijing Hutong Conservation Study*. Beijing: Broadcasting Institute Press, 2004.

Beauvoir, Simone de. *The Long March*. Cleveland: World Publishing Company, 1958.

Beijing Municipal City Planning Commission, ed.

1. *Lishi wenhua baohuqu baohu guihua: Beijing jiucheng ershiwu pian* [Conservation Planning of 25 Historic Areas in Beijing Old City]. Beijing: Yanshan, 2002.
2. *Beijing lishi wenhua mingcheng Beijing huangcheng baohu guihua* [Conservation

Plan for the Historic City of Beijing and Imperial City of Beijing]. Beijing: China Architecture & Building Press, 2004.

3. *Xuannan, fayuan si* [Xuannan, Source of Law Temple]. Beijing: Beijing Press, 2004.

Beijing Municipal Institute of City Planning & Design, ed.

1. *Fangxiang ershiyi shijide Beijing* [Beijing Striding Forward to the 21st Century]. 2000 Olympic-bid synopsis of 1991–2010 urban plan. 1992.
2. *Beijing jiucheng* [The Old City of Beijing]. Beijing: Yanshan Publishing, 2003.

Bordewich, Fergus. *Cathay: A Journey in Search of Old China*. New York: Prentice Hall Press, 1991.

Bredon, Juliet. *Peking*. Shanghai: Kelly & Walsh, Limited, 1920.

Briggs, Chester M. *The United States Marines in North China, 1894–1942*. Jefferson, NC: McFarland and Company, 2003.

Broudehoux, Anne-Marie. *The Making and Selling of Post-Mao Beijing*. New York: Routledge, 2004.

Buck, Pearl S. *The First Wife and Other Stories*. New York: John Day, 1933.

Burgess, John Stewart. *The Guilds of Peking*. New York: AMS Press, 1928.

Butterfield, Fox.

1. "In Peking, 2 Miles of Botched New Housing." *New York Times*, August 19, 1979.
2. "In Peking's Housing Crunch, a Chance to Trade Flats." *New York Times*, July 15, 1980.

Cameron, Nigel. *Barbarians and Mandarins*. 1970. Reprint, Hong Kong: Oxford University Press, 1989.

Chao, Julie. "Relics of Beijing's Past in Jeopardy; Building Boom Remakes Capital." *Atlanta Journal-Constitution*, June 6, 2004, p. B1.

Cheung, Ray. "Wall Rebuild Begins with Returned Bricks." *South China Morning Post*, December 24, 2001, p. 5.

Chu-Joe Hsia. "Urban Conservation in Taiwan: Problems and Prospects." *Asian Planning Schools Association* 3 (March 1997): pp. 62–70.

Cody, Jeffrey. *Building in China: Henry K. Murphy's "Adaptive Architecture," 1914–1935*. Hong Kong: Chinese University Press, 2001.

Constant, Samuel Victor. *Calls, Sounds and Merchandise of the Peking Street Peddlers*. 1936 master's thesis. Reprint, Beijing: National Library Press, 2004.

Constitution of the People's Republic of China. Beijing: Foreign Languages Press, 1994.

Cook, Thomas. *Peking and the Overland Route*. London: Thos. Cook & Son, 1917.

Dong, Madeline Yue.

1. "Defining Beiping: Urban Reconstruction and National Identity, 1928–1936." In Joseph Esherick, ed., *Remaking the Chinese City: Modernity and National Identity, 1900–1950*, pp. 121–38. Honolulu: University of Hawaii Press, 2000.

2. *Republican Beijing: The City and Its Histories, 1911–1937*. Berkeley: University of California Press, 2003.

Dorn, Frank. *Walkout: With General Stilwell in Burma*. New York: Pyramid Books, 1971.

Dryburgh, Marjorie. "National City, Human City: The Reimagining and Revitalization of Beiping, 1928–37." *Urban History* (Cambridge University Press) 32, no. 3 (2005): pp. 500–524.

Elder, Chris. *Old Peking: City of the Ruler of the World*. Hong Kong: Oxford University Press, 1997.

Fairbank, Wilma. *Liang and Lin: Partners in Exploring China's Architectural Past*. Philadelphia: University of Pennsylvania Press, 1994.

Fang Ke. *Dangdai Beijing jiucheng gengxin* [Contemporary Conservation in the Inner City of Beijing: Survey, Analysis, and Investigation]. Beijing: China Architecture Industrial Press, 2000.

Fang Ke and Yan Zhang. "Plan and Market Mismatch: Urban Redevelopment in Beijing During a Period of Transition." *Asia Pacific Viewpoint* 44, no. 2 (August 2003): pp. 149–62. (Author credited as Ke Fang.)

Feng Jicai.

1. *Qiangjiu Laojie* [Saving the Old Street]. Beijing: Xiyuan Publishing House, 2000.
2. *Zhongguo minjian wenhua yichan qiangjiu gongcheng: Diaocha shouce* [The Project to Save Chinese Folk Cultural Heritage: Survey Handbook]. Beijing: Higher Education Press, 2002.

Friedman, John. *China's Urban Transition*. Minneapolis: University of Minnesota Press, 2005.

Han Rongliang. *Five Hundred How's & Why's: Sightseeing in Beijing*. Beijing: Morning Glory Publishers, 2000.

Higgins, Andrew. "Ancient Beijing Survived Mao but Not Money." *Guardian*. Reprint, *Cleveland Plain Dealer*, January 1, 1997, p. 2A.

Hunt, Michael. "The Forgotten Occupation: Peking, 1900–1901." *Pacific Historical Review* 48 (November 1979): pp. 501–29.

Jacobs, Jane. *The Death and Life of Great American Cities*. New York: Vintage, 1961.

Jakes, Susan. "Back-Alley Blues." *Time*, November 11, 2002.

Jeans, Roger B. and Katie Letcher Lyle, eds. *Goodbye to Old Peking: The Wartime Letters of U.S. Marine Captain John Seymour Letcher, 1937–1939*. Athens: Ohio University Press, 1998.

Jia Heping. "Renovation Plan Sparks Heated Debate." *China Daily*, July 10, 2002.

Jin Shoushen. *Beijing Legends*. Beijing: Foreign Languages Press, 2005.

Johnson, Ian. *Wild Grass: Three Stories of Change in Modern China*. New York: Pantheon, 2004.

Kates, George. *The Years That Were Fat: The Last of Old China*. 1952. Reprint, Cambridge: MIT Press, 1967.

Kelo v. New London. 125 S. Ct. 2655. Decided June 23, 2005. (Subsequent rehearing request denied by *Kelo v. New London*, 126 S. Ct. 24.)

Kidd, David. *Peking Story: The Last Days of Old China*. 1961. Reprint, New York: Clarkson N. Potter, 1988.

Kishkovsky, Sophia. "Engels Would Gasp, and Locals Gripe, at a Golden Mile." *New York Times*, December 18, 2006.

Krich, John. "Sign Language: Beijing's Road to the Olympics Comes with English Lessons." *Asian Wall Street Journal*, September 8–10, 2006, p. W12.

LaFarge, Paul. *Haussmann, or The Distinction*. New York: Farrar, Straus and Giroux, 2001.

Lao She.

1. *Rickshaw*. Translated by Jean M. James. Honolulu: University of Hawaii Press, 1979.
2. *Camel Xiangzi*. Translated by Shi Xiaoqing. Beijing: Foreign Languages Press, 1981.
3. *Selected Stories by Lao She*. Beijing: Chinese Literature Press, 1999.
4. *Lao She jiang Beijing* [Lao She on Beijing]. Beijing: Beijing Press, 2005.

Le Corbusier. *The City of To-Morrow and Its Planning*. 1929. Reprint, New York: Dover, 1987.

Liang Sicheng.

1. *Tuxiang Zhonguo jianzhu shi* [A Pictorial History of Chinese Architecture]. Tianjin: Baihua Wenyi Publishers, 2000.
2. *Collected Works of Liang Sicheng*. Vol. 5. Beijing: China Architecture and Building Press, 2001.

Liang Sicheng and Chen Zhanxiang. *Liang Chen fang'an yu Beijing* [Liang-Chen Beijing Plan]. Shenyang: Liaoning Educational Press, 2005.

Li Jing. "Project to Protect Revered Cultural Relics." *China Daily*, January 5, 2004.

Li Mingde.

1. *Beijing hutong luyou shouce* [A Guidebook to Alleys in Beijing]. Beijing: China Tourism Press, 2001.
2. *The Architectural Art of Hutong Gate Buildings*. Beijing: China Architecture and Building Press, 2003.
3. *A Cultural Tour of Beijing's Hutong*. Beijing: China Architecture and Building Press, 2005.

Lin Lina. *The Elegance and Elements of Chinese Architecture*. Translated by Donald Brix. Taipei: National Palace Museum, 2000.

Lin Yan and Fan Wei. *Lao Beijingde miaohui* [The Temple Fair of Old Beijing]. Beijing: Wenwu Press, 2004.

Li Zhang. *Strangers in the City: Reconfigurations of Space, Power, and Social Networks, Within China's Floating Population*. Stanford: Stanford University Press, 2001.

Lowe, H. Y. *The Adventures of Wu: The Life Cycle of a Peking Man*. Vol. 1, 1940; vol. 2, 1941. Reprint, Princeton: Princeton University Press, 1983.

Lü Junhua. "Beijing's Old and Dilapidated Housing Renewal." *Cities* 14, no. 2 (April 1997): pp. 59–69.

Lü Junhua, Peter G. Rowe, and Zhang Jie, eds. *Modern Urban Housing in China, 1840–2000*. Munich: Prestel, 2001.

Lynn, Jermyn Chi-Hung. *Social Life of the Chinese (in Peking)*. Peking: China Booksellers, Ltd. 1928.

Ma Bingjian. *Beijing siheyuan jianzhu* [Beijing Quadrangle Architecture]. Tianjin: Tianjin University Press, 1999.

MacCloskey, Monro. *Reilly's Battery*. New York: Richards Rosen Press, 1969.

Marcuse, Jacques. *The Peking Papers*. New York: Dutton & Co., 1967.

Marquand, Robert. "Why Old Beijing's Crumbling Courtyards Face Extinction." *Christian Science Monitor*, March 14, 2001, p. 12.

Methold, Ken.

1. *Yingyu* [Primary English], Grade Four. 2 vol. Beijing: McGraw-Hill Education and Beijing Normal University Press, 2000.
2. *Yingyu* [Primary English], Grade Five. 2 vol. Beijing: McGraw-Hill Education and Beijing Normal University Press, 2000.

Mickleburgh, Rod. "Beijing Modernization Reduces History to Rubble." *Toronto Globe and Mail*, February 7, 1998, p. A17.

Miller, Rena. "Mixed Feelings as New Road Prepares to Carve Through Beijing." Agence France-Presse, January 11, 1998.

Moser, Michael J., and Yeone Wei-Chih Moser. *Foreigners Within the Gates*. London: Oxford University Press, 1993.

Myers, Steven Lee. "A Russian Skyscraper Plan Divides a Horizontal City." *New York Times*, December 2, 2006.

Napack, Jonathan. "Yung-Ho Chang Tries to Restore an Appreciation for Design." *International Herald Tribune*, April 14, 2001.

New York Times (newspaper articles without a byline).

1. "The Interior of Peking." January 15, 1861.
2. "Legation Life in Peking." July 14, 1900.
3. "Insect and Animal Pests in Peking." November 11, 1900.
4. "Praises the Americans." December 27, 1900.
5. "Preparing to Leave Peking." March 4, 1901.
6. "American Rule in Peking." March 9, 1901.
7. "Petition of the Chinese in Peking." May 21, 1901.

8. "Youth in Peking Fight West's Ways." August 22, 1966.
9. "Youths in Peking Alter City's Look." September 18, 1966.

O'Neill, Mark. "Home Truths." *South China Morning Post*, January 13, 2003.

Pattinson, Tom. "The Big Smoke." *Time Out Beijing*, December 2005, p. 6.

Pearl, Cyril. *Morrison of Peking*. Sydney: Angus and Robertson, 1967.

Plumb, Robert K. "Peking Man Bones Borne by Marine." *New York Times*, January 5, 1952.

Polo, Marco. *Travels in the Land of Kubilai Khan*. Excerpt from 1958 edition of *Travels*. London: Penguin, 2005.

Rowe, Peter G., and Seng Kuan. *Architectural Encounters with Essence and Form in Modern China*. Cambridge: MIT Press, 2002.

Rybczynski, Witold. *The Perfect House: A Journey with the Renaissance Master Andrea Palladio*. New York: Simon & Schuster, 2002.

Rykwert, Joseph. *The Seduction of Place*. New York: Vintage, 2002.

Saiget, Robert J.

1. "Destruction of Beijing City Center Escalates with New Plan." Agence France-Presse, March 24, 2003.
2. "Beijing Defends Destruction of Inner City amid Widespread Dissatisfaction." Agence France-Presse, August 14, 2003.

Salmon, Andrew. "Raise the Roof." *South China Morning Post*, March 25, 2006.

Sit, Victor F. S. *Beijing: The Nature and Planning of a Chinese Capital City*. Chichester: John Wiley & Sons, 1995.

Sitwell, Osbert. *Escape with Me!* 1939. Reprint Hong Kong: Oxford University Press, 1986.

Strand, David. *Rickshaw Beijing: City People and Politics in the 1920s*. Berkeley: University of California Press, 1989.

Steinglass, Matt. "Foreign Growth." *Metropolitan*, February 2005.

Swallow, Robert W. *Sidelights on Peking Life*. Peking: China Booksellers Limited, 1927.

Times of London (newspaper articles without a byline; their Peking correspondent was George Morrison).

1. "The Siege of the Peking Legations." October 13, 1900, p. 5A.
2. "America and Chinese Criminals." May 1, 1901, p. 7.
3. "Report by General Chaffee." June 21, 1901, p. 5.
4. "Peking." November 5, 1901, p. 5.

Topping, Audrey. "Peking Residents Ride the Subway Just for Fun." *New York Times*, May 9, 1971.

Towery, Britt. *Lao She: China's Master Storyteller*. Waco: Tao Foundation, 1999.

Tung, Anthony M. *Preserving the World's Great Cities*. New York: Three Rivers Press, 2001.

Wang Jun. *Chengji* [City Record]. Beijing: Sanlian, 2003.

Wang Sheng'an, ed. *Aoyun anbao fuwu yingyu* [Olympic Security English]. Beijing: Chinese People's Police University Press, 2002.

Wang Tongzhen. *Shuixiang Beijing* [Watertown Beijing]. Beijing: Tuanjie Publishers, 2004.

Wang Wenbo. *Hutongde jiyi* [Recollections of Hutong]. Beijing: China Nationality Art Photograph Publishing House, 2005.

Watts, Jonathan. "No One in the State Here Would Ever Hire Me for a Project like This." *Guardian*, August 9, 2007.

Wei Bian. "Ping'an Avenue: Conflict of Old Versus New." *Beijing Review*, October 1998.

Weng Li. *Beijingde hutong* [Hutong of Beijing]. Beijing: Beijing Arts and Photography Publishing House, 1993.

Wonacott, Peter. "First Olympic Event: A Pricey Facelift for the Host City." *Asian Wall Street Journal*, July 19, 2001, p. 1.

Wu, Nelson I. *Chinese and Indian Architecture*. London: Prentice Hall, 1963.

Wu Hung. *Remaking Beijing: Tiananmen Square and the Creation of a Political Space*. Chicago: University of Chicago Press, 2005.

Xiao Fuxing. *Bada hutong bazhang* [Eight Chapters of the Eight Big Hutong]. Beijing: Writer's Press, 2007.

Xu Chengbei. *Old Beijing: In the Shadow of the Imperial Throne*. Beijing: Foreign Languages Press, 2001.

Xu Ying. *Jingcheng hutong* [Capital City Hutong]. Beijing: Gongyimeishu Press, 2006.

Yang Dongping. *Chengshi jifeng* [Urban Winds]. Beijing: Xingxing, 2005.

Yang Xin.

1. *Read Hutong*. Beijing: Jingji Ribao, 2001.
2. *Da qianmen wai* [Outside the Front Gate]. Beijing: Xinhua, 2003.

Yan Zhang and Fang Ke. "Is History Repeating Itself? From Urban Renewal in the United States to Inner-City Redevelopment in China." *Journal of Planning Education and Research* 23 (2004): pp. 286–98. (Author credited as Ke Fang.)

Yardley, Jim. "Olympics Imperil Historic Beijing Neighborhood." *New York Times*, July 12, 2006.

York, Geoffrey. "Preserving China on His Own Dime." *Toronto Globe and Mail*, January 8, 2007, p. A12.

Yu Runqi. *Gate Piers in Beijing*. Beijing: Arts and Photography Publishing House, 2002.

Zhang Jie. "Informal Construction in Beijing's Old Neighborhoods." *Cities* 14, no. 2 (April 1997): pp. 85–94.

Zhang Jinqi. *Bada hutong lide chenxiang jiushi* [A Carnal History of the Eight Big Hutong]. Zhengzhou: Zhengzhou University Press, 2005.

Zhang Tiewei. *Lao Beijingde miaohui* [The Temple Fair of Old Beijing]. Beijing: Wenwu Press, 2004.

Zhang Yonghe. *Zuo wenben* [Yung-Ho Chang Writes]. Beijing: Sanlian, 2005.

Zhou Zhongzhi, ed. *Fumo Beijing* [Caressing Beijing]. Beijing: Sanlian, 2005.
Zhu Mingde, ed. *Beijing chengqu jiaoluo diaocha* [Investigation of Urban Corners in Beijing]. Beijing: Social Sciences Academic Press, 2005.
Zhu Qixin. *The Sights of Beijing*. Beijing: China Travel & Tourism Press, 2002.

Newspapers and Periodicals

Agence France-Presse
Asian Wall Street Journal
Beijing Evening News (Beijing wanbao)
Beijing Law Nightly (Beijing fazhi wanbao)
Beijing Review
China Daily
First (Jingbao)
New Capital News (Xinjing bao)
New York Times
People's Daily (Renmin ribao)
Southern Weekend (Nanfang Zhoumo)
That's Beijing
Time Out Beijing
Times of London

Unpublished and Internally Circulated Sources

Albert Speer & Partner. "Concept for the Central Axis, Beijing." Design. 2002.
Centre on Housing Rights and Evictions (COHRE). "Mega-Events, Olympic Games and Housings Rights." June 2007.
Dazhalan Subdistrict Government. "Dazhalan Gazetteer." Internally circulated neighborhood history, intended for cadres. 1993.
UNESCO. "Beijing and Beijing." Synopsis of conference. 2005.
Urban Planning and Design Institute of Tsinghua University.
1. "*Beijing zhongzhouxian chengshi jihua*" [Urban Design of the Central Axis]. Design. 2002.
2. "Renovation and Renewal of Beijing's Dazhalan Area." Design. 2002.
Westendorff, David. "Beijing's Center City *Hutong*: A Better Future Is Possible." Memo to UNESCO. 2004.

译后记　一封写给老北京的忧伤情书

本书作者 Michael 是我在香港大学读新闻学硕士时一门课的教授。第一堂课，他说不知如何介绍自己，于是打开电脑里的地图、照片和资料，眉飞色舞地说起北京。他说起北京的大街小巷，大栅栏附近全城最好的一家酒吧，他所任教的小学，沙尘暴的天气和拆迁的情况。北京是我生活过七年，并且还将继续生活下去的地方。Michael 的一番介绍，不仅仅勾起我浓浓的思乡之情，还让我颇有些汗颜，他说的很多东西，我可说是一无所知。

及至后来，我找到他，问他想不想把这本写北京的书出个中文版，他还是像往常看我们写的文章一样，露出灿烂的微笑，大声说，“好啊!”时值毕业季，我从弹丸之地的香港，将这本书装入行囊，带回硕大无际的北京，在南四环一间高层公寓楼里，完成了它的翻译。掩卷之时，有种百感交集的感觉，这座城市太大了，寄托了太多人的爱与悲欢，承载了太多历史的起伏变幻。手里的这本书，就像自称“外地人”的 Michael 怀着拳拳赤子之心，写给异乡老北京的一封忧伤情书。

与很多外国人写北京的书不同，这本书中的 Michael，不是一个站在外面自说自话的旁观者。他没有简单武断地说，“拆迁是在破坏老北京的文化，是不负责任的行为。”正如书中所说，如果你住在有供暖设施、全套管道的地方来说这话，难免有点“站着说话不腰疼”的嫌疑。Michael的可贵之处在于，他是一个真正的体验派。这也是我译完全书之后对他最肃然起敬的地方。好，你说胡同里的四合院全是旧房危房，要改善居民居住条件，必须拆掉重建。那我就进去住住，看是不是这样。而且他不是只住两三天，而是一住两三年。长期的胡同生活让他体会到夏天的燥热，冬天的寒冷，没有淋浴和厕所的不便。也让他的书摆脱了一般的批判性书籍“只破不立”的怪圈，而提出了很多的建设性意见。重要的是，他不像其他身在北京的“老外”，有种高人一等的“国际友人”感觉，而是真正融入了社区，吃着大娘包的饺子，喝着燕京啤酒，和光膀子的男人、随地吐痰的妇女一起去体会那鲜活而俗气的市井生活。也让他体会到在一开始吸引他的老建筑之外，这其中还有一种难能可贵的社区文化，将随着拆迁而消失。

Michael给我们上课时，总是强调，写较长篇的特稿报道，语言可以极尽详细和渲染，但无论如何形容，都不可以说谎，要实地去看，写你亲眼所见的东西。在这本几十万字的书里，他给我们这些初出茅庐的新闻人做了一个榜样。除了要体验胡同生活就真正住进去以外，要写越南、欧洲和老挝的改造，与之和北京的改造相对比，那就亲自去河内、巴黎和琅勃拉邦，和那里的人们聊天，去当地的资料馆查询，得到真实的第一手体验和详尽的第二手资料；胡同里的山西人告诉他，乡下的生活比大杂院的单间还要苦，他不信，于是坐了通宵的火车亲自去那里看一看；读了冯骥才的书，就想方设法去天津找到他，聊一聊遗产保护，聊一聊共同的梦想；研究北京规划史时发现梁思成这个不容忽视的人物，斯人已作古，便找到他的后人梁从诫，听听他的感受……所有这些亲身实践和努力，让他的书中真正做到了没有一句谎言。翻译这本书时，我带着一个新闻人的质疑精神，曾在网络上找到书中写到的某些人的联系方式，有的是著名人物，有的则是大栅栏地区客栈店主这样的小老百姓。电话打过去，大家都记得一个叫“梅英东”的老外，曾经跟他们说过什么话，聊过什么天，与书中写的如出一辙。这样的调查精神，试问今天的新闻人，有几个能完全做到。我曾看到过一篇文章，评价以何伟（Peter Hesseler）和Michael Meyer为代表的中国事件纪实报道作家，他们有着相似的经历，跟随美国和平队来到中国，全程跟踪中国的某件大事，写出连中国人也写不出来的深度报道。文章的作者说，“我们在自己的母语里流浪，他们却安然找到栖身之所。”找到这样一个栖身之所的前提，正是首先四处“流浪”，获取能够说服自己的证据，然后才能说服读者。这些自然都是文字背后的故事，然而作为局外人蜻蜓点水般的几句评论，与真正参与进来调查、取证、沉淀、积累所提炼出来的文字，分量自然不可同日而语。

Michael笔下的北京，是充满矛盾的。一方面，她有着独特的魅力。古旧的时光中，她是位大家闺秀般的美人，经过历史的修造和沉淀，变得像母亲一样温柔、慈爱和包容。人们在她的怀抱里经历起起落落，经历春夏秋冬。恢弘壮丽的紫禁城，护城河上的冰场，高大城门上的暮鼓晨钟，廊坊胡同中优美的柱廊，都是非北京不可的所在；吴吴最爱的四季小吃，小刘爸爸的鸽子，老寡妇的生平，朱老师记忆中的大树，都是别处不能给予的人生。另一方面，她又在过去与现在的大潮中急功近利。悠久的历史中，她很早就开始了自我破坏；外族入侵和内乱燃起的战火，让多少文化瑰宝付之一炬；一次又一次的现代化，京城的“风水”被破坏殆尽。每进行一次改造，就会有无数百姓流离失所，家不成家。北京越来越丧失了一个大国首都所应有的大气与特色，变得和其他城市并无区别。Michael说，北京是自己一见钟情的地方，他在书中的视角，似乎也像一个爱恨交加的情人，一面发现她无穷无尽的魅力，一面焦急她在世界大潮冲击下的变化。他融入到她的心怀中去与她亲近，又跳出来客观地提出意见和建议。胡同里的居民们，都把这个小伙子当自己的亲人来看待，而这个“老外”对北京的爱，不亚于我们任何人。

翻译这本书的过程中，我由于身体原因，在北京积水潭医院度过了一段漫长的时光。那正好是北京胡同交错，四合院密集的地区。身在美国的 Michael 得知以后和我联系，清楚地说出积水潭周围味道好的餐馆，让我和朋友有机会去品尝。每天从病房的窗外看冬日的夕阳，有 Michael 书中贝壳一样的屋顶，盘旋在上空的鸽子发出肃穆的鸽哨。当然也有在建的工地和起重机的吊臂。我也每每觉得心中好似有种似有若无的疼痛，默默地说一句，“再会，老北京。”

由于住院和其他原因，这本书译稿的完成比预想的时间要长，首先要感谢作者 Michael Meyer 本人给予我的信任、理解和鼓励。书中很多涉及中文原文的地方，他都尽可能地为我提供资料，替我节省了一些查找资料的时间；通过这本书我也阅读了很多关于北京历史与规划的书和资料，就像敞开了一扇新的大门。Michael 的妻子和家人还积极做我译稿的读者，提出很多意见，为我斟酌字字句句。也在这里祝 Michael 可爱的儿子健康成长。同时要感谢上海译文出版社的编辑张吉人先生，给我充足的时间和无限的理解与宽容。最重要的感谢给予我的母亲何晓玲、父亲刘绪龙和婆婆杨小燕，在我艰难的时候，你们是我最安全的港湾。是你们的悉心照料，让我能够在病床上仍然坚持资料的查找和本书的翻译。当然还有我的人生伴侣廖阳勇，你做了我的第一读者，和我一起阅读已经翻译的章节，替我查找错别字，并在我住院期间帮我保持和外界的联系。你对我翻译水平的夸奖，让我可以非常愉快地努力下去；将已经翻译好的章节读给你听，成为我每天最期待的时光。谢谢你，给我温暖美好的爱，让我勇敢前行。

最后的感谢、祝福和决心给北京，感谢你给予我们爱与悲欢；祝福你仍然能做一位独一无二的美人；希望我也能像 Michael 一样，为了你能变（或“不变”）得更好，而努力，而前进。

2013 年新年隆冬于北京

图书在版编目(CIP)数据

再会,老北京:一座转型的城,一段正在消逝的老街生活 / (美)麦尔(Meyer, M.) 著;何雨珈译. —上海:上海译文出版社,2013.4 (2023.9 重印)
书名原文: The Last Days of Old Beijing
ISBN 978-7-5327-6119-7

Ⅰ.①再… Ⅱ.①麦…②何… Ⅲ.①纪实文学—美国—现代 Ⅳ.①I712.55

中国版本图书馆 CIP 数据核字(2013)第 037500 号

图字:09-2012-880 号

再会,老北京
一座转型的城,一段正在消逝的老街生活
〔美〕迈克尔·麦尔 著 何雨珈 译
责任编辑/张吉人 装帧设计/邵旻工作室 未氓设计工作室

上海译文出版社有限公司出版、发行
网址: www.yiwen.com.cn
201101 上海市闵行区号景路159弄B座
启东市人民印刷有限公司印刷

开本 890×1240 1/32 印张 12.75 插页 2 字数243,000
2013年4月第1版 2023年9月第10次印刷
印数: 51,001—53,000 册

ISBN 978-7-5327-6119-7/I·3633
定价: 58.00 元